Midnight Angel
by Lisa Kleypas

眠り姫の気高き瞳に

リサ・クレイパス
琴葉かいら[訳]

ライムブックス

眠り姫の気高き瞳に

主要登場人物

アナスタシア(タシア)・イヴァノフナ・カプテレワ(カレン・ビリングズ)……ロシア貴族の娘
ルーカス(ルーク)・ストークハースト卿(ストークハースト侯爵)……イングランド貴族
エマ・ストークハースト……ルーカスの娘
アイリス・ハーコート……ルーカスの友人
チャールズ・アッシュボーン……ルーカスの親友
アリシア・アッシュボーン……チャールズの妻
ミハイル(ミーシャ)・アンゲロフスキー……アナスタシアの元婚約者
ニコラス・アンゲロフスキー……ミハイルの兄
キリル・カプテレフ……アナスタシアのおじ
マリー・ペトロフナ・カプテレワ……アナスタシアの母
サムヴェル・イグナトイッチ(シュリコフスキー伯爵)……サンクトペテルブルクの県知事
ミスター・ビドル……近侍
ミセス・ナグズ……家政婦
シーモア……執事
ミセス・プランケット……コック
メアリー・ストークハースト……ルーカスの亡くなった妻

プロローグ

一八七〇年
ロシア、サンクトペテルブルク

「お前は魔女だそうだな」暗い独房に看守が入ってきて、扉を閉めた。「人の心が読めるとか」喉を鳴らして下卑た笑い声をあげる。「俺が今何を考えているか、わかるか?」

タシアはうつむいたまま身をこわばらせた。この監禁生活で何よりもいやなのは、ロステイヤ・ブルドフとしょっちゅう顔を合わせなければならないことだった。ブルドフは胸が悪くなるような下品な男で、出っ腹の上で看守の制服のボタンを留めてさえいれば権力者面ができると思っているらしく、ふんぞり返って監獄内を歩いている。今のところタシアには指一本触れていないが、横柄さは日ごとに増していた。

ブルドフの視線を感じながら、タシアは独房の隅にあるわらの詰まった寝床にうずくまっていた。三カ月にわたる監禁生活のせいで自分が弱っているのはわかっている。もともと華奢な体が、今は痛々しいほどに痩せ細っていた。象牙色だった肌は真っ白になり、豊かな黒髪との対比が際立っている。

　ブルドフの足音が近づいてきた。

「今夜は二人きりだ」彼は言った。「こっちを見ろ。どういうことかはわかるよな。お前の最後の夜を忘れられないものにしてやるよ」

　タシアはゆっくり振り向き、無表情でブルドフを見つめた。

　あばただらけのブルドフの顔に笑みが浮かんでいた。タシアを見つめながら、粗末な作りのズボンの股部分をもてあそび、自分を駆り立てている。

　タシアはブルドフの顔をじっと見た。タシアの彫りの深い目元は目尻が垂れ、タタール人（ロシアに住むテュルク系民族）の血が混じっていることを示している。目は灰色と青色の中間の薄い色で、冬のネヴァ川の水面のようだ。この目に見つめられると魂を抜かれると言う者もいる。ロシア人は迷信深い。最下層の農民から皇帝《ツァーリ》に至るまで、誰もが普通とは違うものに大きな不安を感じるのだ。

　この看守も典型的なロシア人だった。顔からは笑みが消え、高ぶっていたものはたちまち縮こまった。なおもタシアが見つめていると、顔にじっとりと汗が噴き出してきた。ブルドフは後ずさりし、怯えたようにタシアを見ながら十字を切った。

「魔女め！　やっぱりそうだったんだ。お前は絞首刑よりも火あぶりにして、跡形もなく焼いてしまったほうがいい」

「出ていって」タシアは低い声で言った。

ブルドフが出ていこうとしたとき、独房の扉がノックされた。年老いた子守のヴァルカが、中に入れてほしいと頼む声が聞こえる。タシアは危うく平静を失うところだった。この数カ月間苦労を重ねたせいで、ヴァルカは目に見えて年を取っており、悲嘆に暮れるその顔を目にすると涙が出そうになった。

ブルドフは口元にせせら笑いを浮かべ、ヴァルカに入ってくるよう合図したあと、独房を出ていった。

「汚らわしい、邪悪な魔女め」ぼそりと言い、後ろ手に扉を閉める。

ヴァルカは太った体を灰色の服に包み、どんな悪霊も撃退できそうな十字架模様のスカーフで頭を覆っていた。じめじめした独房の中に入り、駆け寄ってくる。

「ああ、タシアお嬢さま」年老いたヴァルカは声をつまらせ、足枷《あしかせ》のはまったタシアの足に目をやった。「お嬢さまがこんな姿に――」

「わたしは大丈夫よ」タシアはささやき、ヴァルカを安心させるように手を握った。「何もかもが現実とは思えない。恐ろしい夢を見ている気分だわ」もの悲しい笑みが口元に浮かぶ。「夢から覚めるのをずっと待ってるんだけど、いつまで経っても覚めないの。ほら、こっちに来て座って」

ヴァルカは流れ落ちる涙をスカーフの端で拭った。

「なぜ主はこのようなことをお許しになったのでしょう?」

タシアは頭を振った。

「どうしてこんなことになったのかはわからないわ。でも、それが主のご意志である以上、受け入れるしかないのよ」

「これまで生きてきて、さまざまなことに耐えてきました。でも、これは……耐えられません！」

タシアは優しくヴァルカを制した。

「ヴァルカ、時間がないの。教えて……キリルおじさまに手紙を渡してくれた？」

「お嬢さまのご指示どおり、直接お渡ししました。わたしが見ている前で、キリルさまは手紙をお読みになったあと、ろうそくの火にかざして焼き尽くされました。そしてお泣きになり、こうおっしゃいました。『姪に、必ずこのとおりにすると伝えてくれ。お前の父親、愛する我が兄イヴァンの思い出に誓って』と」

「キリルおじさまなら助けてくれると思っていたわ。ヴァルカ……もう一つお願いしておいたものはどうなったかしら？」

ヴァルカは垂れた胸の上に掛けていた四角い編み地の小袋にそっと手を入れ、小さなガラス瓶を取り出した。

タシアが小瓶を手に取って傾けると、中で黒いどろりとした液体がちらちら光りながら動いた。本当にこれを飲むことができるだろうか？

「わたしを埋葬しないようにさせて」何気ない口調で言う。「目を覚ましたとき、棺桶の中にいるのはいやだから」

「かわいそうなお嬢さま。薬が強すぎたらどうします？　本当に死んでしまったら？」

タシアは相変わらず小瓶を見ていた。

「その場合は、正義が果たされることになるわね」と苦々しげに言う。もし自分がこんなに臆病でなく、神の慈悲を信じることができれば、自らの死を厳かに受け入れることができたはずだ。これまで何時間も独房の隅の聖像《イコン》の前で祈り、自分の運命を受け入れる強さが欲しいと静かに願い続けた。だが、その強さは得られずじまいだった。目に見えない恐怖の壁に何度も打ちつけられたせいで、心はぼろぼろになり、ここを逃げ出すことしか考えられなくなった。サンクトペテルブルクじゅうの人間が自分の死を望んでいる。死には死をもって償うことを求めている。莫大な財力も、民衆の怒りを鎮めることはできなかった。

人々に憎まれるのも無理はない。タシアは人を殺した……少なくとも、殺したとされているのだ。動機、機会、証拠……裁判で提示されたすべての事実が、タシアの有罪を物語っていた。ほかに容疑者はいなかった。この三カ月間独房に閉じ込められ、正気を保つ手段は祈りだけという生活をしてきたが、その間にタシアの有罪に疑問を投げかける新情報は一つも出てこなかった。刑の執行は明日の朝に迫っている。

だが、『ヨブ記』の一節を読んだとき、タシアの頭に突拍子もない計画が浮かんだ。〝どうか、わたしを陰府《よみ》に隠してください……わたしを覆い隠してください〟陰府に隠す……何らかの手段で自分を死んだように見せかければ、逃げ出せる……。

タシアが揺すっている小瓶の中身は、サンクトペテルブルクの薬剤師からひそかに手に入れた毒物の混合物だった。これが現実に起きていることとはとても思えなかった。

「計画の手順は覚えてる？」タシアはたずねた。

ヴァルカは不安げにうなずいた。

「よかった」タシアは思いきって封蠟を破った。小瓶を宙に掲げ、乾杯の仕草をする。「正義に」そう言うと、一口で飲み干した。おぞましい味に身を震わせる。手のひらを口に当て、目を閉じて、すさまじい吐き気が収まるのを待った。「あとは神の手にゆだねられたわ」ヴァルカに小瓶を返す。

ヴァルカはうなだれてすすり泣いた。

「ああ、お嬢さま――」

「お母さまのことは頼んだわ。なぐさめてあげてちょうだい」タシアはヴァルカのごわごわした白髪をなでた。「行って」ささやき声で言う。「急いで、ヴァルカ」

ヴァルカが独房から立ち去る間、タシアは寝床の上で後ろにもたれてイコンに意識を集中させた。突然ひどい寒気に襲われ、耳鳴りが始まる。恐怖に駆られたため、息を吸って吐くことだけを考えた。槌《つち》を打ちつけるような力強さで、心臓が胸にぶつかる。

「〝わたしを愛する者も友も避けて立ち……わたしに近い者も、遠く離れて立ちます……〟」もの悲しげな聖母マリアの顔がかすんでいく。「〝……どうか、わたしを陰府に隠してくださ い……あなたの怒りがやむときまでわたしを覆い隠してください……〟」

祈りの言葉は唇の上で凍りついた。ああ、わたしの身に何が起こってるの？　お父さま、助けて……。

　そう、これが死ぬということなのだ。すべての感覚が消え失せ、体が石のようになる。命が引き潮のごとく引いていき、記憶は抜け、自分は生と死の間の灰色の世界に沈んでいく。

「〝死の闇がまぶたのくまどりとなった……〟〝わたしを陰府に隠してください……〟」


　しばらくは闇に閉ざされていたが、やがて夢が訪れた。さまざまなイメージが現れては消えていく。ナイフ、血の海、十字架像、聖なる遺物。お気に入りのイコンに描かれた聖人たちの姿もあった。ニキータ。ヨハネ。死に装束を半身にまとったラザロは、おごそかなまなざしでタシアの目を見つめている。やがてそれらのイメージはどこかに消え、タシアは子供時代に戻っていた。カプテレフ家の田舎の別荘《ダーチャ》での夏のこと。タシアは金めっきの椅子に座り、ぽちゃぽちゃした足をぶらぶらさせながら、金の皿に盛られたアイスクリームを食べていた。〝お父さま、残りはゴーストにやってもいい？〟そうたずねるタシアのそばで、ふわふわした白い子犬が期待を込めて待っている。

〝いいよ、もういらないなら〟あごひげを生やした父親の顔に笑みが浮かぶ。〝タシア、お母さまが、犬にはもっと明るい名前をつけたほうがいいんじゃないかって……スノードロップとか、サンシャイン――〟

〝でもお父さま、この子が夜あたしの部屋の隅っこで寝てたとき、幽霊《ゴースト》みたいに見えたんだもん〟

父親は優しく笑った。〝じゃあ、お前の好きな名前で呼んでいいよ、物知りさん〟

場面は変わり、タシアは図書室で大量の本と金の浮き彫り細工が施された革張りの家具に囲まれていた。背後で物音が聞こえたので振り返ると、そこには親戚のミハイルがいた。顔をゆがめ、よろよろとこちらに向かってくる。喉にはナイフが突き立てられ、真っ赤な血しぶきが白いチュニックを染めている。血はタシアの手にも、ドレスの前にもかかった。タシアは恐怖のあまり叫び、くるりと振り向いて逃げ出した。教会に着き、巨大な木製のドアをたたき続けていると、やがてドアは中から開いた。何千本ものろうそくの火で教会内は燃え立つように明るく、煤《すす》で黒ずんだ壁のイコンが光に照らされている。聖人たちは悲しみに引きつった顔で、タシアを見下ろしていた。至聖三者、聖母マリア、聖ヨハネ……。タシアはひざまずいて石の床に額をすりつけ、許しを求めて祈り始めた。

「アナスタシア」

顔を上げると、謎めいた美男子が目の前に立っているのが見えた。髪は石炭のように黒く、目は青い炎のようだ。タシアは縮み上がった。自分が犯した罪の罰として、悪魔が命を奪いに来たのだ。〝そんなつもりはなかったの〟タシアは弱々しく訴えた。〝誰も傷つけるつもりはなかった。お願い、どうか許して――〟

悪魔はタシアの懇願を無視し、手を伸ばしてきた。〝やめて〟タシアは叫んだが、悪魔の腕に抱え上げられ、暗闇の中に連れていかれた。やがて、恐ろしい腕は消え、悪魔はいなくなった。騒がしく色鮮やかな世界をさまようち、精神がむしばまれていく。強烈な力が、氷のように身を刺す流れからタシアを引き上げようとする。抵抗し、踏み止まろうとしても、容赦なく水面に引き上げられていった。

目を開けたタシアは、そばに置かれた角灯の光にたじろいだ。痛みを感じてうめくと、明かりはすぐに弱められた。

上方にキリル・カプテレフの顔がぼんやりと見え、低く静かな声が聞こえた。

「眠り姫というのはおとぎ話にしか出てこないと思っていたよ。なのに、自分の船の上で発見するとはね。今ごろ世界のどこかでハンサムな王子さまが、愛しの姫はどこにいるのだと月にたずねているかもしれない」

「おじさま」タシアはそう言おうとしたが、唇から出たのは震えた息だけだった。

キリルはタシアにほほえみかけたが、広い額には心配そうに細かいしわが刻まれていた。

「この世に戻ってこられたんだよ、かわいい姪っこさん」

父によく似たおじの声に、タシアは心落ち着くものを感じた。キリルはカプテレフ家の男性に典型的な容姿をしている。濃い眉に高い頬骨という印象の強い顔立ちに、長さを揃えて刈り込まれたあごひげ。だが、タシアの父親と違うのは、海に情熱を注いでいるところだった。若いころはロシア海軍に志願し、やがて自分で貿易会社を起こした。広大な造船所と、商船護衛用のフリゲート艦隊を所有している。一年に三、四回は、自分が船長を務める船でロシアとイギリスを往復し、織物や機械類を輸送した。子供のころ、タシアはキリルが家を訪ねてくるのが楽しみだった。おじはいつも胸躍る話と外国土産、そして塩辛い海の香りを運んできた。

「お前が本当に蘇生できるとは思っていなかった」キリルは言った。「だが、この目で確かに見たよ。棺のふたはわたしがこじ開けた。お前は死体みたいに硬直して冷たくなっていた。それが、今は生きている」言葉を切り、そっけなく言い添える。「いきなりしゃべりすぎだな。ほら、起き上がるのを手伝うよ」

キリルは不満げにうめき声をあげるタシアの肩を起こし、背中に枕をあてがった。二人がいるのは船内の個室だった。壁はマホガニーの板張りで、船窓は刺繍入りのベルベットのカーテンに覆われている。キリルはほうろうの水差しからクリスタルのグラスに水を注ぎ、タシアの口元に持っていった。タシアは水を飲もうとしたが、吐き気がこみ上げてきた。真っ青な顔で、いらないと首を横に振る。

「サンクトペテルブルクは、お前が獄中で謎の死を遂げたという噂で持ちきりだ」タシアの気を紛らわせようと、キリルは言った。「大勢の役人……県知事や内務大臣までもが、お前の遺体を調べたいと言い出した。だが、そのころにはもう遺体は家族が引き取っていた。お前のところのヴァルカがわたしのもとに遺体を届け、誰にも怪しまれないうちに葬式の手はずも整えた。地中に埋められた棺には砂袋が詰まっていたが、参列者の大半はそのことを知らない」キリルは無念そうに顔をしかめた。「お前のお母さんが悲嘆に暮れているのは気の毒だったが、お前が今も生きていることを教えるわけにはいかない。誰かに言わずにはいられない人だからね。かわいそうに。何かほかに方法があればと思うが……」あきらめたように、たくましい肩をすくめる。

母親の悲しみを思うと、タシアの胸は痛んだ。誰もがタシアは死んだと思っている。ずっと昔から知っていて、愛してきた人々の中から自分の存在が消えてしまったのだと思うと、おかしな気がした。

「ちょっと歩いたほうがいい」キリルは言った。

タシアは苦心してベッドの脇から足を出した。キリルに体重を預けるようにして、ベッドから下りる。関節がずきずきし、あまりの痛さに目に涙がにじんだ。足を踏み出すようキリルがうながす。

「血流を良くするためには、少し動かないと」

「ええ」タシアはあえぎながら、何とかその言葉に従おうとした。息をするのも、触れられるのも、自分の体重を支えるのもつらい。寒気がする。これほどの寒気を感じるのは生まれて初めてだった。

キリルは静かな声で話をしながら、足をひきずって歩くタシアに手を貸した。震える体に長い腕がしっかり絡みつき、バランスを取ってくれる。

「お父さんは天国からわたしをにらみつけているだろうね。一人娘をこんな目に遭わせやがって、って。前回わたしが会ったときのお前は……」キリルは頭を振った。「冬宮殿でマズルカを踊っていた。ツァーリまでもが見とれていたよ。何と華やかで、美しかったことか。

足はさも軽やかに床を踏んでいた。その場にいた男は誰もがお前のパートナーになりたいと願った。あれから一年も経っていないというのに……。一生分の時間が過ぎたように思えるよ」

今のタシアは軽やかさとは無縁だった。一歩ごとに痛みが走り、一呼吸ごとに冷たい空気が入り込んで、肺が炎のように燃え上がる。

「春のバルト海を渡るのはなかなか骨が折れる」キリルは言った。「そこらじゅう流氷だらけだからね。ストックホルムに停泊して鉄を積み込んだあと、ロンドンに向かう予定だ。あっちにかくまってくれる人はいるか？」タシアが返事をしないので、キリルはその質問を繰り返した。

「アッシュボーン」タシアはやっとの思いで声を発した。

「お母さんの親戚の？　ううむ、それはいい考えだとは言えないな。お前の母方の親戚はいまいち信用ならない。それ以上に、イギリス人というものが信用ならない」

「ど、どうして？」

「帝国主義の俗物だからだ。偽善者なのは言うまでもない。自分たちこそ世界で最も洗練された民族だと思っているが、本性は下品で残酷だ。純粋な人間はあの国ではやっていけない……それを忘れるな。イギリス人は誰一人信用してはいけない」その国で新生活を始めようとしている若い娘にとって、何の励ましにもならないと気づいたのか、キリルは口をつぐんだ。イギリス人の褒めるべき点を何とか探そうとする。「ただ、イギリス人は非常に質の高い船を造る」

　タシアは苦笑いした。足を止め、たくましいキリルの腕をぎゅっと握る。

「ありがとう《スパシーバ》」お礼の言葉をささやいた。

　心のこもったその言葉に、キリルは真剣な顔つきになった。

「いや《ニェット》、礼には及ばない。もっとお前の力になってやるべきだった。アンゲロフスキーが汚れた手でお前に触れる前に、この手であいつを殺してやればよかったんだ。自分の娘をあんな男と婚約させるなんて、何と愚かな母親だろう。ああ、あいつの噂ならいろいろ聞いていた……女装して人前に出るだとか、何日もアヘンを吸い続けるだとか、ほかにも倒錯した趣味が――」タシアがたしなめるような声をあげると、キリルは口を閉じた。「まあ、今はそんな話はいい」再びタシアの体を前に押し出す。「歩く練習が終わったら、給仕係にお茶を持ってこさせるよ。しっかり喉をうるおすといい」

　タシアはしゃがれた声を出し、うなずいた。休憩したくてたまらなかったが、キリルがじゅうぶんだと判断するまで過酷な歩行訓練は続いた。やがて、キリルはタシアを椅子に座らせてくれた。タシアは関節炎を患った老婆のようにゆっくりと腰を下ろし、体を丸めて情けない姿勢をとった。キリルが毛布を掛けてくれる。

「かわいい火の鳥さん」優しく言い、つかのまタシアの手を握った。

「お父さま《ダー》……」タシアはくぐもった声で言った。

「ああ、イヴァンがお前をそう呼んでいたのは覚えているよ。イヴァンにとっては、お前こそがこの世の光、この世の美だった。火の鳥は幸福の象徴なんだ」キリルは考え込むような顔でほほえんだ。「物語の中で、火の鳥は夕暮れに死のような眠りにつくが、その後、新たな命を得て目覚める」手に握った何かを、タシアに見えるよう近くの棚の上に置く。「お母さんがこれをお前の棺に入れてくれって」ぶっきらぼうに言った。「イギリスに持っていきなさい。思い出の品だ。昔をしのぶよすがになる」

「いらないわ」

「持っていくんだ」キリルは言い張った。「いずれ持っていてよかったと思える時が来る」

タシアは形見の品々に目をやった。金の鎖がついた金線細工の十字架を見ると、胸が締めつけられた。祖母のガリーナ・ヴァシリエフナが生前、毎日身につけていたものだ。十字架の中心には小さなダイヤモンドがはめ込まれ、まわりを血のように赤いルビーが取り巻いている。

ネックレスの隣には、こぶし大のイコンが置かれていた。聖母マリアと幼子キリストの絵で、金色の光輪が描かれている。最後の品を見たとたん、目の奥に熱いものがこみ上げてきた。父親のものだった彫刻入りの金の指輪だ。手を伸ばし、細い指で指輪をつかむ。

キリルはタシアの目に浮かぶ絶望を読み取り、思いやり深くほほえんだ。

「もう大丈夫だ」ささやくように言う。「お前は生きている。そのことを忘れるな……それで頑張れる時もあるだろう」

タシアは部屋を出ていくキリルの後ろ姿を見つめた。試しに、ひび割れた唇に舌を這わせてみる。乾いた口を湿らせることに集中した。ああ、確かに自分は生きている。でも、大丈夫ではない。これから一生、猟師に追われる獲物のように、いつ来るとも知れない終わりの時を恐れながら生きていかなければならない。それはいったいどんな人生だろう？　〝わたしは生きている〟タシアはぼんやりそう思いながら、喜びでも安堵でもいい、とにかく今自分の全存在を覆いつくしている影以外の何かが湧き起こるのを待った。

1

イギリス、ロンドン

レディ・アリシア・アッシュボーンはそわそわともみ手をしながら言った。

「ルーク、いい知らせがあるわ。エマの家庭教師が見つかったの。すてきな若い女性よ。頭が良くて、マナーも申し分なくて……非の打ちどころがないの。今すぐ会って、自分で確かめてみるといいわ」

ストークハースト侯爵、ルーカス・ストークハースト卿は皮肉めいた笑みを浮かべ、顔を上げた。

「今日、ここに招いてくれたのはそれが目的だったのか。てっきりわたしと楽しい時間を過ごしたいからだと思っていたよ」

この三〇分間、クイーンズ・スクエアにあるアッシュボーン邸の応接間で、ルークはお茶を飲みながら話を弾ませていた。チャールズ・アッシュボーンは、イートン校時代からの親しい友人だ。人好きのする男で、他人の長所だけに目を向けられるという貴重な才能を持っている。あいにく、ルークにその才能は備わっていない。この日ルークがロンドンへやって来ることを知ると、チャールズは用事がすんだらお茶を飲もうと誘ってきた。アッシュボーン夫妻が何か頼み事をするつもりであることは、応接間に入った瞬間から、二人の表情を見て気づいていた。

「非の打ちどころがないわ」アリシアはまたも言った。「そうよね？　チャールズ」

チャールズは勢いよくうなずいた。

「そのとおりだよ」

「お宅の前回の家庭教師は本当にお粗末だったから、後任にふさわしい人はいないかと思って気にかけていたの。わたしがどんなにあなたのお嬢さんをかわいがってるか知ってるでしょう。あの子にはお母さんもいない……」アリシアは言いよどんだ。「まあ、ごめんなさい。メアリーのことを思い出させるつもりはなかったの」

ルークはむっつりしたまま、表情を動かさなかった。妻の死から何年も経ったとはいえ、名前を聞くと今も胸が痛む。死ぬまで痛み続けるだろう。

「続けて」ルークは淡々と言った。「その模範的な家庭教師について教えてくれ」

「名前はカレン・ビリングズ。長年外国に住んでいたんだけど、最近になってイギリスに身を落ち着けたの。いい仕事が見つかるまで、我が家に滞在することになっているわ。エマに必要なしつけができる程度には大人だけど、子供と仲良くなれる程度には若いと思うの。あなたも一度会えば、役目にぴったりの人だと思うはずよ」

「そうか」ルークは紅茶を飲み干したあと、ブロケードの長椅子の上で姿勢を変え、長い足を伸ばした。「その人の照会状を送ってくれ。時間があるときに目を通しておくよ」

「そうしたいんだけど……ちょっとした問題があって」

「ちょっとした問題？」ルークはおうむ返しに言い、黒っぽい眉を上げた。

「照会状がないの」

「一通も？」

レースの襟元から喉にかけて、アリシアの肌がほんのり赤く染まった。

「過去のことはきかないであげてほしいの。理由は言えないわ。でも、納得のいく理由よ。その点はわたしが保証する」

一瞬、沈黙が流れたあと、ルークは笑いだした。ルークは三〇代半ばの容姿端麗な男性で、黒髪と鮮やかな青色の目をしている。美しいというよりは男らしいという表現がふさわしい顔立ちで、口元は厳しく、鼻は形は良いがやや長い。その顔に浮かぶ笑みは、身分の高さを自嘲しているように見える。皮肉屋ゆえに人を惹きつけるところがあり、その雰囲気をまねしたがっている者も多い。今のように声を出して笑うときも、目は笑っていなかった。

「わかったよ、アリシア。その人は間違いなく良い家庭教師になる。逸材だ。その人を雇えるという幸運はほかの家庭に回してあげよう」

「断る前に、話だけでもして――」

「けっこうだ」ルークはそっけなく言った。「エマはわたしのすべてだ。娘には最高の環境を与えてやりたい」

「ミス・ビリングズは最高よ」

「君の新たな慈善事業だろう」ルークは皮肉っぽく言い返した。

「チャールズ」アリシアが泣きつくと、夫も議論に入ってきた。

「ストークハースト」チャールズは穏やかな口調で言った。「ミス・ビリングズに会って何の損がある?」

「時間の無駄だ」これ以上は言わせるなといわんばかりの口調だった。

アッシュボーン夫妻は途方に暮れたように顔を見合わせた。アリシアが覚悟を決めたように、そろりと足を踏み出した。

「ルーク、お嬢さんのためだと思って、ミス・ビリングズに会ってもらえない? エマは一二歳よ……すばらしくも恐ろしい変化に直面している。自分自身と、自分を取り巻く世界を理解する手助けをしてくれる人が必要なの。その役目にふさわしくない人を、わたしが紹介するはずがないでしょう。ミス・ビリングズは本当に特別な人なの。急いで二階に行って連れてくるわ。時間は取らせないって約束するから。お願い」

ルークは顔をしかめ、アリシアにつかまれた腕を振りほどいた。そこまで言われると、簡単には断れない。

「わたしの気が変わらないうちに連れてきてくれ」

「優しい人ね」凝った形にひだが寄せられたスカートを揺らしながら、アリシアは急いで部屋を出ていった。

チャールズはブランデーを注ぎに行った。

「ありがとう。妻のわがままを聞いてくれて助かったよ。ミス・ビリングズに会っても後悔することはないと思うけどね」

「会うのは構わないが、雇うつもりはない」

「気が変わるかもしれないよ」

「それは絶対にない」ルークは立ち上がり、手作りの装飾品と花が生けられた花瓶がごちゃごちゃと置かれたいくつものテーブルを通り過ぎた。彫り模様の入ったマホガニーのサイドボードの前に行き、チャールズからブランデーグラスを受け取る。琥珀色の液体をそっと回し、片頰をゆがめて笑った。

「チャールズ、いったいどういうことなんだ?」

「わたしもよく知らないんだ」チャールズは不安げに答えた。「ミス・ビリングズと会ったのも今回が初めてだ。一週間前に我が家にやってきてね。所持品は何もなく、かばんも、一シリングの金さえ持ってなかったと思う。アリシアは温かく迎え入れたが、わたしには彼女のことをほとんど教えてくれない。おそらくアリシアの貧しい親戚で、何か厄介な目に遭ったんだろう。前の雇い主に言い寄られたんだとしても不思議はない。若いし、男の目を引く娘だから」チャールズは言葉を切り、つけ加えた。「祈っているところもよく見る」

「すばらしいじゃないか。わたしはまさに、エマにそういう家庭教師をつけてやりたいと思っていたんだ」

チャールズはルークの皮肉を無視した。

「彼女にはどこか気になるところがあるんだ……」考え込むように言う。「説明するのは難しいんだが。何か普通じゃない経験をしてきたのは間違いない」

ルークは険しい目つきになった。

「どういう意味だ？」

チャールズが答えるより先に、アリシアが戻ってきた。後ろから、灰色の服を着た人物が亡霊のようについてくる。

「ストークハースト卿、こちらはミス・カレン・ビリングズよ」

ひざを曲げるミス・ビリングズに、ルークは短くうなずいてみせた。彼女を受け入れるつもりはない。身元の保証がない女性を雇う人間などいないのだと、今のうちに思い知らせてやったほうがいいだろう。

「ミス・ビリングズ、はっきりさせておきたいんだが――」

猫のような瞳が、ルークの目を見上げた。灰色がかった薄い青色で、霜に覆われたガラス窓から光が差し込んでいるかのようだ。まつげは珍しいほど濃く、黒々と目を縁取っている。ルークは突然、それまで自分が何を考えていたのかわからなくなった。ミス・ビリングズはそのような反応には慣れているのか、ルークに見つめられている間じっと待っていた。

〝男の目を引く娘〟とチャールズは表現していたが、それどころではない。ミス・ビリングズの美貌は、男の目を釘づけにするものだった。ひっつめた髪をうなじにきつく留めるという、この世のどんな女性をもくすませてしまうほど地味な髪型をしている。だが、この女性に限ってはその髪型がよく似合い、磁器の像のように繊細な顔が引き立って見えた。眉はまっすぐで、白い肌に斜めに黒い筋を引いたかのようだ。曲線を描く唇には情熱と悲しみがにじみ出ていて、つい見とれてしまう魅力があった。この顔を見て平静を保てる男はいないだろう。

「ストークハースト卿」ミス・ビリングズはついに沈黙を破った。「お時間を割いていただき、ありがとうございます」

ルークは気を取り直し、半分空いたグラスを無造作に振ってみせた。

「ブランデーを飲み終わるまでは帰らないことにしていてね」

視界の隅で、この無礼な態度にアリシアが眉をひそめるのが見えた。ミス・ビリングズは落ち着いた様子でこちらを見ている。申し分のない立ち姿だ。葦《あし》のような体をまっすぐ伸ばし、敬意を表す程度にあごを引いている。それでも、室内には背筋がぞくりとするような緊張感が――二匹の猫が回りながらにらみ合っているときのような張りつめた空気が流れていた。

ルークはもう一口ブランデーを飲んだ。

「年はいくつだ?」ぶっきらぼうにたずねる。

「二二歳です」

「そうか」ルークは疑わしげな目でミス・ビリングズを見たが、その返答に疑問を投げかけることはやめておいた。「それで、自分にはわたしの娘の教育をする能力があると？」

「文学、歴史、数学は得意ですし、社交面で若い淑女に教えるべき事柄も心得ています」

「音楽は？」

「ピアノが弾けます」

「外国語は？」

「フランス語……と、ドイツ語を少し」

沈黙が流れるのに任せ、ルークはミス・ビリングズの口調にわずかに交じる訛りについて考えた。

「ロシア語もだろう？」しばらくしてから言う。

ミス・ビリングズの視線が、驚いたように揺れた。

「ロシア語も」彼女は認めた。「どうしておわかりになったのでしょう？」

「ロシアに住んだ経験があるはずだ。君の英語には訛りがある」

ミス・ビリングズはうなずいたが、そのさまはぶしつけな話題を許す王女のようだった。彼女の物腰には感心せずにいられなかった。矢継ぎ早に質問をぶつけられても、面くらっている様子は見せない。認めたくはないが、赤毛を振り乱し、陽気な野蛮人のようにふるまう娘のエマも、この厳格な礼儀作法には学ぶところがありそうだ。

「家庭教師の経験は？」

「ありません」

「子供の扱いには慣れていないということか」

「そのとおりです」ミス・ビリングズは認めた。「ですが、お嬢さまは厳密にはもう子供ではありません。一三歳とうかがっていますが」

「一二だ」

「難しい年頃です」ミス・ビリングズは意見を述べた。「子供ではないけれど、まだ大人にもなっていません」

「特にエマの場合は難しい。母親はだいぶ前に亡くなっている。若い淑女にふさわしいふるまいとはどんなものか、教えてやれる人間がいないんだ。ここ数年、医者に精神的に不安定と言われる状態が続いている。それを乗り越えるためには、成熟した、母親のような存在が必要なんだ」ルークは〝成熟した〟と〝母親のような〟という言葉を強調した。目の前にいる高級磁器のような女性を形容するのに、最もふさわしくない言葉だ。

「精神的に不安定、ですか?」ミス・ビリングズは穏やかにきき返した。

ルークはこれ以上話したくなかった。赤の他人と、エマの問題について話し合うつもりはない。ところが、ミス・ビリングズの澄みきった目を見ると、胸から言葉が搾り取られるかのように、話さずにはいられなかった。

「ちょっとしたことで泣くんだ。かんしゃくを起こす場合もある。君より頭一つ分ほど背が高いが、それでもまだ背が伸び続けている事実に絶望している。最近では話もしてくれない。

自分の気持ちを説明してもわたしにはわからないと言うんだが、確かに――」

自分がしゃべりすぎていることに気づき、ルークは唐突に言葉を切った。まったく自分らしくない。

ミス・ビリングズは即座に言葉を返した。

「ストークハースト卿、それを精神的に不安定と呼ぶのはばかげていると思いますわ」

「なぜそう思う？」

「わたしも若い頃、今おっしゃったのと同じような状態になりましたし、女のいとこたちも皆そうでした。エマの年頃の女の子には普通のことです」

ミス・ビリングズの静かな自信に、ルークも納得させられそうになった。その言葉にすがりつきたかった。もう何カ月も医者の診断には不安をあおられるばかりで、どうすればいいのかよくわからない。エマといえば処方された薬も飲まず、提案された食餌療法にも従わない。そのうえルークは、年老いた母親と白髪頭のお仲間たちに心配され、再婚しなかったことで自責の念にも駆られ、ほとほとまいっていた。

〝あなたのせいであの子はこうなったのよ。女の子には母親が必要なの。このままだと誰の手にも負えなくなって、嫁のもらい手がなくなるわ。あなたがメアリー以外の女性を妻にしなかったせいで、あの子はオールドミスになってしまうの〟母親にはそう言われた。

「ミス・ビリングズ」ルークはそっけなく言った。「エマの問題が深刻なものではないという君の意見が聞けてよかったよ。でも――」

「深刻なものではないというわけではありません。普通だと申し上げただけです」

ミス・ビリングズは雇い主と使用人の一線を越え、自分たちが対等であるかのような口の利き方をした。ルークは顔をしかめ、この傲慢な態度は無意識なのか、それともわざとなのかといぶかった。

部屋は重苦しい沈黙に包まれた。ルークはアッシュボーン夫妻の存在をすっかり忘れていたが、アリシアが針編み刺繡のクッションを長椅子の上でそわそわといじるのを見て、二人のことを思い出した。チャールズのほうはというと、さぞかし興味深いものを発見したような顔で窓の外を見ている。ルークはミス・ビリングズのほうに向き直った。視線で人を威圧する術に長けているルークは、彼女が顔を赤らめるか、口ごもるか、涙を浮かべるのを待った。ところが、ミス・ビリングズは薄い青色の目で、射るようにルークを見つめ返した。

やがてその視線が落ち、ルークの腕をなぞった。その種の視線に、ルークは慣れていた。驚く者もいれば、嫌悪感を示す者もいる。左手があるはずの場所に、銀色の鉤手《かぎ》がぎらりと輝いているのだ。左手は九年前に負傷し、感染症で命を失う危険があったために切断した。これが自分に与えられた運命なら、その中で最善を尽くすしかない。生活の中で必要な調整を何千とルークが怒りと自己憐憫にのたうち回らずにすんだのは、強情な性格ゆえだった。これが自分に与えられた運命なら、その中で最善を尽くすしかない。生活の中で必要な調整を何千と重ね、今ではこの状態にも慣れていた。鉤手を見て怖がる者は多かったが、その事実もためらわず利用してきた。困惑することを期待して、ミス・ビリングズの様子を見守る。彼女は鉤手の存在には気を留めたが、特に何の感情も示さなかった。今まで、こんなふうに自分を見た者はいなかった、一人も。

「ストークハースト卿」ミス・ビリングズはまじめな顔で言った。「このお役目を引き受けることにしました。すぐに荷物を取ってきます」

きびすを返し、灰色のモスリンのスカートの衣ずれの音をたてながら、すたすたと歩いていく。ルークがあとを追おうとしたとき、アリシアがにっこり笑いかけてきた。

ルークは口を半開きにしたまま、誰もいない戸口を見つめた。信じられないという目でチャールズを見る。

「この役目を引き受けることにしたそうだ」

「おめでとう」チャールズはためらいがちに言った。

ルークは陰気にほほえんだ。

「呼び戻してくれ」

チャールズはほっとしたようにルークを見た。

「ちょっと待て、ストークハースト！　君の狙いはわかっている。ミス・ビリングズを言い負かして、妻を泣かせ、その後始末をわたしに押しつけて帰るつもりなんだ！　でも、数週間でいいから、ミス・ビリングズを手元に置いてほしい。その間にわたしが別の働き口を見つけてくる。友達だろう、お願いだ――」

「チャールズ、ばかにするのもいいかげんにしろ。本当のことを言ってくれ。ミス・ビリングズは何者で、なぜわたしに押しつけようとするんだ？」

チャールズは腕を組んだりほどいたりしながら室内を歩き回った。彼がこれほど動揺した様子を見せるのは珍しい。

「彼女は……その、難しい立場に置かれているとだけ言っておこう。我が家にいる時間が長引けば危険も増す。午後のうちに君が田舎に連れて帰って、しばらくかくまってほしいんだ」

「つまり、誰かから逃げているというわけだな。なぜだ？」

「これ以上は言えない」

「彼女の本名は？」

「それは重要ではない。頼むからきかないでくれ」

「きかないでくれ？　そんな人間を娘のそばに置けというのか？」

「エマに危険が及ぶことはない」チャールズは慌てて付け加えた。「何一つ。これほど君のお嬢さんを心配しているアリシアとわたしが、あの子の害になるようなことをすると思うか？」

「今の時点では何とも言えないよ」

「数週間だけでいいんだ」チャールズは懇願した。「ほかに居場所が見つかるまで。ミス・ビリングズに家庭教師が務まるのは確かだ。エマには何の害にもならない。むしろ良い影響を与えられるかもしれない。君は昔から頼りになる男だった。助けてほしいんだよ」

ルークは断ろうとしたが、そのときミス・ビリングズが自分を見るときの、探るような妙な目つきを思い出した。苦境に置かれながらも、ルークを信じると決めたのだ。なぜ？　そもそも何者なのだ？　夫から逃げている妻？　政治亡命者？　ルークは説明のつかないことが嫌いで、謎は解かずにはいられなかった。物事は秩序立てて筋を通したいという、イギリス人に典型的な性格なのだ。その欲求はあまりに根深く、打ち消すことはできなかった。答えの得られない疑問ほど、抗えない誘惑はない。

「くそっ」ルークは声を殺して言い、チャールズに向かって短くうなずいた。「一カ月、それ以上は無理だ。一カ月経ったら引き取ってくれ」

「ありがとう」

「チャールズ、これは貸しだからな」ルークは恨めしそうに言った。「忘れないでくれ」

チャールズは感謝の念に、顔をくしゃりとほころばせた。

「君が忘れさせてくれないんだろう？」


きちんと整備された風景の中を進みながら、タシアは馬車の窓から外をじっと見つめていた。母国のことを、どこまでも続く未開墾の地とくすんだ青と灰色の空を思い出す。この国は何もかもが違っていた。これほどの経済力と軍事力を持ちながら、イギリスという国は驚くくらい狭い。ごちゃごちゃした街の外側に、柵や生け垣に囲まれた土地と、青々とした草原が広がっている。道端ですれ違う庶民たちは、ロシアの農民より裕福そうに見えた。服装も現代的で、スモックやローブの類は見かけない。頑丈そうな荷馬車も馬も手入れが行き届いている。木造の農場とわらぶきの小屋が並ぶ田舎町はこぢんまりと、整然としていた。だが、ロシアならどんな村にもある木造の浴場が見当たらない。この国の人々はどうやって体を洗うのだろう？

ここには白樺の森もない。地面は黒ではなく茶色だ。空気は冷たくもなければ、鼻を刺すようなバルト海の臭いもしない。教会の尖塔を探そうとしても、なかなか見つからなかった。ロシアには至るところに教会があり、どんなに辺鄙《へんぴ》な土地も例外ではない。白い塔を覆う黄金の玉葱形の円蓋が、ろうそくの灯のように地平線上で輝き、さまよえる魂の行く手を照らしてくれる。ロシア人は鐘も愛していて、音楽のように鳴り響く鐘の音が、礼拝の時刻と、祝祭の始まりと終わりを教えてくれる。これから、鐘が奏でる不協和音が恋しくなることだろう。イギリス人が鐘を鳴らす民族だとは思えなかった。

故郷を思うと、タシアの胸はうずいた。親戚のアリシアの玄関前に着いたのはつい一週間前のことだが、それからもっと経っているような気がした。疲労困憊し、顔を真っ青にしたタシアは、何とか弱々しくほほえんで「こんにちは《ズドラーストヴィチェ》」と一言あいさつしたとたん、ふらふらとアリシアの腕の中に倒れ込みそうになった。アリシアは思いがけない訪問に唖然としながらも、タシアを家の中に入れてくれた。タシアを助けるために、アリシアが全力を尽くしてくれるのは間違いなかった。残虐な歴史を生き抜いてきたスラヴ人は同族意識が強く、スラヴ人の家系であるタシアの一族には深い忠誠心が根づいている。子供のころにイギリスに渡ってきたとはいえ、アリシアも生粋のロシア人だった。

「わたしが生きていることは誰も知らないの」タシアは説明した。「でも、あの人たちが事実を知ったら、わたしはどこか親戚のもとに身を寄せているはずだと考えるわ。だから、ここに置いてもらうわけにはいかないの。別の場所に行かないと」

〝あの人たち〟が誰を指すのかは、アリシアにもわかっていた。ロシア政府当局は頻発する暴動と政治的陰謀にかかりきりになっていて、法の裁きを徹底させる余裕はない。だが、ミハイルの家族がタシアの逃亡に気づけば、どこまでも追っ手を差し向けてくるだろう。アンゲロフスキー家の権力は強大で、ミハイルの兄ニコラスは復讐心が強いことで知られている。

「家庭教師の口を探すわね」アリシアは言った。「家庭教師には誰も、ほかの使用人でさえ注意を払わないの。立場は完全に独立していて、身元を詮索されることもないわ。実を言うと、友達にあなたを雇ってくれそうな人がいるの。娘が一人いる男やもめよ」

こうしてストークハースト卿と会う運びになったのだが、タシアは彼のことをどう考えればいいのかわからずにいた。普段なら人の性質はたやすく見抜けるのだが、ストークハースト卿の場合は難しかった。サンクトペテルブルクにあのような人間はいない。タシアが知る限り、長いあごひげを生やした裁判所の役人にも、尊大な軍人にも、物憂げな若い貴族にも、あれほど世慣れた西欧的な男性はいなかった。冷静な外面の裏に、とてつもなく強い意志の力を感じる。欲しいものを手に入れるためには手段を選ばない。そのような人物にはかかわりたくないところだが、贅沢は言っていられなかった。

タシアが銀の鉤手に目を留めたとき、ストークハースト卿は身をこわばらせた。鉤手に嫌悪感は覚えなかった。不完全な部分を知り、ようやく彼が人間らしく思えたくらいだ。だが、あたりの空気は挑むように張りつめ、ストークハースト卿が同情よりも恐怖を煽ろうとする人間であることがわかった。他人からいっさいの弱みを隠すには、どれだけの努力が必要なのだろう。彼のプライドはどこまで高いのだろう。プライドはストークハースト卿を、目に見えないマントのように覆っていた。

田舎の領地に向かう馬車の中、ストークハースト卿はぎらりと輝く鉤手をあらわにし、何気ない様子で膝に置いていた。タシアが動揺せずにいられるかどうかを確かめるため、わざとそうしているようにも思える。このように試されたのは、きっとタシアが初めてではないのだろう。確かにタシアは動揺していたが、それは鉤手とは何の関係もない。生まれて初めて男性と二人きりにされたせいだった。

だが、タシアはもはや箱入り娘の相続人ではない。公爵と結婚し、使用人がひしめく大邸宅に君臨することもないのだ。今やタシア自身が使用人であり、正面に座っている男性が自分の雇い主だ。これまで乗ってきた家族の馬車はミンクの毛皮張りで、黄金の馬具とクリスタルの扉を備え、内装はフランスの画家の手で施されていた。今乗っている馬車も豪華ではあるが、それとは比べものにならない。タシアはむっつりと、自分は浴槽に湯を張ったことも、ストッキングを洗ったこともないのだと思った。実用的な技能として身につけているのは、裁縫くらいだ。子供のころから、針とはさみと色とりどりの絹糸が詰まった小さなかごを持っていた。若い娘が何もせずに座っているのはよくないというのが、母親の教えだったからだ。

タシアは考え事を打ち切り、過去を振り返ってはいけないと自分に言い聞かせた。特権的な生活を失ったことなど、たいした問題ではない。金があったから何だというのだ。カプテレフ家にいくら財産があろうと、父は死んでしまったし、孤独に沈むタシアには何の慰めにもならなかった。貧乏も、労働も、空腹も怖くない。どんな未来も受け入れてみせる。すべてが神の思し召しなのだから。

自分が自宅に連れて帰るこの女は何者なのだろうと思いながら、ルークは青い目で鋭く彼女を見つめていた。ドレスは申し分のない形にひだが寄せられ、体はぴくりとも動かない。ベルベット張りの座席に座る姿は、肖像画のモデルのようだ。

「給金の額を言っておいたほうがいいか？」ルークは唐突にたずねた。

ミス・ビリングズは握り合わせた手をじっと見た。

「適切な額をいただけると思っておりますが」

「月給五ポンドでいいだろう」

ミス・ビリングズが軽くうなずいたのを見て、ルークは驚いた。相場よりずいぶん高い金額なのだ。気前のいい申し出に、礼か賛辞を口にしてもいいはずだ。だが、彼女は何も言わなかった。

エマがこの女性を気に入るとは思えなかった。この異様な女性がどうやってあのおてんば娘と接点を見つけるというのだ？　自分の内側の世界に閉じこもり、現実よりもその世界を好んでいるようなこの女性が。

「ミス・ビリングズ」ルークは淡々と言った。「満足いく働きをしてくれない場合は、猶予を与えるから新しい職を探してもらうよ」

「その必要はありません」

自信ありげな口調に、ルークは鼻を鳴らした。

「君はまだ若い。いつか、人生は思いもかけないことが起こるものだと知ることになるよ」

ミス・ビリングズの唇に妙な笑みが浮かんだ。

「そのことならもう知っていますわ。英語では〝運命のいたずら《ツイスト・オブ・フェイト》〟と言うのですよね？」

「アッシュボーン家に身を寄せたのは運命のいたずらだったというわけか？」

「ええ、そうです」

「あの夫婦とはいつからの知り合いだ？」

ほのかな笑みが消えた。

「知る必要はあるのですか？」

ルークは座席にもたれ、ゆったりと腕を組んだ。

「多少のことは知る権利があると思っている。いくら君が質問を嫌おうと、わたしは君に娘を託すことに同意したのだから」

ミス・ビリングズはなぞなぞでも解こうとしているように、眉間にしわを寄せた。

「何をお知りになりたいのでしょう？」

「君はアリシアの親戚なのか？」

「遠い親戚です」

「生まれはロシアか？」

ミス・ビリングズは目を伏せ、身じろぎもしなかった。ルークの声が聞こえなかったかのように。それから、かすかにうなずいた。

「結婚は？」

ミス・ビリングズは組んだ両手に視線を落としたままだった。

「なぜその質問を？」

「いずれ激昂した夫が我が家の玄関に現れるのなら、あらかじめ知っておきたい」

「夫はいません」静かに答えが返ってきた。

「どうしてだ？　たとえ金がないのだとしても、その器量ならまともな縁談の二つや三つはあるだろう」

「一人でいたいのです」

ルークは皮肉めいた笑みを浮かべた。

「わたしも同じだ。だが、一生独身を誓うには、君はまだ若すぎる」

「もう二二歳です」

「冗談はやめてくれ」ルークは静かに言った。「君はエマより少し年上な程度だ」

かわいらしい顔をこわばらせ、ミス・ビリングズはルークを見上げた。

「年齢がそこまで問題でしょうか？　六〇歳になっても一六歳のときと頭の中身が変わらない人もいます。子供でも経験によって大人びることはありますし、そういう子供は周囲の大人よりもずっと分別をわきまえています。成熟度は簡単に測れるものではありません」

ミス・ビリングズを言い負かしたい衝動は薄れ、ルークはそっぽを向いた。この女性の身に何があったのだろう？　なぜ一人でいるのだろう？　父親か兄か後見人か、これまで誰かが彼女の面倒を見てきたはずだ。どうして今は誰も一緒にいないのだろう？

指先で左の袖をこすり、鉤手を腕に留めている革のベルトの輪郭を確かめる。正体が何であれ、このミス・カレン・ビリングズという女性を前にすると、胸がざわめいた。心の中でチャールズ・アッシュボーンに毒づく。一カ月。これが丸一カ月も続くとは。

ミス・ビリングズは窓外の景色を食い入るように見つめていた。馬車はサウスゲートのはずれに差しかかっていた。サウスゲートはもともと領地内の村だったが、やがて州《カウンティ》最大の市場を備えた活気ある町へと発展した。町は青々とした草原と小川、ぶなとオークの森に囲まれている。穀物取引所、製粉所、小学校として使われているしゃれた煉瓦造りの建物は、ルークの祖父の設計によるものだ。その才能は、町の中心にある教会の設計にも発揮されている。大きなステンドグラスの窓がはめ込まれた簡素な建物だ。

周囲の土地を何キロも先まで見下ろせる広大な丘の上に立つ、立派な領主邸の輪郭が見えてきた。ミス・ビリングズは物問いたげな目でルークを見た。

「サウスゲート館だ」ルークは言った。「ストークハースト家では、エマとわたしだけがあそこに住んでいる。両親はシュロップシャーの屋敷のほうがいいと言って、そっちにいる。妹はスコットランド人と結婚して、セルカークに住んでいる」

馬車は曲がりくねった道を上り、かつてはノルマン人の要塞だった巨大な壁の門を入った。サウスゲート館は廃墟となっていた古城を改築した建物だ。中央部分の歴史は一六世紀に遡るが、それ以外の部分は近年になって造られた。小塔や三角屋根がふんだんに使われたロマンティックな外観と、天に向かってそびえるその高さから、イギリス有数の絵になる邸宅として知られている。画家を志す若者が、特徴ある屋敷の外観と、東に向いた正面で煉瓦とガラスが織り成す模様を、自分なりに表現するために訪れることも多い。

三つ葉模様の繰形と家紋の入った円形浮き彫り《メダリオン》が上に施された玄関ドアの前で、馬車は停まった。タシアは黒の仕着せ姿の従僕たちの手を借りて馬車を降り、ドアの上に彫られた図柄を見つめた。鷹が鉤爪で一本の薔薇をつかんでいる。

ひじに触れられるのを感じ、驚いて振り向くと、ストークハースト卿が立っていた。太陽を背にしているため、ほっそりした顔は影になっている。

「入ってくれ」タシアに先に入るよう、手でうながす。あごが長く頭が薄くなった年配の執事が、開けたドアを支えていた。ストークハースト卿が紹介する。「シーモア、こちらはミス・ビリングズ、新しい家庭教師だ」

タシアは執事が自分に紹介されたのではなく、自分が執事に紹介されたことに驚いた。だがすぐに、自分はもはや淑女ではなく、身分の低い使用人であることを思い出した。地位の低いほうが高いほうに紹介されるのがならわしだ。口元にもの悲しい笑みがよぎり、慌ててシーモアに向かってひざを曲げる。

一同は広大な玄関ホールに入った。ホールは二階分の高さがあり、中央に八角形の石のテーブルが置かれている。頭上高くにあるいくつもの天窓から、自然光がたっぷり差し込んでいた。感心してホールを眺めるタシアの耳に、壁に反響するほどの叫び声が聞こえてきた。

「お父さま！」

手足がひょろ長く、たっぷりした髪を振り乱した背の高い少女が、ホールに飛び込んできた。

娘が大きな犬を追って角を曲がってくるのを見て、ルークは顔をしかめた。まだ成犬になっていない、ウルフハウンドを主とした雑種だ。数カ月前、エマが村の行商人から買ってきた。サウスゲート館の誰もが、動物好きを公言している者でさえ、エマほどこの犬をかわいがってはいない。毛はもじゃもじゃできめが粗く、茶色と灰色が混じっている。小さな目と大きな鼻面、異様に長くて垂れた耳から、エマは旧約聖書に出てくる怪力の持ち主を連想し、サムソンと名づけていた。食欲もたいしたものだが、いかなる訓練も受け入れない頑固さも、それと同じくらいたいしたものだった。

ルークの姿を認めると、サムソンは嬉しそうに、低く太い声で吠えながら駆け寄ってきた。だが、見知らぬ人間がいることに気づくと、歯をむいてうなり始めた。よだれが床に飛び散る。エマが首輪をつかんでおとなしくさせようとしても、振り払って突進しようとした。

「やめなさい、サムソン、この乱暴者！　お行儀よくして――」

その騒ぎを切り裂くように、ルークは低い声で注意した。

「エマ、犬を家の中に入れるなと言ったはずだ」言いながら、反射的にミス・ビリングズの華奢な体を背後に押しやる。犬は彼女を八つ裂きにしたがっているように見えた。

「この子は人に嚙みついたりしないわ」犬を押さえつけようともがきながら、エマは叫んだ。

「ただ騒ぎたいだけよ！」

犬をつかんで立ち退かせようとしたとき、ルークはミス・ビリングズが前に出ていることに気づいた。彼女はうなる犬を目を細めて見つめ、ロシア語で話しかけた。その声は低く、かすれていて、火がはぜる音のようだった。ルークには一語たりとも理解できなかったが、うなじの毛が逆立つのを感じた。犬にも同じ効果があったらしく、サムソンはうなるのをやめ、目を丸くしてこの新参者を見つめた。

そして突然、腹這いになり、ミス・ビリングズにすり寄っていった。甘えるような声をあげながら、激しくしっぽを振って床に打ちつける。ミス・ビリングズはしゃがみ込み、もじゃもじゃした犬の頭を優しくなでた。サムソンは有頂天になり、腹を見せて身をよじった。ミス・ビリングズが立ち上がっても、巨大犬はよだれを垂らしながら彼女の足元にうずくまっていた。

ルークがぶっきらぼうに命令すると、従僕が駆け寄ってきて、犬を外に連れ出そうとした。

サムソンは舌と耳が床につきそうなほど頭を下げ、いかにも気の進まない様子でのそのそと歩いていった。

　最初に口を開いたのはエマだった。

「あの子に何て言ったの？」

　ミス・ビリングズは青灰色の目でさっとエマの全身を見て、かすかにほほえんだ。

「マナーをわきまえなさいって言ったのよ」

　エマは慎重な口ぶりで、父親に次の質問をした。

「この人、誰？」

「お前の家庭教師だ」

　エマは口をぽかんと開けた。

「わたしの、何ですって？　だってお父さま、そんなこと一言も――」

「わたしも知らなかったんだ」ルークはそっけなく言った。

　タシアはストークハースト卿の娘をすばやく観察した。エマは思春期に差しかかったばかりの、動きのぎこちない痩せた少女だった。縮れた髪の毛は人参のような赤色で、どこに行っても目立ちそうだ。ほかの子供たちから、残酷なからかいの言葉を浴びせられているのかもしれない。髪は魅力にも転じるだろうが、それに加えて背も高すぎ、いずれは一八〇センチを超えそうな勢いだ。少しでも背を低く見せようとして、猫背になっている。ワンピースのスカートは短すぎ、爪は汚かった。父親と同じサファイヤのような美しい目をしているが、まつげは黒ではなく赤褐色で、顔には黄金色のそばかすが散っていた。

角張った顔にきまじめな表情を浮かべた、背の高い白髪の女性が近づいてきた。ベルトからぶら下がる大きな鍵束が、家政婦の権威を象徴している。

「ミセス・ナグズだ」ストークハースト卿は言った。「こちらは新しい家庭教師のミス・ビリングズ」

家政婦は眉根を寄せた。

「さようでございますか。部屋を用意しなければなりませんね。前回と同じでよろしいですか？」その声音は、どうせ今回の家庭教師も前回同様すぐにやめるのだろうから、と言わんばかりだった。

「ミセス・ナグズ、君がいいようにしてくれ」ストークハースト卿は娘に近づき、頭のてっぺんにキスをした。「仕事がある」ぼそりと言う。「話は夕食のときにしよう」

エマはうなずき、ストークハースト卿がその言葉を最後に立ち去ると、タシアをじっと見た。

「ミス・ビリングズ」家政婦がきびきびと言った。「あなたの部屋を用意するよう手配してきます。それまでお茶でも飲んでいてください」

茶を飲むという言葉が、これほど魅力的に聞こえたことはない。今日は疲れる一日だったし、ロシアを発ってから体も本調子に戻っていなかった。もうくたくただ。けれど、タシアは首を横に振った。今はエマと交流を図ることのほうが重要だ。

「それよりも、お屋敷の中を拝見したいのですが。エマ、案内してくれる?」

「はい、ミス・ビリングズ」エマはかしこまって言った。「どこを見る? 寝室は四〇部屋、居間も同じくらいあるわ。ギャラリー、中庭、礼拝堂……。全部見て回ろうと思うと、丸一日かかるわよ」

「とりあえず、あなたが重要だと思うところだけ見せて」

「はい、ミス・ビリングズ」

一階を見て回るうち、タシアはこの邸宅の美しさに感嘆の念を覚えた。凝った装飾のヴィクトリア様式の屋敷に重厚な家具を配したアッシュボーン邸とはまったく違う。サウスゲート館には、清潔な白いしっくい仕上げと薄い色の大理石が多用されていた。大きな窓と高い天井のおかげで、どの部屋も風通しが良く、明るい。家具の大半がフランス製で、タシアがサンクトペテルブルクで慣れ親しんでいたものとよく似ていた。

最初のうち、エマはほとんどしゃべらず、タシアをちらちらと横目で見るだけだった。だが、音楽室を出て、絵画がずらりと並ぶ長いギャラリーを歩きだしたところで、ついに好奇心が抑えられなくなったようだった。

「お父さまはどこであなたを見つけてきたの?」エマはたずねた。「今日、家庭教師を連れてくるなんて言ってなかったのよ」

タシアは足を止め、ブーシェの描いた田園風景を眺めた。ギャラリーにはほかにもフランスの現代絵画が多く飾られていたが、どれも明度と色彩に目の利く人物が選んだものだった。

タシアは絵画から注意を戻し、エマの質問に答えた。

「わたしはお父さまのお友達のアッシュボーンご夫妻のお宅におじゃましていたの。お二人がご親切に、わたしをお父さまに推薦してくださったのよ」

「前の家庭教師は好きじゃなかったわ。すごく厳しくて。面白い話には乗ってくれないの。本、本、本ばっかり」

「本はとても面白いものよ」

「それはどうかしら」二人はゆっくりした足取りでギャラリーを歩き続けた。エマは今や堂々とタシアを見ていたが、その青い目にいぶかしげな色が浮かんだ。「あなたみたいな家庭教師をつけている友達はいないわ」

「そうなの？」

「若いし、話し方が変わってるし。それに、すごい美人」

「あなたもよ」タシアはそっと言った。

エマはおどけた顔をした。

「わたし？　わたしは人参頭の大女よ」

タシアはにっこりした。

「わたしは昔からもっと身長が欲しかったわ。背が高ければ、部屋に入っていったとき、みんなわたしを女王さまだと思うもの。あなたくらい背の高い女性じゃないと、本物の優雅さは出せないわ」

エマは顔を赤らめた。

「そんな話、聞いたことないけど」

「それに、髪もすてき」タシアは続けた。「クレオパトラや当時の宮廷の女性たちが、ヘナで髪を赤く染めてたことは知ってる？　生まれつきその色の髪をしてるなんてすごく運がいいわ」

エマは疑わしげに鼻を鳴らし、二人は角を曲がった。次の廊下にはガラス窓が並び、金と白で内装が施された舞踏室が見える。

「わたしに淑女らしいふるまいを教えるつもり？」エマは唐突にたずねた。

面と向かってぶしつけな質問をするところが父親にそっくりだと思い、タシアは笑みをこぼした。

「あなたがそういう面で多少アドバイスを必要としているという話は聞いているわ」正直に言う。

「そもそも、どうして淑女にならなきゃいけないのかわからないの。くだらない決まり事とかマナーとか……わたしには全然向いてないわ」エマはくしゃりと顔をしかめ、おかしな表情をしてみせた。

タシアは笑わないようぐっとこらえた。何カ月かぶりに、ユーモアの感覚が刺激されるのを感じる。

「難しくはないわよ。ゲームみたいなものだもの。あなたならうまくやれると思うわ」

「理由がわからないことはうまくできないの。フォークを順番どおりに使わなくても、ちゃんとものが食べられるならいいでしょう？」

「ききたいのは哲学的な理由？　それとも現実的な理由？」

「両方」

「礼儀作法がきちんとしていないと、文明は滅びると考えている人が多いの。マナーがおろそかになれば、道徳観が低下して、退廃的な古代ローマ人みたいに国をつぶしてしまうって。でも、もっと大事なのは、社交界デビューしてから派手な失敗をすれば、あなたもお父さまも恥をかいて、立派な若い男性には見向きもされなくなるってこと」

「そうなの？」エマは興味を引かれたように、タシアを見つめた。「ローマ人が退廃的だったって本当？　ローマ人といえば、戦争をして、道を造って、政府についての長い演説をしたことしか知らなかったわ」

「怖いくらい退廃的だったのよ」タシアは請け合った。「もしよければ、明日その本を読んでもいいけど」

「いいわね」エマはにっこりした。「次は厨房よ。コックのミセス・プランケットを紹介するわ。この家でわたしが一番好きな人なの。お父さまの次にね」

　二人は乾物の棚が並ぶ細長い食料貯蔵室と、大理石のテーブルとあらゆるサイズの麺棒が置かれた焼き菓子室を通り抜けた。エマはタシアの腕を取り、好奇心丸出しで二人を見るキッチンメイドたちの前を通り過ぎていった。

「この人はわたしの新しい家庭教師で、名前はミス・ビリングズよ」歩きながら紹介する。

厨房はとても広く、慌ただしく夕食の準備をする使用人であふれていた。中央に長い木製のテーブルが置かれ、低い位置に掛けられた鍋やフライパン、銅製の流し型の影が落ちている。太った女性が大きなナイフを巧みに使い、一人のキッチンメイドに正しい人参の切り方を教えていた。

「厚くなりすぎないように――」エマの姿を認めると、言葉を切ってにっこりほほえんだ。

「あら、かわいいエマお嬢さまがいらっしゃったわ。今日はお友達も一緒なのね」

「ミセス・プランケット、こちらはミス・ビリングズよ。わたしの新しい家庭教師」

「何てきれいな人」ミセス・プランケットは感嘆の声をあげた。「そろそろ新しい人が入るころだとは思っていたけど、これほどの美人に来てもらえるなんて。でも、その体……ほうきの柄みたいに痩せてるじゃないの」焼き菓子が盛られた大皿に手を伸ばし、上に掛かっている布をめくる。「子羊さん、ここにあるアップルタルトを一つ食べて、皮が厚すぎたら教えてちょうだい」

一目会っただけで、エマがこのコックになついている理由がよくわかった。ミセス・プランケットはりんご色の頬に明るい茶色の目をしていて、母親のような温かい雰囲気を持った女性だった。

「どうぞ」なおも勧められ、タシアはタルトに手を伸ばした。

エマもあとに続き、皿の中で一番大きなタルトを選んだ。がぶりとタルトにかじりつく。

「おいしい」口をタルトでいっぱいにしたまま言った。タシアがたしなめるような視線を向けると、にやりと笑い返す。「あら、わかってるわ。食べながら話すのはお行儀が悪いのよね。でも、わたしは口の中のものをまったく見せずにしゃべれるのよ」エマはタルトを片側の頬に寄せた。「ほらね?」

タシアがそれでも行儀が悪いことに変わりはないのだと言おうとしたとき、エマがミセス・プランケットにウィンクするのが見えた。威厳を保たなければと思いながらも、笑いをこらえることができなかった。

「エマ、そのうち大事なお客さまに、食べかすをまきちらすことになるかもしれないわよ」

エマはにっと笑った。

「それ、いいわね！　今度レディ・ハーコートがうちに来たら、食べかすまみれにしてやるわ。さすがにもう来なくなるでしょうね。そうなったときのお父さまの顔が想像できる?」

タシアがぽかんとしているのを見て、説明を加えた。「レディ・ハーコートっていうのは、お父さまと結婚したがっている女性の一人よ」

「一人?」タシアはきき返した。「全部で何人いるの?」

「まあ、女性なら誰でもって言ったほうがいいわね。週末にうちでパーティをやるときは、女の人たちの会話を盗み聞きしてるの。信じられないようなことを言ってるんだから！　いつも半分も理解できないけど、でも――」

「理解できなくて幸いだわ」ミセス・プランケットは実感のこもった口調で言った。「エマ、盗み聞きをするのはよくないことだってわかってるはずよ」

「でも、わたしのお父さまのことなのよ。誰がお父さまの気を引こうとしているのか、わたしには知る権利があるわ。しかも、レディ・ハーコートはずいぶん頑張ってるの。あっというまにお父さまと結婚して、わたしは寄宿学校に送られてしまうかも」

ミセス・プランケットはくすくす笑った。

「もしお父さまに再婚なさる気があるなら、もうとっくにしてますよ。お父さまにはあなたのお母さま以上の女性はいらっしゃらないし、これからも現れるとは思えませんね」

エマは顔をしかめて考え込んだ。

「お母さまのことをもっと覚えておきたかったわ。ミス・ビリングズ、お母さまの肖像画を見る？　上の客間にあるんだけど。お母さまがよくお茶を飲んでいた部屋なの」

「ええ、見たいわ」タシアは言い、アップルタルトをかじった。お腹はすいていなかったが、無理やり食べる。

「こちらで働けるのは幸せなことよ」ミセス・プランケットはタシアに言った。「ストークハースト卿は家計費をはずんでくださるから、何も節約する必要がないの。バターは好きなだけ使えるし、毎週日曜にはハムが食べられる。石鹸も、卵も、質のいい獣脂ろうそくも、たっぷり使わせてもらえるの。お客さまがいらっしゃったとき、お伴してきた使用人に話を聞くんだけど、卵を食べさせてもらえないお宅もあるのよ！　あなたもストークハースト卿に雇っていただけてよかったわね。わかっていると思うけど」

タシアは反射的にうなずいた。ロシアの自宅で使用人がどのような扱いを受けていたか、考えずにはいられなかった。彼らの食事の質について考えたこともなければ、じゅうぶんに食事がとれているか確認したこともない事実に思い至り、罪悪感でいっぱいになる。母のことだから、気前は良かったはずだ。ただ、自分のことしか考えていないせいで、使用人が欲しているものにまで気が回らなかった可能性はある。使用人が自ら何かを要求することはないのだから。

タシアは突然、エマとミセス・プランケットが妙な顔で自分を見ているのに気づいた。

「手が震えているわ」単刀直入にエマが言った。「ミス・ビリングズ、気分でも悪いの？」

「顔が真っ青よ」ミセス・プランケットも言い、ぽっちゃりした顔に心配そうな表情を浮かべた。

タシアはそっとタルトを置いた。

「少し疲れているんです」正直に言う。

「お部屋の準備はもうできているはずよ」エマが言った。「もしよければ、連れていくけど。家の中はまた明日見ればいいわ」

ミセス・プランケットはタルトをナプキンに包み、タシアの手に押しつけた。

「かわいそうな子羊さん、これは持って帰って。夕食はあとで部屋に持っていかせるわ」

「ご親切に」タシアはミセス・プランケットの柔らかな茶色の目にほほえみかけた。「ありがとうございます、ミセス・プランケット」

ミセス・プランケットは、エマとともに出ていく若い女性の後ろ姿を見つめた。厨房は沈黙に包まれていたが、それはドアが閉まるまでのことだった。キッチンメイドたちはいっせいにしゃべり始めた。

「あの人の目を見た？　猫の目のようだったわ」

「痩せすぎよ。体からドレスがずり落ちるんじゃないかと思ったわ」

「それに、あの話し方……ほとんど聞き取れない単語もあったわよ」

「わたしもあんなふうにしゃべってみたい」一人のメイドがうっとりと言った。「かわいらしかったもの」

ミセス・プランケットはくすりと笑い、手を振って仕事に戻るよううながした。

「噂話はあとにして。ハンナ、人参を切ってしまいなさい。それからポリー、そのソースをかき混ぜるのをサボったら、固まっちゃうわよ」

ルークとエマは二人きりで、リネンで覆われたダイニングテーブルを囲んでいた。大理石の暖炉の炎が、壁に掛けられたフランドル製のタペストリーと大理石の彫刻に温かな光を投げかけている。使用人がやってきて、エマのグラスに水を、ルークのグラスにフランスワインを注ぎ足した。執事がサイドボードの前で皿のふたを外し、いい匂いのするトリュフのスープをすくって浅いボウルに入れる。

ルークは笑顔で娘を見た。

「エマ、お前が楽しそうな顔をしていると心配になるよ。前回みたいに、新しい家庭教師をいじめる方法を考えているんじゃないだろうな？」

「あら、違うわよ。今度の人はミス・コーリーより断然いいもの」

「そうか」ルークはさりげない口調で言った。「お前はどんな人でもミス・コーリーよりはいいって言いそうだけどね」

エマはにやにやした。

「確かに。でもわたし、ミス・ビリングズは好きだわ」

ルークは眉を上げた。

「まじめすぎるとは思わないか？」

「ううん、全然。心の中では笑いたいと思ってることがわかるし」

ルークは表情の変わらないミス・ビリングズの顔を思い浮かべた。

「どういうわけか、わたしはあの人にそういう印象はないんだが」不満げに言う。

「ミス・ビリングズはエチケットとか礼儀作法とか、ほかにもいろんなことを教えてくれるって言ってた。いつも上の勉強部屋で勉強する必要はないって。本を外に持っていって、木の下で読んでもいいって言うの。明日は古代ローマの本を読むことになってて、そのあとは夕食の時間までフランス語しか話しちゃいけないのよ。今のうちに言っておくけど、明日は午後四時を過ぎたら、わたしはお父さまにはわからない言葉で返事しなきゃいけなくなるから」

ルークは茶化すような目で娘を見た。

「フランス語なら話せるよ」

「昔はね」エマは勝ち誇ったように言い返した。「ミス・ビリングズが言うには、外国語はつねに復習していないと、すぐに忘れてしまうんですって」

ルークはスプーンを置き、あの家庭教師はエマにどんな態度で接しているのだろうと考えた。おそらくエマと仲良くなっておいて、ここを出なければならなくなったとき、娘の感情を盾に意志を通すつもりなのだ。気に入らないやり方だ。カレン・ビリングズがあまり調子に乗るようなら、いずれ後悔させてやる。一カ月だけだ、と自分に言い聞かせ、ルークは湧き起こる怒りをこらえた。

「エマ、ミス・ビリングズに心を許しすぎないほうがいい。ここに長くいるとは限らないんだ」

「どうして？」

「何が起こるかわからないからね。もしかすると、お前の家庭教師としてふさわしい仕事をしてくれないかもしれない。あるいは、本人がほかの働き口に移りたいと言うかもしれない」ルークはワインを一口飲んだ。「そういうこともある、と覚えておいてくれ」

「でも、わたしがいてほしいって言えば、あの人はここにいてくれるわ」エマは言い張った。

それには答えず、ルークはスプーンを取ってスープをすくった。しばらくして話題を変え、買おうと思っているサラブレッドの話を始めた。エマもルークの意図を汲み、家庭教師の話題は慎重に避けたまま食事を終わらせた。

タシアは自分に与えられた部屋の中を歩き回っていた。三階にあり、かわいらしい丸窓がついている。毎朝、太陽の光で目覚められると思うと嬉しかった。幅の狭いベッドには、清潔な白いリネンのシーツと簡素なキルトのブランケットが掛けられている。部屋の隅にはマホガニーの洗面台があり、欠けた磁器の洗面器には黒いちごの花模様が入っていた。窓のそばには椅子とテーブル、反対側の壁の前には、扉に楕円形の鏡がついた使い古しの衣装だんすが置かれている。部屋は狭いが、清潔でひっそりしていた。

スーツケースはベッドの脇に置かれていた。タシアは慎重な手つきで、アリシアにもらったヘアブラシと薔薇の香りの石鹸を取り出した。ドレスを二着持っているのも、アリシアのおかげだ。今着ている灰色のドレスと、スーツケースに入っている黒のモスリンのドレス。祖母の形見の金の十字架は、服の下に隠してつねに身につけていた。父親の形見の指輪はハンカチに包んで固く結び、スーツケースの底の肌着の下に入れている。

タシアは最後に、木製の椅子を部屋の隅に移動させた。イコンを椅子の背に立てかけ、ベッドに入っていても見えるようにする。聖母マリアの柔和な顔を、愛おしげに指でなぞった。これが自分の〝美しき角《クラースヌイ・ウーゴル》〟なのだ。ロシア正教の信徒は皆、自宅にこのような場所を設け、一日の始まりと終わりに心の安らぎを求める。

ドアがノックされ、タシアの考え事は中断された。ドアを開けると、目の前にタシアより少し年上のハウスメイドが立っていた。糊《のり》の利いたエプロンをつけていて、帽子から亜麻色の髪の毛がわずかに見える。かわいらしい顔立ちをしているが、目には険《けん》があった。

「ナンといいます」メイドは言い、布で覆われた盆を差し出した。「夕食をお持ちしました。終わったらドアの外に置いておいてください。すぐに取りに来ますから」

「ありがとう」

メイドの態度に困惑しながら、タシアはつぶやいた。何かに腹を立てているように見えるのだが、理由が思い当たらない。

だが、答えはすぐにわかった。

「ミセス・ナグズに、あなたのお世話はわたしがするよう言われました。でも、これ以上仕事はいらないんです。一日じゅう階段を上ったり下りたりで、ただでさえ膝が痛いの。そのうえ、あなたの焚きつけと風呂の湯のバケツと夕食のお盆まで持ってこなくちゃいけないなんて」

「ごめんなさいね。用事はそんなに頼むつもりはないから」

ナンはばかにしたように鼻を鳴らし、きびすを返して、のろのろと階段を下りていった。

タシアは盆をテーブルに運ぶ途中、イコンに苦笑交じりの視線を投げかけた。

「まったく、イギリス人ときたら」小声で言う。聖母マリアは穏やかな、辛抱強い表情を崩さなかった。

タシアはそうっと布を持ち上げ、夕食を見た。鴨肉の薄切りと、ブラウンソース、白いロールパン、ゆでた野菜がのっている。どれもていねいに盛りつけられ、すみれの花が飾られていた。さらに、ぷよぷよした白いプリンが入った、小さなガラスのカップが添えられている。アッシュボーン家でも同じものが出されたことがある。〝ブランマンジェ〟とアリシアは呼んでいた。イギリス人は味のない食べ物を好むようだ。タシアはすみれの花を一つ取り、布を夕食の上に掛け直した。食欲が湧いてこない。でも……。

　ああ、色の濃いロシアのパンとバターか、クリームのかかったきのこの塩漬けさえあれば。あるいは、蜂蜜をたっぷり塗った薄いパンケーキ《ブリヌイ》。慣れ親しんだ匂いや味、かつて自分が属していた世界を思い出させるものなら何でもいい。ここ数カ月の出来事には、混乱させられるばかりだ。何もかもが砂のように、指の間からこぼれ落ちていく。今や頼りにできるものは何もなかった。

「わたしには、わたしがいる」タシアは言ったが、その声はわざとらしく響いた。ぼんやりと部屋を横切り、衣装だんすの鏡の前で足を止める。最近は、髪はまとまっているか、ボタンは全部留まっているかを確かめるために鏡をのぞくだけだったので、自分の顔をまじまじ見たのは久しぶりだった。

　顔はとても痩せていた。頬骨が鋭く、華奢に見える。首の丸みは消え、高い襟との間にラベンダー色のくぼみができていた。肌には血の気がない。無意識のうちにすみれの花を握りしめたせいで、豊かな香りが空気中にまき散らされた。タシアは鏡に映るこの儚い女性を、迷子のように自信をなくした自分を見るのがいやだった。儚いままではいたくない。何とかして力を回復させなければ。タシアはつぶれた花を捨て、テーブルに向かった。

ロールパンを手に取り、かじりついて口を動かす。喉に詰まりそうになったが、何とか飲み込み、無理やり食べ続けた。夕食を全部食べるのだ。そして、途中で目を覚ますことも、夢を見ることもなく、朝まで眠り……朝になったら、新しい人生を築く努力を始めるのだ。

2

使用人ホールはおしゃべりの声でにぎわっていた。コーヒーの香りと、パンを焼き、肉を炒める匂いがあたりに漂っている。タシアはスカートを直し、髪をなでつけた。顔から表情を消してドアを押し開ける。ホールの中央にある長いテーブルは人でいっぱいだった。一同はいっせいに黙り込み、タシアを見た。知っている顔を捜すと、ナンが敵意のこもった目でこちらを見ているのがわかった。執事のシーモアは隅で新聞紙にアイロンをかけるのに忙しそうだ。タシアのほうはちらりとも見ない。タシアが部屋から逃げ出そうかと考えたとき、ミセス・プランケットの陽気な顔が目の前に現れた。

「おはようございます、ミス・ビリングズ！　今日は朝から元気そうね。使用人ホールであなたに会うなんて驚いたわ」

「そうですか？」タシアはかすかにほほえんで言った。

「もうすぐ朝食の準備ができるわ。すぐにナンに上に運ばせるから。朝は紅茶を飲むの？ココアのほうがいい？」

「こちらで皆さんと一緒に食べてはいけませんか？」

ミセス・プランケットはきょとんとした顔になった。

「ミス・ビリングズ、ここにいるのは普通の使用人よ。あなたは家庭教師。わたしたちと一緒に食事はしないものよ」

これもイギリス特有の考え方なのだろう。タシアの家庭教師はそのような孤立した生活はしていなかった。

「わたしは一人で食事をするのですか？」驚いてたずねる。

「ええ、旦那さまとエマお嬢さまにお食事の席に招かれたときは別ですけど。普通はそういうものよ」タシアの表情を見て、ミセス・プランケットは笑った。「ちょっと、それは名誉なことなの。罰じゃないのよ！」

「こちらで皆さんと一緒に食べるほうが、わたしにとってはよっぽど名誉です」

「そうなの？」今や、ホール中の人々がこちらを向いていた。何十もの目に詮索され、動じてなるものかとタシアは気を引き締めた。頬が真っ赤に染まる。ミセス・プランケットはしばらくタシアを見ていたが、やがて肩をすくめた。

「ここで食事をしてはいけない理由はないと思うわ。ただ、言っておきますけど、わたしたちは平民ですからね」ウィンクをして続ける。「口を開けてくちゃくちゃやる人もいるかもしれないわ」

タシアは長いベンチの空いている部分に向かった。

「よろしいかしら？」小さな声で言うと、数人のハウスメイドが動いて場所を作ってくれた。

「何を食べます？」メイドの一人が言った。

　タシアは目の前に並んだボウルと皿を見た。

「トーストをお願い。それから、そのソーセージと……卵と……あの平べったいものを……」

「オートミールのビスケットね」メイドは助け船を出し、ビスケットを取ってくれた。

　テーブルの反対側の端にいる従僕が、タシアが皿に食べ物を取り分けるさまを見てにやりと笑った。

「見た目は雀みたいだけど、食欲は馬並みなんだな」親しみのこもった笑い声があがり、皆さっきまでと同じように食事とおしゃべりに戻った。

　数カ月間、孤独な生活を送ってきたタシアには、使用人ホールの騒がしくも温かい雰囲気が好ましく思えた。大勢の人に囲まれるのは楽しいものだ。食べ物は初めて食べるものばかりだったが、温かかったし、お腹もいっぱいになった。

　残念ながら、タシアの満ち足りた気持ちは、敵意むき出しのナンの視線に打ち砕かれた。ナンはタシアにいやがらせをしようと心に決めているようだった。

「食べ物を小さく切り分けて食べるなんて、淑女気取りね」鼻を鳴らして言う。「ナプキンで口を拭くときもそう。いちいち〝してくださる？〟とか、〝よろしいかしら？〟とか言うし。ああ、だからわたしたちと一緒に食事をしたがるのね。だって、一人で気取っても誰も見てくれないもの」

「ナン」メイドの一人がたしなめた。「意地悪なこと言わないの」

「ナン、あの人のことは放っときなさいよ」ほかの誰かも言った。

ナンは黙ったが、相変わらずタシアをにらみつけていた。

朝食は急に糊のような味になったが、タシアは最後の数口を何とか飲み込んだ。ここ数カ月間、人々に憎まれ、恐れられ、あざけられてきた。自分を知りもしない農民に、自分を見捨てた卑劣な貴族に……そして今度は、意地悪なハウスメイドにまで。ついにタシアは顔を上げ、目を細めてナンを見つめ返した。それはサンクトペテルブルクで看守に向けたのと同じ氷のようなまなざしで、ナンも同じようにひるむのがわかった。顔を赤くして目をそらし、こぶしを握っている。それを見届けると、タシアはテーブルを離れ、大きな木製の流しに皿を運んでいった。

「良い一日を」誰ともなく声をかけたところ、親しみのこもった返事がいっせいに返ってきた。

廊下に出ると、目の前にミセス・ナグズがいた。家政婦は昨夜よりも威厳を増しているように見えた。

「ミス・ビリングズ、エマお嬢さまは乗馬服から着替えていらっしゃるところよ。朝食をとられたあと、八時ちょうどから授業を始められると思うわ」

「エマお嬢さまは毎朝乗馬をなさっているのですか？」タシアはたずねた。

「ええ、ストークハースト卿とご一緒に」

「お二人はとても仲が良さそうですね」

ミセス・ナグズは廊下を見回し、誰にも聞かれていないことを確かめた。

「ストークハースト卿はエマお嬢さまを溺愛していらっしゃるわ。お嬢さまのためなら命も惜しまないでしょう。一度、命を落としかけたこともあったの」

タシアは銀の鉤手を思い出した。無意識に自分の左手首に触れる。

「もしかして、それで――」

「ええ、そう」ミセス・ナグズはタシアの仕草の意味に気づいて言った。「ロンドンのお屋敷で火事があったの。誰かが止める間もなく、ストークハースト卿はお屋敷の中に飛び込んでいかれて。建物全体が火に包まれていたわ。中に入られるのを見ていた人は、二度と生きて戻ってはこられないと思ったそうよ。でも、旦那さまは奥さまを肩にかつぎ、お嬢さまを腕に抱いて出てこられた」そこにはない何かを見るように、ミセス・ナグズは首を傾げていた。「レディ・ストークハーストは朝までもたなかったわ。それからしばらく、ストークハースト卿は悲嘆と火傷の痛みに、我を失ったようになってしまわれて。一番ひどかったのは左腕で……奥さまを助け出すため、燃えさかる壁を素手で壊したという話だったわ。手が壊死して血液に毒素が回って、切断しなければ命が危ないという状況だったの。それまで順風満帆な人生を送ってきた方が、一瞬にしてすべてを失うことに……皮肉よね。損なわれずに残ったもののほうが少ないくらい。でも、旦那さまは強い方よ。この出来事が起こってまもなく、わたしは妹のキャサリンさまのもとにエマお嬢さまを預けられたらどうかと提案したの。キャサリンさまなら、必要なだけお嬢さまを手元に置いてくださるでしょうって。『だめだ』と旦那さまはおっしゃったわ。『この子はメアリーが残してくれたたった一つの形見だ。一日たりとも手放すつもりはない』と」ミセス・ナグズは言葉を切り、頭を振った。「ちょっとしゃべりすぎたわね。こんなところに突っ立っておしゃべりにうつつを抜かしているなんて、ほかの者に示しがつかないわ」

タシアは胸が締めつけられるのを感じた。今、ミセス・ナグズが話してくれたのが、昨日一緒に馬車に乗ってきたあの冷静沈着な貴族と同じ人物とは思えない。

「ストークハースト卿のことを話してくださって、ありがとうございます」何とか声を発する。「そこまで愛情を注いでくださるお父さまを持って、エマお嬢さまは幸せですわ」

「そのとおりね」ミセス・ナグズは興味深そうにタシアを見た。「ミス・ビリングズ、実を言うと、旦那さまがあなたのような人を家庭教師に雇われたのは意外だったの。あなた、出身はイギリスじゃないわよね？」

「ええ、違います」

「すでにあなたはこの家で噂の的になっているわ。サウスゲート館には話題になるような秘密を持った者はいない……でも、あなたはいかにも秘密が多そうだもの」

どう答えていいかわからず、タシアは肩をすくめてほほえんだ。

「ミセス・プランケットの言うとおりね」ミセス・ナグズは感慨深げに言った。「あなたが相手だと、ついいろんなことを話してしまうって。ただ、あなたが物静かだからなんでしょうけど」

「そういう性質なんです。わたしは父方の家系の血を受け継いでいて。みんな物静かで、考え込むたちなんです。母はおしゃべり好きで、愛想がいいのですが。母みたいになりたいとずっと思っていました」

「今のままで大丈夫よ」ミセス・ナグズはにっこりして言った。「そろそろ行くわね。今日は洗濯の日なの。洗って、糊をつけて、アイロンをかける作業が延々と続くのよ。あなたはエマお嬢さまの用意ができるまで、図書室か音楽室で時間をつぶすといいわ」

「わかりました」

二人は別れ、タシアは音楽室を探して屋敷内をさまよった。昨夜のエマの案内は途中で終わってしまったし、あのときはとても疲れていたので、覚えているのは厨房の場所だけだった。

だが、偶然にも音楽室にたどり着くことができた。円形の部屋で、湾曲した窓に縦仕切りが入っている。水色の壁にはステンシルで金のあやめ模様《フルール・ド・リス》が施され、天井には楽器を演奏する智天使が描かれている。タシアはぴかぴかのピアノの前に座り、ふたを開けて、和音をいくつか弾いてみた。予想どおり、ピアノはきちんと調律されていた。

今の気分に合う曲を求め、鍵盤の上に指を這わせる。サンクトペテルブルクの社交界の例にもれず、タシアの家族は何でもフランスのものを好んだが、とりわけ音楽はそうだった。タシアは軽快なワルツを弾き始めた。数小節弾いたところで、優しく誘いかけるように別のメロディが頭に浮かんできて、手を止めた。ショパンのワルツだ。耳に残る旋律が、ピアノの中心部からさざ波のように立ち上ってくる。長い間弾いていない曲だったが、難なく思い出せた。タシアは目を閉じ、最初はゆっくり弾いていたが、曲に乗ってくると自信たっぷりに、力強い調子で弾き始めた。

突然、何かを感じて目を開けた。曲は唐突に止まり、凍りついた手の中に封じ込められた。ストークハースト卿が、数メートルしか離れていない場所に立っていた。その顔には妙な表情が浮かんでいて、何かひどいショックでも受けているように見える。

「なぜその曲を弾いている？」彼はどなった。

タシアは驚き、やっとの思いで声を発した。

「お気に障ったのなら申し訳ありません」慌てて立ち上がり、長椅子の後ろに回り込んで、ストークハースト卿との間に壁を作る。「二度とピアノには触りません。ただ、少し練習しようと思っただけで――」

「どうしてあの曲なんだ？」

「といいますと？」タシアは困惑してたずねた。ストークハースト卿が立腹しているのは、タシアの選曲に対してなのだ。何か特別な意味のある曲なのだろう。そう考えると、とたんに合点がいった。狂ったように打っていた心臓が落ち着きを取り戻す。「ああ」タシアは穏やかに言った。「お好きな曲だったのですね？」

レディ・ストークハーストの名前は出さなかった。その必要はなかった。ストークハースト卿の日焼けした肌から血の気が引き、タシアは自分が正しかったことを悟った。

青い目が危険な輝きを帯びる。

「誰にきいた?」

「誰にもきいてはいません」

「では、単なる偶然だというのか?」ストークハースト卿はあざけるように言った。「君は偶然そこに座って、その——」途中で言葉をのみ込む。頬の筋肉がぴくりと動き、歯を食いしばったのがわかった。彼の強い怒りと、それを抑えきれずにいるさまに、タシアは思わず後ずさりしそうになった。

「自分がどうしてあの曲を選んだのかはわかりません」タシアはだしぬけに言った。「ただ、……感じてしまったんです」

「感じた?」

「ピ、ピアノから」

沈黙が流れた。タシアを見つめるストークハースト卿は、怒ればいいのか驚けばいいのか迷っているように見えた。タシアは今の言葉を撤回するか、説明を補うか、とにかくこのかちかちに凍りついた空気をやわらげることなら何でもしたかった。だが、そのまま立ちすくんでいた。何を言おうと、何をしようと、事態を悪化させるだけだとわかっていた。

しばらくして、ストークハースト卿は向きを変え、声を殺して毒づきながら歩き去った。

「ごめんなさい」タシアはささやき声で言った。そのまま戸口を見つめていると、この場面を人に見られていたことがわかった。ストークハースト卿は怒っていたせいで気がついていなかったが、エマがドアのすぐ外に身を隠していたのだ。ドアの陰からのぞく目が片方、こちらから見える。

「エマお嬢さま」タシアはつぶやいた。エマは猫のように音をたてず、姿を消した。

タシアはゆっくりとピアノの椅子に腰を下ろした。自分がワルツを弾いていたときのストークハースト卿の顔を思い出す。苦しいながらも目が離せないといった表情でこちらを見ていた。あの曲を聴いて、どんな記憶がよみがえったのだろう？　あのような顔は、普段は人に見せないはずだ。ストークハースト卿は自制心が強いように見える。おそらく、自分では苛酷な人生と折り合いをつけていると思い込んでいるだろうし、周囲の人にもそう思わせているのだろうが、心の中では今も悲嘆に暮れているのだ。

それは、夫の死に対する、タシアの母親の態度とはまったく違っていた。

「お父さまはわたしに幸せになってほしいと思っているはずよ」母はタシアに言った。「あの人は今天国にいるけど、わたしはまだ生きているもの。亡くなった人のことを忘れてはいけないけど、いつまでもくよくよしていても仕方がないわ。お父さまはわたしが殿方のお友達を作っても気にしないし、あなたにとやかく言われる筋合いもない。タシア、わかるわよね？」

わからなかった。母があのように、いかにも気楽そうに父の死から立ち直ったことが腹立たしかった。だが今は、自分が母の態度を非難したことを後悔していた。母はもっと長く喪に服しているべきだったかもしれない。わがままで浅はかなふるまいをしたかもしれない。男友達を多く作りすぎたかもしれない。それでも、隠すべき傷もなければ、悲しみにとらわれてもいなかった。失ったものの記憶に悩まされるよりは、人生を謳歌したほうがいいに決まっている。

ルークは自分がどこに向かっているのかわからないまま歩いていた。気づくと寝室にいた。象牙色の絹で覆われ、長方形の土台に置かれた巨大なベッドには、自分と妻しか寝たことがない。神聖な場所だ。ここに別の女性を迎えることは決してない。自分とメアリーは初夜をこのベッドで過ごした。数えきれないほどの夜をここで。妻が身ごもったときはその体を抱き、エマを産んだときはそばについていた。

頭からあのワルツが離れない。メロディは脳にぶつかり続け、ついにルークはうめきながらベッドの土台に座り込んだ。思い出があふれ出るのを阻止するように、両手で頭を抱える。

難しいことではあったが、ルークはメアリーの死を受け入れていた。喪に服していたのはずっと前だ。自分には家族も友人もいる。愛する娘も、美しい愛人もいて、過去にこだわる暇もないくらい忙しい生活を送っている。ただ、時折訪れる孤独な時間だけはどうすることもできなかった。メアリーとは幼なじみで、恋に落ちるずっと前からのつき合いだった。何かあったとき、真っ先に行くのは彼女のところだった。喜びや悲しみを分かち合い、怒りを吐き出し、心を落ち着かせてもらった。メアリーが亡くなったことで、妻と同時に親友をも失ったのだ。心のその部分を埋めてくれるのはメアリーしかいない。今、そこは痛いくらいに空っぽだった。

半ば夢のように、メアリーがピアノの前に座っている情景が目の前に浮かんだ。窓から降り注ぐ日の光に、髪が燃え立つようだ。その指先からワルツが流れ出し……。

〝いい曲でしょう？〟鍵盤の上で指を躍らせながら、メアリーは優しく言った。〝だいぶ上達してきたわ〟

〝ああ、そうだね〟ルークはうなずき、カールした鮮やかな赤毛にほほえみかけた。〝でも、メアリー・エリザベス、君はその曲をもう何カ月も練習しているじゃないか。ほかの曲は弾かないのか？　たまには気分転換に〟

〝この曲が完璧に弾けるようになるまでは〟

〝赤ん坊のエマだってもう覚えてるよ〟ルークは不満げに言った。〝わたしは夜眠るときにも頭に浮かんでくるくらいだ〟

〝かわいそうに〟メアリーは軽い口調で言い、演奏を続けた。〝自分を苦しめるのにこんなにもすてきな曲を選んでもらえて、ありがたいとは思わない？〟

ルークはメアリーのあごの下に手をすべり込ませ、顔を上に向かせてキスをした。〝わたしを苦しめる方法なら、もっとほかに考えるよ〟

メアリーはルークの唇の下で笑った。

〝わたしは人生でたいしたことは成し遂げられないかもしれないわ〟彼女は言った。〝でも、

わたしが死んだあと、『ああ、あの人はあのワルツを完璧に弾きこなしたよ』とは言ってもらえるわ〃

思い出にふけりながら、ルークは唇にほろ苦い笑みを浮かべた。

「メアリー」ささやき声で言う。「君はあのワルツを完璧に弾きこなしていたよ」

「旦那さま？」近侍の声に、ルークは現実に引き戻された。はっとして、マホガニーのたんすのほうを向く。糊の利いた白いシャツと幅広ネクタイ《クラヴァット》を抱えて、近侍のビドルが立っていた。痩せた小柄な四〇代の男で、物事を秩序立てることが何よりの好物だ。「何かおっしゃいましたか？」ビドルはたずねた。

ルークは模様入りの絨毯を見下ろし、深呼吸した。幻のように響いていた声が、耳から消えていく。ルークはきびきびした口調で言った。

「ビドル、荷造りしてくれ。今夜はロンドンに泊まる」

ビドルはまばたきもしなかった。今まで何百回も従ってきた命令だ。それが何を意味するかは誰もがわかっていた。今夜はレディ・アイリス・ハーコートのもとに行くのだ。

タシアがそのままピアノの前に座っていると、やがてエマが戻ってきた。目の色と同じ青色の簡素なワンピースを着ている。

「朝食は終わったわ」エマは抑えた声音で言った。「授業を始めていいわよ」

タシアは事務的にうなずいた。

「では、図書室に本を選びに行きましょう」

エマはピアノのそばに来て鍵盤に触れた。一つだけ弾かれた音が宙に漂う。

「お母さまのワルツを弾いていたのね。どんな曲だろうってずっと思ってたの」

「お母さまが弾かれていたのは覚えていないの？」

「覚えてないわ。でも、ミセス・ナグズに、お母さまには一曲お気に入りのワルツがあったって聞いたの。お父さまはそれがどの曲か、絶対に教えてくれないのよ」

「お父さまはおつらいんでしょうね」

「ミス・ビリングズ、その曲を弾いてもらえない？」

「ストークハースト卿がお許しにならないと思うわ」

「お父さまが出ていったあとなら大丈夫。ビドル……お父さまの近侍が従僕に、お父さまは今夜愛人のところに行くって言ってるのを聞いたから」

タシアはあけすけなエマの発言に驚いた。

「あなた、この家で起こっていることは全部知っているのね？」

タシアの心配そうな声音に、エマの目に涙があふれた。

「はい、ミス・ビリングズ」

タシアはにっこりして、エマの手を取って握った。

「お父さまが出ていかれたあと弾いてあげるわ。あなたが好きなだけ、何度でも」

エマは洟をすすり、空いているほうの手の甲で涙を拭った。

「どうしてこんなに涙が出るのかわからないの。お父さまはいやがるのよ」

「どうしてだか、わたしにはちゃんとわかるわ」タシアは手にそっと力を入れ、エマを長椅子の自分の隣に座らせた。「大人になる途中の時期には、自分の中が感情でいっぱいになって、どんなに頑張っても抑えきれなくなることがあるのよ」

「そうなの」エマは言い、勢いよくうなずいた。「怖いわ。今はやめてっていうときに感情があふれ出してきて、自分がばかみたいに思えるの」

「あなたくらいの年には誰もが経験することよ」

「あなたも？　あなたが泣いているところは想像がつかない」

「もちろんわたしもそうだったわ。父が亡くなってからの数年は、ほとんど泣いて暮らしてた。わたしにとって、世界一大きな存在だったから。父が亡くなると、話ができる人は誰もいなくなってしまった気がした。ほんの小さなきっかけで、わっと泣き出してしまうの。爪先をぶつけただけで、一時間も泣いていたことがあったわ」タシアはほほえんだ。「でも、そのうち収まった。だからあなたも大丈夫よ」

「だといいんだけど」エマは言った。涙は乾いている。「ミス・ビリングズ……お父さまが亡くなったときは、すごく若かったの？」

「あなたと同じくらいの年だったわ」

「喪服を着せられた？」

「ええ、一年間喪服で通して、それからも月に一度」

「お父さまはわたしに喪服は着るなと言ったの。いとこのレティが亡くなったときもよ。わたしが黒い服を着ているのを見ると悲しくなるからって」

「お父さまのおっしゃることには一理あるわ。喪に服すというのは、とても気が滅入るから」タシアは鍵盤のふたを閉め、エマに立ち上がるよう身振りで示した。「図書室に行きましょう」歯切れよく言う。「勉強しないとね、親愛なるお嬢さま《マ・シェール・マドモアゼル》」


レディ・アイリス・ハーコートは寝室の姿見の前に立っていた。表向きは着替えが終わったあと全身を映せるようにと置いてあるのだが、実際にはもっと興味深い目的のために使われることもある。今、アイリスが身につけているのは、桃色がかった肌と赤毛を引き立てる金色のドレスだ。準備には日中いっぱいかかった。湯に香りをつけた風呂に入り、侍女の手を借りてドレスを着て、二時間かけて焼きごてで髪をカールさせた。

アイリスが住むコーンウォール・テラスの一区画に、来客を告げさせず入ってきたルークは、戸口の柱に肩をもたせかけて立っていた。口元にわずかに笑みを浮かべ、アイリスを見る。アイリスは昔から好きなタイプの女性だった。ぬくもりと親しみやすい愛嬌を備えた赤毛の美人。肉感的な体はつねにコルセットできつく締め上げられ、ひだの寄ったスカートの裏には長い足が隠れている。ふくよかな胸は慎み深く覆われているが、それはこれ見よがしに強調する必要がないからだ。その胸が豊かなことは、服の上からでもじゅうぶんわかる。

アイリスは自分が見られていることに気づき、はっとして振り返った。赤みがかった眉をはね上げる。

「あなた。あんまり静かだから気づかなかったわ。ここで何をしているの？」

「驚かせようと思ってね」ルークはドア枠から体を起こし、物憂げにアイリスに近づいた。

「こんにちは」小声で言い、キスをする。

アイリスは喜びのため息をもらし、唇を押しつけた。ルークの硬い肩に腕を回す。

「確かに驚いたわ」唇が離れると、アイリスは言った。「見てのとおり、夜の装いをしているの。これから出かけるのよ」首筋にそっと歯を立てられ、体を震わせる。「晩餐会に」やっとのことで言葉を発した。

「断り状を出せばいい」

「わたしが行かないと人数が奇数になってしまうの。それに、先方も楽しみにしてくださっているから」ルークがドレスの一番上のボタンを外すのに気づき、アイリスは笑い声をあげた。「ちょっと、だめよ。向こうを早めに出て、急いであなたのところに帰ってくるって約束したらどう？　それなら満足？」

「いや」二つ目のボタンが外れた。「最初から行かないでくれ」

息を荒らげながらも、アイリスは顔をしかめた。

「あなたほど傲慢な人は見たことがないわ。妥協するっていうことができないのね。あなたにも長所がないとは言わないけど……でも、気性の激しさはどうにかしたほうがいいわ」

ルークはアップになったアイリスの髪に指を絡め、念入りにカールした髪を崩した。

「何世紀にもわたって品種改良を重ねて、ようやくわたしのような種が生まれたんだ。初期のストークハーストを見てほしかったよ。自慢できる点など何もない」

「でしょうね」アイリスは喉を鳴らした。「完全な野蛮人に違いないわ」ルークに高ぶったものを押しつけられて、目を見開く。ルークの唇はアイリスの唇をもてあそび、やがてぴったりと重ねられた。とたんに晩餐会のことは頭から吹き飛び、アイリスはうめき声をもらした。ルークに体を押しつけ、奪われる体勢に入る。ルークは経験豊富で、ていねいに愛の行為を行うタイプで、女性を狂気の瀬戸際に追いつめる術を心得ていた。アイリスをじらし、懇願させ、快い痛みと疲れと満足感を与えてくれる。「コルセットだけでも外させて」アイリスはささやいた。「この前は気を失いそうになったんだから」

ルークがほほえんだのが、頬のぬくもりと産毛のそよぎから感じられた。

「それは君が大事な瞬間に息を止めるからだろう」ルークがボタンを外し終えると、ドレスはどさりと床に落ちた。鉤手の鋭い先端がペティコートの平ひもとコルセットのひもをとらえ、固い締めつけから豊満な体が弾け出る。

「ほかの男性ならもっと待ってくれるわよ」興奮が笑い声となって弾け出て、アイリスは体をさざめかせて言った。「どこかの非道な海賊みたいに女性の服をはぎ取って回るのは、お行儀がいいとは言えないわ」

「君もわたしの服をはぎ取ればいい」ルークは含みのある口調で言った。

「まあ、何てお優しいの。何て……何て……」ルークの荒々しいキスに、残りの言葉はかき消された。

数時間後、二人は暗くなった寝室で絡み合って横たわっていた。数本だけついたろうそくが、ぼんやりとあたりを照らしている。アイリスは満足げに手足を伸ばし、ルークはアイリスのウエストから腰にかけての豊かな曲線に手を這わせた。

「ねえ」ルークのほうに寝返りを打ち、アイリスはささやいた。「ききたいことがあるの」

「うん？」ルークは目を閉じたまま、アイリスの体に指をさまよわせた。

「どうしてわたしと結婚してくれないの？」

ルークはアイリスのほうに顔を向け、考え込むような目をした。つき合いは長いが、アイリスとの結婚を考えたことはなかった。二人は別々の生活を送っていて、浅い部分でしかお互いを必要としていない。友情と情欲が、快適な関係を続けられる程度に存在するだけだ。

「わたしのことが好きじゃないの？」アイリスは甘ったるい声で言った。

「もちろん好きだよ」ルークは丸みを帯びたヒップをなでながら、アイリスの目を見つめた。

「でも、わたしは誰とも結婚する気がないんだ。君もそれはわかっているだろう」

「わたしたち、一緒にいると楽しいじゃない。結婚したところで、世界中の誰も文句は言わないわ。それに、誰も驚かないだろうし」

その言葉を否定することができず、ルークは気まずい思いで肩をすくめた。

「わたしだけを相手にするのがいやなの？」アイリスは片ひじをついて体を起こした。「もしそれが理由なら、あなたがほかの女性と寝るのは止めないわ。あなたから自由を奪ったりしない」

ルークは驚いて起き上がり、黒髪をかきむしった。

「わたしが好きでもない女と寝る？」皮肉めいた笑みを浮かべ、アイリスを見下ろす。「ありがとう、だがそれなら以前にも経験がある。あまり楽しくはなかったよ。だから、わたしにはその種の自由はいらない」

「まあ。あなたは誰かの夫になるべき男性なのね」

「メアリーの」ほとんど聞こえないほどの声で、ルークは言った。

アイリスは顔をしかめ、ルークの胸を薄く覆う毛に手のひらを這わせた。

「どうして奥さまだけなの？」

どう返せばいいかわからず、ルークはしばらく黙り込んだ。

「メアリーが死んだあと、悟ったんだ……わたしの一部分は永久に失われてしまったと。君が想像しているほどのものを、わたしは女性に与えることができない。いい夫にはなれない。メアリーの夫だったころのようには」

「ルーク、あなたが考えるお粗末な夫にさえ、世間一般の男性はなかなかなれないものよ。メアリーが亡くなったとき、あなたはとても若かった。もう誰も愛せないって、どうしてわかるの？　まだ三四歳じゃない。もっと子供を作ってもいいし、家族も――」

「わたしにはエマがいる」

「エマも弟や妹を欲しがってるとは思わない？」

「思わない」

「そう、よかった。わたしも子供は欲しくないし」

「アイリス」ルークは優しく言った。「わたしは君とも、ほかの誰とも結婚するつもりはない。今の生活でじゅうぶんなんだ。もしこの関係に君が満足できないなら、わたしが与えられる以上のものが欲しいなら、それは理解するよ。君と結婚できるチャンスに男は飛びつくだろうし、わたしはそれをじゃましようとは思わな――」

「やめてよ」アイリスは神経質な笑い声をあげた。「ちょっと欲が出てきただけだと思うわ。あなたと毎晩一緒に寝て、あなたの家に住んで、わたしがあなたのものだってことをみんなに知らせるのもいいかなって。でも、だからって今の状態に不満があるわけじゃないの。そんなに申し訳なさそうな顔をしないで。あなたは何も約束はしていないんだもの。約束はしないよう気をつけてきたわよね。これがあなたからもらえるすべてだとしても、ほかのどんな男性にもらえるものよりずっと多いわ」

「嘘だ」ルークはぶっきらぼうに言った。アイリスが求めているとおりの存在になれれば、どんなにいいだろうと思う。だが、自分を愛してくれているのに、自分は愛せない女性と一緒に住むことを考えると、落ち着かない気分になる。それは結婚とは名ばかりの生活であり、自分がメアリーと培ってきたものに対する侮辱だ。

「本当よ」アイリスは言い張った。「ルーク、あなたに嘘をついたことはないわ」

ルークは顔をそむけたまま、アイリスの肩にキスをした。

「わかってる」

「だから、本当の気持ちを言うわね。あなたはメアリーが亡くなってから、誰も愛さないようにしてきた。でも、いつか誰かを愛する日は来るわ。それは自分では止められないことだもの。その相手がわたしならいいなと思ってる」

胸郭の下の筋肉のくぼみに這い下りてきたアイリスの手を、ルークはつかんだ。指先にそっとキスをする。

「もしそんなふうに誰かを愛する日が来るのなら、相手は君だろうね。アイリス、君はできた女《ひと》だ」

アイリスは失恋から誘惑へと気分を変え、つややかな体をルークの体の上に投げ出した。

「その認識は改めてもらわないとね。わたしは本当は、とってもお行儀の悪い女よ」

ルークは笑ってアイリスの上に乗り、豊満なヒップをまたいだ。挑発するように軽く、アイリスの唇に唇を重ねる。

「今夜はわたしが君を喜ばせるよ」

「いつも喜ばせてくれているわ」ルークの手がゆっくりと体を這い下りると、アイリスは息をのんだ。

「ちょっと考えていることがあるんだ」ルークはささやき、それからしばらくの間、アイリスは快楽に溺れ、返事をすることができなかった。

サウスゲート館にやってきてから二週間が経ち、タシアは屋敷内での心地よい日常に自分の居場所を見いだしていた。トラウマになるような数カ月を過ごしたあとでは、このように平和な場所で生活できるのは幸せだった。長い間、疑惑と非難の的になっていたため、背景に溶け込める場がありがたかった。アリシア・アッシュボーンの言ったとおり、誰も家庭教師には注意を払わなかった。使用人たちはタシアに好意的に接してくれたが、自分たちの仲間に迎え入れようとはしなかった。一方、ストークハースト卿や、屋敷を訪れる高貴な人々に比べると身分が低すぎるため、社交の場で相手にされることもなかった。タシアが属しているのは、どっちつかずの世界だった。

孤立した立場にあるのは自分だけではなかったが、タシアはエマ以外の誰にも心を開けなかった。三カ月を監獄で過ごした経験から、自分は追放され、世間から隔離された存在なのだという意識が捨てきれないのだろう。自分のことも信じられずにいるのに、ほかの誰かを信じられるはずがない。自分の感情が恐ろしく、何よりもミハイルが死んだ晩を思い出すのが恐ろしかった。

ミハイルの悪夢はしょっちゅう見た。血とナイフが出てきて、あざけるようなミハイルの声が耳元で鳴り響く。そのうえ日中も、恐ろしい記憶がぱっと浮かび上がる奇妙な瞬間があった。一秒ほどの間に、ミハイルの顔や手、彼が殺された部屋が目の前に現れるのだ。強くまばたきをすると、その情景は消える。次は何をきっかけに死んだミハイルの姿が現れるかわからないと思うと、タシアは猫のように神経過敏になった。

ありがたいことに、エマはつねにタシアのそばにいたがり、話をしたがった。自分以外に心配すべき人間がいること、その相手が自分よりも差し迫った問題や欲求を抱えているのは幸いだった。エマは強い孤独の中にいた。ほかの少女と一緒に遊びたがっているように見えるが、近隣には年の近い地主の娘はいない。

タシアは一日に六時間授業を行い、ホメーロス論から爪ブラシの正しい使い方まで、あらゆることを教えた。日々の祈りもおろそかにはしなかった。エマの信仰は父親と使用人から断片的に身につけたものにすぎなかったからだ。エマはさまざまな科目を、目をみはるほどの速さで吸収していった。言語に対する勘が良く、洞察力の鋭さにも驚かされた。エマの目は何事も見逃さなかった。好奇心が尽きることはなく、自分のまわりのあらゆる人に、あらゆるものに探究心を発揮した。屋敷内でささやかれている噂話は一つ残らず探り出し、分析した。

エマが世間について知っていることと言えば、八〇人が住む世界がすべてだった。地所の運営のため、巨大な時計の部品のように働く生活を送る人々。屋敷内にいる使用人は四〇人で、残りは馬屋や庭園、水車小屋で働いていた。一日中窓を拭くためだけに雇われている者もいた。使用人の大半は長年ストークハースト家に仕えていて、途中で辞める者はほとんどいない。ミセス・プランケットが言っていたように、サウスゲート館の使用人は待遇が良かった。たとえ待遇が悪かったとしても、新たな働き口を探すのは難しいだろう。仕事は少なく、人生は何が起こるかわからないのだ。

「ナンに何かあったみたいなの」ある日、エマがタシアに言った。二人は本を山のように持ち出して庭に座り、背の高いゴブレットでレモネードを飲んでいた。「最近、様子がおかしいと思わなかった？　ミセス・ナグズはただの軽い壊血病だって言うんだけど、そうは思えないの。ジョニーに恋してるんじゃないかしら」

「ジョニーって？」

「従僕よ。背が高くて、鼻が曲がってる人。ナンはジョニーを見かけると、いつも隅のほうに引っぱっていくの。話したり、キスをしたりしてるときもあるけど、たいていは泣いてるわ。わたし、恋なんてしたくない。恋をしてる人は誰も幸せそうに見えないんだもの」

「エマ、使用人のことを嗅ぎ回るのはやめなさい。誰にでもプライバシーはあるんだから」

「嗅ぎ回ってなんかいない」エマは憮然とした。「気づいてしまうんだから仕方ないじゃない。どっちにしても、あなたがナンをかばうことはないわ。あの人があなたに意地悪してることはみんな知ってるもの。マリアさまの絵をあなたの部屋から盗んだのもあの人よ」

「イコンよ」タシアは表情を消して言った。「それに、ナンがやったという証拠はないわ」

大事なイコンが紛失していることに気づいたのは、数日前だった。タシアは悲しみに打ちひしがれた。あのイコンには、タシアの思い入れ以上の価値はない。タシアの過去の一部というだけなのだ。犯人が誰にせよ、あれを盗むことがそこまでの罪だとは思っていないだろう。それに、今さら取り戻す方法もない。タシアはミセス・ナグズに、使用人の部屋の捜索はしないよう頼み込んだ。

「そんなことをしたら、わたしはみんなに反感を持たれてしまいます」タシアは真剣に言った。「お願いです、部屋を調べてみんなに気まずい思いをさせるのはやめてください。ただの木に描かれた絵です。たいしたものじゃないんです」

「でも、大事にしていたんでしょう」ミセス・ナグズは反論した。「あなたがあれを、あの小さな椅子に立てかけていたことは知ってるのよ。あなたにとっては意味のあるものだし、わたしの前でそれを否定する必要はないわ」

「わたしは自分の信仰を、装身具や絵で確認しなくても大丈夫なんです。窓から森を見て、その美しさを愛でるだけでいいんですから」

「それはすてきな考えだけど、これはあなた個人の問題に留まらないの。今までこの屋敷で泥棒騒ぎが起こったことはなかった。何も手を打たなければ、また何かが消えることになるわ」

「それはないと思います」タシアは断固とした口調で言った。「お願いです、使用人を疑心暗鬼にさせないで。それに何よりも、ストークハースト卿には言わないでください。その必要はありません」

ミセス・ナグズはこの問題を放っておくことにしぶしぶ同意したが、ナンの部屋のマットレスの下を見ればすむ話よ、というようなことをつぶやいていた。

エマの声に、タシアは現実に引き戻された。

「ナンが不幸なんだとしたら、自業自得よ。性格が悪いんだもの」

「わたしたちの誰にも、ほかの人を非難する権利はないわ」タシアは優しく言った。「神さまだけが人間の心の内を見抜くことができるんだから」

「でも、あなたはナンのことが嫌いじゃないの？」

「いいえ、かわいそうな人だと思うだけよ。自分があまりに不幸だと、ほかの人も同じ目に遭わせたくなるの」

「それはわかるわ。でも、ナンをかわいそうだとは思わない。あの人は自分で勝手に不幸になってるだけよ」

その日の夕食後、タシアはナンの窮状についてさらに知ることになった。厨房の脇の専用の部屋に、ミセス・ナグズの呼びかけで毎晩、責任ある立場の使用人が集まることになっている。今夜も執事のシーモア、コックのミセス・プランケット、近侍のミスター・ビドルに加え、ワイン管理人、副執事、客室接待係《グルーム・オブ・チェンバー》、ハウスメイド頭がその部屋にいた。一同はキッチンメイドが運んできたコーヒーとお菓子を前に、小さな円盤状のチーズを無為に削っていた。タシアは砂糖がまぶされたビスケットを取ってかじりながら、いつものように黙ってほかの人の話を聞いていた。

「ナンはどうなったのですか？」ハウスメイド頭がミセス・ナグズにたずねた。「今日の午後にあの娘がしでかしたことを聞いたのですが」

ミセス・ナグズは顔をしかめ、ブラックコーヒーを一口飲んだ。

「ひどい話よね。医者は下剤を処方して、これで大丈夫だと言っていたけど。旦那さまにナンのことをお伝えしたら、たいそうご立腹だったわ。朝には解雇して、村に送り返すようにと」

「今、誰かあの娘についてるの?」ミセス・プランケットがたずねた。

「いいえ、あとは胃の中が空っぽになるのを待つしかないの。誰も手の貸しようがないわ。そばについていてあげるほど、あの娘を好いている女の子もいないし」

「例の青年は?」広い額にしわを寄せ、シーモアがたずねた。

ミセス・ナグズは悲しげに首を横に振った。

「自分はいっさい無関係だと言い張ってるわ」

タシアは困惑し、テーブルを見回した。皆、いったい何の話をしているのだろう?

「ナンに何かあったのですか?」タシアは質問した。

タシアが会話に加わるのはとても珍しかったので、一同は驚いたようにこちらを向いた。

しばらくして、ミセス・ナグズが答えた。

「聞いてないの? ああ、そうでしょうね、あなたは一日中エマと一緒にいたから。あまり気分のいい話じゃないわ。ナンにはいい人がいるの」

「〝いい人〟?」聞き慣れない言葉に、タシアはきょとんとした。「恋人という意味ですか?」

「そういうこと」ミセス・ナグズはあきれたように目を動かし、言いにくそうにつけ加えた。

「それで今……まずいことになって」

「妊娠しているのですか？」タシアはたずねた。露骨な表現に、数人が眉を上げた。

「ええ、それを誰にも言ってなかったのよ。自分で何とかするつもりだったのね、薬と油を一瓶飲んで、赤ん坊を流そうとしたの。かわいそうに、気分が悪くなっただけで終わったわ。赤ん坊に影響がなかったのは幸いだったけど。これからナンは解雇されて、きっと路頭に迷うことになる」これ以上は口にするのもおぞましいと言わんばかりに、ミセス・ナグズは顔をしかめて頭を振った。

「ミス・ビリングズ、とりあえずこれであなたが悩まされることはなくなったわね」ハウスメイド頭が言った。

タシアは恐怖と同情で胸がいっぱいになった。

「誰もそばについていないのですか？」

「その必要はないわ」ミセス・ナグズは言った。「医者にはみせたの。処方された薬を飲むところはわたしが見届けたわ。ミス・ビリングズ、心配しなくていいの。ナンもこれで思い知るでしょう。自分が愚かなばかりにこんな目に遭ったんだから」

タシアはカップに視線を落としたまま、ほかの人が会話を続けるのを聞いた。数分経って、あくびをこらえるふりをする。

「失礼します」もごもごと言った。「今日は忙しかったので。そろそろ下がらせていただきます」

ナンの部屋はすぐに見つかった。閉まったドアの向こうから、あえぎ、嘔吐する声が聞こえてきたのだ。タシアは慎重にドアをノックし、部屋に入った。そこはタシアの部屋よりもさらに狭く、窓は一つだけで、壁はくすんだ黄褐色の壁紙で覆われていた。室内に漂う悪臭にたじろぐ。ベッドの上で、乱れた姿の人影がもぞもぞ動いていた。

「出ていって」ナンは弱々しく言ったが、とたんに洗面器の上にかがみ込み、げえげえ吐いた。

「何かできることはないかと思って」タシアは言い、窓辺に向かった。窓を数センチ開けて新鮮な空気を入れる。ベッドに向き直ると、ナンがぞっとするほど緑がかった顔色をしているのがわかり、眉をひそめた。

「出ていって」ナンはうめいた。「わたしは死ぬんだから」

「いいえ、死なないわ」タシアは洗面台の前に行った。ぼろ布が積み重なっているが、どれも濡れて汚れている。タシアは袖をたくし上げ、自分のハンカチを一枚置いて、水差しの水で湿らせた。

「わたし、あなたのことが大嫌い」ナンは蚊の鳴くような声で言った。「だから出ていって」

「顔を拭かせてちょうだい。出ていくのはそれからよ」

「そうすれば、ほかの人に言えるものね……自分はたいした天使だって」ナンは責めるように言った。再び洗面器の上に突っ伏す。新たに激しい波に襲われ、洗面器に吐いた。涙の伝う顔で、ベッドに横たわる。「内臓が飛び出しそうだわ」

タシアはそろりとベッドの端に腰かけた。

「じっとして。顔が汚れてるわ」

ナンは震える声で笑った。

「当たり前でしょう。四時間ぶっ続けで吐いているんだもの――」汚れがこびりついた頬と顎を冷たいハンカチで拭かれると、口を閉じた。

こんなにも具合の悪そうな人は見たことがなかった。タシアはべたべたした金髪をナンの顔からそっと払いのけた。

「何か髪を縛るものはない？」ナンにたずねる。彼女はベッドの脇に置かれた紙製の箱を指さした。箱の中を探ると、くしとぼろぼろになったリボンが数本出てきた。タシアはそれらをベッドに持ち帰り、ナンの髪の手入れを始めた。もつれすぎているせいでくしがうまく通らなかったので、できるだけ押さえることに専念し、うなじでまとめる。「はい」タシアはつぶやいた。「これで垂れてはこないわ」

ナンは熱く腫れた目でタシアを見た。

「どうして来たの？」しゃがれた声でたずねる。

「あなたを一人にしておくのは良くないと思ったから」

「あなた……全部知ってるの？」ナンは手で自分の腹を示した。

タシアはうなずいた。

「ナン、何も飲んじゃいけないわ……丸薬も強壮剤も。赤ん坊に差し障るかもしれない」

「それが狙いだもの。階段を転がり落ちるとか、納屋の二階から飛び下りることも考えたわ……生まれてこないようにできるなら何でもよかった」ナンは体を震わせた。「少しだけここにいて。あなたがいてくれれば死なずにすみそうだから」

「死ぬはずがないでしょう」タシアはなぐさめるように言い、ナンの髪をなでた。「何もかもうまくいくわ」

ナンは泣き始めた。

「あなたって天使みたい」みじめな声でささやくように言う。「そんなに優しい顔、どうやったらできるの？　あの木の絵みたいだわ。あれ、わたしが盗んだの」

タシアは優しく、しいっと言った。

「気にしないで」

「あの絵があれば、わたしもあなたみたいに穏やかになれるかと思った。でも、わたしには何の効果もなかったわ」

「いいのよ。泣かないで」

ナンはこれが最後の告白とばかりに、タシアのスカートをつかんだ。

「もう生きるのがいやになったの。ジョニーはわたしのことが嫌いになったのよ。全部わたしの責任で、自分には関係ないって言うの。わたしは馘《くび》になるわ。わたしの家は貧乏なの。わたしに帰ってきてほしくないだろうし、父親のいない子供がいればなおさら。でも、ミス・ビリングズ、わたしは悪い女じゃない。ジョニーと一緒になるはずだったの。あの人を愛しているのよ」

「わかったわ。ナン、体を酷使しないようにしないとね。あなたには休息が必要よ」

「どうして?」ナンは苦々しげに言い、頭を枕につけた。

「これから体力が必要になるから」

「お金もない、仕事もない、夫もいない――」

「お金は何とかなるわ。ストークハースト卿が考えてくださるわよ」

「旦那さまはわたしに何の借りもないわ」

「大丈夫だから」タシアは強い口調で言った。「約束する」励ますようにほほえみ、立ち上がる。「新しいシーツを持ってくるわ。ベッドをきれいにしないとね。二、三分で戻ってくるから」

「わかった」ナンは小さな声で答えた。

タシアは部屋を出ると、ミセス・ナグズを捜しに行った。家政婦は使用人のテーブルの食器を片づけるキッチンメイドに指示を与えているところだった。

「ナンのところに行ったのね」タシアの顔を見たとたん、ミセス・ナグズは言った。「そうじゃないかと思っていたの」

「とても具合が悪そうでした」タシアは重々しい口調で伝えた。

「あの娘のために何かしてやっても仕方がないわ。じきにいなくなるんだから」

タシアはミセス・ナグズの冷淡さに驚いた。

「ミセス・ナグズ、ナンの気分をましにしてあげても害はないと思います。必要なものをナンの部屋に運んで、ベッドのシーツを替えるよう、メイドの誰かに指示していただけませんか？」

ミセス・ナグズは首を横に振った。

「みんなには、ナンには何もしてやらなくていいと言ってあるの」

「ナンは伝染病にかかっているわけではありませんわ。妊娠しているだけです」

「ほかのメイドたちに、ふしだらで不道徳な雰囲気に染まってほしくないのよ」

タシアは皮肉な答えを返しそうになったが、ぐっとこらえた。

「ミセス・ナグズ」注意深い口調で言う。「〝己を愛するがごとく汝の隣人を愛せよ〟というのは、第二の掟ではありませんか？　それに、パリサイ人が姦淫の罪を犯した女性を連れてきて、石で打ち殺すべきかたずねたとき、主の答えは――」

「ええ、わかってるわよ。〝あなたがたの中で罪を犯したことのない者が、まず、この女性に石を投げなさい〟とおっしゃったのよね。わたしも普通の人と同じ程度には聖書に親しんでいるわ」

「それなら、この節もご存じですね。〝憐れみ深い人々は、幸いである、その人たちは憐れみを受ける〟――」

「ミス・ビリングズ、あなたの言うとおりよ」説教が始まるのを察したらしく、ミセス・ナグズは急いでタシアの言葉をさえぎった。「メイドに命じて、すぐに新しいシーツと水を持っていかせるようにするわ」

タシアはにっこりした。

「ありがとうございます。あと一つだけ……。ストークハースト卿が今夜お戻りになるかどうかご存じですか？」

「今夜はロンドンにお泊まりよ」ミセス・ナグズはタシアに含みのある視線を投げた。「つまり、そういうこと」

「そうですか」その視線に隠された皮肉は、タシアにも理解できた。男性の女遊びは見て見ぬふりをされ、受け入れられ、むしろ奨励される。ストークハースト卿には快楽を求める自由がある。従僕のジョニーでさえ、ナンを妊娠させた責任を問われることはない。ナンだけが代償を払わされることになるのだ。

ミセス・ナグズは探るような目でタシアを見た。

「ミス・ビリングズ、何か旦那さまにお話ししたいことでもあるの？」

「明日の朝でも構いませんので」

「ナンについて旦那さまにお話ししてはいけないことはわかっているわよね。この問題の処理に関しては、すでに決断を下されているの。旦那さまの命令に疑問を差し挟むことは誰にもできないわ。その話題を持ち出して旦那さまの機嫌を損ねるような愚かなまねを、あなたがするとは思えないけど」

グズ」

「もちろんそんなことはしません」タシアは言った。「ありがとうございます、ミセス・ナグズ」

帰宅が遅れたせいでエマとの朝の乗馬には行けなかったので、ルークは図書室にこもって仕事を片づけた。三つある領地をはじめとする各地所の管理人や家令、弁護士との連絡業務は、無限に続くように思えた。何通も手紙を書き、その合間に帳簿と領収書の山に目を通す。単調な空気を強調するかのように、炉棚の時計がかちこちと時を刻んだ。作業に没頭していたルークは、ドアのノック音を聞き逃すところだった。ドアは再び、今度は強めにたたかれた。

「入れ」誰かが部屋に入ってきたが、ルークはペンを動かす手を止めなかった。「忙しいんだ」むっつりと言う。「大事な用件でなければ、じゃましないで――」闖入者の正体を知り、ルークの言葉はとぎれた。そこに立っていたのは、ミス・ビリングズだった。

これまでのところ、二人が交わした会話といえば、短く当たり障りのないものだけだった。ホールで偶然顔を合わせたり、エマのことで二言三言話をしたりする程度だ。ミス・ビリングズが極力自分を避けていることに、ルークは気づいていた。自分と一緒にいたくないように見える。自分にこれほど冷ややかな、無関心な態度をとる女性は初めてだった。

ミス・ビリングズの顔はいつもと同じように青白く、張りつめていた。その姿は今にも壊れそうで、ウエストは両手で包み込めそうなほど細い。頭を動かすと、漆黒の髪に当たる光が移動してきらきらと輝いた。いつものエキゾチックな目で、腹を空かせた猫のようにルークを見つめている。血色が良くすべすべの肌をした、ふくよかなアイリス・ハーコートの隣で目覚めたあとで見ると、ミス・ビリングズの姿は違和感があった。

エマはやけにこの女性を気に入っているようだが、その理由はわからない。エマがあんなに幸せそうな顔をしているのは久しぶりのことだが、娘が家庭教師になつきつつあるのではないかと思うと不安だった。ミス・ビリングズはじきにいなくなるのだから、別れがつらくなるだけだ。約束の一カ月はすでに半分が過ぎている。その後は別の家庭教師に慣れてもらうしかない。ミス・ビリングズが娘にとってどんなに良い家庭教師でも、ここにずっと置いておくわけにはいかないのだ。信用ができない。ずる賢くて、謎めいていて、高慢で……まさに猫そのものだ。猫は嫌いだ。

「何の用だ？」ルークはそっけなくたずねた。

「ストークハースト卿、お話ししたいことがあって参りました。ハウスメイドのナン・ピットフィールドのことです」

ルークの目が険しくなった。その話題は予想していなかった。

「解雇されたメイドだな」

「はい、そうです」ミス・ビリングズの顔に赤みが差し、羊皮紙のように白い肌が柔らかそうに見えた。「ナンが辞めさせられる理由は誰もが知っています。赤ん坊の父親である若者……こちらの従僕と聞いておりますが、彼が全責任を放棄したからです。ですから、ナンが再び働けるようになるまでの生活費として、少しお金を持たせてやっていただけませんか？　貧しい家の娘です。働き口を見つけるのは難しいでしょうし、一年に五ポンド以上いただける仕事となればなおさら――」

「ミス・ビリングズ」ルークは言葉をはさんだ。「人目を忍ぶ関係を持つ前に、ナンはこういう事態を想定していなければならなかったんだ」

「さほどの金額が必要なわけではありません」ミス・ビリングズは言い張った。「二、三ポンドくらい出しても旦那さまの懐は――」

「適切に務めを果たさなかった使用人に、褒美を与えるつもりはない」

「ナンは働き者で――」

「これは決定事項だ。ミス・ビリングズ、君もわたしが給料を払っている仕事に専念してくれ。わたしの娘に勉強を教えるのが君の仕事だ」

「それでは、ご自分がお嬢さまに何をお教えになっているかおわかりですか？　エマお嬢さまは、お父さまのふるまいを見てどう思うでしょう？　旦那さまの行いには思いやりのかけらもありません。人間なら誰しも持っている欲求を満たしただけなのに、どうして使用人に罰を与えるのです？　わたしもナンがとった行動に感心はしませんけれど、少しばかりの幸せを求めたことを責めようとは思いません。ナンは孤独で、自分を愛していると言ってくれた若者に夢中になってしまったのです。それが、一生かかって償わなければならないほどのことですか？」

「もういい」ルークの声は不気味なほど穏やかだった。

「旦那さまは使用人のことなんかどうでもいいんだわ」ミス・ビリングズは容赦なく続けた。「あら、バターとろうそくは与えているんでしたわね。それで皆に情け深い領主だと思われるなら安いものだわ。でも、本当の意味で使用人を助けること、本当の意味で情けをかけることには、まったく興味がない。旦那さまはナンを放り出して、きれいさっぱり忘れてしまえばいいけど、ナンは飢え死にするか、娼婦になるか――」

「出ていってくれ」ルークが勢いよく立ち上がると、鉤手の先がつやつやしたデスクの表面を引っかき、アンティークの木材に傷がついた。

ミス・ビリングズは動じなかった。

「ナンを非難できるほど、ご自身は清く正しい生活を送っていらっしゃるの？　わたしの勘違いでなければ、情事から帰ってきたばかりでしょう！」

「君もナンとともに解雇されることになるぞ」

「構いません」ミス・ビリングズは熱っぽく答えた。「これほどまでに無慈悲な人と同じ屋根の下に暮らすくらいなら、通りで客引きをしたほうがましだわ。この偽善者！」

たちまちルークはかっとなった。歯をむいてデスクの前に回り、ミス・ビリングズの身頃の前を大きな手でつかむ。彼女はかすかに怯えた声をもらした。ルークはねずみを捕まえた犬がそうするように、ミス・ビリングズを軽く揺さぶった。くっきり浮き出た鎖骨に、強くこぶしを押しつける。

「ここに来るまで君が何者だったのかは知らない」吠えたてるように言う。「でも、今は使用人なんだ。わたしの使用人だ。つべこべ言わず従ってもらう。何よりもわたしの言葉が絶対なんだ。これからも楯突くようなら――」ルークは唐突に言葉を切った。これ以上続ければ、自分が何を言い出すかわからなかった。

ミス・ビリングズは目を恐怖の色でいっぱいにしながらも、顔はそむけなかった。ルークのあごの下で息を荒らげ、小さな手を伸ばして、ルークの手を引きはがそうと無駄な努力をする。声は出さなかったものの、唇がかすかに〝やめて〟という形に動いた。

ルークの呼吸も速くなり、乱れた。打ち負かしたい、力を見せつけたいという衝動に圧倒される。原始的な男の欲求に、血が騒ぎだした。ミス・ビリングズはとても小柄で、ルークがドレスをつかんだ箇所から体がぶら下がっているかのようだ。ルークは体勢を立て直す隙を与えず、体重を自分にかけさせた。肌から石鹸と塩、ほのかな薔薇の香りが漂う。ルークは思わず顔を近づけ、その匂いを吸い込んだ。それに応えるように下半身がうずき、熱い血液と衝動が流れ込む。突如この女性をデスクに押し倒し、スカートをまくり上げて、この場で奪ってしまいたくなった。彼女が組み敷かれ、背中に爪を立て、体を反らして自分を深く受け入れるのを感じたい。ほっそりした足が腰に巻きついて……。そこまで考え、ルークは固く目を閉じてその想像を締め出した。

「お願い」ミス・ビリングズはささやいた。ごくりと唾をのんだのが、こぶしに当たる喉の動きでわかる。

ルークは彼女をぐいと押して放し、逆方向を向いた。体の高ぶりと赤らんだ顔に恥じ入り、背を向けたまま言う。

「出ていけ」その声はくぐもっていた。

部屋をあとにするミス・ビリングズのスカートの衣ずれの音と、ドアの取っ手をがちゃがちゃ動かす音が聞こえた。彼女が出ていくと、ドアは勢いよく閉まった。ルークはデスクから椅子を引っぱり出してどさりと腰を下ろし、袖を顔にこすりつけた。

「何てことだ」さっきまで何もかもが普通だった世界が、一瞬にして砕け散ってしまった。

人差し指の先でデスクについた深いひっかき傷をなぞりながら、ルークは考え込んだ。なぜミス・ビリングズは、不祥事を起こしたハウスメイドのために頼み事をしにきたのだ？　なぜ自分の職を失う危険を冒してまで、主人に楯突いた？　困惑しながら椅子にもたれる。気に入らないのは、自分が彼女を理解したいと思っていることだった。

「君は何者なんだ？」ルークはつぶやいた。「くそっ、正体を突き止めてやる」


タシアは自分の部屋に飛び込み、閉めたドアに勢いよくもたれかかった。全速力で階段を駆け上がったため、頭がくらくらし、息が切れている。解雇されるのは間違いない。愚かなことをしてしまった。どんな処遇を受けても文句は言えない。いったい何の権利があって、領主を叱りつけたりしたのだ？　理不尽にもほどがある。自分の下で働く使用人は、これまで一度もかばってやったことがないというのに。ストークハースト卿のことをとやかく言う前に、自分が偽善者ではないか。

「使用人の立場からだと、何もかもが違って見えるのよ」タシアは声に出して言い、冷ややかにほほえんだ。小さな鏡の前に行き、シニヨンからいったんヘアピンを抜いて、きつめに留め直す。落ち着かなければならない。もうすぐエマの授業を始める時間だ……もし、次に顔を合わせた瞬間に、ストークハースト卿に解雇されなければの話だが。

その前にやらなければならないことがある。タシアは衣装だんすの中を探り、折りたたまれたリネンの奥に手を突っ込んで、結び目の作られたハンカチをつかんだ。父親の金の指輪の硬くごろんとした感触がある。

「ありがとう、お父さま」タシアはささやき声で言った。「これが役に立つ時が来たわ」

部屋の戸口に立つと、きちんと服を着て、昨夜よりもずいぶん元気そうなナンの姿が見えた。

ナンはタシアに気づき、顔に驚きの色を浮かべた。

「ミス・ビリングズ！」

「今日は調子はどう？」

ナンは肩をすくめた。

「まあまあ。お腹を下しているから、お茶一滴くらいしか飲めないけど。それに、足に力が入らないわ」ぼろぼろの大きなバスケットを手で示す。「荷造りはほとんど終わったの」

「赤ちゃんは？」

ナンは目を伏せた。

「大丈夫そうよ」

タシアはかすかにほほえんだ。

「あなたが行ってしまう前に、お別れを言いに来たの」

「本当に優しいのね」ナンは決まり悪そうに、ベッドのマットレスの下に手を入れ、小さな物体を取り出した。イコンだった。「返すわ」聖母マリアの顔をうやうやしく指でなぞる。「これはあなたのものだものね。ミス・ビリングズ、盗んだりしてごめんなさい。わたしは嫌われて当然なのに、あなたは優しさそのものだわ」

タシアは表情を変えずにイコンを受け取ったが、それが戻ってきた喜びに心臓はどくどくと音をたてた。

「あなたにあげたいものがあるの」そう言って、結んだハンカチをナンに渡す。「これを売って、そのお金を役立ててちょうだい」

ナンは不思議そうに顔をしかめ、ハンカチの結び目をほどいた。金の指輪を見て、目を丸くする。

「まあ、ミス・ビリングズ、こんなのもらえないわ」ナンはタシアに指輪を返そうとしたが、タシアは受け取らなかった。

「あなたと赤ちゃんには必要なお金よ」

ナンは指輪を見つめ、ためらった。

「どこでこれを？」

タシアは口元に笑みを浮かべた。

「心配しないで、盗んだわけじゃないわ。父のものだったの。父も賛成してくれるはずよ。受け取ってちょうだい」

ナンは指輪を握りしめ、涙をすすり始めた。

「ミス・ビリングズ、どうしてここまでしてくれるの？」

その質問に答えるのは容易ではなかった。自分の財産さえない今、人に気前よくふるまう余裕はない。それでも、ナンを助けるのは気持ちが良かった。数分間だけでも、誰かが自分に感謝のまなざしを向けてくれる……そのおかげで心を強く持てるし、自分が役に立つ人間だと感じられるのだ。それに、赤ん坊のこともある。いたいけな新しい生命が、世界に冷たく迎えられるのだと思うと耐えられなかった。父親もいない、食べ物もない、家もない。多少お金があったところで問題が解決するわけではないが、ナンが少しでも希望を持つ助けにはなるはずだ。

タシアはナンが答えを待っているのに気づいた。

「一人きりで窮地に立たされるつらさはわたしにもわかるから」

ナンの視線がタシアの腹に向けられた。

「もしかして、あなたも――」

「そういう種類の窮地ではないの」タシアは苦笑した。「でもある意味、同じくらい深刻な状況だったわ」

ナンは指輪を握りしめ、前に進み出て、感極まったようにタシアを抱きしめた。

「もし男の子だったら、ビリングズと名づけるわ！」

「まあ」タシアは笑いに目をきらめかせた。「縮めてビリーにしたほうがいいわよ」

「もし女の子だったら、カレンにするわ。それがあなたの名前よね？」

タシアはにっこりした。

「アナにして」そっと言う。「そのほうがいいと思うわ」


午前中、エマは授業に身が入らない様子で、タシアの質問にも上の空で答えていた。犬のサムソンが二人の足元に寝そべり、誘うように毛むくじゃらの腹を見せていた。下手に騒げば冷淡な家政婦か短気な父親が飛んでくるとわかっているのか、静かにしている。時折エマが爪先で胸部を突くと、笑ったような楽しげな表情で振り向き、あごの片側にだらりと舌を垂らした。

「ミス・ビリングズ？」ローマ帝国の軍事戦略に関する段落を読んでいる最中に、エマはたずねた。「ナンは赤ちゃんを産むのね？」

エマはぎょっとし、よくもこんなに早くその話を聞きつけたものだと思った。

「エマ、それは今話すことじゃないわ」

「どうしてそういうことは誰も教えてくれないの？　かびくさい歴史なんかより、現実の人生について知るほうが、わたしには大事じゃない？」

「もう少し大人になれば、誰かが教えてくれるでしょうけど、今は――」

「男と女が同じベッドで寝たらそうなるのね？」エマのまなざしは聡く、鋭かった。「そういうことでしょう……ナンとジョニーは一緒に寝たんだわ。それで、赤ちゃんができた。どうしてそのあと赤ちゃんができるとわかってて、ナンは男の人をベッドに入れたの？」

「エマ」タシアは穏やかに言った。「そういう質問はしないで。わたしはそれに答えられる立場にないの。お父さまのお許しがないから――」

「じゃあ、どこで教えてもらえるの？　それって、大人にしかわからない恐ろしい秘密なの？」

「いいえ、恐ろしくはないわ」タシアは顔をしかめ、こめかみをさすった。「ただ……とても個人的なことなの。あなたが信頼できて、愛情を感じられる女性……例えば、おばあさまとか、そういう人が質問に答えてくれるわ」

「ミス・ビリングズ、わたし、あなたのことは信頼できる。それに、自分が知らないことについて考えていると、とても不安な気持ちになるの。八歳のとき、わたしが村の男の子とキスをしているのを親戚のおばさまに見られて、すごく怒られた。そんなことをしたら赤ちゃんができるわよって。本当なの？」

タシアはためらってから答えた。

「それは違うわ」

「どうしておばさまがわたしに嘘を教えるの？　わたしがその子とキスしたのは悪いことなの？」

「本当のことを教えるには、あなたはまだ幼すぎると思われたんでしょうね。でも、あなたは悪いことをしたわけじゃないわ。ただの好奇心よね。それなら何も害はないわよ」

「今、男の子とキスをしたいと言ったらどう？　それは悪いこと？」

「そうね、悪いというわけじゃないけど、ただ……」タシアは気まずそうにほほえんだ。

「エマ、お父さまに、女の人と……話したいことがあると言ったほうがいいわ。お父さまがふさわしい人を見つけてきてくださるから。わたしがあなたの質問に答えることを、お父さまはたぶんお許しにならないと思うの」

「今朝、ナンについてお父さまと言い争ったからね」エマはタシアの視線を避け、鮮やかな赤毛を指に巻きつけ始めた。

「エマ、立ち聞きしていたの？」タシアはとがめるように言った。

「その噂で持ちきりよ。お父さまと言い争う人なんていない。使用人はみんな驚いてたわ。あなたはとても勇敢だけど、とても愚かだって。たぶん馘になるだろうって言ってた。でも、そのことは心配しないで。あなたを追い出したりしないよう、わたしがお父さまに頼むから」

　エマの素朴な励ましに心を打たれ、タシアはほほえんだ。エマはかわいらしい少女だ。誰もが愛さずにいられない。

「ありがとう、エマ。でも、お父さまがどういう決断を下されようと、わたしもあなたも黙って受け入れるしかないの。今朝、わたしは自分の考えをお父さまに押しつけるという間違いを犯してしまったわ。無礼で、恩知らずな行動よ。ストークハースト卿がわたしを解雇すると決めたなら、わたしはそれに従うしかないの」

エマは顔をしかめたが、そのせいで父親そっくりに見えた。大きな足でサムソンの鼻をつつく。サムソンはゆっくり口を開け、エマのかかとをかじった。

「わたしがいてほしいって言えば、お父さまはあなたをここに置いてくれるわ。お母さまがいないことで、わたしに引け目を感じているから。おばあさまが言うには、わたしを甘やかすのもそのせいだって。おばあさまはお父さまをレディ・ハーコートと再婚させたがってるけど、わたしはいやだわ」

「どうして？」タシアは穏やかにたずねた。

「レディ・ハーコートはわたしからお父さまを取り上げて、自分だけのものにしようとするから」

タシアは当たり障りのない相づちを打った。ストークハースト親子は激しい愛情を向け合っていて、それが二人の愛していた女性の死で強化されたものであることに、タシアは気づき始めていた。メアリー・ストークハーストの死は、いまだ癒えない二人の傷だ。父娘はお互いの存在を口実に、ほかの人間とかかわること、再び悲しみに打ちひしがれることを避けているように見える。エマにとって一番良いのは、同年代の少女と交流ができ、エネルギーの新たなはけ口が得られる場所に行くことだろう。田舎の領地内を歩き回り、使用人の詮索をするのに時間を費やすよりも、そのほうがよっぽどいい。

タシアはエマに、感情のうかがい知れない笑みを向けた。

「この章を終わらせたら、散歩に行きましょう。新鮮な空気を吸えば、心のもやもやも晴れるわ」

「ナンのことは何も教えてくれないのね」エマはあきらめたようにため息をつき、素直に本に注意を戻した。

日中、ストークハースト卿は何も言ってこなかった。彼は図書室にこもり、次々とやってくる借地人や村人たちとの面談をこなしていた。

「農業の方法についてですよ」彼らは何の話をしに来ているのかというタシアの質問に、シーモアは答えた。「旦那さまは領地の改良を図るため、できるだけ生産性の高い農耕法を借地人に勧めているのです。中には、中世のころと変わらない方法で農業をしている者もいますからね。旦那さまはそういう者たちが現代的な方法を知り、土地管理人に対する不満を訴える機会を設けているのです」

「お優しいのですね」タシアはもごもご言った。ロシアでは、地主は領地の運営にはほとんど手を出さない。家令を雇い、些細な問題で自分が手をわずらわせなくてもいいようにする。

農民が領主から屋敷で直接助言や協力を得ているなど、聞いたことがない。

「合理的な方針ですよ」シーモアは言った。「旦那さまがご自分の領地に投資すればするほど、関係者全員にもたらされる利益は増えるわけですから」

その理屈はもっともだとタシアは感じた。

「農民と直接お話しになるのをいやがられるほど、旦那さまが気位の高い方でなくて良かったですわ。わたしがもといた場所では、旦那さまほどの地位にある方は、農民との接触はすべて家令を通していましたから」

シーモアの目に突如面白がるような色が浮かんだ。

「イギリスの農業従事者は普通、農民と呼ばれるのをいやがります。借地人と言ったほうがいい」

「借地人」タシアは言われたとおりに繰り返した。「ありがとうございます、ミスター・シーモア」

執事は珍しく笑顔を見せ、立ち去るタシアに会釈をした。

日が暮れても、やはりストークハースト卿は何も言ってこなかった。タシアを待たせることで、いつ解雇されるのだろうと思い悩む時間を長引かせる魂胆だろう。ほかの使用人からの質問責めと好奇の視線を避けるため、タシアは初めて自室で一人きりで夕食をとった。窓の外の暮れゆく空を見つめながら、ゆっくり食べる。この先どうなるのだろうという思いに、全身の筋肉がこわばっていた。サウスゲート館からはじきに追い払われるだろう。その後の計画を立てなければならない。チャールズとアリシアのもとに戻ることを考えると、気が滅入った。だが、タシアが初めての仕事に失敗しても、二人とも驚きはしないはずだ。カプテレフ家の人間に謙虚さが備わっていると思う者はいない。次の雇い主の前では、自分の意見は口から飛び出す前にのみ込むようにしようと、タシアは心に誓った。

興奮したようなノックに、ドアが揺れた。

「ミス・ビリングズ！　ミス・ビリングズ！」

「ナン？」声の主に気づき、タシアは驚いてきき返した。「入って」

目をきらめかせ、頬をピンク色に染めたナンが、部屋に飛び込んできた。こんな顔をしているナンを見たのは初めてだ。

「ミス・ビリングズ、使用人ホールで、あなたはここだって聞いたから。今すぐ会いたくて……」言葉を切り、呼吸を整える。

「あなたはもう出ていったものとばかり思っていたわ。階段を駆け上がってきたのね。体に障るわよ」

「ええ、でも早く伝えたくて……」ナンは勢いよく笑いだした。「わたし、結婚するの！」

タシアは目をみはった。

「結婚？　誰と？」

「ジョニーとよ！　つい一〇分ほど前にプロポーズしてくれて、全部許してくれって。できるだけいい夫になれるよう頑張るって言ってくれたから、それだけでじゅうぶんよってわたしは答えたわ！　これで赤ちゃんには父親の名字がつくし、わたしには正式な夫ができるの！」ナンは喜びのあまり興奮し、自分の体を抱きしめた。

「でも、どうして？　どういうこと？」

「ジョニーが言うには、ストークハースト卿が今日の午後、話をしてくださったって」

「ストークハースト卿が？」タシアは唖然としてきき返した。

「旦那さまはジョニーに、まともな神経を持った男なら結婚なんてまっぴらだと思うけど、みんないつかは結婚しなきゃならないんだし、男は自分の行動の責任を取るべきだから、恋人に赤ん坊ができたのなら、二人に自分の名字をつけてやるものだって言ってくださったの。支度金までいただいたわ。わたしたち、村のそばの農地の一区画を借りることになったの。びっくりじゃない？　どうしてこんなに急に何もかもが変わったのかしら？」

「わからないわ」ほほえむことができる程度には驚きから回復し、タシアは言った。「すてきね。ナン、本当に良かったわ」

「これをあなたに返しに来たの」ナンは金の指輪で持ち重りのする、結んだハンカチをタシアに差し出した。「ジョニーには教えてないわ。あの人のことだから、もらっておけって言いそうで。でも、ミス・ビリングズ、これはあなたにも必要なはずよ。優しすぎて自分のことは後回しになってるけど」

「本当に返してもらっていいの？」

「わたしも赤ちゃんも、もう大丈夫だから。面倒を見てくれる人ができたんだもの。お願い、受け取って」

手を差し出すと、指輪の入ったハンカチが手のひらに落ちた。タシアはそれを握り、ナンをきつく抱きしめた。

「神のご加護があらんことを」ささやくように言う。

「あなたにもね、ミス・ビリングズ」

ナンが部屋を出ていくと、タシアはベッドに座った。さまざまな思いが頭を駆けめぐる。ストークハースト卿の行動には、これ以上ないというくらい驚かされた。彼がこんなにも急に考えを変えるなど、想像もしていなかった。いったいどうしてだろう？　なぜわざわざナンと結婚するようジョニーを説得し、ささやかな持参金という好条件までつけたのだろう？　タシアはその問題を頭の中でこねくり回したが、ストークハースト卿の心変わりの理由は見当もつかなかった。

夜が更けてきた。これほどの疑問に悩まされたままでは、今夜は眠れそうにない。タシアはため息をつき、夕食の盆をドアの外に出して、図書室に行くことにした。今の自分に必要なのは、長くて退屈な本だ。

使用人用の階段を下り、影のように廊下を歩く。屋敷内は就寝の準備に入っていた。日常業務はいつも同じ手順で行われる。今ごろ、夕食の食器は一枚残らず洗われ、ミセス・プランケットが明日の朝使う台所用品が揃えられているだろう。ビドルはストークハースト卿の靴とブーツを磨き終えている。ミセス・ナグズは裁縫道具を傍らに置いて椅子に座り、家庭用品の買い物リストでも作っているはずだ。廊下のランプはほとんどが消され、屋敷は闇に包まれていた。

図書室にたどり着くと、タシアはランプを灯し、火を明るく燃え立たせた。マホガニーの飾り棚と本棚の上で光が躍り、壁に並ぶ革の背表紙が優しく照らし出される。本と革の匂いと、空気中にほのかに残る煙とブランデーの香りが快い。図書室は男性の聖域で、仕事や政治、あるいは個人にかかわる問題を話し合うのに使われる。親密さと、家族の歴史が感じられる部屋だ。タシアは本棚を一つずつ見ていき、眠りを誘ってくれそうな本を探した。一冊ずつ吟味しながら、慎重にひと抱えの本を選び出す。

「『進歩主義の様相』」声に出して読み上げ、鼻にしわを寄せた。「『現代ヨーロッパにおける革命と改革』『イギリス拡張主義の驚異』。そうね、これならどれでも……」

暗闇からからかうような声が聞こえ、タシアは跳び上がった。

「二回戦を始めるために戻ってきたのか？」

3

タシアの手から本の山が落ちた。息をのみ、すばやく振り向いて、声がしたほうを見る。

「あ……」

暖炉のそばの大きな椅子から、ストークハースト卿が立ち上がった。今まで暗闇の中で酒を手に、空っぽの火床を見つめていたのだ。くつろいだ仕草で、ブランデーが半分残ったグラスを青銅のテーブルに置き、タシアに近づいてくる。

タシアの心臓は痛いくらいに強く打っていた。

「い、いらっしゃるなら、どうして声をかけてくださらなかったのです？」

「今かけたじゃないか」そのいでたちから、ストークハースト卿が一日中デスクの前にいたことがうかがえた。折り返されたシャツの襟にはインクのしみがつき、一番上のボタンは外されていて、喉元の浅黒い肌がちらりと見えている。黒髪が幾筋か額に落ちていて、彫りの深い顔立ちの厳しい印象をやわらげていた。

深い青色の目には、なまめかしい興味の色が浮かんでいて、タシアの背筋に震えが走った。一日じゅう頭から締め出そうとしていた場面が、勝手によみがえる。口論の最中、激怒したストークハースト卿にドレスの前をつかまれた瞬間だ。男をむき出しにしたその攻撃性に、タシアは震え上がった。ところが、恐怖と同時に息が止まるような別の感覚が襲ってきて、それが長い間消えてくれない。タシアは足元に落ちた本の山に視線を落とし、頬にさす赤みに気づかれないことを願った。

「慌てているように見えるが」ストークハースト卿は言った。

「そんなふうに、く、暗がりから男性が出てきたら、誰だって慌てますわ」タシアは態勢を立て直そうと、ごくりと唾をのんだ。まずは謝らなければならない。「旦那さま、ナンがわたしのところに来て――」

「その話はしたくない」ストークハースト卿はそっけなくさえぎった。

「でも、わたしは旦那さまのことを誤解して――」

「いや、そうではない」

「わ……わたし、出すぎたまねをしてしまいました」

ストークハースト卿はそれにには反論せず、からかうように眉を上げてタシアを見つめた。彼がそこに立っているだけで、タシアはひどく落ち着かない気分になった。闇と悪魔じみた力が、男性の姿を紡ぎ出したかのようだ。

タシアは無理やり言葉を続けた。

「ナンを助けてくださってありがとうございました。これでナンも赤ん坊も幸せに生きていけます」

「しぶしぶ夫になった男でも、いないよりはましだと考えるならね。ジョニーはナンとの結婚を望んでいるわけではない」

「でも、それが正しいことだと説得してくださったのでしょう」

「それでも、ジョニーが今後ナンに代償を払わせる方法ならいくらでもある」ストークハースト卿は肩をすくめた。「少なくとも、赤ん坊が私生児として生まれてくることはないが」

タシアはまつげの隙間から、注意深くストークハースト卿の様子を見守った。

「旦那さま……わたしは解雇されるのでしょうか?」

「それも考えた」わざと間を置いてから、ストークハースト卿は続けた。「だが、やめておくことにした」

「では、わたしはこのままいてもよろしいのですか?」

「当分の間は」

安堵のあまり、膝の力が抜けた。「ありがとうございます」ささやくように、タシアは言った。本を拾おうとしゃがみ込み、かかとに軽く腰をのせる。

驚いたことに、ストークハースト卿が手伝いに来た。しゃがんで分厚い本を二冊、左のわきの下に抱える。一冊の本に二人の手が同時に伸び、指が触れ合った。温かな手の感触にはっとし、勢いよく手を引っ込めたせいで、タシアはバランスを崩した。ぶざまな体勢で床に尻餅をつく。恥をかいてしまったことに仰天した。このようにぎこちない動きをするなど、まったく自分らしくない。ストークハースト卿が静かに笑うのを見て、顔が真っ赤になった。

ストークハースト卿は立ち上がり、本を棚に戻して、タシアに手を差し出した。手から手首までを力強く包み込み、軽々と体を引き上げる。その感触は優しかったが、はっとするような力強さも感じられた。この手にかかれば、自分の骨はマッチ棒のように簡単に折られてしまうだろう。タシアはすばやくストークハースト卿から体を引いて、スカートのしわを伸ばし、身頃のウエスト部分を引っぱって服装を整えた。

「どの本を持っていこうとしたんだ？」青い目を面白そうにきらめかせ、ストークハースト卿はたずねた。

タシアは題名も見ず、やみくもに一冊の本を棚から抜き取った。からかいの言葉から身を守るかのように、本をぺたりと胸に押しつける。

「これでいいです」

「そうか。おやすみ、ミス・ビリングズ」

別れを告げられたにもかかわらず、タシアはその場から動かなかった。

「旦那さま」ためらいがちに言う。「もしお時間があるようでしたら、お話ししたいことがあるのですが」

「虐げられたメイドがほかにもいるのか？」ストークハースト卿は茶化すように、心配げな声音を作って言った。

「いいえ。エマお嬢さまのことです。お嬢さまは……ナンのことを耳にされています。当然、いろいろと質問をなさいました。それで、思った……いえ、思い出したんです……。エマお嬢さまに、誰かに話をしてもらったことはあるかとおききしました……ご存じのとおり、そろそろ始まるころではないかと……。年齢的に、女の子がその……おわかりかと思いますが」

ストークハースト卿は注意深くタシアを見つめたまま、首を横に振った。

タシアは咳払いをした。

「つまり、女性に毎月訪れる……」再び言葉を切る。恥ずかしさのあまり、穴があったら入りたい気分だった。こんなにも個人的なことを、男性の前で口にするのは初めてだ。

「なるほど」ストークハースト卿の声音には妙な響きがあった。おそるおそる彼のほうを見ると、その顔には驚きと狼狽が入り交じった滑稽な表情が浮かんでいた。「そんなことは考えてもいなかった」ぶつぶつ言う。「エマはまだほんの子供じゃないか」

「一二歳です」タシアは指をより合わせた。「あの、わたしは知らなくて……母が娘に教えるのを怠ったせいで……。それで、ある日……怖くてたまりませんでした。エマお嬢さまには、あんなふうに心構えなしに臨んでほしくないんです」

ストークハースト卿は真鍮のテーブルに近づき、グラスを手にした。

「同感だ」残りの酒を一口で飲み干す。

「では、わたしからお嬢さまにお話ししてもよろしいでしょうか？」

ルークは頭を振り、空になったグラスをつかんだ。

「どうだろう」エマが大人になりつつあることの兆候を、まだ受け入れたくなかった。自分の娘に月のものが訪れ、女らしい体つきになり、大人の女の感情や欲望を抱くようになるなど……まだ早すぎる。不安だった。今までそのことは考えないようにしてきた。大人になる過程で起こる変化に対して、誰かがエマに心構えを教えてやらなければならない。でも、誰が？　妹は遠く離れた場所に住んでいるし、母は何やらばかげた事柄をあたかも事実のように教えるだろう。公爵夫人である母は、当世風の感性の持ち主だ。サウスゲート館のフランス風の装飾を見て、ロココ調の曲線や波形の端が思わせぶりだと眉をひそめる。椅子の脚も房飾りで隠さなければ気がすまない。いろいろ考え合わせると、人体の仕組みを娘に説明する人選としては、最適とは言いがたかった。

「どこまで教えるつもりだ？」ルークはぶっきらぼうにたずねた。

ミス・ビリングズは驚いてまばたきし、冷静な口調を保とうと苦心しながら言った。

「若い娘が知るべき事柄だけです。わたしからお話しするのはよくないとお考えでしたら、早急にどなたかに頼まれたほうがよろしいかと」

ルークは彼女をじっと見つめた。エマに対する気づかいには心がこもっているように思える。そうでなければ、こんなにも気まずい思いをしながら、わざわざこの話題を出すはずがない。それに、ミス・ビリングズにはエマもなついている。彼女の口から説明してもらえばよいではないか？

「君から話してもらったほうがよさそうだ」ルークは意を決して言った。「ただし、創世記の引用から始めるのはやめてくれ。エマに、数千年分もの聖書上の罪悪感を抱え込ませる必要はない」

ミス・ビリングズは唇をすぼめ、すました口調で言った。

「もちろんです、旦那さま」

「君は正しい知識を持っていると考えていいのか?」

彼女は顔を真っ赤にし、短くうなずいた。

ルークは思わずほほえんだ。どぎまぎしているミス・ビリングズはとても若く見えた。顔を赤らめ、平静を取り戻そうと躍起になっている。ルークは面白がらずにはいられなかった。

「その自信はどこから来るんだ?」この時間を引き延ばそうと、そんな質問をした。

ミス・ビリングズはその餌には食いつかなかった。

「旦那さま、よろしければそろそろ休みたいのですが」

「まだだめだ」ルークは自分が横暴なことを言っているのはわかっていたが、気にしなかった。彼女にここにいてほしい。単調な一日の終わりに、気晴らしがしたかった。「ミス・ビリングズ、何か飲むか?　ワインはどうだ?」

「けっこうです」

「では、わたしが飲む間ここにいてくれ」

ミス・ビリングズは首を横に振った。

「そのようなご招待をお受けするわけにはいきません」

「これは招待ではない」ルークは暖炉の前に並ぶ椅子を手で示した。「座ってくれ」

一瞬、彼女は動かなかった。「時間が遅すぎます」ともごもご言う。それから、並んだ椅子の一脚のもとに行き、端にちょこんと座った。本をサイドテーブルに置き、膝の上で両手を組む。

ルークはゆっくりと自分のグラスに酒を注いだ。

「ロシアでの暮らしについて教えてほしい」

ミス・ビリングズははっとし、体をこわばらせた。

「それは――」

「ロシアから来たことは君も認めている」ルークはグラスを手に椅子に座り、長い足を投げ出した。「大事な秘密は明かさなくても、何かしら話せることはあるはずだ。それを教えてくれ」

何か魂胆があるのではないかと、ミス・ビリングズはルークに探るような目を向けた。

「ロシアにいると、自分はちっぽけだと思えます。大地はどこまでも続き、日光はイギリスよりも弱くて……すべてが灰色がかって見えます。この時期のサンクトペテルブルクでは、太陽は沈みません。〝白夜〟と呼ばれる現象です……といっても、空は白ではなく薔薇色と紫色になり、そのまま真夜中と朝を迎えます。あの街が最も美しい時期で、空を背に建物は黒い影となります。教会のてっぺんはこんなふうに、丸みを帯びています」ほっそりした手で、玉葱形の円蓋を表現する。「教会の中に彫像はありません。代わりに、イコンがあります……キリストや使徒、聖母マリア、聖人を描いた宗教画です。その顔は細長く、悲しげです。とても崇高な表情です。イギリスの教会で見かける聖人は、堂々としすぎています」

ルークもその点は同感だった。自宅の礼拝堂にある彫像が気取った顔をしていることを思い出し、笑いそうになる。

「それから、ロシアの教会に信徒席はありません」ミス・ビリングズは続けた。「たとえ礼拝が何時間続いても、立っているほうが主に対する敬意を表せるからです。ロシア人にとって、謙虚であることはとても重要なんです。庶民は慎み深く、勤勉です。普段より冬が長く続けば、財布のひもを締め、暖炉のまわりに集まって冗談を言い、話をして、空腹を紛らわせます。ロシアの教会は、神はつねに我らとともにあり、良きも悪しきも、我らの身の上に起こることはすべて神のご意志なのだと教えています」

ルークはミス・ビリングズの表情の変化に見とれていた。彼女がルークの前でくつろいだ様子を見せるのは初めてだった。その声は穏やかで、暗がりの中で見る目は普段以上に猫の目に似ているように思えた。話は続いたが、ルークは聞いていなかった。絹のような黒髪を下ろして自分の手首に巻きつけ、動けなくしてキスをしたらどんな感じかと考える。あれほど軽い体では、膝にのせてもほとんど重みを感じないだろう。今にも折れそうなあの体に、感嘆させられるほどの固い意志と豪胆さが備わっている。メアリーでさえ、かっとなったルークには歯向かってこなかった。

「物事が最悪の事態に陥ってしまったとき、ロシア人はこう言います。〝フシォ・プラホージト〟……万事は過ぎゆく、と。父もよく――」鋭く息を吸い込み、言葉を切る。

その目に浮かんだ表情から、父親の話題は感情を揺さぶるものであることがわかった。

「お父さんのことを教えてくれ」ルークはささやいた。

ミス・ビリングズの目は涙できらめいた。

「数年前に亡くなりました。善良で、高潔で、みんなに口論の仲裁を任されるような人でした。物事をあらゆる観点から見ることができたのです。父が亡くなったことで、何もかもが変わってしまいました」口元にほろ苦い笑みが浮かぶ。「ときどき、父と話がしたくてたまらなくなるんです。二度と話ができないなんて信じられません。故郷から遠く離れたところに住んでいるせいで、余計に思いが募ります。父についてわたしが知っていることは、すべて故郷にありますから」

ルークは胸がざわつくのを感じながら、ミス・ビリングズを見つめた。表面的には冷静さを保っていたが、今にも爆発しそうな感情――深く考えるには危険すぎる何かがせり上がってきていた。メアリーが亡くなって以来、日々を生き延びることだけを考えてきた。満たせる欲求は満たした。だが、残りは永久に閉じ込めることにした。孤独と情熱を葬った墓は、今の今まで暴かれる危険はなかった。事態が悪化する前に、この家庭教師は追い出してしまったほうがいい。妊娠したハウスメイドをめぐる口論は、解雇するにはうってつけの理由だった。アッシュボーンへの説明は何とでもなる。だが、どういうわけかそれを実行に移せなかった。

ルークは締めつけられた喉元から質問を絞り出した。

「いずれ戻るつもりなのか？」

「それは……」ミス・ビリングズに向けられたあまりに悲しげな、途方に暮れた視線に、ルークは息が止まりそうになった。「それはできません」彼女はささやき声で言った。

次の瞬間、ミス・ビリングズは姿を消していた。本来の目的であったはずの本は置いたまま、図書室から飛び出していた。

ルークはあとを追うことができなかった。そこに座ったまま、感情と情欲に体が麻痺したようになっていた。椅子に深く身を沈め、天井をにらむ。女性に関しては、間違いなく賢明なほうだった。謎めいた宿なし女に惹かれるなど、誰よりも似合わない男なのだ。ミス・ビリングズは若すぎるし、外国人だし、メアリーとは何もかもが正反対だ。

妻のことを思い出すと、麻痺していた筋肉が動き出し、ルークは立ち上がった。こんなふうにメアリーを裏切るなんて、どういうつもりだ？　妻とベッドをともにすることの喜び、夜にすり寄ってくる温かな体と朝起きるたびにしてくれたキスが思い出される。二人の間にはいつも居心地のいい空気が流れていた。メアリーが亡くなったあと、肉体的な欲求に駆られて別の女性とベッドをともにすることはあったが、あのころとは何もかもが違っていた。

自分がほかの女性を求めることがあろうとは、夢にも思わなかった。こんなふうに、自制心がぼろぼろに崩れ、感情が根底から覆されることがあろうとは。ミス・ビリングズのことが頭から離れなくなり、それを止められそうになかった。

彼女の本名も知らないというのに。

自嘲の笑みを浮かべ、ルークはブランデーに手を伸ばした。
「君に」そうつぶやき、ミス・ビリングズが座っていた椅子に向かってグラスを掲げる。
「君が何者かは知らないが」

タシアは自分の部屋にたどり着くと、大きな音をたててドアを閉めた。三階までの階段を、立ち止まることなく駆け上がってきた。激しくあえぎながら、きりきり痛む脇腹に手を当てて壁にもたれる。図書室から飛び出すのはよくないとわかっていたが、あのままいれば、自己憐憫の涙にくれていただろう。ロシアの話をしたせいで、すっかりホームシックになってしまった。母親に会いたかった。慣れ親しんだ人々や場所が恋しくて仕方がなかった。母国の言葉をもう一度聞きたかった。誰かに本名を呼んでもらいたかった。

〝タシア〟

心臓が止まるかと思った。タシアはぎょっとして、誰もいない部屋を見回した。誰かが自分の名前をささやいた？　視界の隅で、たんすの鏡に何かがちらちら映っているのが見えた。とたんに恐怖でいっぱいになる。狼狽のあまり逃げ出したくなったが、何か恐ろしい力が働いたかのように、足が一歩前へ、また一歩前へと出た。見開かれた目は、鏡に釘づけになっている。

〝タシア〟再び声が聞こえ、タシアは恐怖のあまりめまいを覚えた。手で口を覆い、ぐっと力を入れて、叫び出さないようにする。

ミハイル・アンゲロフスキー公爵が鏡からこちらを見つめ返していた。血まみれの顔に、暗い穴のような目が並んでいる。青みがかった唇が開き、意地の悪い笑みが浮かんだ。

〝人殺し〟

身の毛のよだつようなその光景から、タシアは目をそらせなかった。耳元でぶんぶんと妙な音が聞こえる。これは現実ではない……想像力と罪悪感が生み出した、単なる幻覚だ。タシアは急いで目をつぶって幻覚を消そうとしたが、再び目を開けても、飛び込んできたのは同じ光景だった。口から手を下ろし、感覚を失った唇を動かす。

「ミハイル」口ごもりながら言った。「わたし、あなたを殺すつもりは――」

〝手についているだろう〟

タシアが震えながら下を向くと、手が血まみれになっているのがわかった。押し殺した悲鳴がもれる。こぶしを握り、目を閉じた。

「消えてちょうだい」すすり泣きながら言う。「何を言っても無駄よ。消えてちょうだい」

恐怖のあまり、祈ることも、逃げることもできず、凍りついたようにその場に立ちつくすだけだった。ぶんぶんという音は、ゆっくりと耳から消えていった。再び目を開け、両手を見つめる。その手は清潔で、白かった。鏡に映る顔は消えていた。タシアはやっとの思いでベッドにたどり着いて腰を下ろし、新たに湧き出た涙が頬を伝うのも構わずにいた。

長い時間が過ぎ、ようやく気分が落ち着いてきた。恐怖が引いたあとは、もはや何の力も残っていなかった。ベッドに横たわり、ぼやけた暗い天井を見上げ、袖で目を拭く。ミハイルを殺した記憶はなかったが、そんなことは関係ない。罪悪感は日に日に重くのしかかってきていた。また幻覚は訪れるだろうし、悪夢も見るだろう。良心は自分のしたことを忘れさせてくれず、見過ごしてもくれない。あの殺人は永遠に自分につきまとう。胃がひっくり返ったように感じ、静かな絶望にタシアはうめいた。

「やめなさい」強い口調で自分に言い聞かせる。ミハイル・アンゲロフスキーのことを考えて苦しむばかりでは、やがて自責の念から正気を失ってしまうだろう。


五月一日はよく晴れた日だった。空気に残っていた冷たい冬の痕跡は消え、代わりに春の新緑の匂いが漂っている。上階の居間の絨毯敷きの床に足を投げ出したエマは、赤毛を乱暴に指に巻きつけていた。タシアが事務的に説明した月経周期の話に、愕然としているようだ。

「気持ち悪いわ」エマはぶつくさ言った。「何で女ばっかり面倒な思いをしなくちゃいけないの？　布が血まみれになるとか、お腹が痛くなるとか、毎月日にちを数えるとか……どうして男の人にはそういうことが何もないわけ？」

タシアはにっこりした。

「男性には男性の苦労があるんだと思うわ。それに、これは気持ち悪いことじゃないの。神がそのようにわたしたちをつくってくださったのよ。あなたが言う〝面倒な思い〟の見返りに、命を生み出す力を授けてくださったの」

「それはすてきですこと」エマはむっつりと言った。「いずれ陣痛を授かるのが楽しみで仕方がないわ」

「あなたもそのうち自分の子供が欲しくなるでしょうし、そうなれば気にならなくなるわ」

エマは考え込むように顔をしかめた。

「月のものが来るようになったら、赤ちゃんを産める年齢になったということ？」

「ええ、男性とベッドをともにすればね」

「ただベッドをともにするだけでいいの？」

「もっといろいろあるのよ。そこから先は、またいずれ知ることになるわ」

「ミス・ビリングズ、わたしは今全部知りたいの。ものすごく恐ろしいことを想像してしまうんだもの」

「男女がベッドの中で行うことは、恐ろしくはないわ。とても気持ちのいいものだという話よ」

「でしょうね」エマは思いにふけるように言った。「じゃないと、あの女性たちがお父さまをベッドに誘うはずがないもの」ぎょっとしたように目を見開く。「ねえ、ミス・ビリングズ、まさかお父さまはあの女性たちの誰かを妊娠させたりはしていないでしょうね？」

タシアは顔がほてるのを感じた。

「それはないと思うわ。慎重にすれば、妊娠を避ける方法はあるから」

「何を慎重にするの？」

その質問をかわす方法に考えをめぐらせていると、戸口に一人のハウスメイドが現れた。

歯をむき出しにして笑う、モリーというふくよかな黒髪の娘だ。

「エマお嬢さま」モリーは言った。「旦那さまからお伝えするように言われたのですが、郷士《スクワイア》のペンドルトンご夫妻がいらっしゃったそうです。すぐに下りてきてほしいと」

「最悪！」エマは叫び、屋敷の前の私道に面した窓に駆け寄った。「馬車から降りてくるところだわ」タシアに向き直り、目をぐるりと動かす。「毎年、お父さまとわたしを五月柱《メイポール》ダンスの見物に誘いに来る人たちなの。レディ・ペンドルトンは〝百姓〟の祭りを見るのが楽しくてたまらないんですって。頭の固い、お高くとまったおばさんよ」

タシアもエマのそばに行き、ブロケードのドレスを着た太った中年女性に目をやった。レディ・ペンドルトンは顔をしかめ、尊大な表情を浮かべている。

「確かに、気取った方のように見えるわ」エマに同調するように言う。

「ミス・ビリングズ、あなたも村についてきてちょうだい。あなたが来てくれなきゃ、退屈すぎて死んじゃう」

「エマお嬢さま、わたしが行くのはどうかと思うわ」騒々しい村の祭りに参加するなどまっぴらだった。つねに威厳を保たなければならない家庭教師が、そのような場にいるところを人に見られるのは適切ではない。それに、人ごみの中に入ることを考えると不安になった。裁判につめかける血に飢えた観衆、法廷の中でも外でも非難の言葉を投げつけてくる人の群れが、頭にこびりついて離れないのだ。「わたしはお留守番します」断固とした口調で言う。

エマとモリーは同時に抗議の声をあげた。

「でも、お父さまは使用人全員にお休みをあげて、みんな村へ行くのよ」

「五月祭に参加しないのは不吉です」モリーは叫んだ。「みんなで夏の訪れを祝わないと。もう一〇〇〇年も続いてきた習慣なんですから！」

タシアはにっこりした。

「わたしが歓迎してもしなくても、夏はちゃんと訪れるわ」

ハウスメイドはじれったそうに首を横に振った。

「今夜だけでも行かなきゃだめです。一番大事なところですからね」

「今夜何があるの？」

タシアの無知ぶりに、モリーは仰天したようだった。

「メイポールダンスですよ、もちろん！　そのあと、二人の男が馬の扮装をして、村中の家を練り歩くんです。村人は手をつないで長い列になって、馬のあとについていきます。パレードが家の中を通ってくれたら縁起がいいんですよ」

「どうして馬なの？」その話に興味を覚え、タシアはたずねた。「犬や山羊じゃだめなの？」

「馬って決まってるんです」モリーは怒ったような顔で答えた。「昔からそうなんです」

エマはくすくす笑い始めた。

「お父さまに言わなきゃ。ミス・ビリングズは五月祭の馬を山羊に代えたいらしいわよって！」ホールに笑い声を響かせながら、エマは父親とペンドルトン夫妻のもとに向かった。

「エマお嬢さま、今の話はしてはだめよ」タシアは呼びかけたが、返事はなかった。ため息をつき、モリーを振り返る。「五月祭には参加しないわ。わたしの記憶が確かなら、紛れもなく異教徒の儀式よね……ドルイド（古代ケルト社会の祭司）だの妖精だの、そういうものを崇拝するような」

「ミス・ビリングズ、妖精を信じていないんですか？」モリーは無邪気にたずねた。「信じなきゃ。妖精はまさにあなたみたいな人をさらうんですから」モリーはくすくす笑いながら立ち去り、タシアはその後ろ姿に顔をしかめてみせた。

その日の午後、ストークハースト親子はペンドルトン夫妻とメイポールダンスの見物に出かけた。使用人の大半は、ミセス・プランケットが用意した冷菜の食事の席には現れなかった。その晩の浮かれ騒ぎに備え、おしゃれに余念がなかったのだ。夏の訪れを祝うというのが、村で酒を飲み、遊び回る口実にすぎないことは、タシアにもわかっていた。そんな騒ぎにはかかわりたくない。そこで自分の部屋に閉じこもり、開いた窓の前に座って、村から聞こえてくる太鼓の音や歌声に耳を傾けた。夜の空気はさわやかで、霜の匂いがした。窓の外を眺めて、森に妖精がはびこるさまを想像し、ちらちら見えるたいまつの灯を妖精の羽だと思い込もうとする。

「ミス・ビリングズ！」部屋のドアが勢いよく開いた。入室の許可もしないうちに、三人の娘が飛び込んでくる。タシアは唖然として、モリーとハンナとベッツィーを見つめた。三人とも白いブラウスを着て、リボンと花で飾られた輪をかけ、それぞれ色の違うスカートをはいている。

「ミス・ビリングズ」モリーが陽気に言った。「あなたを村に連れていこうと思って来たんです」

タシアは不満の声を押し殺し、首を横に振った。

「ありがとう。でも着ていくものがないから。わたしはここにいるわ。三人とも楽しんでき

て」

「服は持ってきました」ブラウスと色鮮やかなスカートの山がベッドに放り出された。

小柄で金髪のキッチンメイドのハンナが、おずおずとタシアに笑いかけた。

「わたしたちのもあるし、エマお嬢さまのもあります。好きなのを着てください……全部古

着ですけど。ミス・ビリングズ、まずは赤いスカートをはいてみて」

「わたしは行かないわ」タシアは言い張った。

三人はタシアを脅し、なだめすかした。

「ミス・ビリングズ、行かなきゃだめです。一年にたった一度のお楽しみ——」

「外は暗いわ。誰もあなただってわかりませんよ」

「みんな行くんです。ここに一人きりでいるなんていけません!」

驚いたことに、腕いっぱいに花を抱えたミセス・ナグズが戸口に現れた。その顔は険しい。

「ミス・ビリングズが村に行くとか何とか、いったい何を騒いでいるの?」

ようやく味方が現れ、タシアはほっとした。

「ミセス・ナグズ、この人たちに一緒に行こうって言われてるんですけど、そんなのはいか

にも軽率なふるまいですよね」

「そうね」ミセス・ナグズは言ったあと、思いがけずにっこりほほえんだ。「だから、ミス・ビリングズ、もし今夜あなたがこの人たちと一緒に行かないのなら、怒りますよ。わたしみたいに年を取っているなら、屋敷に留まって窓の外を見ていても構わないわ。でも、あなたはメイポールダンスをする年頃よ」

「でも……でも……」タシアは口ごもった。「わたしは異教徒の儀式は信じていないんです」

一般的なロシア人の例にもれず、タシアは宗教と迷信が複雑に絡み合った環境で育ってきた。自然とその強大な力に敬意を払うのは構わないが、神は偶像崇拝を好まない。木を崇めたりする五月祭の慣習は、決して受け入れられるものではなかった。

「信じているという理由でやらなければいいんです」モリーが笑いながら言った。「幸運のためだと考えてください。楽しむためだと。これまで、ただ楽しむために何かをしたことはないんですか?」

自分の部屋にひっそりと身を潜めていたい、それがタシアの願いだった。そこで、別の角度からも反論してみたが、すべてははねつけられてしまった。

「わかったわよ」しぶしぶ言う。「でも、楽しむつもりはないわ」

三人はくすくす笑い、おしゃべりをしながら、次々と衣装を手に取って、タシアが服を脱ぐのを待った。

「赤いスカートがいいわ」そうハンナは言い張り、モリーは青を支持した。

「コルセットなんていらないわね」ベッツィーが言い、ほっそりしたタシアの下着姿を羨ましそうに見つめた。

引きひもで絞るブラウスを、モリーがタシアの頭からかぶせた。

「おっぱいはエマお嬢さまとそう変わりませんね」親しみのこもった笑い声をあげる。「でも、心配しないで。ミセス・プランケットのプディングをあと二、三週間食べれば、わたしみたいな形になりますよ」

「そうは思えないわ」タシアは疑わしげに言い、モリーの豊かな胸に目をやった。もはやあきらめの境地に達し、髪からピンが抜かれても抵抗しなかった。つややかな黒髪が腰まで落ちると、三人は感嘆の叫び声をあげた。

「まあ、なんてきれいなの」ハンナがため息をついた。「わたしもこんな髪だったらよかったのに」鏡の前に行き、金髪の縮れ毛に顔をしかめて、引っぱって伸ばそうとする。

三人はリボンと花を使ってタシアの髪を編み、太いロープのように背中に垂らした。一歩下がり、満足げに仕上がりを眺める。

「あなたはきれいだから」ミセス・ナグズが言った。「村の若者はこぞってあなたにキスをしようとするでしょうね」

「何ですって?」三人の娘に部屋から引っぱり出されながら、タシアはぎょっとしてきき返した。

「村の習慣です」モリーが言った。「若者が駆け寄ってきて、幸運を祈ってすばやくキスをするんです。害はありませんよ」

「もし、キスされたくなかったら？」

「逃げても構わないと思いますけど……でも、その必要はないですよ。不細工な人でも一瞬で終わるし、いい男なら逃げたいとは思わないし！」

外は暗く、空にかかる雲が星を覆い隠していた。農家の窓に置かれたたいまつやランプの灯で、村は明るく照らし出されている。芝地に近づくにつれ、太鼓の音はどんどん大きくなり、いくつものリズムが絡み合って聞こえた。

タシアの想像どおり、祭りではワインが重要な役割を果たしていた。激しいダンスの合間に、男女とも瓶やフラスクから酒を飲み、喉の渇きをいやしている。一同は手をつなぎ、花に覆われたメイポールのまわりを回って、木や大地、月に関する異教の歌を歌った。

「行きましょう！」モリーはそう叫んでタシアの片手をつかみ、もう片方をベッツィーがつかんだ。三人は輪の中に突進してその一部となり、魔法のオーク林に関する古い民謡を歌った。「ミス・ビリングズ、歌わなくていいの。ただ声を出して、足を動かせばいいのよ！」

それなら簡単だった。タシアは周囲に合わせて動き、聞こえてくる歌をまねて歌った。太鼓の音が自分の心臓の音と響き合う。輪は時にほどけ、人々は動きを止めてワインを飲んだ。タシアはモリーからずぶ濡れになったワインの皮袋を受け取った。ぎこちない動きで甘く赤い液体をごくごく飲む。ダンスが再開すると、端整な顔立ちの金髪の若者がタシアの左手を取った。若者はにっこりし、周囲に負けない大声で歌を歌い始めた。

ワインのせいなのか、ばかばかしいダンスのせいなのかはわからないが、タシアの気分は浮き立ちつつあった。女性たちはいっせいに輪の中心に駆け寄り、髪から花輪を取って空高く振った。花の香りに汗とワインが混じり合って、素朴で甘い、独特の匂いがあたりに漂う。メイポールのまわりを回るうちに、タシアを取り巻く世界もぐるぐる回り、たいまつの炎が蛍のように踊った。

タシアは踊る人々の輪から飛び出し、息を整えようとした。湿ったブラウスが肌に張りつき、何度も引きはがす。夜気は冷たかったが、タシアは熱くほてり、高揚していた。誰かに瓶を渡されて、ワインを一口飲む。

「ありがとう」口の端についた液体を手で拭った。顔を上げると、瓶を渡してきたのがさっきの金髪の若者であることに気づいた。若者は瓶を受け取り、タシアが反応する間もなく頰にキスをした。

「幸運を祈って」青年はにっこりし、メイポールのもとに戻っていった。

タシアは驚いて目をしばたたき、手を頰に当てた。

「馬が来たぞ！」一人の男が叫ぶと、群衆から熱のこもった歓声があがった。

「馬！　馬！」

みすぼらしい茶色い馬の衣装をまとった二人の若者を目にし、タシアは笑い崩れた。塗装された大きな仮面を一人が振り回し、それが顔の役目を果たしている。馬の首には花輪がかけられ、突き出した脚のまわりでスカートが揺れていた。これ見よがしに何度か脚を蹴り上げたあと、馬は村の中心を目指し、のしのしと歩き始めた。人々は馬のあとを追い、手をつないで長い鎖状になった。タシアもその中に組み込まれ、隊列は巨大な蛇のようにうねうねと村の中を進んだ。ドアが開いた一軒目の農家の中を通っていく。床には藺草《いぐさ》のマットが敷かれ、何百もの足が落とす土を拭い取った。

農家の裏口から出たあとも、タシアはそのまま前に進んだ。人々は道端に寄って踊る隊列を通し、民謡に合わせて手をたたいた。穀物取引所の建物のそばに男性の一団が立ち、中には堂々と連れの女性を愛撫している者もいる。先のほうに何か障害物があったらしく、パレードは歩みをゆるめた。足を踏み鳴らして踊り、歌いながら待つ。

冷やかすような口笛が聞こえ、タシアはそばにいる騒がしい男の集団に目をやった。そこにストークハースト卿が紛れているのを見て仰天する。彼はパレードの滑稽な動きを見ながら、白い歯をきらめかせて笑っていた。ここでいったい何をしているのだろう？　気づかれる前に逃げ出そうと思い、タシアの体にぐっと力が入った。だが、すでに手遅れだった。ちょうどそのとき、ストークハースト卿がこちらを向き、まっすぐタシアを見たのだ。彼の顔から笑みは消え去り、ごくりと唾をのんだせいで喉が震えた。半開きになった口からは、タシアと同じように驚いていることがうかがえる。

ストークハースト卿の身なりはひどく乱れていて、ベストの前は開き、シャツは喉元のボタンが外れていた。黒髪はたいまつの黄金色の光に照らし出され、その姿はまさにロシアの昔話の主人公、ボガディルそのものだった。タシアを見つめる青い目はまっすぐで、悪魔じみていて、何か不埒なことを考えているかのようだ。

　隊列が動きだしても、タシアの足は固まったままだった。ただ呆然と、その場に立ちつくすことしかできない。背後の男性が文句を言った。

「おい、お嬢さん、足を動かさないなら、そこをどいてくれ！」

「ごめんなさい」タシアは言い、脇に飛びのいた。とたんに、列の中に居場所はなくなった。タシアが逃げ出そうとする間もなく、ストークハースト卿が目の前にやってきた。手首をがっちりととらえられ、彼の親指の腹の下で脈が激しく打ち始める。

「こっちに来い」ストークハースト卿は言った。すっかり困惑したタシアは、手を引き抜くことも思いつかず、彼についていった。

　男たちの集団と、次の家を目指してするすると進む踊りの列から、口笛が聞こえた。だがその音も、狂ったように打つ心臓の音にかき消された。ストークハースト卿の大きな足は大股に地面を踏み、それについていこうとタシアは早足になった。彼は怒っているし、怒るのも当然だった。家庭教師が自分を見世物にしてはいけない。威厳ある態度を貫き、屋敷に留まるべきだったのだ。これから徹底的に責められるのだろうし、その場で馘にされてもおかしくない。

　ストークハースト卿はタシアを、煌々と照らされた家並みから離れた、村の芝地のはずれの木立に連れていった。大きな木の陰で足を止め、手首を放す。

　タシアは彼を見上げたが、その顔は影になっていてほとんど見えなかった。

「ダンスをするべきではありませんでした」蚊の鳴くような声で言う。

「どうしてだ？　今夜は休みなんだから、みんな好きなことをすればいい」

タシアの後悔は驚きに変わった。

「怒っていらっしゃるのではないのですか？」

ストークハースト卿はその質問には答えず、タシアに近づいた。

「髪をそんなふうにしていると、ロマのように見えるよ」

思いがけず親しみのこもったその言葉に、タシアは戸惑った。普段のストークハースト卿とはどこか違う。いつもの抑えた様子が感じられない。穏やかな声には威嚇する調子が加わり、その慎重な動きには……そう思った瞬間、タシアは自分が標的にされていることに気づいた。警戒心を深めて後ずさりすると、太い木の根につまずいた。ストークハースト卿の手が肩をつかみ、体を支える。タシアがバランスを取り戻したあとも、その手は離れなかった。手のひらの熱がブラウス越しに伝わる。反対側の腕が上がり、鋼鉄の鉤手の先がタシアの耳のそばの樹皮に刺さった。囚われてしまった。硬い体の重みに気を取られながら、おどおどと後ろに下がると、背中に堅い木の幹が当たった。

酔っているのだ、と混乱した頭で考える。ストークハースト卿は自分が何をしているかわかっていないのだ。

「旦那さま……今は正気じゃありませんね。お酒を飲んでいらしたのでしょう」

「君もだ」

ストークハースト卿はごく近くにいて、吐息からワインが香るほどだった。タシアは顔を引き、後頭部を木に押しつけた。遠くを通り過ぎるたいまつの明かりが、つかのま彼の顔をぼんやりと赤く照らしたあと、二人は再び闇に包まれた。

あごの下に指がかけられると、タシアは小さく声をもらし、できるだけ後ろに身を引いた。

「だめ」怯えた声で、かすかにささやく。

「だめ？」ストークハースト卿は繰り返した。面白がっているような声だ。「では、どうしてわたしについてきたんだ？」

「そ、それは……」タシアは必死に息を吸った。「旦那さまがお怒りになっていると思ったからです。人目のないところで叱られるのかと」

「キスよりも、そのほうがいいのか？」

「はい」

熱のこもった返事に、ストークハースト卿は笑い声をあげ、タシアのうなじに手をすべり込ませて張りつめた筋肉をつかんだ。彼の肌の熱さにタシアは驚き、体に震えが走った。二人には冷たい風が吹きつけていたが、ストークハースト卿の体は大きく、温かかった。歯がかちかち鳴りそうなほどの緊張感にもかかわらず、タシアは彼に寄り添い、その体に守ってもらいたくなった。

「わたしのことが怖いのか」ストークハースト卿は小声で言った。

タシアはぎこちなくうなずいた。

うに光った。

「これのせいか？」彼の体が動き、鉤手がタシアの目の前で、水中を突き進む銀色の魚のように光った。

「いいえ」タシアは自分が何を怖れているのか、正確にはわからなかった。なじみのない感覚にとらわれて、全身の感覚が動きを速め、何もかもが怖いくらい鮮やかに感じられる。柔らかく熱い唇が髪の上からこめかみにそっと触れると、体に戦慄が走った。タシアはこぶしを上げ、彼の広い胸を強く押した。

「幸運を祈ってキスをするのはどうだ？」ストークハースト卿は提案した。「ミス・ビリングズ、なぜか君には幸せになってもらいたい気がしてね」

こみ上げる神経質な笑いを、タシアは抑えることができなかった。

「幸運など信じませんし、信じるのは祈りだけです」

「両方信じればいいじゃないか。そんなに硬くならなくていい。君を傷つけたりしないから」

ストークハースト卿が身を寄せてきたので、タシアはぎょっとして体をこわばらせた。

「行かないと」必死の思いで言ったが、彼を押しのけようとしたのは間違いだった。ストークハースト卿はすばやく動いて、硬い体でタシアをとらえた。長く編まれた髪を自分の手に一巻き、二巻きして、頭をのけぞらせて固定する。影になった顔がタシアの顔の真上に来て、うなじに指のつけねが食い込むのが感じられた。唇の端にそっとキスされ、タシアは反射的にあえいだ。

頭を支えるストークハースト卿の手に力が入った。閉じた唇にもう一度、そしてもう一度、軽い口づけをする。タシアは勝手に、荒々しく性急なキスを想像していた……まさかこんなにも穏やかに、熱い唇の焼き印を押されるとは思っていなかった。唇が頬から耳、そして喉元へと這わされる。舌の先が、脈が激しく打つ部分に触れた。とたんにタシアは彼に体を押しつけ、暗くほとばしる興奮に身を任せたくなった。けれど、これまで誰かに自分の身をゆだねたことはない。そんな自分を想像すると、あまりのことにはっと我に返った。

「やめて」くぐもった声で言い、彼の黒い髪に手をかける。「おやめになって！」

ストークハースト卿は顔を上げ、タシアを見下ろした。

「なんてかわいいんだ」ささやき声で言う。髪から手を離し、髪に編み込まれた花の小枝を一本引き抜いた。指の背でタシアの繊細なあごのラインをなぞる。

「旦那さま……」タシアは震える声で言い、深く息を吸った。「お願いが……あります……今起こったことは、なかったことにしていただけますか？」

「君がそうしたいのなら」ストークハースト卿の親指がタシアのあごの先をかすめた。その手に握られた花が空中に芳香を放つ。

タシアはぎこちなくうなずき、震える唇を噛んだ。

「ワインのせいです。それと、ダンスの。こ、これだけ盛り上がっていれば、誰だって雰囲気にのまれてしまうと思うんです」

「よくわかるよ。フォークダンスというのは、とても激しいものだからね」

からかわれていることに気づいて、タシアは顔を赤らめた。だが、そんなことはどうでもいい。これで言い訳は成立したのだ。

「おやすみなさい」そう言って、木から体を起こした。体の関節という関節が役立たずになってしまった気がする。「もうお屋敷に戻らないと」

「一人ではだめだ」

「一人で帰りたいんです」タシアは言い張った。

短い沈黙ののち、ストークハースト卿は笑った。

「わかった。男が寄ってきても、わたしのせいにするなよ。まあ、一晩に二度も起こることじゃないだろうけどね」

ミス・ビリングズの足音は軽くてすばやく、ほっそりした姿は暗闇の中に溶けていった。ルークは彼女がもたれていた部分に近寄り、どっしりした幹に肩をつけた。踏み固められた地面に、ブーツのかかとをせわしなく打ちつける。さっきは穏やかに接したものの、本当は容赦せず、唇で唇に傷をつけ、繊細な肌に印を残したかった。とっくの昔に死に絶えたと思っていた欲求が、復讐のようによみがえっていた。彼女をベッドに連れていき、そこから出したくない。一週間。いや、永遠に。とたんに、罪悪感に押しつぶされそうになった。自分の人生をゆがめ、メアリーの記憶をこれまでにないほど遠ざけたミス・ビリングズに、腹が立って仕方がなかった。

ミス・ビリングズはじきにいなくなる。約束の一カ月はもうすぐ終わりだ。新しい働き口は、チャールズ・アッシュボーンが見つけてくれるだろう。あとは彼女のことは考えず、時が解決してくれるのを待てばいい。木のほうを向き、いらだちに任せて鉤手を打ちつけると、樹皮がはがれた。幹に細く深い傷が残る。ルークは大股で歩き、明かりとダンスから、祭りから遠ざかっていった。

タシアは窓辺に立ち、不思議な気分で外を見ていた。探るような唇のぬくもりを、あの優しさと、完全に抑制されたあの力を思うと、体が震えた。あまりに長い間、タシアは孤独だった。ストークハースト卿の腕に抱かれるのは恐ろしくもあり、どうしようもなく甘美でもあった。あの心地よさ、まるで守られているようなあの感覚に、深く心を揺さぶられていた。ゆっくり手を上げ、唇に触れる。ストークハースト卿は無知な自分を面白がっていたに違いない。キスをしたのは初めてだ。これまでは、婚約成立の直後にミハイル・アンゲロフスキーと身の入らない抱擁を交わした程度だった。

ミーシャ、と家族や友人に呼ばれていたミハイルは、美貌と放縦が強烈に交じり合う男性だった。生活習慣はだらしがなく、過剰に着飾って、強いオーデコロンをたっぷりつけ、髪は長すぎるほど伸ばし、首は洗うのを怠けるせいでぽつぽつと汚れがついていた。大きな黄色い目はたいてい空虚だったが、それはアヘンのパイプをこよなく愛しているせいだった。

突然、タシアの頭の中に声がわんわん響き始めた。気分が悪くなり、体がふらつく。

〝ミーシャ、愛してる。あの女の一〇〇〇倍愛してる。あの女が相手じゃ、求めているもの

は得られない〃

〃嫉妬深い、しわだらけのおばかさん〃ミハイルは答えた。〃わたしが何を求めているか、君にわかるはずがないだろう〃

声は消え去り、タシアは驚いて顔をしかめた。これは現実の記憶なのか、それとも自分の想像力がでっち上げたものなのか？　タシアは椅子に座って両手で頭を抱え、自分の思考に苦しみ始めた。

ロンドンの社交シーズンは終わりに近づき、上流社会の面々はロンドンの邸宅を閉めて、田舎に戻り始めていた。ストークハースト卿は、この夏最初のハウスパーティの準備を進めていた。社交と狩猟三昧の週末に、地元の有力な家族が勢揃いする。一人で過ごす時間が脅かされるのではと思い、タシアは週末のパーティが憂鬱だった。とはいえ、アッシュボーン夫妻が参加するという嬉しい知らせもあった。はかないながらも自分と過去を唯一結びつけてくれる親戚のアリシアに会えると思うと、胸が躍った。数分でも話ができる時間があればいいのだが。

レディ・アイリス・ハーコートが招かれ、女主人役を務めることになったが、誰も驚きはしなかった。

「言い出したのはレディ・ハーコートなの」ミセス・ナグズが、夕食後に集った上級使用人たちに打ち明けた。「あの方は旦那さまと結婚したがっていて、自分がその役目にいかにふさわしいか、皆に見せつけるつもりなのよ。領主夫人の座を狙っているのが見え見えだわ」

レディ・ハーコートはパーティの二日前にやってきて、準備に指示を出し始めた。とたんに屋敷内は大忙しになった。巨大なフラワーアレンジメントが運び込まれ、空いた部屋から音楽家が練習をする音が聞こえてくる。レディ・ハーコートは家具の位置を動かしたり、ミセス・プランケットの考えた献立を変えたりと、サウスゲート館のあらゆることに変更を加えた。タシアは彼女の人を使う手腕に感心した。レディ・ハーコートは屋敷のことに口出しはしたが、その態度はきわめて感じが良かったので、使用人たちの不満は最小限に抑えられた。

エマだけはこの状況にあからさまに不快感を示し、父親と言い争いさえした。朝の乗馬から戻ってきた二人の声が玄関ホールに響きわたる。

「お父さま、あの人は何もかも変えようとするの！」

「わたしが好きなようにしていいと許可を与えたんだ。エマ、もうその話はやめろ」

「でも、お父さまは聞いてもくれな――」

「やめろと言っただろう」エマを待つタシアの姿を認めると、ストークハースト卿は反抗する娘を前に押しやった。「この子をどうにかしてくれ」ぴしゃりと言い、しかめっつらで歩き去る。彼がタシアに話しかけたのは、何日かぶりのことだった。

エマは父親そっくりのしかめっつらで、勢いよくタシアのほうを向いた。青い目に怒りの炎が燃えている。

「レディ・ハーコートのことで言い合っていたみたいね」タシアは穏やかに言った。

エマは顔をしかめた。

「あの人にここの家の人間みたいな顔をしてほしくないの。本当は違うのに！　あの人がこの家を切り盛りするのがいや。お父さまにまとわりつくのも、お父さまと話すときに甘ったるい声を出すのもいやなの。ものすごく気分が悪くなるわ」

「週末だけのことよ。エマお嬢さま、正真正銘の淑女としてふるまって、レディ・ハーコートに礼儀と敬意を教えてやればいいのよ」

「週末だけじゃないわ」エマは不満げに言った。「あの人、お父さまと結婚したがってるんだもの！」怒りは急にしぼみ、絶望したような目でタシアを見る。「ねえ、ミス・ビリングズ、本当に結婚したらどうしよう？　わたし、永久にあの人から離れられなくなるわ」

その瞬間、不器用な一二歳はタシアの腕の中に飛び込んできた。タシアは愛情を込めてエマを抱きしめ、乱れた赤毛をなでた。

「つらい気持ちはわかるわ。でも、お父さまはお母さまが亡くなられてから、寂しい思いをしてこられたの。それはわかるわよね。聖書にも、〝男はめいめい自分の妻を持ちなさい〟とあるわ。それとも、お父さまは一生再婚せず、一人きりで年を取ったほうがいいと思うの？」

「そんなこと思わないわ」エマはくぐもった声で言った。「でも、結婚するならわたしが好きな人としてもらいたいの」

タシアは笑った。

「まあ、あなたはお父さまが興味を持つ人は誰も気に入らないと思うけど」

「そんなことない！」エマは体を引き、むっとした顔になった。「わたし、ぴったりの人を知ってるの。若くてきれいで頭が良くて、お父さまにお似合いの人」

「誰なの？」

「あなたよ！」

驚きのあまり、タシアは呆然とエマを見つめることしかできなかった。

「エマお嬢さま」ようやく言葉を発する。「そんな考えは今すぐに捨ててもらわないと」

「どうして？」

「まず、あなたのお父さまのような地位にある男性は、家庭教師とは結婚しないの」

「お父さまは気取り屋じゃないわ。そんなこと気にしないわよ。ミス・ビリングズ、お父さまってかっこいいと思わない？」

「お父さまの外見について考えたことはないわ。ほら、授業の時間よ」

「ほっぺが赤い」エマは勝ち誇ったように言い、急激に盛り上がった気分は、タシアににらまれてもしぼむことはなかった。「お父さまの外見が好きなのね！」

「かっこいいとか、きれいとかいうのは、表面的なことよ」

「お父さまは内面もかっこいいわ」エマは言い張った。「さっきは鬼って言ったけど、あれは本気じゃないの。ミス・ビリングズ、お父さまにもうちょっと優しくして、ときどきは笑いかけてみて。あなたさえその気になれば、お父さまを好きにさせることができると思う！」

「わたしは誰にも好きになってほしいとは思わないわ」突拍子もないエマの言い草に、タシアは噴き出しながらそう返した。

「お父さまのことが好きじゃないの？」

「立派な方だとは思ってるけど」

「そう、じゃあ、好きなの？」

「エマお嬢さま、こんなのばかげているわ。好きとか嫌いとか言えるほど、わたしはストークハースト卿のことを知らないのよ」

「お父さまと結婚すれば、もう仕事はしなくていいのよ。いつかは公爵夫人になれるし。それって幸せじゃない？　わたしたちといつまでも一緒に暮らしたいと思わない？」

「まあ、エマお嬢さま」タシアは愛おしげにほほえんだ。「わたしの幸せを考えてくれるなんて、優しいのね。でも、あなたにはわからないことがたくさんあるし、わたしもそれを説明することはできないの。わたしはできるだけ長くあなたと一緒にいたいと思ってる。はっきり言えるのはそれだけよ」

エマは言葉を返そうとしたが、近づいてくる人影に気づいた。きゅっと唇を結び、不信感もあらわに鳶色の髪の女性を見る。

「レディ・ハーコート」ぼそりと言った。

その女性は二人の目の前で足を止めた。濃い赤の絹のドレスを着ていて、たっぷり取られたひだが豊満な体を最大限に引き立てている。

「エマ」気軽な口調で、レディ・ハーコートは言った。「お連れの方を紹介してもらえる?」

エマはむっつりとその言葉に従った。

「こちらは家庭教師のミス・ビリングズよ」

タシアがひざを曲げると、レディ・ハーコートは冷ややかにうなずいた。

「おかしいわね。ストークハースト卿の口ぶりから、家庭教師は中年女性なのかと思っていたわ。まだほんの子供じゃない」

「レディ・ハーコート」タシアは言った。「もし週末のご準備で、わたし……と、エマお嬢さまにお手伝いできることがあれば、何でもおっしゃってください」エマに意味ありげな視線を送る。「そうよね、エマお嬢さま?」

「ええ、もちろん」エマは甘ったるい笑みを浮かべた。

「ありがとう」レディ・ハーコートは答えた。「あなた方にできる最大のお手伝いは、二人で一緒にいて、お客さまのじゃまにならないようにすることよ」

「わかりました。実を言いますと、もう午前中の授業を始めていなければならない時間で」

「じゃまになる?」エマはいらだった口調で繰り返した。「でも、ここはわたしの家――」

タシアがさっとエマの腕を取り、勉強部屋のほうに引っぱっていったため、その言葉はとぎれた。

「礼儀に関する作文から始めたほうがよさそうね」タシアは押し殺した声で言った。

「あの人はわたしに失礼な態度をとるのに、どうしてわたしは礼儀正しくしなきゃいけないわけ？」エマは意地の悪い笑みを浮かべてタシアを見た。「あの人、あなたのことがあんまり好きじゃないみたいね」

「わたしはとても感じのいい方だと思ったけど」タシアはそっけなく返した。

エマはタシアをまじまじと見た。

「ミス・ビリングズ、あなたはレディ・ハーコートに負けないくらい高貴な人だと思うわ。ううん、もっと上かもしれない。ミセス・ナグズが言うには、あなたの容姿なら、貴族の一員として通用するって。本当は何者なのか、言ってくれればいいのに。わたし、口は堅いのよ。たぶん、あなたは誰か特別な人……身元を隠した王女とか……外国のスパイとか……もしかしたら——」

タシアは笑いながら足を止め、エマの肩をつかんで、強調するようにその肩を揺さぶった。

「わたしはあなたの家庭教師。それだけよ。それ以外の存在になるつもりはないわ」

エマはとがめるような目でタシアを見た。

「何言ってるの」そっけなく言う。「あなたはただの家庭教師じゃないわ。誰が見てもわかるわよ」

客はばらばらに到着したため、全員揃うには一日かかった。使用人たちは階段を上ったり下りたりして、彼らの世話に奔走した。淑女たちはしばらく部屋にこもったあと、色とりどりのドレスをまとって現れた。スカートはひだが取られ、腰当て《バッスル》でふくらませてあり、レースの縁取りと細かい刺繡が施されている。女性たちは凝った模様が描かれた扇であおぎながら、居間に集まって噂話に花を咲かせ、飲み物を飲んだ。

タシアは客たちの動きを眺め、ロシアでは自分もこんなふうに舞踏会やパーティに出かけていたものだと思った。サンクトペテルブルク以外の世界に思いを馳せたこともなかったなんて、何と狭い世界に生きていたのだろう。どれだけ無駄な時間を過ごしたことか。振り返ってみると、教会でひざまずいて祈りを捧げた時間すら無意味に思える。ただ祈るくらいなら、貧しい人々のために行動を起こせばよかった。イギリスに来てから生まれて初めて人の役に立てているのが、タシアには嬉しかった。たとえ戻っていいと言われても、あのころのような無益な存在には断じて戻りたくない。

夜になると、三〇品以上から成る豪華な晩餐が供された。食堂にはリネンで覆われた長テーブルがずらりと並び、鹿肉や鮭、鵞鳥、プディングの香りがあたりに漂った。戸口のそばを通ると、延々と続く乾杯の声に交じって、楽しげにどっと笑う声が聞こえた。レディ・ハーコートのあでやかな姿が想像される。髪はシャンデリアに照らされ、赤と金色に輝いているのだろう。そんな彼女を、ストークハースト卿は誇らしさと男の喜びがない交ぜになった顔で見つめ、パーティの成功を喜んでいるのだ。タシアは額に寄ったわずかなしわを消し、エマと夕食をとるため上階に向かった。今夜の食事は二人きりだ。正式な晩餐会には、子供も家庭教師も招待されることはない。

晩餐が終わると、客はいったんばらばらになり、淑女は居間で紅茶を、紳士は食堂に残ってポートワインとブランデーを飲んだ。やがて、一同は余興を楽しむため、夏用の客間に集まった。エマはタシアに、自分も一階に下りて余興が見たいと懇願した。

「レディ・ハーコートは占い師を呼んでいて、将来を占ってもらうことになってるの。マダム・ミラクルという人で、千里眼なの。普通の占い師よりすごいってことよ。ねえ、ミス・ビリングズ、下に見に行きましょうよ！　お父さまのことを占ってもらえるかもしれないし！　隅っこに座って静かにしてちゃだめ？　お行儀よくするって約束するから。完璧な淑女になるわ」

タシアはにっこりした。

「おとなしくしてるなら、見ても構わないと思うわ。ただ、マダム・ミラクルなんて名前の人に期待は禁物よ。仕事にあぶれた女優としか思えないもの」

「それでもいいの。ただ、みんなが何を言われるか聞きたいだけだから」

「わかったわ」タシアは言い、しわになったエマのドレスを値踏みするように見た。「でも行く前に、濃い青のドレスに着替えて、髪をとかすのよ」

「今夜はまっすぐになってくれないのよ」エマは言い、頑固な癖毛を引っぱった。「押さえつけようとすると、余計にはねてくるの」

タシアは笑った。

「それなら、リボンでまとめましょう」

エマの着替えを手伝いながら、タシアは内心、彼女を下に連れていくことに不安を感じていた。何しろ、レディ・ハーコートには客に近づくなと言われているのだ。ストークハースト卿からは特に指示はなかったが、おそらくレディ・ハーコートと同じ意見だろう。だが、エマは今日一日、天使のようだったのだ。何時間も黙って勉強し、夕食も文句を言わず勉強部屋で食べた。行儀よくしていた褒美を与えてもいいだろうし、エマが占いを見に行ったところで支障があるとは思えなかった。

広々とした客間には、華やかな集まりができていた。優美なフランス製のソファと曲線状の背もたれがついた椅子に、男女とも固まって腰かけている。抑えたランプの光が、絹に覆われた壁と、繊細なしっくい細工の小枝に柔らかな光を投げかけている。窓の網戸から涼しい風が吹き込んでいた。

ストークハースト卿は娘の姿に気づくと、会話を中断して近づいてきた。濃い色のあつらえの上下と、モスグリーンとチャコールの柄入りの絹のベストに身を包んだ姿が実に麗しい。彼は娘のところまで来ると、身をかがめてさっとキスをした。

「今日は一日中姿を見なかったな。どこに隠れているのかと思っていたよ」

「レディ・ハーコートに言われ――」エマは言いかけたが、タシアにこっそり背中をつつかれ、顔をしかめた。「授業で忙しかったから」

「今日は何を教わったんだ?」

「午前中は作法、午後はドイツの歴史よ。今日は一日いい子にしてたから、隅っこでマダム・ミラクルを見てもいいってミス・ビリングズが言ってくれたの」

「マダム・ミラクルね」ストークハースト卿は短く笑った。「あれはいんちきだ。わたしと一緒に正面から見てもいいが、あの人が言うことは信じないと約束してくれ」

「ありがとう、お父さま!」エマは顔を輝かせて、父親について歩きだし、タシアを振り返った。「ミス・ビリングズ、あなたも来て!」

タシアは首を横に振った。

「わたしは後ろから見るわ」

娘と歩き去るストークハースト卿の広い背中の中心を見つめる。見捨てられたような、不安な気持ちに襲われていた。なぜ一瞬たりともこちらを見てくれないのだろう。彼はわざとタシアを無視している。落ち着いた冷静な態度の裏に、堅く抑えつけられた、何か恐ろしいものが潜んでいた。

レディ・ハーコートが黒ずくめの女性を部屋の中央に連れてきたので、タシアは考え事を中断した。

「皆さま、よろしいでしょうか。今宵の特別ゲストをご紹介いたします。マダム・ミラクルはロンドン、パリ、ウィーンで非凡な力を持つ千里眼として知られる方です。噂によると、イギリス王室のとある人物の相談にもよく乗っていらっしゃるのだとか。今夜の集いにご招待申し上げたところ、幸いにも快く引き受けてくださり、わたしたちのためにその特別な力を使ってくださることになりました」

歓迎の拍手が、さざ波のように部屋じゅうに広がった。タシアは顔の表情を消し、後方の壁まで下がった。

マダム・ミラクルは黒っぽい髪をした四〇代の女性で、目を黒く縁取り、赤い頬紅を差していた。鮮やかな赤と金色の絹のショールを肩に掛けて結んでいる。すべての指に宝石のついた指輪をはめ、重いブレスレットを手首でじゃらじゃらさせていた。これ見よがしに腕を振り動かし、円形テーブルの上を示す。テーブルは黒いスカーフで覆われ、火のついたろうそくが置かれていた。テーブルの上にはほかにも、色のついた石がつまった小さなボウルと、一組のトランプ、装飾用の置物がいくつかのっている。

「我が友人の皆さま」マダム・ミラクルは芝居がかった声で話し始めた。「疑念と俗世の限界を捨て去り、精霊を迎え入れる時がやってきました。今宵やってくる精霊は、わたしたちの魂を鏡に映してくれます。どうぞ皆さま、未来と過去の秘密が暴かれるお覚悟を」

マダム・ミラクルの話が続く中、タシアは近くでささやき声を聞いた。

「タシア」

背中に寒気が走り、すばやく振り向く。アリシア・アッシュボーンが背後に立っていた。その顔には笑みがこぼれていた。無言で手招きするアリシアに従い、タシアは戸口を出て、二人で誰もいないホールに駆け込んだ。安堵と幸福の笑みを浮かべ、タシアはアリシアに抱きついた。

「アリシア」感極まった声で言う。「会えて嬉しい」

アリシアは体を離し、にっこり笑いかけた。

「タシア、元気そうね！　この数週間ですっかり見違えたわ」

タシアは疑わしげに自分の体を見下ろした。

「自分では何も変わった気がしないけど」

「顔のしわが消えたし、体も少しふっくらしたみたいよ」

「ちゃんと食べてるの。ここの食事はとてもおいしくて」タシアは顔をしかめた。「ブランマンジェは別だけど。いつもあれがついてくるの」

アリシアはタシアと一緒になって笑った。

「もりもり食べてるみたいに見えるわよ。タシア、今、幸せ？　元気にしてる？」

タシアは気まずそうに肩をすくめ、鏡にミハイルの姿が映ったこと、悪夢を見ていることを打ち明けようかと迷った。けれど、あれはしょせん罪悪感の表れだ。アリシアに言ったところで、心配させるだけで得るものは何もない。

「これ以上ないくらい元気にやっているわ」結局、そう答えた。

アリシアの顔に思いやりに満ちた表情が浮かんだ。

「タシア、チャールズとわたしはあなたの家族よ。できる限りあなたの力になるわ。ストークハースト卿は優しくしてくれてる？」

「冷たくされてはいないわ」タシアは注意深く答えた。

「そう」アリシアはタシアの両手を取り、ぎゅっと握った。ひとけのないホールを見回す。「もう戻ったほうがいいわ。話ならあとでもできるはずだから」

一、二分経ってから、タシアは客間に戻った。マダム・ミラクルのテーブルにエマがついているのを見て、形の良い眉をひそめる。父親に注意されたにもかかわらず、エマはマダム・ミラクルに心酔しているように見えた。

「何か見える？」エマは熱心にたずねた。

色つきの石がテーブルの上で一つの形を作っていた。マダム・ミラクルはそれをじっと見つめた。

「なるほど」その形状に重大な意味があるかのように、石を見ながらうなずく。「見えてきました。あなたは生まれつき反骨精神のある人ですね。強い感情を持っている……おそらく、強すぎるほどの。けれど、いずれすべてのバランスが取れる時が来ます。人を愛するあなたの力は多くの人々を惹きつけ、誰もがあなたの強さの恩恵を受けたいと思うでしょう」言葉を切り、エマの両手を取って、集中力を高めるために目をつぶる。

「将来はどうなるの？」エマは催促した。

「夫が見えます。外国の男性です。葛藤が生まれるでしょう……けれど、忍耐と寛容を忘れなければ、人生において対立する力を、調和の輪へと編み上げることができます」マダム・ミラクルは目を開いた。「子宝にも恵まれます。幸せな未来が待っていると言っていいでしょう」

「わたしが結婚するのはどこの国の人？」エマは強い口調でたずねた。「フランス人？　ドイツ人？」

「精霊はそこまでは言っていませんでした」

エマは顔をしかめた。

「きいてもらえない？」

マダム・ミラクルはエマの手を放し、そっけなく言った。

「これで終わりです」

「何それ」エマは不満げに言った。「これから外国の人に会うたびに、この人がそうなのかしらって思わなきゃいけないじゃない」

ストークハースト卿はにんまりし、戻ってくるよう娘に手招きした。

「そろそろ次の人に代わってあげなさい」

「ミス・ビリングズがいい」すぐさまエマは言った。「ミス・ビリングズのことを精霊が何て言うか聞きたいわ！」

エマに指さされ、タシアは青ざめた。一同は椅子をきしませ、こちらを振り返った。タシアはひっそりした世界から引っぱり出され、見知らぬ人々の注目の的になった。二〇〇人以上の人々がこちらを見ている。全身から冷や汗が噴き出した。一瞬、ロシア時代に逆戻りし、裁判で獰猛な好奇の目にさらされている気分になる。パニックが襲ってきた。声を発することができず、黙って首を横に振る。

さらに深く悪夢に沈み込んでいくタシアの耳に、ストークハースト卿の声が聞こえた。

「いいね」落ち着いた口調で言う。「ミス・ビリングズ、こっちにおいで」

4

タシアは後ずさりして壁に背をつけた。人々の間にひそひそ声が駆けめぐる。「ただの家庭教師じゃない」と大きめの声で言う者もいれば、「どうしてわざわざあの娘を」と疑問を口にする者もいた。

ストークハースト卿は探るような目で、タシアをじっと見つめた。

「自分にどんな未来が待ち受けているか、知りたくないのか？」

「わたしの未来は、皆さまにとっては取るに足りないことです」内心おろおろしながらも、タシアは冷静に言った。ストークハースト卿は何らかの理由でタシアに罰を与えようとしているように見える。だが、なぜ？　何か彼を怒らせるようなことをしただろうか？

エマは父親とタシアを見比べて不穏な空気を感じ取ったらしく、顔いっぱいに浮かんでいた笑みが陰った。

「ミス・ビリングズ、面白いわよ」あやふやな口調で言う。「やってみない？」

そのとき、アリシア・アッシュボーンが椅子から立ち上がった。心配のあまり、声が張りつめている。

「占いならわたしがしてもらいたいわ。いやがってる人を引っぱり出すなんて時間の無駄よ」

「レディ・アッシュボーン、君もあとで占ってもらおう」ストークハースト卿はさらりと言った。「まずは、我が家の謎めいた家庭教師をお願いしたい」

アリシアは反論の言葉を口にしたが、夫のチャールズに椅子に引き戻されてしまった。彼はこわばった妻の手を両手ではさみ、なだめにかかった。

レディ・ハーコートは眉間にしわを寄せた。

「ルーク、その娘をいじめなくてもいいじゃない。いやがってるんだから、無理にやらせることはないわ」

ストークハースト卿の耳に、その言葉は届いていないようだった。険しい視線はタシアに注がれたままだ。

「おいで、ミス・ビリングズ。皆さんを待たせるのは良くない」

「わたしは気が進まな――」

「いいから」

どれほど騒ぎになろうとも、自分の意志を通すつもりなのだ。こうなれば逃げ場はない。

タシアはギロチンに向かうような足取りで、前に進んだ。

「怖がらなくていいのですよ」マダム・ミラクルが言い、テーブルのほうに手招きした。

「お座りになって。石を取って、手の中で温めてください」

タシアは肩をいからせ、テーブルの前に行って椅子に座った。退路は断たれた。こうなれば、正面からこの状況に取り組むまでだ。タシアは一握りの石をつかみ、強く握った。誰もがこちらを見ている。人々の視線がナイフのように肌に突き刺さった。

「では」マダム・ミラクルは指示した。「その石を手から落としてください」

タシアは手を開き、テーブルに石を落とした。石は布に覆われたテーブルの上で音をたて、数個はでこぼこの角が跳ねて遠くまで飛んだ。

マダム・ミラクルは困ったように頭を振った。石をひとまとめにし、ボウルの中に戻す。

「もう一度やっていただいたほうがよさそうです」

「どうして？」タシアは低い声でたずねたが、その答えはわかっていた。悪い結果が出たのだ。

マダム・ミラクルは頭を振り、石を取るよう手振りで示した。

タシアは再び石をテーブルに落とした。今度は一つの石の角がでたらめに跳ね、絨毯の上に落ちた。

「まあ」マダム・ミラクルはそっと息を吐いた。「また同じ形ですね。これは二人の兄弟を、死と眠りを表しています」身をかがめ、落ちた石を拾い上げる。それを手の中で転がしながら、その意味を見極めようとした。石は血のような赤色で、黒の斑点がついている。マダム・ミラクルは石を置き、タシアの両手をぎゅっと握った。「あなたは生まれ故郷から遠く旅してきましたね。ふるさとと思い出から引きはがされたのです」言葉を切り、描いた眉の間にしわを寄せる。「そう遠くない過去、あなたは死の翼に触れています」

タシアは凍りつき、声を発することができなかった。ろうそくの炎の縁が、赤と紫になったように見える。

「遠く離れた地が見えます……骨の上に築かれた街。古い森に囲まれた街です。木々の中には狼が潜んでいます。大量の黄金と琥珀……屋敷、土地、使用人……すべてあなたのものです。金色のドレスを着て、高価な宝石のネックレスをつけているあなたが見えます」

突然、レディ・ハーコートが茶化すような口調で割り込んできた。

「マダム、ミス・ビリングズはただの家庭教師ですよ。いったいどうやって、そのような輝かしい未来を手にするのです？　玉の輿に乗るということですか？」

「未来ではありません」マダム・ミラクルは言った。「わたしが言っているのは過去のことです」

部屋はしんと静まり返っていた。タシアは心をかき乱され、握られている手を引き抜こうとした。

「もうやめてください」かすれた声で言う。

マダム・ミラクルの節くれだった指に力が入り、二人の手のひらの間にちりちりした熱が湧き起こった。電流が走ったかのように、つながれた手がぴくりと動く。

「黄金と高価な絵画と本に囲まれた部屋にいるあなたが見えます。誰かを捜していますね。あなたの顔は影になっています。黄色い目をした若い男性が見えます。血……その人の血が床に落ちていますね。あなたはその人の名前を呼んでいる……何か……マイケルのような……マイケル――」マダム・ミラクルは悲鳴をあげ、タシアの手を放して後ろに飛びのいた。

タシアは恐怖のあまり動けず、そのままテーブルの前に座っていた。

マダム・ミラクルはよろよろと後ずさりし、真っ赤になった両手を掲げた。まるで沸騰しているやかんに触れたかのようだ。

「この人に焼かれたわ！」怯えたようにタシアを見つめて叫ぶ。「魔女！」

タシアは何とか椅子から立ち上がったが、今にも崩れ落ちてしまいそうだった。

「このいんちき占い師」声を震わせながら言い返す。「ばかげた嘘はもうたくさんだわ」

顔を上げてやみくもに部屋の中を歩いていったが、恐怖のあまり腹に痛みを感じるほどだった。とにかくどこかに隠れたい。ああ、自分がいったい何をしたというのだろう？　過去に聞いた声が、頭の中で鳴り響いていた。

〝火あぶりの刑にしてしまえ〟

〝かわいそうな娘〟

〝そんなつもりはなかったんです〟

〝お前を焼き尽くしてやる〟

〝神さま、助けて〟

〝魔女！〟

「やめて」タシアは弱々しく言うと、突如駆け足になり、足をもつれさせながら、怒声を浴びせてつきまとう悪魔から逃げ出した。

部屋は興奮に沸き立っていた。女性たちは扇を開いてあおぎ、その陰で矢継ぎ早に噂話を繰り出した。マダム・ミラクルのまわりをうろつき、質問攻めにする客もいた。ルークは石のような無表情で、ミス・ビリングズを追って部屋をあとにした。廊下に出たとき、袖が荒々しく引っぱられるのを感じた。足を止めて振り向くと、アリシア・アッシュボーンが目の前にいた。激しい怒りに頬を真っ赤に染め、唇を引き結んでいる。

「あとにしてくれ」ルークは乱暴に言った。

「あなた、いったいどうしたっていうのよ？」アリシアは問いただした。立ち聞きされる危険を避けるため、大階段の脇にルークを引っぱっていく。「チャールズにあなたを鞭打たせたいくらいだわ！　よくもわたしの親戚にあんなことができたわね！　あの娘に秘密があることを知っていて、あんな悪趣味な見世物に――」

「わたしは彼女のことは何も知らないんだ。知っていることといえば、いかにも苦難に耐え忍ぶような雰囲気をまとい、もの悲しい目つきをして、深く暗い秘密にどっぷり浸りながら、この屋敷をうろついていることくらいだ。エマにどんな影響を与えているかわかったものじゃない。もううんざりなんだ」

アリシアはめいっぱい背筋を伸ばした。

「だから、人前であの娘をいたぶることにしたのね！　あなたがそんなに残酷な人だとは知らなかった。まあいいわ、タシアはわたしが捜して連れて帰るから。これからは、迷い犬一匹にさえあなたのもてなしとやらは受けさせないし、自分の親戚となればなおさらよ」

ルークは燃えるような目でアリシアの顔を見据えた。

「タシア？　それが彼女の名前なのか？」

アリシアはぞっとした顔になり、口に手を当てた。

「今のは忘れて」指の間からあえぐように言う。「今すぐ忘れてちょうだい。とにかく、あの娘はロンドンに連れて帰るから。二度とあなたが姿を見なくていいようにすると約束するわ」

ルークはあごをこわばらせた。

「彼女はどこにもやらない」

ウルフハウンドを前に甲高い声で吠えるテリアのように、アリシアはルークに立ち向かった。

「おあいにくさま、これ以上の口出しはけっこうよ！　あなたは一時的にあの娘をかくまってくれればよかったの。なのに、危険な立場に追いやるなんて。あんなに大勢の人たちの前に引っぱり出して……死刑宣告に値する行為よ。しかも、その理由はあなたのプライドが傷つけられたからというだけ。タシアにはあなたは信頼できる人だと保証したのに、あなたはそれを裏切ったのよ。自分の気まぐれで他人の人生を壊すのはどんな気分？」

「わたしは君に引きずり込まれただけだ」ルークは食いしばった歯の隙間から言った。「状たんだ？」彼女はいったい何をし況がつかめなくて当然だろう。〝死刑宣告〟ってどういう意味だ？

アリシアは顔をしかめ、目をそらした。答えるつもりはないのだろうと思ったとき、しぶしぶといった調子で答えが返ってきた。

「あの娘が何をしたかは知らないわ。本人が知っているかどうかも怪しいものよ」

ルークはさらなるいらだちに襲われ、口汚い罵りの言葉を吐いた。

「彼女を捜してくる。君はみんなのところに戻れ」

「それで、誰があの娘を守ってくれるの？」アリシアは強い口調で言った。

「わたしが守る」

「これまでたいした仕事ぶりだったものね！」

人ごみをかき分け、エマはマダム・ミラクルとレディ・ハーコートのもとにやってきた。青い目は二人を強く見据え、紅潮した肌に黄金色のそばかすが鮮やかに浮いている。

「エマ」レディ・ハーコートは慌てて言った。「今は子供っぽい癇癪を爆発させるのだけはやめてちょうだい」

エマは彼女を無視し、マダム・ミラクルのほうを向いた。

「どうしてミス・ビリングズをからかったの？　あの人があなたに何をしたっていうのよ」

マダム・ミラクルは憮然として言った。

「わたしはそんな、自分の能力を汚すようなことはしないわ！　精霊が教えてくれたとおり、真実を伝えただけよ！」

エマは顔をしかめ、ひょろ長い腕を組んだ。

「あなたにはもう帰ってもらったほうがよさそうね。執事を呼ぶわ。シーモアが外まで送ってくれるから。自分の馬車で来ていないなら、うちの馬車で送らせるわ」

「ちょっと、エマ」レディ・ハーコートがぴしゃりと言った。「神経質な家庭教師が腹を立てたからといって、ほかのお客さまの楽しみを奪っていいことにはならないわ。これは大人の問題で、子供は関係ないの。自分の部屋に戻って、本を読むか、お人形遊びでもしたら？」

エマはレディ・ハーコートを横目で見た。

「そうね。でも、お父さまが戻ってきたとき、マダムは顔を合わせないほうがいいと思うの。お父さまはひどい癇癪持ちよ。いったい何が起こるかしら？」エマはいやらしくほほえんで、指を鉤状に曲げて自分の首を引っかき、ごぼごぼと喉を鳴らした。

マダム・ミラクルは青ざめ、持ち物をまとめ始めた。

「エマ、お父さまのことで恐ろしい話をでっちあげないの」レディ・ハーコートはきつくたしなめた。「部屋に戻りなさい。口出しは許しません。このパーティの主催者はわたしだし、そのわたしがマダムにここにいてほしいと言っているの」

エマは小悪魔じみた表情を消し、強情な口調で言い張った。

「この人はミス・ビリングズにいやな思いをさせたわ。だから帰ってもらいたいの。ここはわたしの家で、あなたの家じゃない」

「無礼な子ね！」レディ・ハーコートは部屋を見回し、客の中にざっと視線を走らせた。

「お父さまはどこ？」

エマはとぼけた顔で肩をすくめた。

「さあ」

ルークがたどり着いたとき、三階の小部屋のドアは開いていた。空気は重く、押し殺したような静寂に満ちている。床の上で椅子が倒れ、そばに木製のイコンが見えた。家庭教師……タシアが窓辺に立っている。どういうわけか、そこにいるのがルークであることに気づいたようだった。

「旦那さま」こちらに背を向けたまま、平坦な口調で言う。

とたんにルークは、タシアが怒っているのでも、恥じ入っているのでも、不安がっているのでもないことに気づいた。打ちひしがれているのだ。自分が意図していたよりもずっと、タシアを傷つけてしまった。後悔と羞恥の念に襲われ、ルークの顔は濃い赤に染まった。ぎこちなく咳払いをし、謝罪を始める。

「君の様子を見に――」唐突に言葉を切る。自分が傷つけておいて、今さら気づかいを示しても、ばかにしているようにしか見えないだろう。

タシアはこちらに背を向けたままだった。何気ない口調を保とうとしているせいで、声が張りつめている。

「わたしは大丈夫です。しばらく一人になりたかっただけなので。あの女の人、すごく変ですよね？　騒ぎを起こしてごめんなさい。お願いです、もう行ってください……そのほうが落ち着くので。わたし、ただ一人になりたくて……」機械仕掛けのおもちゃのように、タシアの口調はのろくなった。徐々に言葉が消えていき、肩が震え始める。「お願いです……行って」

ルークはすたすたと歩いてタシアのそばに行き、こわばった体を腕の中に引き寄せた。

「すまない」髪に口をつけて言う。「本当にすまない」

タシアはストークハースト卿を押しのけようと、二人の体の間で腕をつっぱらせた。顔が彼の肩に近づいたとき、上着にしみついたブランデーと煙草の煙が香った。快い、心落ち着く男性の匂い。抵抗する気が失せた。ストークハースト卿はとても強くて温かく、安定した心臓の音が耳に響いた。こんなふうに誰かに抱きしめられるのは、子供のころ暗闇に怯える自分を父親が抱いてくれたとき以来だ。涙がこみ上げ、喉が詰まった。

「もう誰にも君を傷つけさせたりしない」ストークハースト卿の手が優しく髪をなでる。

「わたしが君を守る。約束するよ」

君を守る、などと言われたのは初めてだった。なじみのない、力強い感情が襲ってくる。目に涙があふれたが、タシアはこぼれ落ちないよう必死にまばたきをした。ストークハースト卿がこのようなことを言うのは、それが優しさだと勘違いしているせいだ。その言葉がどれほどの意味を持つか、タシアがどれだけその言葉を必要としているかはわかっていない。どれほど孤独なのか、彼は知らないのだ。

「そんな約束はしないでください」歯をかたかた鳴らしながら、タシアは言った。「旦那さまは何もご存じないんですから」

「では、教えてくれ」ストークハースト卿はタシアの固いひっつめ髪に指を差し入れて上を向かせ、顔を見つめた。「君が何を怖れているのか、話してくれ」

話せるはずがない。自分が犯した罪のせいで捕らえられたこと、刑に処されそうになったこと、そして何よりも、自分自身を怖れているだなんて。自分が何をしでかしたのか、本当は何者なのかを知られれば、ストークハースト卿に嫌われてしまう。タシアの頭はその思いでいっぱいになった。もし彼に知られれば……知られれば……軽蔑の冷笑を浴びせられてしまう。ちくちくと目を刺す涙は頬にこぼれ、タシアは痛みすら感じる勢いで泣き始めた。こらえようとすればするほど、涙はとめどなくあふれた。ストークハースト卿はうなり声をあげてタシアを引き寄せ、顔を自分の胸に押しつけた。

タシアは彼の首にしがみつき、激しく泣いた。ストークハースト卿はタシアをなだめるように抱きしめ、髪に、喉元になぐさめの言葉をつぶやき、その息が肌に温かく感じられた。彼はタシアを優しく揺すり続けたが、そのうち上質なリネンのシャツの頬に当たる部分がびしょ濡れになった。

「しーっ」しばらくして、ストークハースト卿はささやいた。「あんまり泣くと気分が悪くなるよ。ほら、もういいだろう」手のひらが肩と背中に温かく円を描く。「思いきり深呼吸するんだ」彼のあごがこめかみにこすれる。「もう一回」

「ま、魔女と呼ばれていたんです」タシアはみじめな声を出した。「前は」

ストークハースト卿の手は一瞬止まったあと、再びゆっくり背中をさすり始めた。何も言わず、タシアが落ち着くのを待っている。

言葉は奔流となり、震えながらほとばしり出た。

「ときどき、見えてしまうんです……自分が知っている人たちのことが。わかるんです、事故が起こるとか……誰かが嘘をついているとか。夢や幻想として現れるんです。しょっちゅうではないけど……見えたものはいつも現実になりました。その噂はモスクワにまで届くほどで。みんなわたしを不吉だと言いました。魔法以外に説明のしようがありませんから。わたしはみんなに怖がられるようになりました。恐怖はたちまち憎しみに変わります。わたしは危険人物と見なされるようになりました」自分がどこまで打ち明けてしまうかわからず、タシアは身震いして唇を噛んだ。

ストークハースト卿はタシアを肩に抱き寄せ、なだめるように声をかけた。

しゃくり上げる声は徐々に消え、洟をすする音に変わっていった。タシアはストークハースト卿にぐったりと身を預けた。

「シャツをびしょびしょにしてしまったわ」小さな声で言う。

ストークハースト卿は上着に手をやり、ハンカチを取り出した。

「ほら」ハンカチを押し当てられ、子供のように勢いよく洟をかんだタシアを見て、彼はほほえんだ。「落ち着いたか?」穏やかにたずねる。タシアはハンカチを受け取ってうなずき、端で目を拭いた。もう涙は止まり、何カ月も胸に巣くっていた痛みも消えていた。ストークハースト卿はタシアのほつれた髪を耳にかけ、親指が柔らかな耳たぶをかすめた。

「今夜、旦那さまはわたしに腹を立てていました」タシアはかすれた声で言った。「なぜですか?」

無意味な答えが半ダースも頭に浮かび、ルークはそのどれかを返したい誘惑に駆られた。だが、タシアには本当のことを言うべきだ。彼女の顔に幾筋もついた涙のあとを、ルークは指先でなぞった。

「君は自分の正体も、どんな窮地に立たされているかもわたしに告げないまま、いずれどこかに行ってしまう。日が経つにつれ、君の謎は深まるばかりだ。月光の下の霧のようにつかみどころがない。わたしが腹を立てていたのは、欲しくてたまらないもの……欲しくてたまらない人が手に入らないからだ。だから、君を傷つけようと思った」

ストークハースト卿の腕の中から抜け出すべきなのだとタシアは思った。彼がそれを止めないであろうことも直感的にわかっていた。けれど、肌を這い回る指先にすっかり魅了されていた。快い衝撃がさざ波のように全身を駆け抜ける。

ストークハースト卿はタシアのあごを軽くつかんだ。

「年齢を教えてくれ。本当のことが知りたいんだ」

タシアは驚いて目をしばたたいた。

「前にも言ったとおり――」

「何年生まれだ？」ストークハースト卿はなおも問いかけた。

タシアはたじろいだ。

「一八五二年です」

一瞬、沈黙が流れた。

「一八」ストークハースト卿の口から出たその言葉には、不埒な響きがあった。「一八か」

タシアは言い訳をしたい衝動に駆られた。

「実際の年齢は重要ではありません。実質的な――」

「〝年齢は問題でない〟論は前にも聞いたからもういい。わたしが今考えていることに関しては、年齢はきわめて重要なんだ」

ストークハースト卿はタシアのあごから手を離し、今日はこれ以上悩ませるのはやめてほしいとばかりに頭を振った。

流れる沈黙に不安になり、タシアは彼の腕の中で身をよじった。ストークハースト卿は自分がタシアを抱いたままであることを忘れてしまったように見える。

「旦那さま」タシアはおそるおそる言った。「わたしを解雇するおつもりですか？」

ストークハースト卿は顔をしかめた。

「わたしと話すたびにその質問をしないと気がすまないのか？」

「今夜起こったことを考えれば、それも――」

「いや、君を首にするつもりはない。だが、もしまた同じ質問をしたら、わたしがこの手で屋敷からつまみ出してやるよ」彼は意地悪く言ったあと、タシアの額に温かく軽いキスをした。ゆっくりと顔を離し、目を見つめる。「もう大丈夫か？」

ストークハースト卿のふるまいに、タシアは仰天していた。

「わ、わかりません」彼から体を離したが、本当は腕の中に留まり、外界から身を隠したくて仕方がなかった。「ハンカチをありがとうございました。これはお返ししたほうがいいですよね」

ストークハースト卿は、タシアが差し出したびしょ濡れのリネンの塊に目をやった。

「あげるよ。それに、感謝はしなくていい。そもそも、君にハンカチが必要になったのはわたしのせいなんだから」

「違います」タシアは穏やかに言った。「旦那さまのせいじゃありません。わたしが隠し事をしているせいです。あまりに長い間――」言葉を切り、両腕を自分の体に回す。丸窓のほうを向くと、そこには二人の姿がゆらゆらとゆがんで映っていた。「ロシア人がかつて、要塞を丘の上に造っていたことをご存じですか？　タタール人に侵略されたとき、ロシア人は丘の上から四方八方に水を流しました。水はたちまち氷になり、誰も登ることはできなくなります。氷と物資が持ちこたえる限り、敵の包囲に耐えられるというわけです」湾曲した窓の縁を指でなぞる。「長い間、わたしは自分の要塞に閉じこもってきました。誰も入ってくることはできないし、わたしも出ることはできません。でもときどき……物資が足りなくなるんです」タシアはルークを見たが、その目はオパールのように輝いていた。「旦那さま、あなたならその気持ちはおわかりかと思います」

ルークはタシアをじっと見つめた。タシアも目をそらさなかった。彼女の表情は一見穏やかに見えたが、黒い絹の襟からのぞく喉元は目に見えて脈打っていた。ルークは激しく打つ脈に触れた。

「聞かせてくれ」ささやくように言う。「わたしのことはほかにどう思っている?」

突如歯切れのいい声が聞こえ、二人の時間は切り裂かれた。

「まあ、ここにいたのね!」戸口に、顔に作り笑いを貼りつけたレディ・ハーコートが立っていた。口ではタシアに話しかけているが、視線はストークハースト卿に注がれている。

「あなたのことを心配していたのよ」

「わたしは大丈夫です」タシアは言い、ストークハースト卿はタシアから手を離した。

「そのようね。今夜は予想以上に波乱含みだったわ。マダム・ミラクルは帰ってしまったから、お客さまには音楽を楽しんでいただいているの。幸い、ピアノの名手が何人かいらっしゃって」レディ・ハーコートはストークハースト卿のほうを向いた。「使用人を気づかうのはけっこうだけど、そろそろお客さまのもとに戻らないと」前に進み出て、ストークハースト卿と腕を組む。部屋から彼を引っぱっていく途中、足を止めてタシアに目をやった。「ミス・ビリングズ、あなたのちょっとした魔法……と呼んでいいのかどうかわからないけど、そのせいでエマが取り乱していたわ。だから言ったでしょう、あなたたちがお客さまの前に出ていかなければ、こんなことには――」ストークハースト卿に小声で何か言われ、レディ・ハーコートは言葉を切って肩をすくめた。「あなたがそう言うなら」

ハンカチを握りしめる手に力が入った。部屋を出ていく二人を、タシアは無表情で見つめた。二人とも背が高く華やかで、似合いのカップルだ。ストークハースト卿はレディ・ハーコートの理想の夫になるだろう。彼女が結婚したがっているのも見ていればわかる。もの悲しい気分に襲われ、タシアは歯を食いしばってあごの震えを抑えた。

のろのろと動き、先ほどよろめきながら部屋に駆け込んできたせいで倒れた椅子を起こす。イコンを元の位置に戻した。顔がほてり、腫れているのが感じられる。薄いまぶたに手を触れ、痛みに顔をしかめた。

「まあ、ミス・ビリングズ！」突然、エマが部屋に飛び込んできた。癖毛を振り乱し、目に興奮の色を浮かべている。「ミス・ビリングズ、あの恐ろしい魔女はいなくなったわ。わたしが追い出したの。あの人が言ったことは本当なの？　あなたは本当にお屋敷に住んでいたの？　ああ、泣いていたのね！」エマはタシアを抱きしめた。「お父さまは見つけてくれなかったの？」

「見つけてくれたわ」タシアは言い、震える声で笑った。

並んで階段を下りながら、アイリスはルークと腕を組んだまま、怒りに燃える目を向けてきた。

「おとなしい家庭教師さんが芝居がかった行動をとったせいで、今夜のパーティは台なしになったわ」

「悪いのは君が連れてきた占い師だ」

「マダム・ミラクルは、精霊のお告げを伝えただけよ」アイリスは言い訳がましく言った。

「たとえ精霊がシルクハットをかぶって現れ、テーブルの上で踊っていたとしても、それがどうしたというんだ。マダム・ミラクルを撃ち殺してやりたいよ」ルークは口元をこわばらせた。「自分のことも撃ち殺したい。わたしたち二人のせいで、ミス・ビリングズはひどい見世物になってしまったんだ」

「ミス・ビリングズが見世物になったのは自分のせいよ」アイリスは言い返した。「でも、今夜の出来事のおかげで、あの娘が恐ろしく未熟なことがわかったでしょう。ルーク、エマの家庭教師にふさわしい年齢の人を雇ったほうがいいわ。あれじゃ子供が二人で悪だくみをしているようなものよ。これは黙っておこうと思ったんだけど、この前あの二人はあなたがミス・ビリングズと結婚するよう仕向ける算段をしていたのよ！」

「何だと？」

「二人で計略を練っていたの。エマはあなたにミス・ビリングズと結婚してもらいたがっているのよ。それ自体はほほえましいことだけど、学校を卒業したばかりのようなうぶな娘を雇うことが賢明なのかどうか、考え直すいい理由——」

「君はそこにこだわりすぎだ」ルークはぶっきらぼうに言った。「娘が家庭教師になついているのは否定しないが、ミス・ビリングズは断じてわたしとの結婚など狙っていない」

「あなたは男だから、あの娘の見かけにだまされているの。あの娘は策士で、状況を自分の有利なように運ぼうとしているだけよ」

ルークは皮肉のこもった目でアイリスを見た。

「さっきはうぶだと言ったのに、今度は策士か。どっちなんだ？」

アイリスは威厳ある口調で言った。

「それはあなたが見きわめることでしょう」

「嫉妬する必要はない」

「そうなの？　じゃあ、さっきわたしが見た場面は何？　あの娘のことを何とも思ってないって言える？　もし家庭教師が田舎くさい年増の女なら、あんなふうに手を触れてた？　そうよ、あなたは見事にあの娘の罠にかかったの。きれいで無力な、天涯孤独の娘が大きな灰色の目で見つめてきて、白馬の騎士になってほしい、つまらない人生から救い出してほしいとお願いする……それに抗える男なんていないわ」

「わたしは何もお願いなどされていない」ルークは言い、階段の途中で足を止めた。「それに、彼女の目は灰色ではなく青だ」

「あら、そう」アイリスは鼻を鳴らし、腰に両手を当てた。「湖にかかる霧の色ね。朝霜の降りたすみれの花でもいいわ。あなたならすてきな比喩を思いつくでしょうね。上に行って詩でも詠んだらどう？　見下すような顔をしないで！　わたしが理不尽なことを言っているみたいじゃない。あんな痩せっぽちの娘とあなたを取り合うつもりはないんだから。誰かと競争するのは苦手だし、それ以前にわたしがそんな目に遭わされる筋合いはないわ」

「わたしに別れの言葉を言わせようとしているのか？」

「違う」アイリスは吐き捨てた。「そんなに簡単にあなたを解放するなんて冗談じゃないわ！　わたしに決断を迫られれば、そのほうが都合がいいと思ってるんでしょう。そんなことするくらいなら舌を嚙み切ってやる。今夜、いいえ、今夜に限らず、わたしをあの娘の身代わりにしているわけじゃないと納得させられるようになるまで、わたしのベッドには来ないで！」

ルークはアイリスの豊満な体を無遠慮に眺めた。

「君たち二人を混同するなんてありえない。でもとにかく、今夜は君に相手をしてもらうつもりはないよ」

「それはよかったわ！」

アイリスはぴしゃりと言い、スカートを派手に引きずりながら、一人ですたすたと先を歩いていった。

それからパーティがお開きになるまでの時間は、まさに悪夢のようだった。ルークは客が楽しんでいるかどうかたずねることもなければ、気にかけることさえしなかった。一同は飲み物を手に音楽室に集まり、何人もの客が代わる代わるピアノの腕を披露した。ピアノの調べに紛れ、噂話に花が咲いている。

部屋の後方に立つルークの隣に、チャールズ・アッシュボーンがやってきた。

「ストークハースト」小声で言う。「いったいどうなってるんだ？」

ルークは言い訳をするように肩をすくめ、あごをこわばらせた。

「タシアには悪いことをしたと謝ってきた。もう大丈夫だと、アリシアに請け合っておいてくれ」

「自分が納得していないのに、アリシアに請け合うことはできないよ！」チャールズは深いため息をついた。「アリシアとわたしはタシアをうちに連れて帰ろうと思っている。あの娘の身の振り方はまた考えるよ」

「その必要はない」

「必要はあると思うね。まったく、君にはあの娘を守って、かくまってもらいたかったんだ……なのに、祭りの見世物みたいに客のさらし者にした！　これ以上人目を引くことはしたくなかったから思い止まったが、アリシアは今夜中にあの娘を家に連れて帰ろうとしていたんだぞ」

ルークの顔は真っ赤に染まった。

「もう二度とこんなことは起こらない。あの娘にはここにいてもらいたいんだ」

「タシアもそれを望んでいるのか？」

ルークはためらった。

「たぶん」

チャールズは顔をしかめた。

「ストークハースト、君とは長いつき合いなんだ……何か隠しているだろう」

「わたしがタシアを守ると約束するよ。アリシアには、今夜のことは反省していると伝えてくれ。タシアはここにいたほうが良い暮らしができるとわかってほしい。これからはわたしがちゃんと守るから」

チャールズはうなずいた。

「わかった。君が約束を破ったことはない……今さらそれを覆すはずがないと信じるよ」

チャールズは軽い足取りで去っていった。ルークは部屋の後方で一人、罪悪感と奇妙な困惑を覚えていた。そんなルークに室内の誰もが探るような視線を向けてきたが、アイリスだけは別だった。彼女は数メートル離れた場所に座り、わざとルークを無視していた。今夜アイリスのベッドに潜り込みたければ、愛嬌をたっぷり振りまいたあと、謝罪し、宝石店に連れていく約束をしなければならないだろう。だが、その努力をしたいとは思えなかった。アイリスとベッドをともにすることに興味をそそられないのは初めてだ。

頭の中はタシアのことでいっぱいだった。具体的に何があったにせよ、彼女が過去にひどい体験をしたのは間違いない。まだ短い人生で、多くの……多すぎる経験をし、それを一人で切り抜けてきたのだ。誰かに助けを求めることもなければ、救いの手が差し伸べられたところでそれを受け入れることもない、一八歳の娘。彼女の相手としては、自分は年を取りすぎている。三四歳で、大人になりかけた娘までいるのだ。タシアは少しでも、一瞬頭をよぎる程度でも、二人の年齢差について考えたことはあるのだろうか？　きっとないだろう。今のところ、彼女が自分に惹かれている気配は見当たらない。意味ありげな視線を投げてくることも、わざと体に触れることも、短い会話を長引かせようとすることもないのだ。

それを言うなら、笑顔を見せてくれたこともない。タシアが笑顔になるようなことを、自分は何もしてこなかったのだ。女性の扱いに長けていると言われる男が、タシアにはあからさまに感じの悪い態度をとってきた。最低の態度を。だが、今さらやり直したところで失点は補えない。信頼というのは壊れやすいものであり、一つずつ注意深く積み上げなければならないのだ。今夜の自分のふるまいのせいで、タシアの信頼を得るという望みは粉々に砕け散った。

そんなことはたいした問題ではないはずだった。世の中に美しい女性、知性と魅力を兼ね備えた女性はいくらでもいる。うぬぼれは抜きにして、自分がその大半を手に入れられることもわかっている。だが、メアリーが亡くなってからというもの、タシアほど興味を覚えた女性はいなかった。黙って考え事にふけり、ちびちびと酒を飲むルークの表情は険しく、誰も寄りつこうとしなかった。パーティの主催者としての務めは頭から吹き飛び、周囲にどう思われているかも気にならなかった。ここで目にする顔のほとんどは、かつてメアリーとともに開いたパーティで見た顔と同じだ。車輪がぐるぐる回るように、毎年同じパターンが繰り返されている。

一同が解散し、ベッドをともにする相手と夜の戯れに向かい始めると、ルークはほっとした。近侍のビドルが、手伝うことがあったときのために部屋に待機していた。ルークは言葉少なに、ランプを消して下がるよう命じた。服装はそのままで椅子に座り、ワインの瓶を取って口をつけ、年代物の繊細な味わいを無視してごくごく飲む。

「メアリー」ルークはつぶやいた。名前を口にすれば、暗闇の中から彼女を呼び出せるかのように。だが、部屋はルークをあざけるように静まり返ったままだった。長い間悲しみにしがみついてきたが、悲しみはひとりでに溶けていき、あとには……何も残っていなかった。痛みは永遠に消えないと思っていたのに。この虚無感に比べれば、痛みが感じられるほうがよっぽどいい。

人生の楽しみ方など忘れてしまった。少年のころは簡単だった。メアリーと二人でいつも笑い、青春を、希望を謳歌し、二人の未来を無条件に信じていた。何もかも二人で立ち向かってきた。そんなことができる相手をほかに見つけることができるだろうか？

「ありえない」

ルークはつぶやき、再び瓶を口に運んだ。これ以上幻滅を、痛みを、絶望を味わうことを想像すると、耐えられなかった。試してみる気にもなれなかった。

真夜中、ルークは中身が半分残った瓶を置き、部屋をさまよい出た。丸い大きな月が空に浮かび、白金色の光が窓から差し込んでくる。外の涼しい風に当たろうと、静まり返った屋敷をあとにした。石敷きの中庭を横切り、庭を囲む背の高い柘植《つげ》の生け垣の隙間を抜ける。

砂利敷きの歩道をざくざく踏みながら、緑あふれる一画に置かれた大理石のベンチを目指した。ヒヤシンスが強い香りを空気中にまき散らし、みずみずしく茂った花壇に植わった百合とヘリオトロープの香りが混じっている。ルークはベンチに座り、ゆったりと足を投げ出した。そのとき、亡霊のような人影が生け垣の中を動いているのに気づき、体をこわばらせた。幻覚でも見ているのだろうか？　だが、とらえどころのない白い輝きは、再び姿を現した。

「誰だ？」胸をどきどきさせながら、声に出してたずねる。人影は立ち止まり、はっと息をのむ音が聞こえた。

ひそやかな足音が数歩近づき、その女性は姿を現した。

「ミス・ビリングズ」声にいぶかしげな調子をにじませ、ルークは言った。

タシアはルークがキスした晩に着ていたのと同じ、簡素なスカートとゆったりした白いブラウスという農民風の衣装を身につけていた。髪はまとめておらず、腰まで垂れている。頭に薄い色のショールをかぶっていた。

「旦那さま」息を切らして言う。

ルークは安堵し、頭を振った。

「庭をさまよう幽霊かと思ったよ」

「幽霊を信じていらっしゃるのですか?」

「いや」

「わたしは取りつかれているのではないかと思うことがあります」

「幽霊というのは人が自分で作り出すものだ。心に抱えきれないものを持つ人が見ることが多い」

ルークはベンチの自分の隣を手で示した。タシアは少しためらったあと、無言の招待を受けた。ベンチの端に腰かけ、ルークとの間に用心深く距離を保つ。二人は黙ったまま、時間の流れの外側にいる感覚に浸った。その庭は世界から隔絶された聖域のようだった。

ここで彼の姿を目にしたとき、驚かなかった自分が不思議だった。タシアの中にある神秘主義、宗教とスラヴの血が混じり合って生まれたその気質のおかげで、偶然は難なく受け入れることができた。二人が揃ってここに来たのは、それが必然だったからだ。ストークハースト卿と並んで座り、二人のためだけに出ているような黄金色の月を見つめるのは、自然に思えた。

ルークは衝動に抗えず、タシアのショールを引き下ろして、肩を流れ落ちるつややかな濃い色の髪をあらわにした。

「何に取りつかれているんだ?」

タシアがうつむくと、さらさらした髪が顔のまわりにきらめく光輪を作った。

「秘密を抱えて生きるのは疲れないか？」ルークはタシアの髪に触れ、きめ細かな髪を一筋指に巻きつけた。「どうしてこんな時間に外に出てきたんだ？」

「中は息が詰まりそうで。呼吸ができなかったんです。空の下に出ようと思いました」タシアはためらったあと、用心深くルークに視線を向けた。「旦那さまこそ、どうして？」

ストークハースト卿はタシアの髪から手を離し、ひらりとベンチをまたいでタシアのほうを向いた。開いた太ももと、すぐそばにある体が強く意識される。タシアは飛び立とうとする小鳥のように、ベンチの端に浅く腰かけていた。だが、彼は手を触れようとはせず、じっと見つめてくるばかりで、タシアの血管はどくどくと脈打った。

「忘れたくても忘れられないことがあるのは、君だけじゃない」ストークハースト卿は言った。「わたしにも眠れない夜はある」

一瞬にして、タシアは理解した。

「奥さまのことですね」

ストークハースト卿がゆっくり手首をひねると、月明かりが銀色の鉤手を照らし出した。

「手を一本なくすのと同じだ。わたしはときどき、この手がないことを忘れて、物を取ろうと腕を伸ばしてしまうことがある。これだけ年月が経ったというのに」

「奥さまとエマお嬢さまを火事から救い出されたときのことはうかがいました」タシアはおずおずとストークハースト卿に目をやった。「旦那さまはとても勇敢な方です」

彼はそんなことはないというふうに肩をすくめた。

「勇敢とかそういう問題ではない。考える間もなかった。ただ、二人のあとを追っただけだ」

「自分の身の安全を案じる男性もいますわ」

「妻と立場が逆だったらと思うよ。残されるほうがつらいものだ」ストークハースト卿は顔をしかめた。「わたしはメアリーを失っただけじゃない……自分自身をも失った。妻と一緒だったときの自分を失ったんだ。残されたのは思い出だけで、それも年が経つごとに細かい部分は失われていく……だからますます強くしがみつく。忘れていられる時間が短すぎて、ほかのものを求める気になれない」

「ときどき、エマお嬢さまに奥さまのワルツを弾いてほしいと頼まれます」タシアは言い、庭に目をやった。心なごむこおろぎの鳴き声と、かぐわしい香りのする庭の隅に潜む小動物がかさこそ動く音が聞こえる。「お嬢さまは目を閉じてピアノの音色に耳を傾け、お母さまのことを考えていらっしゃいます。メアリー……いえ、レディ・ストークハーストは、いつでもお嬢さまの、そして旦那さまの心の一部であり続けるでしょう。それが間違ったことだとは思いません」

肌がむずむずするのを感じたタシアは、ぼんやりとその部分に触れ、視線を向けた。脚の長い蜘蛛が優雅に腕を這っているのを見て、目をみはる。

跳び上がり、やみくもに悲鳴をあげた。蜘蛛を払い落としたあとも、ブラウスを勢いよくたたき、ロシア語でまくし立てる。タシアの悲鳴を聞いて、ストークハースト卿は弾かれたように立ち上がり、ぎょっとした顔をした。状況を把握すると、笑いにむせながらベンチに腰を下ろした。

「ただの蜘蛛じゃないか」しばらくして、彼は笑いをにじませた声で言った。「イギリスでは〝あしながおじさん〟とも呼ばれている種類だ。噛んだりしない」

タシアは英語に戻って言った。

「どんな種類だろうと蜘蛛は嫌いなんです！」なおもスカートや袖など、招かれざる客が潜んでいそうな箇所をしゃにむにはたく。

「大丈夫だよ」ストークハースト卿の声は笑いにくぐもっていた。「さっきのやつはもういない」

そんな言葉にはだまされない。

「ほかのはいるということですか？」

ストークハースト卿はタシアの手首をつかんだ。

「ぴょんぴょん跳ねるのはやめろ。わたしが見てみる」注意深くタシアの全身を眺める。

「あたりの生き物は全員、逃げ場を求めて退散したと考えて構わないだろう」

「旦那さまのところに行ったのかも」

「わたしはそう簡単に怖がったりしない。こっちにおいで」ストークハースト卿に手首を引っぱられ、タシアはベンチの彼の隣に腰を下ろした。「やつが戻ってきたときのために、近くに座っていたほうがいい」

ストークハースト卿はタシアの腰に手を回し、自分のほうに引き寄せた。農民風のブラウスとスカートは普段着ている服より薄く、コルセットやパッドなど体形を補正するものも身につけていない。硬くなめらかな彼の胸筋と、心臓音の反響が感じられる。リネンのシャツ越しに彼のぬくもりが伝わってきた。

「離してください」タシアは低い声で言った。

「もし離さなければ？」

「叫びます」

ストークハースト卿が一瞬笑ったのがわかった。

「さっき一度叫んだじゃないか」

彼が覆いかぶさってきて、頭が月光をさえぎったが、タシアは抵抗しなかった。体がこわばったが、それは恐怖ではなく期待からだった。目を閉じる。唇が重ねられた。甘く、重く押しつけられる感触に、喜びの震えが背筋を駆け上がる。とたんにめまいを覚え、彼の肩の筋肉に手のひらを当てた。ストークハースト卿はタシアを強く抱きしめてキスし、やがて罪も、理屈も、防衛本能も弾け飛んだ。タシアもキスを返し、その勢いに自然と唇が開いた。

ルークはタシアの反応を喜び、その口の中に分け入った。彼女がこれほど熱心に反応し、潮のように押し寄せては自分をのみ込んでいくとは、思ってもいなかった。その激しいほとばしりの中では、何もかもが変化した。タシアのことで自分に選択肢があるというルークの幻想は、あとかたもなく消え去った。タシアは血液と同じくらい、自分の活力に欠かせない存在なのだ。彼女は自分の中に空いた穴を埋めてくれたが、その理由は謎めいていて、心ではわかっていても頭では理解できなかった。ルークはキスをもっと穏やかなものにして、この生々しさと熱を鎮めようとしたが、タシアが許してくれなかった。彼女はルークのシャツの背中に手を伸ばして爪を立て、薄い生地の下にある熱と硬さを感じようと躍起になっていた。

ルークは身動きし、ほっそりしたタシアの体を膝の上に横抱きにした。唇が離れ、彼女はむずかるような声を出した。タシアを見つめると、その美しさに、きらめく乱れた黒髪に、ふっくらした唇に、目尻に向かって上がる眉のラインにうっとりした。体は軽くてしなやかで、若々しい張りがある。ルークの手は引き締まった腰を離れ、農民風ブラウスのゆるい襟元に忍び寄った。ぐいと引くと、ひもが通された襟元がゆるんだ。ブラウスの中に手を潜り込ませ、ささやかな胸のふくらみを探り始めると、タシアははっと息をのんだ。

彼女を膝に固定し、再び唇を重ねる。長い口づけはやがて無数の短いキスになり、時には激しく、時には優しく探るように、キスの雨を降らせた。温かな手で、繊細な胸の重みを包み込んで愛撫する。絹のような突起が硬く張りつめるまで、親指で先端をこすった。

タシアはストークハースト卿に抱きつこうと、体をひねって押しつけた。彼の髪に手をやり、衝動のままに豊かな髪に深く指を潜り込ませ、もてあそび、絡ませる。この男性と一緒にいることの満足感に比べれば、どんなに深い喜びも鋭い痛みも、これまでの人生で受けたどの衝撃もかすんで見えた。彼はとても力強く、とても優しかった。タシアが夢に見てきたすべてだった。

だが、そのすべては二人が出会う前から損なわれている。タシア自身が損なったのだ。

あえぎ声が聞こえ、タシアの体が離れるのがわかった。ルークは目を開けた。彼女は目をそらしたが、その直前に苦悶の色が見えた。タシアはここを出ていくつもりだ。言葉から、質問から、できない説明を求められることから逃げ出したいのだ。ルークは腕に力を入れた。放してたまるものかと、タシアをしっかり胸に抱く。

「こんなことをしても何にもならないわ」彼女はささやくように言った。

ルークは長い髪に手を這わせ、柔らかな束をまとめて持ち、指の間からさらさらと落とした。一瞬、肺の中に笑い声のようなものが湧き上がったが、口を開くと、出てきたのは笑いとは似ても似つかぬ声だった。

「わたしたちに選ぶ余地があったら、そもそもこんなことにはなっていない。今さらやめられると思っているのか？」

タシアは顔を上げ、打ちひしがれたような目でルークを見据えた。

「わたしがこちらを出ていけば、やめられます。旦那さまはわたしに洗いざらい話すようおっしゃいますが、それはできません。わたしのことも、わたしがしたことも、知っていただきたくないんです」

ルークの幅広の口は、いらだちにぴくぴく震えた。

「なぜだ？　わたしがショックを受けると思っているのか？　わたしは理想主義者でもない

し、偽善者でもない。まったく、君は本当に、自分の罪はわたしの罪より深いと思っているのか？」

「事実ですから」タシアは苦々しげに言った。ストークハースト卿の罪が何であろうと、まさか殺人ではないだろう。

「君は傲慢な愚か者だ」彼はつぶやいた。

「傲慢――」

「自分の気持ちしか考えられない。自分だけが傷ついていると思っている。だが、それは違う。これはもう、君だけの問題じゃない。今やわたしもかかわっている。そしてわたしは、君が予定外に出会ってしまった相手という理由だけで手を引くつもりは毛頭ない」

「あなたこそ、わたしが今まで会った誰よりも傲慢な方だわ！　ご自分が何も知らないことに対して、よくもそんなに偉そうに言えるわね！」スラヴの血に突き動かされ、怒りが噴出した。叫び出したい衝動に体が震える。だが、抑えた声で威嚇するように言った。「あなたの気持ちなんてどうでもいいんです。あなたには何も求めていませんから。止めないでください！　明日、出ていきます。こんなことがあったのに、留まるわけにはいきません。ここはもう安全ではないんです」

　ストークハースト卿の手の力に屈し、骨からわずかに力が抜けた。

「では、このまま逃げ隠れし、人目を避け、誰の愛情も受け入れることなく生きていくのか……たいした人生じゃないか？　まるで生ける屍だ」

タシアはたじろいだ。

「わたしにはそれしか道がないんです」

「そうなのか？　臆病なあまり、それ以外の道に踏み出せないだけじゃないのか？」

タシアは激しく身をよじった。

「あなたが憎い」あえぎながら言う。

ルークはやすやすとタシアを押さえつけた。

「わたしは君が欲しい。君と戦ってでも手に入れたい。君がわたしのもとを逃げ出したとしても、必ず見つけ出す」唇を開き、残忍な笑みを浮かべる。「ああ、また誰かを求められるようになってよかった。大金を積まれても、この気持ちは手放さないよ」

「わたしは何も教えませんから」タシアは熱っぽく言った。「わたしがいなくなって一カ月も経てば、あなたはわたしのことを忘れて、何もかもが元どおりになるんです」

「君はエマを置き去りにはしない。そうすれば、あの娘がどんな思いをするかわかっているだろう。あの娘は君を必要としている」これは禁じ手であり、そのことは二人ともわかっていた。「それに、わたしも」ルークはぶっきらぼうにつけ加えた。

タシアはかっとなった。

「エマお嬢さまがわたしを必要としている理由はわかります。でも、あなたは……あなたはただ、わたしをベッドに誘いたいだけでしょう！」

ストークハースト卿は顔をそむけた。押し殺したような声が口からもれる。タシアは一瞬、彼を恥じ入らせたと勝ち誇ったが、すぐに彼が笑っていることに気づいた。憤慨し、体をよじる。だが、ストークハースト卿の体にしっかり押しつけられた。銀の鉤手がぺたりと背中のくぼみに触れる。下腹部からは、熱く淫靡《いんび》なこわばりが突き出していた。彼のそこが押しつけられている部分が奇妙な高ぶりに脈打っているのを感じ、タシアは息を荒らげた。ぴたりと体の動きを止める。

ほほえむ唇が、ほてった頬をかすめた。

「それは否定しないよ。ベッドに誘うことはリストの上位に位置している。でも、わたしが君に求めているのはそれだけじゃない」

「上であなたを待っている女性がいるというのに、よくそんなことがおっしゃれるわね。それとも、レディ・ハーコートのことはもうお忘れになったの？」

「片づけなければならない問題はある」ストークハースト卿は認めた。

「でしょうね」

「アイリスとわたしはお互いを所有しているわけじゃない。彼女はいい女だし、尊敬できるところ、好きなところもたくさんある。だが、二人とも愛情があるわけではないし、それはアイリスも進んで認めるはずだ」

「あの人はあなたと結婚したがっているわ」タシアは責めるように言った。

ストークハースト卿は肩をすくめた。

「まあ、友情は結婚の理由としては悪くないからね。でも、わたしにとってはじゅうぶんではない。その問題に関するわたしの考えは、アイリスも知っている。折に触れて何度も言ってきたから」

「いずれあなたの気が変わるかもしれないと思っていらっしゃるのかも」

彼はにっこりほほえんだ。

「ストークハースト家の人間は意志を曲げたりしない。とても頑固なんだ。その点に関しては、わたしは一族でも抜きんでている」

タシアは突然、このような会話をストークハースト卿と、こんな暗闇の中で、彼の腕に抱かれながらしていることが、信じられなくなってきた。大胆にも彼を批判し、彼もそれを気安く受け入れている。それは二人の関係が大きく変わったことを示す危険な兆候だった。その思いが顔に出ていたらしく、ストークハースト卿は笑って腕の力をゆるめた。

「今夜のところは解放してあげるよ。これ以上このままでいたら、わたしがどんな行動に出るかわかったものではない」

タシアは身をよじって腕の中から抜け出したが、ベンチに座ったまま、彼と向き合った。

「出ていくと言ったのは本気です。すぐにでも発つつもりです。予感が……面倒なことになりそうだという予感がするんです」

ルークはタシアに鋭い視線を向けた。

「どこに行くつもりだ？」

「行き先は誰にも、アッシュボーン夫妻にも言うつもりはありません。仕事を探します。わたしは大丈夫ですから」

「君が身を隠すことはできない」ストークハースト卿は言った。「どんなに背景に溶け込もうとしても、君は目立ってしまう。一〇〇年頑張っても、その容姿と物腰を変えることはできない。しかも、君はそのような生活には向いていない」

「ほかに選択肢がないんです」

ストークハースト卿はそっとタシアの手を取った。

「いや、選択肢はある。要塞の中から出てくるのは、そんなに恐ろしいことなのか？」

タシアは首を横に振り、髪が肩の上でくねくねと揺れた。

「危険なんです」

「わたしがそばにいて助けるとしたら？」ストークハースト卿はゆっくりとタシアの手を裏返し、手のひらにぎゅっと親指を押しつけた。

この人を信じたい、その思いに押しつぶされそうになる。常識だと思っていたことが、いとも簡単に覆されたのが恐ろしかった。月明かりの下で数回キスをしたくらいで、自分の安全を、命そのものを、よく知りもしない男性に預けることを考え始めているのだ。

「その見返りに、何をお望みなの？」不安げにたずねる。

「君なら見抜けると思っていたよ。直感……と呼ぶのかどうか知らないけど、その力を使ってくれ」

ストークハースト卿は顔を近づけてキスをしたが、唇の動きがあまりに激しいので、タシアは振り払うことさえ思いつかなかった。唇を開き、うっとりと応えることしかできない。これまでは官能というものを、肌と味と動きによって体が体に話しかけることの意味を、理解できていなかった。彼の手が髪に潜り込み、指が頭をつかんで近くに引き寄せる。しっかりと押さえつけられ、優しく奪われていく感覚はあまりに刺激的で、体が震え始めた。もっと欲しくて、ぎこちなく動いて体を押しつける。ストークハースト卿はタシアを抱き寄せ、頭を引いて、顔に荒い息を吐きかけた。

「くそっ」ささやき声で言う。「君は何事も一筋縄ではいかないんだな」

タシアはやみくもにルークの唇を探り当て、誘うように短いキスを浴びせてきた。下唇の縁を舌でなぞられると、ルークはうめき、タシアの望みどおり唇を完全に、貪欲に奪った。キスは長々と続き、ついにルークの体は硬く張りつめ、今にも爆発しそうになった。やっとの思いで理性をたぐり寄せ、行為を中断する。

「もう行ってくれ」くぐもった声で言い、タシアを押しのけた。「今すぐ。今ならまだ我慢できるから」

タシアはゆるんだブラウスの襟元を締め、魔女のような目でルークを見つめた。慎重に立ち上がったが、まだらになった影と光の中で、その姿は生き霊のように見えた。ルークは熱のこもったまなざしで彼女を見つめたあと、地面に視線を落とした。タシアの足音が遠ざかっても、そのまましばらくじっとしていた。

今起こったことの意味を理解しようと努める。これまで悩まされてきたのが感情の欠如であるなら、今はまったく逆だった。強すぎる感情が、短すぎる間に訪れ、それは同時にルークが長い間避けてきた悲嘆の種をも運んできた。しゃがれた笑い声が口からもれた。

「人生にお帰りなさい、というわけか」

険しい顔で独りごちる。こうなれば、与えられたチャンスをつかみ取り、最後まで見届ける以外に道はない。

土曜の晩、レディ・ハーコートの立てた計画は立派に実を結んだ。金色と白で内装が施された舞踏室には、大きなフラワーアレンジメントがたっぷり飾られた。一面鏡張りになった壁に、花が無数に映り込んでいる。演奏家たちの腕前はタシアが聴いたことがないほどすばらしく、美しいワルツが室内を満たした。タシアとエマは連れ立って、隣接するギャラリーの窓から舞踏室をのぞき込んだ。人々は踊り、ほほえみ、異性と戯れ、お互いを褒め、誰もが自分たちが作り出している場面の華やかさを意識していた。

「すてき」

エマは畏怖の念に打たれたようだった。

タシアは同感だとばかりにうなずき、美しいドレスの海を見つめた。細部まで貪欲に観察する。イギリスのスタイルはサンクトペテルブルクとは違っていたが、タシアが長い間流行を意識してこなかっただけで、知らない間に世界的にも変わっているのかもしれない。

ドレスの襟ぐりは四角形のラインで驚くほど切れ込みが深く、慎みを装うために、透ける紗や薄い網がかぶせられていた。バッスルは小さくなり、中には身につけていない人もいるほどで、スカートは太ももにぴたりと張りついていた。あんなにも細いドレスで、どうやってダンスを踊るのだろう？　スカートの中に、足が動く余地はないように見えた。だが、どういうわけか淑女たちはダンスをこなしている。手袋をはめた手首に長いスカートの裾を掛け、パートナーの腕の中でなめらかに動いていた。

タシアは自分の服装を見下ろした。地味な黒の絹のドレスで、首までずらりとボタンがついている。その下には分厚いストッキングと、足首で留める頑丈な黒の靴を履いていた。認めるのは恥ずかしいが、美しく装った女性たちを見ると嫉妬の念に駆られた。かつての自分は、ここにいる誰よりも美しいドレスを持っていた。ほんのりピンクがかった白のサテンのドレスに、目の色を引き立てるアイスブルーの絹のドレス、美しいラベンダー色のクレープデシンのドレス。髪にはダイヤモンドのピンを挿し、ウエストにはルビーと真珠のチェーンベルトを巻いていた。そのような格好をしたら、ストークハースト卿は何と言うだろう？　青い目を感嘆にきらめかせ、全身をくまなく眺めて……。

「やめなさい」タシアはつぶやき、虚しい考えを追い払おうとした。「〝知恵は真珠にまさる〟」それでは効き目がないとわかると、ほかに役立つ節はないか頭を絞った。「〝貧乏でも、完全な道を歩む人は幸いだ〟〝あでやかさは欺き、美しさは空しい――〟」

「ミス・ビリングズ？」エマが割って入り、いぶかしげにタシアを見つめた。「何をつぶやいてるの？」

タシアはため息をついた。

「大事なことを自分に言い聞かせていたの。ほら、髪がほつれているわ。じっとしてて」エマの頑固な癖毛を元の形に戻す。

「直った？」

「完璧よ」

タシアは一歩下がり、満足げにほほえんだ。エマの髪は、ハウスメイドと二人がかりで一時間かけてセットしていた。顔からふわりと後ろに流して、頑固な癖毛を三つ編みにし、毛先を中に押し込んでピンで留めている。ドレスは足首まである薄い緑のサテンに白いレースがついていて、ウエストには濃い緑色の幅広ベルト《サッシュ》が巻かれている。庭師が念入りに探索した結果、これまで彼が育てた中で一番上等だという薔薇が持ち込まれた。かぐわしい香りのする、みずみずしいピンク色の薔薇だ。ミセス・ナグズも手伝って、薔薇はエマの肩に一つ、髪に一つ、ドレスのウエストに一つ留められた。支度が終わると、エマは喜びに顔を輝かせ、お姫さまになった気分だと言った。

エマは青い目をきらめかせて、窓越しに父親の姿を捜した。

「レディ・ハーコートと一緒に舞踏会の始まりのあいさつをしたら、ここに来るって言ってたわ。来年は、大人がそっちの広い部屋でダンスをしている間、こっちで子供用の舞踏会を開いてくれる約束なの」

新たな声が会話に割り込んできた。

「じきにお前もわたしたちと同じ広い部屋で踊れるようになるよ」

エマはさっと振り返り、こちらに来る父親に向かって大げさにポーズを取ってみせた。

「お父さま、見て！」

ルークはにっこりし、足を止めて娘に感嘆の目を向けた。

「すごい。きれいだよ、エマ。もう立派に若い淑女じゃないか。哀れな老いぼれ父さんにとっては何よりのことだ」手を伸ばしてエマを引き寄せ、しばらくそのままでいる。「今夜のお前はお母さんによく似ている」小さな声で言った。

「本当に？」エマは顔を輝かせてきき返した。「嬉しい」

タシアは娘といるストークハースト卿を見つめた。黒髪を照らす月明かりと唇のぬくもりを思い出すと震えそうになり、背筋にぐっと力を入れた。あつらえの黒の上着と白のベストに包まれた体は、優雅で力強い。タシアがまじまじと見ていることに気づいたのか、ストークハースト卿はこちらを見た。タシアは慌てて目をそらしたが、高い襟元から肌に赤みが広がっていくのがわかった。

「こんばんは、ミス・ビリングズ」彼は穏やかに言った。

顔を見なくても、その目がからかうようにきらめいていることはわかっていた。

「旦那さま」小声で言う。

エマはふざける気分ではないようだった。

「わたし、もう何時間もお父さまと踊るのを待っていたのよ！」

娘の気の短さに、ストークハースト卿は笑った。

「そうなのか？　よし、お前をワルツで引きずり回してやろう。そのうち足が痛いと文句を言い出すぞ」

「文句なんて言わないわ！」エマは叫んだ。父親のきらめく鉤手のすぐ下、手首に革が巻かれた部分に片手を、肩にもう片方の手を置く。最初、ストークハースト卿はふざけて勢いよく娘を振り回し、エマは笑い声をあげた。やがて二人はなめらかに、優雅にワルツを踊り始めた。ストークハースト卿は娘にきちんとレッスンを受けさせていて、自分も練習相手を務めたことがあるようだ。

タシアは唇に笑みを浮かべ、戸口まで下がってその光景を楽しんだ。

「お似合いのカップルね？」レディ・ハーコートの落ち着いた声が聞こえた。

タシアははっとした。レディ・ハーコートは数歩先に立っていた。薄黄色のサテンに細かい金色のビーズがちりばめられたドレスを着ている。深い襟ぐりからは見事な谷間がちらりと見え、ウエストはヒップの割れ目が始まる低い位置に取ってあった。鳶色の髪にはダイヤモンドとトパーズがあしらわれた櫛がいくつもきらめき、ゆるく編まれたシニヨンを留めている。何よりも目を引くのは、喉元に巻かれたネックレスで、宝石が複雑に組み合わされた花の中心にダイヤモンドがついていた。

「こんばんは、レディ・ハーコート」タシアは言った。「舞踏会は大盛況のようですね」

「あなたを捜しに来たのは、舞踏会の話をするためじゃないわ。わたしが何を言いたいのか、あなたもよくわかってると思うけど」

　タシアは首を横に振った。

「わかりません」

「ああ、そう」レディ・ハーコートは扇から下がった飾り房をいらだたしげにいじった。

「ぶしつけだと思われてもいいわ。わたし、物事は単刀直入に言う主義なの」

「レディ・ハーコート、わたしはあなたにご迷惑をおかけするつもりは少しもないんです」

「でも、現に迷惑してるの」レディ・ハーコートは近づいてきて、ギャラリーの奥でワルツを踊るストークハースト親子を遠目に眺めた。「ミス・ビリングズ、あなたの存在自体が迷惑なのよ。あなたがここにいれば、最後は誰もがいやな思いをすることになる。わたしも、エマも、そして誰よりもルークが」

　タシアはうろたえ、まばたきもせずにレディ・ハーコートを見つめた。

「どうしてそんなことになるのかわかりません」

「あなたはルークのじゃまをしているの。本当の幸せを得られる手段……同じ世界に住む相手と親しい関係を結ぶことから、あの人を遠ざけているのよ。わたしはルークを理解している。つき合いも長いわ。メアリーが生きていたころから知っているの。あの二人の関係は特別だった……わたしとなら、それにとても近い関係を築くことができる。ミス・ビリングズ、あなたがどう思っているかは知らないけど、実はわたしもそんなに悪い女じゃないのよ」

「わたしにどうしろとおっしゃるのですか？」

「ルークのために、ここを出ていってちょうだい。あの人のことを少しでも思う気持ちがあるなら、わたしの言うとおりにしてほしいの。サウスゲート館を出て、二度と戻ってこないで。報酬はたっぷり支払わせてもらうわ。このネックレスをもらってくれてもいいし」レディ・ハーコートは宝石が連なったネックレスを肌から持ち上げ、きらきらと輝かせた。「こんなに高価なものが自分のものになるなんて、考えたこともないでしょう？　宝石は全部本物よ。これをお金に換えれば、一生楽に暮らせるわ。田舎に小さな家が買えるし、キッチンメイドの一人くらい雇える」

「宝石はいりません」屈辱を感じ、タシアは言った。

レディ・ハーコートの声から、取り入るような調子が消えた。

「あなたは頭がいいものね。娘の愛情を勝ち取れば、望みはもっと大きくて、そのためにはエマが決め手になると踏んだんだわ。娘の愛情を勝ち取れば、ルークが自分を恋愛対象として見てくれると考えたの。その狙いは正しかったようね。でも、勘違いしないで。そんな情事はせいぜい数週間しか続かないわ。その若さがあればしばらくはルークの気を引けるかもしれないけど、あの人をつなぎ止めておけるほどのものは何もないんだから」

「どうしてそんなに自信がおありなの？」

そうたずねる自分の声に、タシアはぎょっとした。とっさに唇を嚙む。自分で止める間もなく、言葉がほとばしり出てしまった。

「あら」レディ・ハーコートは穏やかに言った。「しっぽを出したわね。やっぱりルークを狙っているんだわ。しかも、長くつなぎ止めておきたいという希望も抱いている。わたしとしては腹を立てるところなんだろうけど……哀れみしか湧いてこないわね」

口調こそあざけるようだったが、その言葉の裏には深い悲しみが潜んでいた。同情の念に、タシアの心はやわらいだ。この女性はルーク・ストークハーストと親密な関係を築き、彼のキスや笑顔に心を揺さぶられながら、妻になりたいという夢を紡ぎ上げ、今は彼をつなぎ止めるために戦っている。何か彼女を安心させられる言葉はないだろうか？　何しろ、レディ・ハーコートの望みは、タシアがすでに計画していること……ここを出ていくことなのだ。たとえ頼み込まれたとしても、タシアがここに留まることはない。

「レディ・ハーコート、怖れることは何もないんです。わたしは——」

「怖れる？」レディ・ハーコートは自分をかばうように言った。「わたしがあなたを怖れるはずがないでしょう……持参金もなければ、家族もいない。容姿もたいしたことないのに！」

「わたしが言いたいのは——」

「堪え忍ぶような目でこっちを見るのはやめてちょうだい。わたしは言いたいことは言ったわ。あなたはただ、そのことについて考えてくれればいいの」タシアが次の一言を言う前に、レディ・ハーコートは歩き去った。ドレスをきらめかせながら、ギャラリーに足を踏み入れる。「あなたたち、絵になるわね」にっこりほほえんで二人に声をかけた。「エマ、踊るあなたは天使のようだわ。ルーク、このワルツが終わったら、一緒に舞踏会に戻りましょう。何しろ、あなたは主催者なんだから」

ダンスは一時中断され、真夜中の晩餐が二時間続いた。その後、音楽もワルツも、何もかもがさらなる盛り上がりを見せるうちに、夜は終わりに近づき、昇りくる朝日に地平線が輝き始めた。人々はすっかり満足し、酔っ払って散り散りになった。柔らかなベッドを求める大勢の足に踏みしめられ、床がみしみしと音をたてる。客たちは昼いっぱい寝て過ごし、午後になって朝食をとった。日曜の夕方に帰路についた者もいれば、月曜になってから戻ることにしている者もいる。アイリス・ハーコートも日曜組の一人だった。そのことを告げようとルークの部屋に勢いよく入っていくと、彼は着替えているところだった。

「一時間後にはロンドンに発つわ」アイリスは言い、ビドルがルークのシャツの右手のカフスを留める様子に目をやった。

アイリスの無言の圧力に、ルークはいぶかしげに眉を上げ、ワインレッドの上着に腕を通した。すぐには返事をせず、ビドルが何本も見せてくる細いクラヴァットに目をやったあと、どれも締めないことに決める。ビドルに外に出ていくよう命じてから、アイリスのほうを向いた。

「どうしてそんなに急に?」冷静な口調でたずねる。「昨夜は楽しんでいたように見えたが」

「あなたの足音を虚しく待ち続けるなんて、もう一晩も耐えられないからよ！　どうして舞踏会のあと、わたしのところに来てくれなかったの?」

「ベッドに来るなと言ったのは君じゃないか。忘れたのか?」

「ビリングズという娘を頭から追い出すまでは来ないでと言ったのよ。つまり、まだ追い出せてないってことだわ。あなたはわたしを見るたびに、これがあの娘だったらよかったのにと思ってる。もう何週間もその状態よ。何とかしたいけど、どうすればいいのかわからないの!」

固唾をのんで見守っていると、ルークの表情が変わり、よそよそしさが消えた。一瞬、儚い望みに体が張りつめる。だが、残念そうなルークの声を聞くと、ちらついた幸福はたちまち消えた。

「アイリス、君に話がある――」

「今はやめて」後ずさりしながら、アイリスは険しい声で言った。「今は」こぶしを握りしめ、毅然とした足取りで歩き去った。


ルークはおとなしく晩餐後の集まりに顔を出した。会話に参加して、気の利いた言葉には笑い、寸劇や詩の朗読、ピアノの演奏を披露した客には拍手を送る。いらだちはつのるばかりで、単調に足を踏み鳴らすくらいしかはけ口がなかった。それ以上座っていられなくなると、口の中でもごもご言ってから、その場を立ち去った。

あてどなくさまようふりをして、屋敷の中を歩く。彼女以外の何も、誰も欲しくなかった。ただ黙って座り、顔を見つめるだけでもいい。それは今までに感じたことのない渇きだった。

タシアはこの世でただ一人、自分をありのままに見て、わかってくれる人なのだ。

アイリスはルークのことを理解していると思っている。女性というのはたいてい、自分は男心をよくわかっていて、男を自分の都合の良いように操れると自負しているものだ。けれど、アイリスは知らない。人生が崩壊するのがどんなことか、それを再建するのがどれだけ大変か。その痛みと怒りを、生き延びようとする意志を……そのために味わう孤独を。タシアはそのすべてを、わかりすぎるくらいわかっている。だからこそ二人の間には絆が、言葉にはしなくても互いに対する敬意が——初めて彼女に会った瞬間に直感しルークを悩ませてきた事実が存在するのだ。ただ一つ重要な点において、二人は瓜二つであるという事実。

二階の廊下を歩いていると、洗いたてのリネンの山を抱えたミセス・ナグズとすれ違った。彼女は足を止め、うやうやしく頭を下げた。

「こんばんは、旦那さま」

「ミセス・ナグズ、どこに——」

「上でございます。エマお嬢さまと、緑の間にいらっしゃいます」

ルークは顔をしかめた。

「わたしが何をきこうとしているのか、どうしてわかったんだ？」

ミセス・ナグズはすました顔でほほえんだ。

「ストークハースト家でのお勤めが長いわたしに、それをおたずねですか？　シーモアとビドルとわたしは、たいていのことは存じております」

ルークはたしなめるような目を向けたが、ミセス・ナグズはいつもどおり落ち着いた足取りで歩いていった。

その居間はこぢんまりしていて日当たりが良く、屋敷内のほかの部屋に比べると物が散在していて、房飾りやクッションが多い。エマが小説を朗読するはつらつとした声が聞こえてきた。タシアはブロケードの長椅子の端で体を丸め、ほっそりした片腕を曲線状の背もたれに投げ出している。ルークの姿を認めると体勢を変え、背筋を伸ばして、腕を膝にのせた。ドレスのボタンが上から二つ外され、白い喉元がちらりと見えている。ランプの明かりが肌に金色の光を投げかけ、髪の上をすべるように動いていた。エマはルークにすばやくほほえみかけたあと、朗読を続けた。

ルークは近くの椅子に座り、タシアを見つめた。美しく、悩みを抱えた、頑固な女性。この人が欲しい。その体のあらゆる部分を、謎めいた道筋をたどる思考のすべてを、自分のものにしたい。朝目覚めたとき、自分の体に腕を回していてほしい。目からあの苦悩の色が消えるまで、彼女を守ってやりたい。タシアはいぶかしげに額にわずかにしわを寄せ、ルークを見つめ返した。

〝君は一度もわたしに笑いかけてくれない〟ルークは心の中で強く思った。〝ただの一度も〟タシアはルークの心を読み取ったように見えた。唇が優しく、皮肉交じりにゆがむ。ルークの意思が伝わって、笑みが抑えきれなくなったかのように。

相手にすべてをゆだねなければならないという初めての体験に、ルークは戸惑っていた。

タシアの防壁を突き崩すことはできない。試みたところで、かえって抵抗を強めるだけだ。欲しいものを手に入れるには、自分自身の防壁を取り払い、彼女にも同じことをするよううながすしかない。そこまでの忍耐は持ち合わせていなかった。けれど、どんな犠牲を払ってでも、どうにかして成し遂げなければならない。タシアの愛を勝ち取るためなら、どんな要求にも応えるし、どんな代償も支払うつもりだ。

5

週末のパーティは終わり、最後まで残っていた数組の客も月曜には帰っていった。午後に時間のできたルークは、ロンドンのアイリス・ハーコートのテラスハウスに向かった。そろそろ二人の関係を終わらせる時が来ていたし、アイリスも今ごろはその覚悟ができているはずだ。ルークが求める女性はただ一人、何かしてやれる相手もその女性だけだった。アイリスも最初は落胆しても、すぐに立ち直るはずだ。財産の管理は行き届いているし、力になってくれる友達も大勢いる。彼女を褒めそやし、なぐさめようと待ち構えている男性も一ダースはいるのだ。自分がいなくても、元気にやっていけるだろう。

アイリスは黒い絹で申し訳程度に体を覆い、ルークを寝室に迎え入れて官能的なキスをした。ルークにここへ来た理由を説明する隙を与えず、あらかじめ考えておいたことを勢いよくまくしたてる。

「二、三週間はあの娘と楽しむ期間をあげるわ」歯切れのいい口調で言う。「あの娘に飽きたら、わたしのところに戻ってきて。それであの娘の話は終わり。好きなだけ自由にしてくれればいいって、前に約束したでしょう？　後ろめたく思う必要はこれっぽっちもないの。

男は一人の女だけじゃ満足できない。それはわかってる。許しを求める必要はどこにもないのよ。あなたが戻ってくることはわかってるんだから――」

「いや」ルークはさえぎったが、その声はやけにざらついていた。彼は黙り、深く息を吸った。

アイリスはおろおろと手をさまよわせた。

「何なの？」悲痛のにじんだ声でたずねる。「あなたのそんな表情、見たことがないわ。どうしたの？」

「わたしを待ってほしくないんだ。もう戻ってこないから」

アイリスはヒステリックに短く笑った。

「でも、一時のお遊びのために、どうして全部捨ててしまわなきゃいけないの？　外見に惑わされちゃだめよ。あの娘はきれいだし、不安げに見えるから、自分がついてなきゃっていう気持ちになるのよね……。でも、わたしは痩せ細ってはいないけど、あなたをまったく必要としていないわけじゃないのよ！　それに、あなたがあの娘に飽きたとき――」

「彼女を愛しているんだ」

アイリスはぎょっとし、部屋に沈黙が流れた。喉がひくりと動く。顔をそむけ、表情を隠した。

「あなたはそういうことを軽々しく言わない人よ」やっとのことで声を発する。「ミス・ビリングズは大喜びでしょうね」

「彼女には言っていない。わたしを受け入れる準備ができていないから」

とたんに怒りが込み上げ、アイリスは鼻を鳴らした。

「繊細な、か弱い人だから、気を失うかもしれないわね。まったく、皮肉な話だわ……あなたみたいに血気盛んな男が、あの娘みたいに弱々しくて存在感のない――」

「彼女は君が思っているほどか弱い人じゃない」ルークの脳裏に、庭でのタシアの姿がよみがえった。飢えたように吸いつくかわいらしい唇、シャツを引っかく爪……。とたんに血流は勢いを増し、ルークは檻の中の狼のように部屋をうろうろと歩き回った。

「どうしてあの娘なの？」ルークを追いかけながら、アイリスはたずねた。「エマがなついてるから？　若いから？」

「理由なんかどうでもいい」ルークはそっけなく言った。

「どうでもよくないわよ！」アイリスは部屋の中央で立ち止まり、洟をすすり始めた。「あの娘が現れてあなたを惑わさなかったら、わたしたちはこれからも一緒にいられたのよ。どうしてあの娘がいいのか、知りたいに決まってるでしょう！　わたしのどこが悪かったのか知っておきたいの！」

ルークはため息をつき、アイリスを抱き寄せた。罪悪感とともに、親愛の情が込み上げてくる。最初は友人として、途中からは愛人として、彼女とのつき合いは長い。もっと幸せになっていいはずの女性なのに、自分に与えられるものは限られている。

「君はどこも悪くない」

アイリスはルークの肩にあごをのせ、さらに大きな音をたてて洟をすすった。

「じゃあ、どうしてわたしを捨てるの？　あなたってひどい人ね！」

「そんなつもりはなかったんだ」ルークは静かに言った。「君のことはいつまでも思っているよ」

アイリスは体を引き離し、怒りに燃えた目でルークをにらみつけた。

「英語で一番意味のない言葉は〝君のことを思う〟よ！　いっそきれいに忘れてくれたほうが、こっちもあなたのことを嫌いになれる。でも、あなたは少しだけ思ってくれる……それじゃ全然足りないのよ。最低だわ！　どうしてあんなにきれいな、若い娘なの？　友達と噂話さえできないじゃない。わたしが何を言おうと、嫉妬に駆られた鬼婆のようにしか見えないもの」

アイリスが唇をへの字に曲げて怒っているのを見て、ルークは笑みを浮かべた。

「そんなことはない」

アイリスは金縁の鏡の前に歩いていき、髪を直し始めた。鳶色の巻き毛を顔のまわりでふわふわといじっている。

「あの娘と結婚するつもり？」

そんなにことが簡単だったらよかったのに、とルークはもの悲しく思った。

「向こうがいいと言えば」

アイリスはばかにしたように鼻を鳴らした。

「それなら心配いらないと思うけど。あなたみたいな男を落とせるチャンス、あの娘には二度とないわ」

ルークはアイリスの背後に歩み寄り、肩越しに手を伸ばして、せわしなく動く手を取った。鏡の中で目を合わせる。「ありがとう」そう静かに言う。

彼女の手を、一度ぎゅっと握ってから放した。

「ルーク……」アイリスは振り返り、感極まった目で彼を見た。「もしうまくいかなかったら……これは間違いだったと思ったら……わたしのところに戻ってくると約束して」

ルークは顔を近づけ、アイリスの額にそっとキスをした。

「さようなら」ささやくように言う。

アイリスはうなずき、頬に一筋涙がつたった。ルークが部屋を出ていくと、くるりと向きを変えて目をつむり、自分の人生から立ち去る男の姿を締め出した。


ルークがサウスゲート館の玄関に着いたのは、日が暮れ始めたころだった。耳に吹きつける風と足元で飛ぶように動く地面だけをなぐさめに、アイリスのタウンハウスから黒毛のアラブ馬を飛ばして帰ってきた。ほこりと汗が筋を作り、酷使した筋肉が快く燃えている。ルークは馬を下り、待ち構えていた従僕に手綱を渡した。

「しっかりクールダウンさせてくれ」従僕は命令を聞くと、馬を引いて馬屋に向かった。

「旦那さま」戸口に立つシーモアは少し心配そうだったが、執事がそのような表情を浮かべるのは大災難が起こったときにほかならない。「旦那さま、アッシュボーンご夫妻が――」

「お父さま！」エマが疾風のごとく正面階段を駆け下り、ルークの腕に飛び込んできた。

「お父さま、帰ってきてくれてよかった！　何かとんでもないことが起こってるみたい……アッシュボーンご夫妻が来ていて、ミス・ビリングズと図書室でもう一時間も話をしているの」

ルークは唖然とした。アッシュボーン夫妻は今朝サウスゲート館を発ったばかりだ。こんなに早く戻ってきたのなら、何かとんでもない事態が起こったに違いない。

「二人は何と言っていた？」

「わたしは何も聞いてないけど、二人とも来たときからすごく様子が変で、何を話しているのかも全然わからないの。お願い、すぐに図書室に行ってミス・ビリングズは大丈夫なのか確かめてきて！」

ルークは腕に力を込め、エマをぎゅっと抱いた。

「わたしに任せてくれ。お前は自分の部屋に戻るんだ。心配はいらない」体を離し、たしなめるような視線を向ける。「鍵穴から盗み聞きするのはだめだぞ、エマ」

エマは後ろめたそうに笑った。

「それ以外に、わたしがこの屋敷で起こってることを知る方法がある？」

ルークは娘の肩に腕を回し、玄関ホールに連れていった。

「大人たちのことを心配する前に、やることはたくさんあるだろう」

「ありすぎるくらいよ。馬もいるし、サムソンもいるし、本もあるし、ミス・ビリングズも……お父さま、誰もミス・ビリングズを連れていったりしないわよね？」

「ああ」ルークはつぶやき、エマの頭にキスをした。「部屋に戻りなさい」

エマは言われたとおり自分の部屋に急ぎ、ルークは図書室に向かった。重いドアは閉まっていたが、静かに話をしている気配は伝わってくる。ルークはあごをこわばらせ、予告なしに部屋に踏み込んだ。アッシュボーン夫妻はどっしりした革張りの椅子に座り、タシアは低い背もたれのついた長椅子で体を丸めていた。

チャールズの顔には心配の色が浮かんでいた。

「ストークハースト」ぎょっとしたように言う。「てっきり君は——」

「今夜は帰ってこないと思っていた？」ルークは快活に続けた。「予定を変更したんだ。ここに来た理由を教えてくれ」

「海の向こうから悪い知らせが届いてね」何気ない口調を保とうと苦心しながら、チャールズは言った。「我が家に戻るよう、ミス・ビリングズを説得していたんだ。ルーク、もうすぐ一カ月になるし、わたしは約束を守る男だから」とたんにタシアが探るような目つきになったのを見て、説明を加える。「ストークハースト卿には一カ月だけ君をここに置いてもらって、その間にわたしが新しい働き口を探すことになっていたんだ」

「気が変わった」ルークは言い、タシアを見つめた。青ざめた顔でじっと動かず、小さな手を膝の上で握り合わせている。「ミス・ビリングズにはサウスゲート館にいてもらう」ルークは作りつけのマホガニーのサイドボードの前に行き、クリスタルのデキャンタを取った。洋梨形のグラスに適度な量のブランデーを注ぎ、タシアのもとに持っていく。

彼女はゆっくり手を開き、手のひらにグラスを置いた。ルークはタシアのあごに手をかけ、自分の目を見つめさせた。彼女はルークをじっと見たが、その表情からは胸の内は読み取れなかった。

「何があったのか教えてくれ」優しく言う。

返事をしたのはチャールズだった。

「ルーク、君は知らないほうが、誰にとっても都合がいい。何もきかず、帰らせてくれ――」

「君たちは帰ればいい」ルークは力強く言った。「でも、ミス・ビリングズにはいてもらう」

チャールズはいらだたしげに息を吐いた。

「ルーク、君がそういう言い方をするのは何度も聞いたことがあるから、それがどういう意味かも――」

「そんなことはいいんです」タシアが割って入った。ブランデーを飲み干し、喉がすっと焼かれる感覚に目を閉じる。薄い色のきらめく目をルークに向け、心もとない笑みを浮かべた。

「旦那さまも事情を知れば、わたしにいてほしいとは思わなくなるでしょうから」

ルークは空になったブランデーグラスに手を伸ばした。

「お代わりは？」ぶっきらぼうにたずねると、タシアはうなずいた。

ストークハースト卿はブランデーを注ぎに行った。タシアは彼が背を向けるのを待ってから、抑えた声で言った。

「わたしはレディ・アナスタシア・イヴァノフナ・カプテレワといいます。去年の冬、サンクトペテルブルクで、親戚のミハイル・アンゲロフスキー公爵を殺した罪で有罪判決を受けました」ルークがはっとし、背筋をこわばらせるのを見て、言葉を切る。「わたしは脱獄し、処刑を免れるためにイギリスに来たのです」


タシアは話を長引かせるつもりはなかったが、気づくと父親の死後のサンクトペテルブルクでの暮らしについて話していた。自分が話をしていて、ほかの人がそれを聞いているという意識は、いつのまにか頭から吹き飛んでいた。過去が波のように押し寄せ、すべてが再び目の前で起こっているかのようだ。母親のマリー・ペトロフナが山猫の毛皮に身を包み、腕と首を駒鳥の卵ほどもある大きな宝石で飾り立てている。王室の船上パーティでも、オペラや演劇に出かけたときも、長々と続く真夜中の晩餐会でも、母のまわりには熱心な男たちの一団が群がっていた。

初めての白い舞踏会《バル・ブラン》のことが思い出される。貴族の娘たちが極上の捧げ物のように、ロシア上流社会に紹介される場だ。タシアは白い絹のドレスを着て、ウエストにルビーとピンクパールのついた腰帯を締めていた。大勢の男に追い回されたが、彼らの狙いはタシアがいずれ相続することになる財産だった。タシアに求婚した男たちの中で、最も有力だったのはミハイル・アンゲロフスキーだった。

「ミハイルは獣のような人でした」タシアの口調は突如熱を帯びた。「酔っ払っているか、凶暴かのどちらかで。唯一ましだと思えるのは、アヘンをたっぷり吸って意識が朦朧としているときです。パイプを手放すことはほとんどありませんでした。お酒も浴びるように飲んでいました」タシアはためらったあと、顔を真っ赤にした。「ミハイルは女性にまったく興味がなかったんです。誰もが知っていることでしたが、家族はその事実から目をそらしていました。わたしが一七歳になったとき、アンゲロフスキー家が母に近づいてきました。そこで取り決めがなされたのです。わたしをミハイルの妻にすると。わたしがその縁談をいやがっていることは、周知の事実でした。わたしは母に、家族に、司祭さまに、とにかく話を聞いてくれそうな人全員に、結婚を無理強いしないでほしいと頼み込みました。でも、誰もがその縁組みは家族のためになる、両家の莫大な財産を結びつけておく手段になると言いました。そのうえアンゲロフスキー家には、結婚すればミハイルも心を入れ替えるだろうという期待があったんです」

「君のお母さんは？　何と言っていたんだ？」

ストークハースト卿の声が聞こえ、タシアは初めて彼に目を向けた。長椅子の自分の隣に座り、感情の読み取れない表情をしている。タシアは空のブランデーグラスを握る手に力がこもり、もろいグラスは今にも割れそうになった。ストークハースト卿は注意深くタシアの手からグラスを引きはがし、脇に置いた。

「母はわたしを結婚させたがっていました」険しい青色の目を見つめ、タシアは言った。「自分を訪ねてきた男性が、わたしに興味を示し始めるのをいやがっていたんです。わたしは母の若いころにそっくりで……それが気に入らないようでした。家族の利益のために結婚するのがわたしの務めで、恋がしたいなら結婚してから好きにすればいいと言っていました。アンゲロフスキー家の嫁になれるなんて幸せ者だ、しかも夫になる人は……男が好きなんだからと」

ストークハースト卿はあざけるように鼻を鳴らした。

「どういう意味だ？」

「ミハイルはわたしに手を出してこないから、わたしは好きなようにできるということです」冷ややかなストークハースト卿のまなざしに、タシアは力なく肩をすくめた。「旦那さまも母に会えば、いかにもあの人が言いそうなことだとわかると思います」

「想像はつくよ」ストークハースト卿は唇をゆがめて言った。「話を続けてくれ」

「最後の手段として、わたしはこっそりミハイルのもとを訪ね、助けてくれるよう頼みました。あの人を説得できるかもしれないと思ったんです。話を聞いてくれるかもしれないと。そこでわたし……わたし、ミハイルに会いに行きました」タシアは口をつぐんだ。胸の中で言葉が崩れ落ち、ばらばらになって喉元に押し寄せ、声を発することができない。こめかみを冷や汗がつたうのを感じて、手の甲で額を拭った。思い出そうとすると、いつもこうなる……パニックに襲われ、窒息しそうになるのだ。

「どうした？」ストークハースト卿が優しくたずねた。

タシアは頭を振り、震えながら息を吸ったが、空気はろくに入ってこなかった。

「タシア」ストークハースト卿はタシアの手を痛いくらい握りしめた。「続きを話してくれ」

かたかた鳴る歯の隙間から、タシアは何とか言葉を絞り出した。

「わからないんです。ミハイルのところには行った、と思うのですが……覚えてないんです。わたしはミハイルの自宅でナイフを手にしているところを発見されました……ミハイルの遺体のそばで……。使用人たちが叫んでいて、あの人の喉に……血が……ああ、そこらじゅうに血が」足元に暗い穴が開いていく気がして、ストークハースト卿だけが自分をつなぎ止めてくれる手段とばかりに、タシアは両手で彼の手にしがみついた。本当は彼に抱きついて、馬と汗とブランデーの匂いに深く顔をうずめ、体に腕を回されたかった。だが、その衝動を抑え、熱い涙をほとばしらせながら、必死の思いで彼を見つめた。ストークハースト卿は奇妙なくらい落ち着いていて、岩のようにしっかりと、驚きや恐怖はおくびにも出さずタシアを見つめていた。

「実際に殺すところを目撃した人はいないんだな？」彼はたずねた。

「はい、使用人があとで発見しただけです」

「では、証拠はないわけだ。君も自分がやったかどうかわからない」ルークはチャールズのほうを向き、いぶかしげな視線を投げた。「ほかにも何かあるはずだ。状況証拠だけで有罪にはできないだろう」

チャールズは悲しげに首を横に振った。

「この国とは司法制度がまったく違うからね。ロシアの当局は好きなように犯罪をでっち上げられるし、法廷にかけたくない事件はかけずにすむし、何となく有罪の疑いがあるというだけで監獄送りにできる。有罪宣告に、証言も証拠もいらないんだ」

「きっとわたしがやったんです」タシアはすすり泣いた。「その夢ばかり見るんです。起きたとき、それが実際の記憶なのか、想像なのかもわかりません。き、気がおかしくなるんじゃないかと思うこともあります。確かに、ミハイルのことは憎らしかったんです。監獄で何週間もそのことについて考えているうち、わたしは処刑されても当然だと思うようになりました。殺したいと思えば、それは実際に手を下すのと同じくらいひどいことだから。わたしは運命を受け入れたい、謙虚になりたいと祈り続けましたが、膝が床にこすれてあざができるまで祈ってもだめでした……やっぱり生きたい……生きたいと願わずにはいられなかったんです」

「それで、どうしたんだ？」タシアと指を絡ませ、ルークはたずねた。

「監獄で睡眠薬を飲み、死んだように見せかけたんです。棺に砂を詰め、葬式が行われている間に、わたしは……おじのキリルにイギリスに連れてきてもらいました。でも、わたしがまだ生きているという噂が流れたそうです。そこで、政府の役人は事態を収拾するため、わたしの遺体を掘り起こすことにしました。棺は空っぽだったので、わたしが逃げ出したことがわかったんです。キリルおじが手紙でアッシュボーンご夫妻に知らせてきました」

「君を捜しているのは誰だ？」

タシアは黙り込み、つながれた二人の手に視線を落とした。

チャールズはもぞもぞと椅子の上で体勢を直した。顔のしわは薄れていて、この話を誰かに打ち明けることができてほっとしているように見える。学生のころも、チャールズは隠し事を嫌っていた。苦手だった。全部顔に出てしまうのだ。

「それは難しい質問だ」チャールズはルークに言った。「帝国政府は警察に秘密部門や特殊部署を多く抱えているから、誰が何の責任を負っているのか、誰にもはっきりとはわからないんだ。状況を正確に把握しようと、キリルの手紙は何十回も読み直した。タシアは今や市民に対する罪だけでなく、主権の威厳を傷つけるという罪を犯したことになっているらしい……死刑に値する政治犯だ。帝国政府が重視するのは正義じゃない。外面的な秩序を保つことだ。タシアを公開処刑にしない限り、ツァーリに敵対する勢力はタシアを利用して、王位を、憲兵団を、内務省を侮蔑する――」

「それで、当局が実際にタシアを追ってここまで来て、ロシアに連れて帰ると？」ルークは口をはさんだ。「体面を保つためだけに？」

「いいえ、そこまではしないでしょう」タシアは低い声で言った。「わたしが国外にいる限り、当局が追ってくる危険はありません。問題はニコラスです」タシアが濡れた頬を袖で拭うのを見て、その仕草の子供っぽさにルークは胸を突かれた。彼女が話を続けるのを黙って待ったが、内心はいらだちに煮えくり返りそうだった。「ニコラスというのは、ミハイルの兄です」タシアはのろのろと続けた。「アンゲロフスキー家はミハイルの死の復讐がしたいのです。ニコラスはわたしを捜しています。一生かかっても見つけ出すつもりです」

ルークの顔から同情の色がかき消え、傲慢な自信の色が浮かんだ。ニコラス・アンゲロフスキーただ一人が問題なのであれば、解決するのは難しくない。

「そいつがやってきたら、わたしがまっすぐロシアに送り返してやる」

「そんな簡単に」タシアは顔をしかめて言った。

サテンのブリーチズをはいた甘ったれの公爵を想像し、ルークはかすかにほほえんだ。

「心配はいらないよ」

「ニコラスを知っている人間には、心配する理由があるんです」タシアは手を引き抜き、長椅子の隅に寄った。「旦那さまが余計なことをなさる前に、わたしはここを出ていきます。ニコラスのような人を理解するのは不可能ですし、あの人がどこまでやるのかは見当もつきません。わたしが生きているという事実を知ったからには、居場所を突き止めるのは時間の問題でしょう。たとえ本人が望んだとしても、ニコラスに復讐を思い止まるという選択肢はありません。血筋、歴史、家族……ニコラスのすべてが、わたしがミハイルにしたことの償いをさせるよう駆り立てるんです。ニコラスは力のある、危険な人です」ルークが口を開こうとすると、タシアは大げさな身振りでそれを制し、チャールズとアリシアのほうを向いた。

「今までお世話をしていただいて、ありがとうございました。でも、これ以上あなた方を巻き込むわけにはいかないの。次の働き口は自分で探します」

「タシア、行き先を言わずにわたしたちから離れるなんてだめよ」アリシアが叫んだ。「お願いだから協力させて！」

　タシアは立ち上がってほほえみ、心のこもった別れの言葉を告げた。

「お二人とも本当によくしてくださいました。これ以上のことは誰にもできなかったでしょう。でも、これからは自分の力でやっていきます。ありがとうございました《スパシーバ》」表情を消してルークのほうを向いたが、彼女が疲れていること、なぐさめを必要としていることは見て取れた。ここまで生き延びるために払ってきた代償が、その顔に表れていた。タシアは言葉に詰まり、唐突に背を向けた。

　ルークとチャールズが同時に立ち上がったとき、彼女は部屋を出ていった。ルークは追いかけようとしたが、アリシアの声に止められた。

「行かせてあげて」

　ルークは顔をしかめて振り向いた。いらだちと怒りが込み上げ、けんかを吹っかけたい衝動に駆られる。

「わたしは何か勘違いをしているのかな？」とげのある口調でたずねた。「アンゲロフスキーは一人の男にすぎない。何とでもなるだろう。そいつを怖れるあまり人生を棒に振るなんてばかげている」

「普通の人間だと思ってはだめよ」アリシアは言った。「ニコラスとわたしは祖父母同士がいとこなの。アンゲロフスキー家のことはよく知っているわ。どういう一家なのか聞きたい？」

「全部教えてくれ」誰もいない戸口を見つめ、ルークはぼそりと言った。

「アンゲロフスキー家は徹底した汎スラヴ主義者なの。ロシア人以外の人間を憎んでいる。王室とも姻戚関係があるわ。ロシアでも有数の地主で、一ダース以上の地方に土地を持っている。総面積は二〇〇万エーカー以上になるんじゃないかしら。ニコラスの父親のドミトリー・セルゲーエヴィッチ公爵は、子供ができないという理由で最初の妻を殺した。そのあと、ミンスク出身の農民の娘と結婚したの。その妻は七人の子供を産んだわ。娘が五人、息子が二人。子供たちは美形で、エキゾチックで……野蛮だった。全員が全員、主義や倫理や名誉といった抽象的な事柄にはいっさいお構いなしに生きてきた。本能のおもむくままに行動するの。ニコラスは前公爵によく似ていて、とても凶暴で狡猾だという話よ。自分が何かされたら、それを一〇〇倍にして返すと。タシアの言うとおり。復讐をするかどうか、選ぶ余地さえないの。ロシアのことわざに〝他人の涙は水と同じ〟というのがあるわ。アンゲロフスキー家にぴったりの言葉よ。慈悲の心なんてこれっぽっちもない」チャールズが守るように腕を回してきたので、アリシアは夫のほうを向いて、みじめそうにため息をついた。「ニコラスを止める術はないわ」

ルークは二人に冷ややかな目を向けた。

「わたしなら止められる。止めてみせる」

「わたしたちやタシアのために、あなたがそこまですることはないのよ」アリシアはくぐもった声で言った。

「わたしの人生からは数多くのものが奪われてきた」ルークの目は奇妙な、青みがかった白色に輝いた。「ようやくささやかな幸せを手にできそうだというのに、血に飢えたどこかのロシア野郎にじゃまされてたまるものか」

チャールズとアリシアはそろって驚愕の表情を浮かべた。

「幸せ」チャールズはルークの言葉を繰り返した。「何を言っているんだ？　タシアに個人的な感情を抱いているということか？　数日前には、釣り針につけた生き餌みたいに、客の前にあの娘をぶら下げて――」打ち沈んだルークの表情に気づいて言葉を切り、なだめるような口調になって続ける。「君がタシアに惹かれるのは無理もない。きれいな娘だからな。でもお願いだから、自分よりもタシアの利益を優先してくれ。あの娘は無防備だし、怯えているんだから」

「一人で放り出すことが、彼女の利益になるというのか？」ルークはがなりたてた。「友達もいない、家族もいない、頼れる人は誰もいない……おい、まともにものが考えられるのはわたしだけなのか？」

アリシアはチャールズから体を離した。

「自分を利用しようとしている人のもとに身を置くより、一人でやっていくほうがよっぽど幸せよ」

チャールズはうろたえて目をみはり、妻の口をふさごうとするかのように、両手を上げた。

「アリシア、ルークはそんな男じゃないってわかってるだろう。善意で言ってるんだよ」

「そうなの?」アリシアは挑むようにルークを見つめた。「あなたは結局どうしたいの?」

ルークはいつもの皮肉めいた笑顔で応じた。

「それはわたしとタシアで決めることだ。わたしは彼女にふさわしい立場を用意するつもりでいる。もし話がまとまらなければ、彼女は出ていくだろう。今のところ、この件に関して君に言えることはあまりないと思うんだが」

「あなたのことがわからなくなったわ」アリシアはぴしゃりと言った。「タシアはあなたのところにいれば安全だと思ったのは、あなたならまず面倒を起こさないだろうと思ったからよ。今まで、他人の人生に首を突っ込むことなんてなかったもの。それを今になって始めるなんて信じられない! いったいどうしちゃったの?」

ルークは口を閉ざし、冷ややかなプライドで身を守った。二人がわかってくれないこと、自分の真意を見抜けないことが驚きだった。椅子に座ってタシアの手を取り、悲惨な体験談を聞いている間、この感情は部屋じゅうに充満していたというのに。タシアを愛している。タシアが姿を消し、彼女の人生と同じように自分を置き去りにするのが怖い。彼女のためにも、そしてもちろん自分のためにも、そんなことをさせるわけにはいかなかった。すぐにでも行動を起こしたかったが、その前に説明を聞き、理解しなければならないことがたくさんある。問題の解決を妨げる欲求と愛情から解き放たれ、明晰な思考ができればどんなにいいだろう。

アッシュボーン夫妻はまじまじとルークを見ていた。アリシアは不愉快そうに、チャールズは長年の親友らしい勘の良さを示しながら。チャールズは愚かな男ではない。彼は妻をしっかり押さえつつ、面白半分、理解半分の視線をルークに向けた。

「大丈夫だ」チャールズは静かに言ったが、誰に向けての言葉なのかはわからなかった。

「みんなが自分の務めを果たせば、物事は落ち着くべきところに落ち着く」

「あなたはいつもそう言うじゃない」アリシアは不満げに言った。

チャールズは満足そうにほほえんだ。

「でも、いつもそのとおりになるだろう？　帰ろう、アリシア……ルークにもタシアにも、わたしたちがしてやれることは何もない」

タシアは自分の部屋の窓から、アッシュボーン家の馬車が出ていくのを見守った。灰色のドレスをつるして、機械的にきれいにブラシをかけたあと、荷作りを始める。持ち物をきれいに積み上げていった。一本だけつけられたろうそくの明かりが、部屋全体に深い影を落としている。眼下の村の明かりはすべて消えていた。月と星までもが濃い霧に隠されている。

タシアは薄いシュミーズ一枚という姿だったが、肌は汗で湿っていた。窓から入ってきた風に肌寒さを感じ、上腕に立った鳥肌を手のひらでさする。何も考えたくなかったし、何も感じたくなかった。自分のまわりに作り上げた氷の層を砕かれるのがいやだった。

終わったのだ。ルーカス・ストークハースト卿の人生へのつかのまの侵入が終わったことを、タシアは喜んでいた。厄介な状況になってきていた。誰かを頼るなどという贅沢はできない。頼れるのは自分しかいないのだ。ストークハースト卿と再び顔を合わせることなくエマに別れを告げ、ここを出ていくにはどうしたらいいだろう？　見つかれば、出ていけなくなってしまう。優しくされようと、きつく当たられようと同じだ。どちらも耐えられないほどつらいに決まっている。

静かな足音……男性の足音がドアに近づいてきた。タシアは胸の前で腕を組んだまま、真っ暗な泉のような目で振り向いた。〝来ないで……行って〟心の中ではそう叫んだが、唇は音をたてず動いただけだった。ドアが開き、掛け金のかちりという音とともに閉まった。

ストークハースト卿が部屋に入ってきて、タシアのむき出しの足と腕と首に視線をさまよわせた。ここに来た目的は明らかだった。彼はガウンを着ていて、開いた襟元からくっきりした鎖骨と盛り上がった筋肉の端が見えている。肌は鋳造したての青銅のように輝いていた。一目見て、鉤手をつけておらず、愛情と欲望のない交ぜになった表情を浮かべているのがわかる。言葉は一言も発さず、また発するつもりもないようだ。

タシアは慌てて何か言おうとしたが、新たに伝えるべきことは何もなかった。タシアの不安も欲求も理解しているとその目で告げながら、ストークハースト卿は近づいてきた。ろうそくの炎を肩がさえぎり、真っ暗な熱い体がタシアを包み込んだ。

タシアは一瞬ためらったあと、腕を回し、全身の力を込めて彼にしがみついた。腕の中で身をこわばらせ、息をしながらじっと待つ。胸の中で心臓が暴れ回った。高ぶった体が押しつけられ、二人で荒れ狂う嵐の中に立っているかのように、タシアを守っている。顔が近づいてきて、震える唇に唇が重ねられた。それは男性が処女にするキスとはとても言えず、優しさも、初心者に対する気づかいもなかった。攻め込むように舌が差し入れられ、深く探られる。シュミーズに手がかけられ、薄い生地がわしづかみにされて、ウエストまで引き下ろされた。

ルークはタシアのむき出しの腰を自分の腰に引き寄せ、白いベルベットのようなヒップの曲線を手のひらで覆った。手が触れた部分の肌はたちまち熱を帯び、タシアはあえぎ声をあげて、ルークの首に腕を巻きつけた。顔に温かなキスの雨を降らせると、力をなくしていた彼女の魂が息づいた。ルークの肩を探ってガウンの端を見つけ、手を潜り込ませて硬い背中をなぞり下ろす。ルークは苦しいほどの情欲にうめき声をもらし、シュミーズを引き下ろすと、それはくしゃりと落ちて足元に輪を作った。

ストークハースト卿は自分もガウンを脱ぎ、タシアを連れて狭いベッドに横たわった。黒っぽい頭がタシアの体に覆いかぶさってくる。胸に唇がつけられた。優しく歯が立てられ、じらすようになめられる。タシアが責め苦にあえぎ始めると、乳首が口に含まれ、舌でそっと転がされた。

痛みに似た何かが震えとなって下腹部を走り、太ももの間のひそやかな部分を直撃する。反対側の胸に口をつけられ、熱く優しい手で下から包み込まれると、タシアは戸惑いながらも息を切らし、体を弓なりにしてストークハースト卿に押しつけた。気が変になりそうなほど体の中がうずいている。彼の全身を自分の体に感じたい。その重みで押しつぶしてもらいたい。筋肉質の広い背中に腕を回し、自分のほうに引き寄せようとする。彼は抗い、タシアに熱い視線を注ぎながら、手で腹をなぞり下ろして、これまで誰も触れたことのない縮れ毛に覆われた場所を目指した。

腫れ上がり、ひどく敏感になった部分に触れられ、タシアは押し殺した悲鳴をあげた。つるりとした中に指先が潜り込み、探り、注意深くなじませながら、柔らかな入り口に分け入る。ストークハースト卿はタシアの唇にキスして名前をささやき、湿った肌に愛の言葉をすり込んだ。タシアは体の力を抜いてふわふわとした快感に包まれ、その感覚に気を取られるあまり行為の親密さを忘れて、すべてを受け入れていった。

足が押し広げられ、太ももを開いた状態で固定されるのがわかった。体重がかけられ、最も無防備な部分にずっしりしたものが突き立てられる。じっと目を見つめられると、自分が濃い青の泉に溺れるのを感じた。圧迫感と熱が増し……抑えた力に切り裂かれ、刺し貫かれた。突然痛みを感じ、鋭いうめき声をもらす。彼はさらに深く押し入り、タシアを完全に自分のものにした。そこで動きを止め、荒々しい呼吸だけが体を震わせた。

タシアは震えながら、彼の顔に向かって両手を上げ、二人の体がつながっていることの暗い美しさに対する畏怖を無言で伝えようとした。彼はその手のひらに唇をつけ、繊細な肌に鋭くキスをした。深く突き立てられると、タシアは反射的に腰を上に突き出した。彼が生み出すゆっくりとしたリズムが、自分の中に浸透していく。ストークハースト卿が徹底的に感覚を破壊し始めると、不快感は吹き飛び、タシアは興奮に我を忘れて彼の下で身悶えした。二人の体は絡み合い、溶け合って、肉体だけでなく精神の境目をも超える深い喜びをもたらした。タシアは鮮やかに押し寄せる衝撃に我を失い、唇を開いて声にならない叫び声をあげた。

やがてルークも自らを解放した。震える腕でタシアをきつく抱きしめ、驚嘆しながらも、体の隅々まで満足感を覚えていた。タシアが眠りに落ちるのを見守る。短くなっていたろうそくは燃え尽き、空気中にほのかな煙と、皿にろうの塊を残すだけになった。暗闇に目が慣れると、タシアの横顔の輪郭とかわいらしい胸の先が片方見えた。柔らかく軽い体をルークに寄り添わせ、曲げた腕の中で安心しきって眠っている。漆黒の髪があたり一面に広がっていた。二人の体に、枕に、マットレスに。ルークはさらさらした髪をそっとまとめ、彼女の肩の上に流した。

ルークに触れられて夢から覚めたのか、タシアはあくびをして、手足を震わせながら伸ばし、そのさまは耳が折れた子猫を思わせた。眠そうに数回まばたきをしたあと、目を覚まし、不思議そうにルークを見つめる。

ルークはにっこりし、とっさに飛びのこうとしたタシアをしっかり抱いた。

「大丈夫だよ」小声で言う。

彼女の体はこわばり、ごくりと唾をのむ音が聞こえた。やがて、タシアは口を開いた。

「ご自分の身の安全は心配なさらないの？　わたしのせいで傷つくことになるかもしれない

のに」

ルークはタシアの額にキスをした。

「わたしが傷つくのは、君が出ていったときだけだ」

タシアは顔をそむけた。

「お話ししたように、わたしの人生は汚れきっています……あなたも、エマも、そこに巻き込むわけにはいかないの。わたしがここに残れば、お二人も無関係ではいられなくなります。危険なこと、不幸なことが……」神経質な笑いに体を震わせる。「今夜あなたはわたしが人を殺したことを知ったのです……知らないふりをすることはできないわ！　その事実は消えないのだから！」

「君は自分がやったと思っているのか？」ルークは静かにたずねた。

タシアは起き上がり、シーツで胸を覆って、暗闇越しにルークを見つめた。

「もう一〇〇〇回もあの晩の出来事を思い出そうとしたけど、思い出せないの。心臓がどきどきして、気分が悪くなって……知るのが怖くなるんです」

ルークも体を起こし、闇の中でタシアに寄り添った。

「わたしは君が殺したのではないと思っている。君はそういうことをする人だとは思えないんだ。それに、誰かを殺したいと思うことと、実際に殺すこととは違う。もし同じなら、この世は殺人犯だらけだ」

「もし、わたしがやったのだとしたら？　憎んでいる男の喉を刺して殺すという罪を犯したのだとしたら？　何度も何度もその夢を見るの。眠るのが怖い夜もあるくらい」

ルークは手を伸ばし、タシアの肩のなめらかな曲線を手で包んだ。

「じゃあ、眠るときはわたしがついていてあげるよ」ささやくように言う。「それに、もっといい夢が見られるようにしてあげる」手をすべらせ、タシアが胸の前で握りしめている糊の利いたシーツの端を探り当てた。シーツを引き下ろして、親指で胸の上に優しく円を描くと、ベルベットのような先端がうずき始めた。タシアが息をのみ、全身を震わせるのが感じられる。「その男が死んだことを気の毒だとは思わない」しゃがれた声で言う。「今、君がここでわたしのそばにいることも気の毒だとは思わない。君を手放すつもりもない」

「どうしてわたしの過去など関係ないような顔をしていられるの？」

「事実、関係ないからだ。わたしにとっては。喜んで君の罪を自分の魂に受け入れ、そのために身を焦がすよ。もしそれが、君のそばにいることの代償なら」彼の唇がからかうようにゆがむのが見えた、というよりは気配で感じられた。「わたしは陰で何と言われているんだったかな？」

「さかりのついた愚か者」タシアはみじめな声を出した。

ストークハースト卿はふてぶてしく笑った。

「本当は、それどころではない」彼はタシアの背中に腕を回して引き寄せ、シーツが外れて抗議する声は無視した。顔を寄せ、額を合わせる。笑い交じりの雰囲気から一転、抑えた獰猛な声で言った。「君にお似合いの男になれればと思うよ。でも、それは無理だ。わたしは一〇〇〇もの罪を犯してきた。癇癪持ちだし、自分勝手だし、わたしを好いている人も嫌っている人も口を揃えて、知ったかぶりの傲慢な男だと言う。君の相手としては年を取りすぎているし、もしかしたら君は知らないかもしれないけど、実は片方の手もない」タシアのあごが動き、かすかにほほえんだのがわかる。「そういうわけで、君も、君の暗い過去も、全面的に受け入れることができるんだ」

「あなたがどうとか、欠点がどうとかいう問題じゃないの」タシアは勢い込んで言い、彼から逃れようと体をよじった。ストークハースト卿はさらに強く押さえつけ、二人は横向きにベッドの上に倒れ込んだ。「そ、それに、今おっしゃったことは筋が通っていません。欠点がある者同士だからといって、二人が結びつくわけじゃないわ！」

「お互いを理解しやすいということだよ。二人でいると最高に楽しいということだ」

「わたしは……これを……楽しいとは思わないわ」タシアはうなるように言い、体に絡みつくシーツと素肌にあえぎながら、重い体を押しのけようとした。

「慣れるには少し時間がかかるんだ」ストークハースト卿はタシアの耳元で言い、二人の体から白いシーツを引きはがした。「女性は最初が一番つらい。これからはきっと好きになるよ」

タシアはその行為をすでにじゅうぶんすぎるほど好きになっていたが、そのことを伝えて彼を喜ばせるつもりはなかった。

「たとえわたしが望んだとしても、ここにはいられません」息を切らしながら言う。「ニコラスに見つかってしまうもの。それはもう時間の問題——」

「見つかったとしても、わたしがそばにいる。二人で対処すればいいんだ」

「ニコラスは交渉に応じもしなければ、妥協もしません。わたしをロシアに送り返すことに全面的に協力する以外、納得させる方法はないんです」

「まずはわたしがそいつを地獄送りにしてやる」

「本当に知ったかぶりの傲慢な人ね！」タシアは鋭くささやき、ストークハースト卿の下で体をよじった。「わたしはここにはいられないの。無理なんです」

「じっとしてくれ、床に落ちてしまう。このベッドは狭いんだから」

彼はタシアの上にかがみ込み、両足の間に自分の膝を入れた。タシアは彼を振り落とそうと体を揺すったが、それも虚しく、やがてつるりとした重みが腹に押しつけられ、唇が探るように胸に吸いつくのを感じた。あえぎながら動きを止める。肌は熱を帯び、神経が切迫したメッセージを全身に放った。花の茎でもつまむように、大きな手がタシアの喉をつかんだあと、繊細な肋骨の曲線に触れた。

「さっきは痛かったか？」そうささやき、骨の輪郭と、かすかにへこんだ腹をなぞる。

「少し」タシアは息を切らして言った。こんなことを……こんな不道徳な行為を許してはいけない……だが、今はどうでもいいと思えた。この人といるのはこれが最後なのだから、今はただ、もう一度彼の腕の中で我を失いたかった。

耳元に唇が寄せられ、小さな耳たぶに歯が立てられる。声はもはや温かな息となった。

「今回は痛くしないから。気をつける」

ストークハースト卿はどこまでも自分を抑え、ゆるやかに動いた。タシアは物憂げに肌を這い回る唇にうめき、濡れた舌とひげ剃り跡が合わさった感触に、ぐったりするほどの渇望を覚えた。腹の上でささやかれる言葉は耳には届かず、感じられるだけだ。影になった顔が下に向かい、湿った縮れ毛に唇が押し当てられた瞬間、タシアはびくりと震えた。舌で優しくなめられると、体がよじれた。

「だめ、やめて——」

ストークハースト卿はすぐさま行為を中断し、ずり上がっていってタシアを胸に抱き、なだめるようにそっと話しかけた。タシアは震えながら彼に腕を回し、なめらかで硬い背中にこぶしを押しつけた。

「ごめん」タシアの髪の中で荒々しく息をしながら、ストークハースト卿はささやいた。「君があんまりかわいくて……きれいだから……怖がらせるつもりはなかったんだ」

太ももの間に手がすべり込んできて、タシアの全神経が集中している部分に指が円を描く。タシアは目を閉じてあえぎ声を押し殺し、彼に身をゆだねた。ストークハースト卿は自分の所有物のようにタシアに触れ、見事な技巧を駆使してタシアの感覚を刺激した。

だが、タシアも一方的に主導権を握られているわけではなかった。やがて自分の不慣れな手つきでも、彼に深い興奮を与えることができるのだとわかった。筋肉に覆われた長い背中をなで下ろしていき、ごわごわした毛に覆われた足に触れる。硬く、起伏に富んだ骨太な彼の体は、自分の体とはまったく違っていた。ストークハースト卿はあてがわれた手に体を押しつけ、うなりながらタシアに覆いかぶさった。

タシアは自ら歓迎するように太ももを広げ、彼はそのみだらな招待に飛びついた。だが、侵入はゆっくりと、少しずつ行われ、痛みは一瞬感じた程度だった。タシアは体を突き上げて貪欲に求めたが、お菓子をむさぼろうとする子供のようなその態度に、ストークハースト卿は笑い声をあげた。彼はタシアの中に身をうずめたが、奥深くで動くだけで、突き立てるようなことはほとんどなかった。タシアはじれったがるように喉の奥で声をあげ、彼に体を押しつけようともがいた。もっと、もっと欲しい……。

「タシア、まだだよ」ストークハースト卿はささやいた。「まだまだだ」

タシアが求め、あからさまに懇願しても、彼は焦らし続け、やがて世界はぐるぐる回りながら消えていき、あとはただゆっくりと規則的に突かれる動きだけが残った。全身の神経が、衝動が、細胞が、あと少しで手が届きそうな満足感を得ることに集中する。ようやく解放の時を迎えるころには、タシアには叫ぶ気力さえ残っていなかった。汗でつるつるした彼の肩に顔をうずめ、小さくうめきながら、激しく体を震わせる。ストークハースト卿も同じように静かに絶頂を迎え、しぼりだすように息を吐き、全身の筋肉をこわばらせた。体の力が抜けると、タシアの髪をつかんだまま、すぐに眠りに落ちた。タシアは彼の体に半分這い上がり、目を閉じた。疲れすぎていたため、心配することも、悪夢を見ることも、過去の記憶にさいなまれることもなく、彼が与えてくれたつかのまの平穏にただ感謝した。

予定より遅い時刻に、タシアは目を覚ました。すでに太陽は空の半分まで昇り、使用人ホールからは朝食を準備する音が聞こえてくる。ストークハースト卿は眠っている間に出ていったらしく、タシアはほっとした。今、彼と顔を合わせるなど耐えられない。今ごろはエマと朝の乗馬に出かけているはずだ。二人が帰ってくる前に出ていかなければ。タシアは急いで着替えと洗顔を終え、椅子に座って手紙を書き始めた。

親愛なるエマお嬢さまへ

直接さようならを言わずに出ていくことをお許しください。もっと長くここにいて、お嬢さまがすてきな娘さんになるところを見ていたかったです。あなたはわたしの誇りです。今わたしが出ていくのが誰にとっても良かったのだと、いつかはわかってもらえることでしょう。大好きなエマお嬢さま、わたしのことを懐かしく思い出してくださることがあればと思います。

さようなら
ミス・ビリングズ

タシアは四角い羊皮紙をていねいに折り、ろうを数滴垂らして封をした。火を吹き消し、封蠟をしまって、手紙にエマの名前を書いて部屋に置く。こうするのが誰にとっても一番いいのだ。顔を合わせ、ぎこちなく別れの言葉を口にすることなく出ていけるのは、ありがたかった。なのに、割り切れない思いが胸に残っていた。どうしてストークハースト卿は何も言わず出ていったのだろう？　なぜこんな形で自分が出ていくことを許したのだろう？　最後にもう一度、ここに残るよう説得されるものだと思っていた。ストークハースト卿は戦わずして欲しいものをあきらめる人ではないし、君が欲しいという彼の言葉が本心だったのなら……。

きっと、自分のことはもう求めていないのだろう。一晩過ごすだけでじゅうぶんだったのだ。あれで好奇心は満たされたのだ。

そう思うと、タシアの心は沈んだ。胸が痛い。自分がもう用ずみになったなんて、わかりきったことなのに。暗闇の中で数時間、楽しむだけの相手だったのだ。ストークハースト卿はレディ・ハーコートのもとに、自分に釣り合う官能と経験を備えた女性のところに戻るのだろう。

泣きたい思いだったが、タシアはきりっとあごを上げ、かばんを持って階下に向かった。苦みのある快い紅茶の香りがあたりに漂っている。廊下の絨毯の掃除が行われていた。乾燥させた茶葉が絨毯にまかれたあと、ハウスメイドが総出でせっせとそれを掃く。ミセス・ナグズはその作業の監督に忙しく、糊の利いた白いエプロンの音をさせながら廊下を歩き回っていた。三階の廊下で、タシアは溶かした蜜蠟の缶を手にしたミセス・ナグズと顔を合わせた。

「ミセス――」

「あら、ミス・ビリングズ！」ミセス・ナグズは顔を上気させて仕事に熱中していた。タシアが近づいてくるのを見て、動きを止める。「こんなに広いお屋敷をきれいにしておくには、時間がいくらあっても足りないわ」そう言って、小さな缶を手で示す。「絨毯もじゅうぶん厄介だけど、木の床はそれどころじゃないのよ」

「ミセス・ナグズ、実はわたし――」

「知ってるわ。今朝旦那さまに聞いたの。ここを出ていくのよね」

事務的に告げられたその事実に、タシアは驚いた。

「旦那さまに？」

「ええ、馬車を一台用意するから、それでどこでも好きなところに行けばいいとおっしゃっていたわ」

ストークハースト卿はタシアが出ていくことに反対するどころか、できるだけ出ていきやすい環境を整えてくれているようだ。

「ご親切に」タシアはぼんやりと言った。

「快適な旅になるといいわね」ミセス・ナグズは言ったが、歯切れのいいその口調は、半日市場に行ってくる人間に声をかけているかのようだった。

「これほど急に出ていく理由はおききにならないのですね」

「ミス・ビリングズ、あなたがどういう理由で出ていこうと、それはあなたの問題だわ」

タシアは気まずい思いで咳払いをした。

「今月のお給料のことなんですけど――」

「ああ、そのことだけど」とたんに、ミセス・ナグズは少し決まり悪そうな顔になった。「あなたは丸一カ月いたわけではないから、約束の給料をもらう資格はないと旦那さまは考えていらっしゃるようよ」

タシアは驚きと怒りで顔を赤くした。

「あと数日で一カ月じゃないですか！　旦那さまはわたしに一シリングも払わないおつもりだということですか？」

ミセス・ナグズは顔をそむけた。

「そうだと思うわ」

最低！　しみったれで、卑劣で、気取り屋で、破廉恥な最低男だ。自分の思いどおりに動いてくれないからという理由で、罰を与えようとしているのだ。タシアは何とか気を取り直し、抑えた声で言った。

「わかりました。わたしはそれで構いません。失礼いたします、ミセス・ナグズ。どうかミセス・プランケットとビドルとほかの皆さんによろしくお伝え――」

「もちろんよ」ミセス・ナグズは手を伸ばし、親しみを込めてタシアの肩をたたいた。「みんなあなたのことが大好きだもの。さようなら。わたしは急いでこの蜜蠟を……磨かなきゃいけない床は何メートルも……」

タシアは歩き去るミセス・ナグズを見つめた。もう少し感動的な別れを想像していたため、あまりに軽いあいさつに戸惑っていた。もしかすると、ストークハースト卿がタシアの部屋で一夜を過ごしたことが、もう噂になっているのかもしれない。サウスゲート館で隠し事はできない。だから、ミセス・ナグズはそっけない態度をとったのだ。タシアにはすぐにでも出ていってもらいたくて、いい厄介払いだと思ったのだろう。

屈辱的な思いを抱え、タシアは忍び足で玄関ホールに入った。あとはもう、一刻も早くサウスゲート館から離れるだけだ。執事のシーモアはいつもどおり親しみを込め、慇懃に迎えてくれたが、馬車を回してほしいと頼むとき、彼の目を見ることはできなかった。昨夜自分とストークハースト卿との間にあったことを、シーモアも察しているような気がした。きっと顔に出ているのだろう。誰もが一目でタシアが純潔を失ったことに気づくのだ。堕落した女に、新たな罪が加わった。

「御者には行き先をどう伝えればよろしいですか？」シーモアは遠慮がちにたずねた。

「アマルサムでお願いします」馬車道沿いにある、古い宿の多い村だ。今夜はそこに泊まり、祖母の形見の小さな金の十字架をできるだけ高値で売ってから、地元の人間を雇ってイギリス西部に連れていってもらうつもりだった。西部には田舎町や古くからの村が多く、そこに潜り込めば、酪農婦か家事使用人として身元を隠して生きていけるはずだ。

従僕がてきぱきと、きらめく漆塗りの馬車にかばんを運び入れ、タシアが乗り込むのに手を貸してくれた。

「ありがとう」タシアはつぶやき、扉がかちっと閉まる音にびくりと反応した。もう一度シーモアを見ようと、窓から顔を突き出す。

シーモアは唇を開き、控えめに笑みを浮かべた。

「さようなら、ミス・ビリングズ。どうぞお元気で」シーモアがそこまで感情を表に出すのは珍しいことだった。

「あなたもお元気で」タシアは明るく言ったあと、顔を引っ込め、涙をこらえながら馬車でサウスゲート館をあとにした。


しばらく経って、タシアは馬車が間違った方向に進んでいることに気づいた。薄々おかしいとは思っていたのだが、気のせいだと思い込もうとしていた。何しろ、イギリスの風景にはほとんどなじみがなく、アマルサムに関しても、サウスゲート館から西の方角にあるということしか知らないのだ。ところが、やがて馬車は大きな道を外れ、木が生い茂る古い砂利敷きの小道に入った。森の中の近道を通るつもりかもしれないが、そうでなければアマルサムとは方向が違う。タシアは不安になり、御者を呼び出そうと天井をたたいた。御者はそれを無視し、陽気に口笛を吹いただけだった。馬車は森の奥に分け入り、未開墾の狭い草地と池を通り過ぎていく。蔦に半分埋もれたようになっている二階建ての家屋の前で、ついに馬車は停まった。

仰天したタシアが馬車を降りると、御者は荷物を下ろしていた。

「ここで何をしているの？」タシアはたずねた。御者はあつかましくも笑顔になって、家の戸口を手で示した。背の高い、黒い人影が現れる。

ストークハースト卿が青い目に笑みを浮かべてタシアと目を合わせ、優しくたしなめるような口調で言った。

「わたしが黙って君を行かせるなんて、まさか本気で思っていたんじゃないだろうね？」

6

込み上げる怒りに、タシアは唇を固く閉じた。どれだけのものを失おうと、自分で決断を下す自由だけは残っている。それを取り上げることは誰にもできない。ストークハースト卿は罠を張り、意のままに操れば、タシアが感謝して自分の腕の中に飛び込んでくると思っているのだろうか？　傲慢にもほどがある。

馬車は木の生い茂る道を走り去っていき、タシアはストークハースト卿のもとに取り残された。たいていの女性がとてつもない幸運だと感じる状況だろう。今朝のストークハースト卿は淡い黄褐色のズボンとゆったりした白いシャツに身を包み、黒髪は乱れ気味で、いつにも増して見目麗しかった。何も言わず、目にあからさまな心酔と正体のわからない何かを浮かべ、こちらをじっと見ている。

しばらく経って、タシアはようやく言うべき言葉を見つけた。できるだけ冷ややかな、落ち着いた声を出す。

「ニコラス・アンゲロフスキーに見つかったら、まさにこのような状況になるでしょうね。わたしに選択の余地を与えず、自分の望む行為を正当化する。あなたはニコラスそっくりです。二人とも、何があろうとも自分の意志を通そうとするんです」

ストークハースト卿が顔をしかめたのを見て、タシアは満足した。彼は腕組みをして、タシアが家の正面に近づいていくのを見ている。

その住居の外壁はテラコッタの板と煉瓦で飾られていて、サウスゲート館で見たのと同じ鷹と薔薇のモチーフがかたどられていた。〝WS〟というイニシャルが、等間隔で模様に折り込まれている。二世紀以上にわたって風雨にさらされてきたせいで、図柄は消えかけているが、まだ識別はできる。家はていねいに手入れがされていた。古い木材は新しいものに取り替えられ、粘土が詰まっていた部分は新たに水しっくいが塗られている。これほど困惑し、腹を立てていなければ、おとぎ話に出てくるようなこの家を気に入っていただろう。年月によって崩れた部分さえ、ロマンティックな荒廃の雰囲気をかもし出している。

「ウィリアム・ストークハースト」ドアのそばの消えかけたイニシャルをタシアが目で追うのを見て、ストークハースト卿は言った。「わたしの先祖だ。ここはその人が一六世紀に、サウスゲート館の近くに愛人を住まわせるために建てた家だ」

「どうしてわたしをここに連れてきたの？」タシアは硬い口調で言った。「愛人として囲うため？」

ストークハースト卿はその答えをじっくり考えているようだった。自分をいなすための最善の策を練っているのだと思うと、タシアはますます腹が立った。いなされたり、なだめられたりするのはごめんだ。放っておいてほしかった。

「君としばらく一緒にいたい」ストークハースト卿は率直に答えた。「ここ数日はいろいろあった割に、きちんと話ができていない」

「きちんと話ができたことなんて一度もありません」

ストークハースト卿はそのとおりだというふうにうなずいた。

「ここならできる」

タシアは憤怒の声をあげ、まるでそれが地獄の門であるかのように、家のドアを避けて進んだ。家の横手に回り込むと、そこは日陰になった囲い地で、黒毛の雄馬が干し草の山を食んでいるのが見えた。馬は耳をぴくりと動かしてこちらを向き、興味深そうにタシアに目をやった。背後からストークハースト卿の足音が聞こえたので、タシアはこぶしを握りしめ、すばやく振り返った。

「村に連れていって!」

「だめだ」タシアと目を合わせ、彼は静かに言った。

「では、歩いていきます」

「タシア」ストークハースト卿は近づいてきて、タシアのこぶしを手で包んだ。「一日か二日でいいから、ここにわたしと一緒にいてくれ」タシアが振り払おうとすると、その手に力が入った。「わたしは何も要求しない。君が望まないのであれば、指一本触れない。ただ、話がしたいんだ。今すぐにアンゲロフスキーに見つかる心配はないし、ここにいればなおさらだ。タシア……何もこれから一生逃げ続けることはないんだよ。わたしを信じてくれるなら、ほかにも方法を、もっといい方法を見つけられるはずだ」

「どうして?」怒りが多少やわらぐのを感じながら、タシアはたずねた。ストークハースト卿の穏やかな口調が、奇妙なくらい心に響く。彼がこんなふうに静かに、強く訴えるように話をするのは初めてだった。「どうしてわたしがあなたを信じなければならないの?」

ストークハースト卿は何か言おうと口を開いたが、考え直したらしく、口を閉じた。タシアを見つめ、そのこぶしを自分の胸元に持っていく。彼の心臓は早鐘を打っていた。タシアはゆっくりと手を開き、激しい鼓動に手のひらを当てた。

〝君を愛しているからだ〟ルークはそう言いたくてたまらなかった。〝エマを別とすれば、人生で何よりも、君を愛しているからだ。君に何かを与えてもらおうとは思わない。わたしを愛してくれとも言わない。わたしはただ、君を助けたいだけなんだ。君が無事でいてくれればそれでいい〟と。だが、今のタシアにはその準備ができていない。怖がるか、軽蔑するかのどちらかだろうし、その気持ちをぶつけてくるだろう。三四年も生きていれば、物事のタイミングを計る知恵くらいついている。ルークは頭を働かせ、本心を隠して茶化すような笑みを浮かべた。

「アッシュボーン夫妻を除けば、君にはわたししかいないからだ。わたしが君の立場なら、得られる助けはすべて受け入れる。数少ないチャンスなんだから」

タシアは手を払いのけ、ルークをにらみつけた。ロシア語で何か、間違いなく褒め言葉ではない何かを口にしたあと、家の中に入った。ばたんと音がして、ドアが閉まる。

ルークは安堵のため息をついた。喜んでというわけにはいかなかったものの、タシアはここにいてくれるのだ。


その日のうちに、タシアは農民風ブラウスとスカートに着替え、髪は長い三つ編みにして背中に下ろした。見ているのはストークハースト卿だけなのだし、自分も楽なほうがよかった。実のところ、その家は囚われの身になる場所としては悪くなかった。部屋から部屋へと歩き回ると、どの部屋にもお宝が潜んでいるのがわかった。珍しい本、版画。どう見てもストークハースト卿の先祖としか思えない、威厳ある黒髪の人々が描かれた何枚もの肖像画。

家の中にある何もかもが、使い古されていて感じがよかった。壁には色あせたタペストリーと色鮮やかな油絵がいくつも掛けられ、家具はどっしりした見事な年代物ばかり。とても居心地が良く、ひっそりとしていて……ウィリアム・ストークハーストがここに愛人を訪ね、外の世界を締め出して、彼女の腕の中で快楽を求める姿は容易に想像がついた。

地下のワイン貯蔵室と食料貯蔵室を探索したあとは外に出て、池や囲い地、菜園のまわりを散歩した。ストークハースト卿の居場所ははっきりとはわからなかったが、タシアの動きを見守っているのは感じられた。幸いなことに、タシアを一人にして歩き回らせれば、そのうち怒りも鎮まると考えるだけの分別は持ち合わせているようだ。

午後になると、ストークハースト卿は雄馬を運動させ、臀部を軸に向きを変える練習を始めた。辛抱強く馬を訓練する。その雄馬はダンスを踊っているかのように、しなやかな脚で優雅に動いた。全体的には行儀良くふるまっていたが、時には反抗することもあり、そういう場合はしつけのためにしばらく立ち止まらされた。

「こいつはじっとしているのが嫌いなんだ」何度目かに馬を止めたとき、ストークハースト卿はタシアが見ていることに気づいて言った。「人間の二歳児と同じでね」馬を歩かせ、完璧な半回転を決める。ストークハースト卿は両足で巧みに圧力をかけて馬を導き、歩行のリズムを保ったまま一回転を試みた。馬が正確なステップを踏んでその技をやってのけると、たっぷりと褒め言葉をかけた。

　彼は鞍から下り、タシアが立っている木製の手すりの前に馬を引いてきた。

「コンスタンティン、レディ・カプテレワにごあいさつしろ」

　タシアは手を伸ばし、ベルベットのような馬の鼻面に触れた。コンスタンティンは空っぽの手を注意深く探った。急に頭が近づいてきて肩を押されたので、タシアは一、二歩後ずさりした。驚いて笑い声をあげる。

「どういうつもりかしら？」

　ストークハースト卿は馬をにらみつけ、小声で叱りつけたあと、唇の端をゆがめて苦笑いした。

「エマが角砂糖をやって甘やかしてるんだ。だから、今も砂糖を欲しがっている。なかなか断ち切れる習慣じゃないからね」

「欲張りな子ね」タシアは優しく言い、馬の首をさすった。コンスタンティンは横を向き、片目をきらめかせてタシアを見た。

タシアはほほえみ、ストークハースト卿に目をやった。運動で息が上がり、日に焼けた顔と喉に汗が光っている。白いシャツが肌に張りついて、硬い筋肉の曲線がくっきり見えた。とても男らしく飾らない彼は、ロシアの宮中で出会った男性たちとは大違いだ。彼らはボタンがごてごてとついた服に身を包み、香水とポマードにまみれ、情熱は策略に埋もれて見えなかった。

突然、自分が出席した宮廷舞踏会と、自分にへつらう騎兵や貴族男性たちのことが思い出された。一〇〇〇以上の部屋があり、そのどれもが途方もなく高価な財宝であふれ返る冬宮殿は、霜に覆われた外の暗闇に挑むかのように煌々と明かりがついていた。ギャラリーには、正装用の軍服に身を固めた将校がずらりと並んでいる。ツァーリの家臣が運んでくる銀の小皿から、熱せられた香水の香りが立ち上っていた。今も目を閉じると、あの甘くエキゾチックな香りが漂ってくるようだ。男女とも全身に宝石をまとい、黄金のシャンデリアの光を受けてぎらぎらと輝いている。母のマリーは、そこにいる女性たちの中でも美人の誉れが高かった。つややかな黒髪を金の糸にダイヤモンドがちりばめられたネットでまとめ、雪のように白い胸元を襟ぐりの深いドレスから半分のぞかせて、喉元には真珠とエメラルドのネックレスを巻きつけていた。

タシアはお目付役の監視下でダンスをしたあと、皿に盛られた料理を上品につまんだ。金色や黒のキャビア、詰め物をされたうずらの卵、バターたっぷりのペストリー。ロシア貴族の暮らしは、世界でも類を見ないほど豪華絢爛だ。そのすべてがタシアには当たり前だった。今やその生活は失われ、農民のような服を着て囲い地の中に立っている。遠く離れた別世界。そんな状況で、危険なくらい幸福に近い感情を覚えていた。

「昔の暮らしを思い出しているんだろう」ストークハースト卿は言い、その鋭い指摘にタシアは驚いた。「恋しいだろうな」

タシアは首を横に振った。

「そうでもないの。楽しく振り返ることはできるけど……あそこはわたしがいるべき場所ではなかったのだと、今ではわかるんです。といっても、自分がいるべき場所がどこなのかはわからない。わたしに選ぶ余地があればの話ですけど」

「タシア……」

顔を上げると、ストークハースト卿が一心にこちらを見つめていて、タシアははっとして身をこわばらせた。沈黙が続けば、意味深長なこの雰囲気から抜け出せなくなる。タシアは何とかその空気を破ろうとした。

「お腹がすいたわ。貯蔵室に食べ物が……」囲い地の手すりから後ずさりする。

「ミセス・プランケットが冷菜の夕食を持たせてくれた。鶏肉、パン、果物――」

「ミセス・プランケットもこのことを知っているの？」

とたんに、ストークハースト卿はとぼけた顔をした。

「知っているって、何をだ？」

「わたしがあなたとここにいることよ！」タシアは目を細め、疑わしげに彼を見た。「知っているのね！　顔にそう書いてあるわ。サウスゲート館の誰もが、わたしが今日誘拐されることを知っていたのね。エマお嬢さまは？　お嬢さまにはどうお話しされたんです？」

「このことはエマも知っている」ストークハースト卿は認めたが、おどおどした表情を作るだけの礼儀は持ち合わせていた。

いくら善意から出た行動とはいえ、皆に謀《はか》られたのだと思うといい気持ちはしなかった。プライドを傷つけられたタシアはへそを曲げ、黙ってその場を立ち去った。

ぷりぷりしながら、せっせと食べ物の包みをほどいて居間のテーブルの上に並べる。ミセス・プランケットはごちそうを用意してくれていた。ロースト肉とサラダ、果物とチーズ、カスタードの詰まった小さなケーキ。太陽は沈み始め、ピンクがかった金色の光が半分閉まった窓から差し込んでくる。洗顔と着替えを終えたストークハースト卿が、地下の貯蔵室からワインを二本持って来た。タシアは彼を無視し、リネンのナプキンから皮の硬いパンの塊を取り出した。

タシアの沈黙には動じない様子で、ストークハースト卿は椅子に座り、ワインの瓶を膝の間にはさんでコルク栓を抜き始めた。

「このほうが安定するんだ」興味深そうなタシアの視線に気づいて言う。「腕を曲げて固定してもいいんだが、そのやり方で何度か上等なワインを台なしにしてしまったことがあるから」彼は機嫌をうかがうような少年っぽい笑みを浮かべ、タシアは気持ちが多少ほぐれるのを感じた。

「この家の管理と庭の手入れは誰がしているの？」

「丘の上に住んでいる管理人だ」

「ここには誰も住んでいないの？」

ストークハースト卿はうなずいた。

「誰も使わない家を維持しても意味はないんだが、どうしても閉める気になれないんだ。隠れ家を持っているというのが気に入っていて」

「ほかの女性を連れてこられたことは？」

「ない」

「あの人は連れてこられたの？」穏やかな声音になって、タシアは質問した。二人とも、それがメアリーを指していることはわかっていた。

ストークハースト卿はしばらく黙っていたが、やがて短くうなずいた。

タシアは自分の気持ちがわからなかった。嬉しいとは思うのだが、戸惑いもある。自分が彼にとって何か意味のある存在、重要な存在であることがわかってきて、そのことを思うと胸の奥深くがざわめいた。

「だまして悪かった」ルークは何気ない口調で言おうとしたが、失敗に終わった。「こうするよりほかに、君をここに連れてくる方法が思いつかなかったんだ」

タシアは使い古されたサイドボードの引き出しに、細長いろうそくを見つけた。壁の燭台で火をつけ、室内のろうそくを灯して回ると、やがてあたりは金色に輝き始めた。

「招待してくだされればよかったのに」

「そうすれば、来てくれたか？」

「わかりません。招待の仕方によるんじゃないかしら」唇をすぼめ、細いろうそくの火をそっと吹き消してから、タシアは煙のベール越しにストークハースト卿を見た。

彼はゆっくり立ち上がり、こちらに近づいてきた。目にたっぷりと誘惑の色を浮かべ、みだらな行為に誘うようにほほえんでいる。

「ミス・ビリングズ……頼むから出ていかないでくれ。連れていきたい場所があるんだ。森の奥にひっそり立つ小さな家だ。外の世界のことはいっさい忘れて、そこで二人きりで過ごそう。君が好きなだけいていい……一日でも、一カ月でも……一生でも」

「二人きりでそこで何をなさるおつもり？」

「昼間は寝て、星が出たら起きるんだ。ワインを飲んで……秘密を打ち明け合って……月明かりの下で踊る……」

「音楽もないのに？」

ストークハースト卿はタシアの耳元に顔を寄せ、内緒話をするようにささやいた。

「森には音楽が流れている。だが、ほとんどの人にはそれが聞こえない。聴き方を知らないんだ」

タシアはつかのま目を閉じた。彼が運んでくる香りがたまらなかった。石鹸と水、湿った髪に、糊の利いたリネンの香りがかすかに混じった匂い。

「それをわたしに教えてくださるの？」ぼんやりとたずねる。

「というより、わたしが君に教えてもらおうと思っているんだ」

タシアは一歩下がり、ストークハースト卿の目を見つめた。その瞬間、二人は揃って笑い声をあげた。タシアにも理由はわからなかった。ただ、突如としてこの瞬間が楽しくてたまらなくなったのだ。

「考えておきます」タシアがそう言って椅子に向かうと、ストークハースト卿はていねいに椅子を引いてくれた。

「ワインを飲むか？」

返事代わりに、タシアは空のグラスを前に突き出した。ストークハースト卿もテーブルに着き、ワインを注ぐ。二人は黙って乾杯をした。薄い金色をした年代物のワインはまろやかで、ほのかに甘かった。問いかけるような彼の視線にうなずいたあと、タシアは再びグラスを唇に運んだ。これまでワインといえば、母親や各種お目付役の監視の下、一度に二、三口すする程度だった。好きなだけワインを飲める自由を、タシアは満喫した。

二人がのんびり食事をする間に日は暮れ、部屋の隅には影が忍び寄ってきた。ストークハースト卿は愛嬌たっぷりにふるまっていた。次々とワインのお代わりを求めるタシアを面白そうに見ながら、朝になったら頭が痛くなるぞと注意した。

「構わないわ」タシアは答え、かぐわしい飲み物をさらに飲んだ。「こんなにおいしいワインは初めてなの」

ルークは笑った。

「しかも、飲めば飲むほどおいしく感じられるんだ。ゆっくり飲んでくれよ。紳士としては、酔っ払った君につけ込むようなことはしたくないから」

「どうして？　酔っ払っていてもしらふでも、結局は同じでしょう？」タシアは頭をのけぞらせ、甘い液体を喉に流し込んだ。「それに、あなたはそこまで紳士じゃありません」

ストークハースト卿はタシアをにらみ、テーブル越しに手を伸ばした。タシアは笑いながら跳び上がり、すんでのところでその手をかわした。部屋がぐらりと傾いたように感じたので、バランスを保つことに集中する。足元が安定すると、グラスを持ってあてもなく歩きだした。飲みすぎていることはわかっていたが、最高に幸せな気分だったので、それを壊したくなかった。

「あれは誰？」壁に掛けられた金髪の女性の肖像画を指さす。グラスの縁からワインが数滴こぼれて跳ねた。驚いて顔をしかめ、これ以上こぼしてしまう前にと残りを飲み干す。

「母だ」ストークハースト卿はタシアと並んで肖像画の前に立ち、ワイングラスを取り上げた。「一気に飲むのはやめろ。ふらふらになってしまう」

タシアはすでにふらふらになっていた。ストークハースト卿はとても落ち着いていて、しっかりしている……タシアは彼に寄りかかり、目を細めて肖像画を見た。公爵夫人はきれいな女性だったが、顔には柔らかい印象がまったくなく、唇は真一文字に結ばれていた。鋭く、冷ややかな目をしている。

「お母さまにはあまり似ていないのね」タシアは言った。「鼻以外は」

ストークハースト卿は笑った。

「母は頑固だ。年を取ってもちっとも丸くならない。頭の回転も速い。自分は絶対にぼけないと豪語しているよ。今のところ、頭の働きはまったく衰えていない」

「お父さまはどんな方？」

「どうしようもない女好きの不良親父だ。いったいどういうわけで母のような女性と結婚したのかと思うよ。母は、感情を表に出すこと……笑うことさえ、みっともないと思っている。父が言うには、母がベッドに入れてくれたのは、子作りのときだけだったらしい。三人の子供を赤ん坊のときに亡くし、そのあとにわたしと妹が生まれた。年が経つにつれて母はますます信仰に熱を入れるようになり、自由の身になった父は好きなだけ女の尻を追い回している」

「お二人にも愛し合っていた時期はあったのかしら？」タシアはぼんやりとたずねた。

ストークハースト卿の胸が盛り上がり、考え込むようなため息がもれた。

「わからない。わたしの記憶にある限りでは、礼儀正しくお互いを許容していたという感じだった」

「悲しいことね」

ストークハースト卿は肩をすくめた。

「自分たちが選んだ道だ。それぞれに理由があって、二人とも愛のための結婚は望まなかった……皮肉なことに、子供たちは二人とも逆の道を行ったんだが」

タシアは体勢を整えてゆったりと彼にもたれかかり、背中に当たる硬い筋肉の感触を楽しんだ。

「妹さんも旦那さんを愛していらっしゃるの？」

「ああ、キャサリンは頑固なスコットランド人と結婚したんだが、気の短さではお互いにいい勝負だ。どなり合っているか、ベッドにいるかのどちらかという夫婦だよ」

最後の一節は、すんなりと流れていってはくれなかった。昨晩のこと、ベッドで彼と過ごした夢うつつの時間を思い出し、タシアは顔がかっと熱くなるのを感じた。浅く一度、二度息を吸い込み、やみくもにワイングラスを捜す。

「喉が渇い――」振り向くと、ストークハースト卿とぶつかりそうになり、バランスが崩れた。がっしりした腕が背中にすべり込んでくる。肩にばしゃりと液体がかかるのを感じ、タシアはあえいだ。「かかったわ」叫び声をあげ、農民風ブラウスを手探りする。

「本当に？」穏やかな声が聞こえた。「ほら、見せてごらん」顔が近づいてきて、肌にワインがかかったまさにその部分に、温かな唇が感じられた。

タシアは困惑し、体が沈んでいく感覚に陥った。床が近づいてくる……そのとき、ストークハースト卿が自分を押し倒しているのだと気づいた。文句を言おうとすると、またも液体がかかり、細い筋が腹に流れ込むのを感じた。

「またかかったわ！」

ストークハースト卿は反省の言葉をつぶやきながら、グラスを脇に置き、タシアのブラウスの引きひもをそっと引いた。濡れたブラウスが肩からすべり落ちる。ウエスト部分が引っぱられ、スカートがずるずると腰を下りていった。タシアはうろたえ、自分の体をじっと見た。

「まあ、何てこと」服が体からはぎ取られていく光景に当惑する。だが、ストークハースト卿はそれがごく自然なことであるかのように、にっこりしてタシアを見ていた。あらわになった胸に顔を寄せて、ふくらみの脇からその下のゆるやかな曲線へと舌を這わせ、甘いワインの滴をなめ取っていく。タシアは動揺に体を震わせ、やめさせなければと思った。だが、彼の口はあまりに温かくてくすぐったく、心地よかった。頭が首の上でぐらぐら揺れ、体を支えるために彼の肩に腕を回した。「わたし、酔っ払ってるみたい」かすれた声で言う。「今まで酔っ払ったことはないけど、きっとこんな感じだろうなって思ってたの。あんなにワインを飲んだわけだし……ああ、絶対そうだわ！　でしょう？」

「少しだけだ」ストークハースト卿はタシアの体からスカートを引き下ろした。タシアは床にだらりと座ったまま、協力するように足を蹴り出し、じゃまな布が取り去られるとほっとため息をついた。足が自由になったおかげで気分が軽く、楽になった……と思っているうちに、ほかの衣類も一枚ずつはぎ取られていった。

「あなた、わたしにつけ込んでいるじゃない」タシアは重々しい口調で言ったあと、くすくす笑いながら横向きに倒れた。ストークハースト卿も寝転び、タシアと向かい合った。タシアは思わず彼の唇に触れ、ほほえみの形にゆがんだ輪郭をなぞった。「わたしを誘惑しているの?」

ストークハースト卿はうなずき、タシアのあごにかかった乱れ髪を後ろになでつけた。

「やめてって言ったほうがいいのはわかってるのよ。ああ、頭がぐるぐる回る」目を閉じると、唇が温かく、熱く重ねられ、血管の中で血液が躍った。真上に見えるストークハースト卿はあまりに美しく魅惑的で、タシアは上に向かって手を伸ばした。

「シャツを脱がせてくれ」彼はささやいた。

何てすてきな考え……彼の硬い胸を感じたかったのに、シャツがそれをじゃましていたのだ。タシアはずらりと並んだ小さな丸いボタンを外そうとしたが、なかなか外れてくれない。そこで、上質なリネンを両手でつかんで引くと、布が裂け、ボタンが弾ける快い音がして、シャツの前はだらりと開いた。自分が成し遂げた結果に満足し、むき出しになった長い上半身と、ろうそくに照らされた顔を見つめる。彼の目は海のように透き通っていて、少しも緑や灰色がかったところがない。

「どうしてあなたの目はそんなに青いの?」そっと顔に触れる。「きれいな青……すごくきれい」

濃いまつげが下りてきた。

「タシア、どうすればいいんだ。君が行ってしまうと、わたしは心を取り戻せなくなる」

タシアは返事をしたかったが、キスされるうちに、言葉は手の届かないところまで飛び去ってしまった。かすむ視界の中で、彼の手が再びワイングラスをつかみ、それを傾けて、縁から中身がこぼれるのが見える。なぜ自分にワインが注がれているのかはわからなかったが、動くなと言われたので、ぼんやりとした驚きに包まれたままじっとしていた。冷たい滴が、金色の液体のしぶきが体の上をつたい、太ももの間に流れ込んでいく。奇妙な感覚に思わず身をよじると、彼の唇がウエストをつたう液体の上をすべり、小さな水たまりを舌でなめ取っていくのを感じた。ワインが溜まったへそのくぼみを探り当てられると、笑いがもれ、体が震えた。ストークハースト卿は開いた唇を肌に這わせ、ところどころで止まっては熱い舌で円を描き、優しい動きで一滴残らずすくい取っていった。

彼が繰り広げる奇妙なゲームと、体の隅々に広がっていくくすぐったいような快感に魅了され、タシアは黙り込んだ。太ももが押し広げられると、意志に反して、素直に足を開いた。全神経が彼の唇の動きに集中する。その魅惑的な重みが下に向かい、ワインでぐっしょり濡れた縮れ毛をかすめるのが感じられた。指が柔らかな茂みを軽く梳き、舌をすべり込ませるための道がつけられる。彼が唇を寄せた部分が鋭く脈打ち始め、反射的に体がひくつくのがわかった。どこよりも感じやすい部分に舌がくると、タシアはせつなげにため息を漏らし、ぴりぴりした刺激を求めるように体を上にそらして、熱っぽくささやいた。

「そう、お願い、そこよ……」高まる一方の波のように快感が押し寄せ、あまりの勢いに体が弾け飛びそうになる。タシアは甲高い悲鳴をあげて、黒っぽい頭に手を伸ばし、自分のほうに引き寄せた。激しい痙攣が起こり、長々と続いたあと、少しずつ収まって温かなさざ波となった。

快感の余波に朦朧としたまま、うっとりと伸びをすると、ストークハースト卿が覆いかぶさってきた。筋肉質な体に自分の体を巻きつけて、彼に触れようと手を伸ばし、硬く長いものを握る。ストークハースト卿がうなり声をあげて腰を突き出し、腫れ上がった深みにするりと侵入すると、そこは歓迎するように彼を包み込んだ。タシアは哀願の声をもらし、硬い背中にしっかり腕を回して、もっと彼を感じようと、そのずっしりした体に押しつぶしてもらおうとした。

ストークハースト卿は抵抗し、タシアの上で体を支えた。

「君がつぶれてしまう」ささやくように言う。「君はとても小柄で軽い……鳥のように軽い骨をしているのかと思うくらいだ」肋骨の輪郭を優しくなぞり、左右の胸のふくらみと、その間の象牙色のすべすべした肌に唇をつける。「でも、君の情熱を感じると……君がわたしを引き寄せようとすると……自制心を失いそうになる。君を傷つけないためには、わたしが気をつけるしかないのに」

「自分を抑えないで」タシアは息を切らしてうながし、奥まで突かれるたびに体を弓なりにした。「わたしは壊れたりしないから」

だが、背中や尻を強く両手でつかもうと、肩に歯を立てようと、彼の自制を突き崩すことはできなかった。やがて甘い忘我の波が二人に押し寄せてきて、筋の通った思考は吹き飛び、恍惚の一瞬、二人は一つになった。

それから数時間、二人は彫刻の施された太い支柱と広々とした青いカーテンのついた、巨大なオーク材のベッドで過ごした。激しい運動にタシアは空腹を訴え、ストークハースト卿を伴って食料貯蔵室の探索に出かけた。果物とチーズとケーキを思う存分食べたあとは、再びベッドに這い上がり、タシアはマットレスの端にかかとを引っかけた。めいっぱい手足を伸ばしても、反対側に届くにはまだ一メートル以上距離がある。

「広すぎるわ」不満げに言い、白いリネンのシーツの上で寝返りを打って、ストークハースト卿に笑いかけた。「これじゃ迷っちゃう」

ストークハースト卿は笑い、タシアを腕に抱き寄せた。

「迷ったらわたしが見つけてあげるよ」

タシアは彼の首に腕を巻きつけて、膝の上で体を起こし、顔と顔を近づけた。

「退廃って嫌いじゃない」唐突に言う。「愛人の道を選ぶ女性が多いのも無理はないと思うわ」

「君は愛人になったのか?」ストークハースト卿はたずね、喉の脇にキスをした。

タシアはどぎまぎして、影になった彼の顔を見て顔を赤らめた。

「わ、わたし、レディ・ハーコートの地位を奪うつもりはないわ」

「アイリスとわたしはもう関係ない。昨日ロンドンに行ったのも、別れ話をするためだったんだ」

タシアは驚き、警戒するように眉を上げた。

「どうして?」

「アイリスはわたしが与えてやれる以上のものを望んでいたのに、わたしのわがままでずるずると引き延ばして彼女を縛りつけてしまったから。だが、これでアイリスも、長年結婚を迫られている何人もの男の中から相手を選ぶことができる。時間はあまりかからないだろうね」

「それで、あなたはどうなの?」タシアはストークハースト卿の膝から這い下りようとした。「あの人の代わりに新しい愛人を作るつもり?」

ストークハースト卿はタシアの腰に手を回し、動けないようにした。

「一人で寝るのは好きじゃない」率直に認める。「またアイリスのような女性を見つけて、情事に励む生活に戻るという道はあるよ」

その情景を想像し、タシアは嫉妬の念に駆られた。だが、自分に異議を唱える権利がないことはわかっていたので、顔をしかめただけで何も言わなかった。

タシアの胸の内を読んだのか、ストークハースト卿はにやりとした。

「でも、その場合」静かに言う。「君をどうするかという問題が出てくる」

「自分の面倒は自分で見られるわ」

「それはわかっている。でも、誰かの面倒を見る気はないか？　そのお返しとして、誰かに面倒を見てもらう気は？」

　タシアは首を横に振ったが、心臓は激しい鼓動を刻み始めていた。

「おっしゃる意味がわからないわ」

「そろそろきちんと話し合わないとな」ストークハースト卿は濃い青色の目で、タシアの目をじっと見つめた。深く息を吸い込む。「タシア……わたしの、そしてエマの人生の一部になってもらいたい。わたしのそばにいてもらいたいんだ。でも、そのためには、妻として迎える以外に道はない」

　タシアはストークハースト卿から逃れ、シーツをひっつかんで体を隠した。彼の顔を見ることができず、下を向いたまま話を聞く。

「わたしには、メアリー以外の誰の夫も務まらないと思ってきた。ほかの女性と結婚してみようと思ったこともなかったが、そんなときに君と出会った」むき出しになったタシアの背中の曲線に触れ、こわばった背筋を指のつけねでほぐしていく。「君がわたしに対する気持ちを整理できずにいることはわかっている。もっと時間があれば、このような状況でなければ、持てる限りの忍耐力をかき集めて君を口説き続けるだろう。だが、今は後先のことは考えず、わたしを信じてほしいと思っている」

　タシアの目の前に、ストークハースト卿と住まいと生活をともにし、毎朝彼の傍らで目覚める光景が浮かんだ……が、それは一瞬で消え去り、虚ろな痛みだけが残った。

「わたしがわたしじゃなければ、はい、と答えていたでしょうね」みじめな口調で言う。

「君が君じゃなければ、わたしは君を求めたりしない」

「わたしたち、お互いのことを知りもしないわ」

「この二四時間で、最高のスタートが切れたと思うけどね」

「わたしには、同じことを何度も説明することしかできないの」タシアは感情をあらわにした声で言った。「でも、あなたは聞いてくれない。わたしは神もお許しになれないことをしたわ。いつか、何らかの方法で、その償いをしなきゃいけない。報いを受けることは決まっている。ただ、わたしは臆病すぎるから、どうしてもという状況になるまで逃げ続けるつもりでいるの」

「つまり、神がニコラス・アンゲロフスキーを使って裁きを下そうとしていると？　わたしはそうは思わない。神が罪人を罰したいのであれば、狂気に片足を突っ込んだロシアの公爵に自分の意志を託すより、もっとましな方法を取ると思うんだ。それに、君が何かを思い出すか、何らかの証拠が発見されるまでは、君が誰かを殺したという言い分を受け入れるつもりもない。たとえわたしが君を愛していなくても、同じように思っただろう。いったいどういうわけで、君は自分が犯しているとは限らない罪の咎を受けようと躍起になっているんだ？」

「わたしを愛してるの？」タシアはきき返し、もつれた髪を脇に押しやって、驚きのまなざしで彼を見つめた。

ストークハースト卿は顔をしかめ、愛のとりこになっている男とは思えないような表情をした。

「わたしの言葉を、ほかにどう解釈できる？」

タシアはぼうっとなり、笑い声をあげた。

「ずいぶん遠回しな言い方をなさるのね」

告白したことを気まずく思っているのか、彼はぶっきらぼうに言った。

「言っておくが、君は有力な花嫁候補ではない。長年、わたしに言い寄っている女性は何人もいるし、中にはかなり条件のいい女性もいる」

「わたしもロシアでは条件のいい花嫁候補だったわ」タシアはストークハースト卿に教えてやった。「土地も、財産も、屋敷も――」

「つまり、マダム・ミラクルの指摘は当たっていなくもなかったわけだ」

「ええ、図星よ」

ストークハースト卿の唇がゆがんだ。

「君がきこりの娘だったとしても構わないよ。むしろ、そのほうがいいくらいだ」

「わたしも」少し間があって、タシアは言った。

二人とも相手の顔は見なかった。それぞれが次の一手を考える間、寒々とした沈黙が流れた。口論のどこかの時点で、ストークハースト卿はプロポーズし、タシアはそれを断っていた。けれど、話はまだ終わっていない。

タシアは泣きたい気分だった。だが、泣くまいと思った。泣けば彼はなぐさめてくれるだろうが、じきに永遠の別れをすることになる二人が互いにしがみついても仕方がない。タシアはさらにきつくシーツをつかんで胸の前に寄せた。

「ルーク」静かな声で言う。タシアに初めて名前で呼ばれ、ルークはかすかにたじろいだ。「もしあなたがまた誰かを愛し、妻を迎えることができるようになったのなら、わたしよりもずっとふさわしい人が見つかるはずよ。メアリーに似た人のほうがうまくやっていけると思うわ」

タシアはそれを祝福として、善意からの助言として言ったつもりだったが、ルークは険しい目を向けてきた。

「そんなつもりでわたしがこの話をしたと思っているのか？　メアリーの代わりが欲しいのなら、とっくの昔に見つけているよ。でも、わたしは二度目の結婚を最初の結婚を模したものにはしたくない。そんなことはまったく望んでいないんだ」

タシアは無造作に肩をすくめた。

「今はそんなふうに言えても、わたしと結婚したらがっかりするわ。最初はいいかもしれないけど、そのうち――」

「〝がっかりする〟ね」ルークは信じられないというふうに繰り返した。「いったいどうして……いや、説明しなくていい。少し考えさせてくれ」タシアが口を開こうとすると、黙っていろというふうに手で制した。この件に関しては、一つの誤解もないようにしなければならない。タシアにすべてを明確に説明する方法を考えたが、そんなことは不可能に思えた。まだ若い彼女は、物事は白黒つけなければ気がすまず、時間が経てば何もかもがどんな方向にも変わりうることを理解していない。

「メアリーと結婚したとき、わたしはまだとても若かった」ルークは注意深く言葉を選びながら言った。「メアリーのいない人生など考えたこともなかった。わたしたちは幼なじみから、初恋の相手、友達を経て、最終的に夫婦になった。恋に落ちたことはなく、ただ……ふわりとそこにたどり着いたんだ。あれは本物ではなかったと言って、彼女との思い出を貶めるつもりはない。メアリーとわたしはお互いを思い、最高に楽しく暮らしていた……愛する子供も授かった。でも、妻が亡くなったとき、わたしは別人になったんだ。求めるものも以前とは違う。そして、君は――」手を伸ばしてタシアの手を取り、強く握って、下を向いた頭を見つめた。「君はわたしの人生に、これまで知らなかったような情熱と魔法を与えてくれた。わたしたちの間に結びつきがあるのは確かだ。運命の相手を見つけられる人が、この地球上にいったいどれだけいる？　普通は一生かかって探しても見つからないものだ。でもどういうわけか、神が授けてくれた奇跡のおかげで、君とわたしはこうして一緒にいる――」言葉を切り、かすれた声になって続けた。「わたしたちはチャンスを与えられたんだ。わたしの希望は伝えた。君を無理やり引き留めるわけにはいかない。選択権は君にある」

「わたしに選択権なんてないわ」目に涙をにじませ、タシアは叫んだ。「あなたとエマを大切に思うからこそ、わたしはここを出ていかなきゃいけないの」

「君は自分に嘘をついている。傷つく危険を冒すくらいなら、思いつく言い訳は全部使うつもりなんだろう。君は誰かを愛するのが怖いんだ」

「もし、理由がわたしの側になかったらどうするの?」タシアはぴしゃりと言った。「あなたが理由だったら? あなたが傲慢で自分勝手でずるい人だから、わたしはあなたの愛なんていらないと思っていたら?」

ルークは怒りで顔を真っ赤にした。

「それが理由なのか?」

タシアは懇願と憤慨の入り交じった目でルークを見た。彼は二人ともが傷つく言葉を言わせようとしている。この決断を受け入れてくれさえすればいいのに。こんなにも意地を張らなければいいのに。

「お願いだから、問題をややこしくしないで」

「うるさい……もっとややこしくしてやる」ルークはタシアを組み敷き、タシアが驚いて悲鳴をあげると、激しいキスで押さえつけた。顔を上げ、タシアを見下ろす。「君が必要なんだ」息を荒らげながら言った。震える手で、小さな胸のふくらみをそっとなで回す。「いろんな意味で、君が必要なんだ。タシア、君を失うことなんてできない」

答えを返そうとすると再び口づけをされ、タシアの頭は真っ白になり、高ぶる欲望に血液は奔流となった。自ら誘うように彼の下で身動きし、柔らかな縮れ毛で長くふくれ上がったものをかすめると、ルークは情欲に体を震わせた。

ルークがなめらかな小道にするりと分け入ると、タシアがすでにそこを濡らし、自分の侵入を心待ちにしているのがわかった。彼女はあえぎ、ルークと接する部分の筋肉をすべてこわばらせて、小さな手で必死に肩をつかんだ。肌に熱い息を吐きかけ、歯の角が感じられるくらい強く、胸に顔を押しつけてくる。タシアが絶頂に達し、自分を包み込む部分を痙攣させるのを感じると、ルークは彼女をきつく抱いてうなり声をあげた。タシアにさらなる深みに引きずり込まれ、やがて彼女と同じように激しい解放の時を迎えた。

呼吸が落ち着くとすぐに、タシアは寝返りを打ってベッドを出た。膝が震えている。自分には大きすぎる男物の絹のローブを、床から拾い上げる。それを体に巻きつけてルークを振り返った。その表情からは、彼の胸の内は読み取れなかった。

「痛かったのか?」ルークは静かにたずねた。

タシアはきょとんとし、首を横に振った。

「いいえ、ただ……しばらく一人になりたいの。考えたいのよ」

「タシア——」

「お願い、ついてこないで」

部屋から出ていくとき、ルークが小声で毒づくのが聞こえた。地面に引きずらないようローブの裾を持ち上げながら、外に向かう。

真夜中になっていた。ベルベットのような真っ黒な空に、星がちりばめられている。池は鏡のごとく穏やかで、空が映し出され、水面にも星が出ているかのようだ。タシアは水際まで歩いていった。藺草の茂みが揺れ、場所を変えようとした用心深い蛙が二匹、ぴょんと跳び出してきた。タシアはほかの生き物も追い出そうと、裸足で足踏みした。ローブをたくし上げて湿った地面に腰を下ろし、爪先をだらりと垂らして冷たい水面につける。そこでようやく考え事を始めた。

ストークハースト侯爵は情熱的な男性だ……周囲には知られまいとしているが、実際は感情に振り回されやすい。せっぱつまると動きも荒くなる。ただ、それでタシアを傷つけることはなかった。タシアは両足を引き上げ、胸の前で抱え、膝にあごをのせた。自分はどうすればいいのか、教えてくれる人がいればいいのにと切に願う。

二人の会話を細かく、一語一語思い返してみた。彼に言われたことは本当だろうか？　傷つくのを怖れるあまり、誰にも心を許すことができない？　これまでの人生で愛してきた人のことを考える。母、父、キリルおじ、子守のヴァルカ。その全員を失った。そう、確かに怖いのだ。わずかに残った貴重な心を、これ以上失いたくはない。

子供時代のことを思い出す。父が亡くなったあと、どんなに不安で、どんなに孤独だったか。母のマリーも愛情は注いでくれたが、今までもこれからも、自分のことが何よりも大事という人だ。マリーの性格には本質的に子供じみた部分があり、自分以外の誰かをじゅうぶんに愛することができない。子供だったタシアには、そのことが理解できなかった。自分には愛される価値がないのだと思っていた。それに対する怒りと反発はすべて内側に、自分に向かった。苦難を受け入れ、それに耐え忍ぶことを説く教会の教えは……確かに、タシアを良い方向には導いてくれなかった。苦難に耐えるというのは、気分のいいことではない。それに、今のところその方法はあまり役に立ちはしなかった。

自分のような人間が、幸せになるチャンスをつかんでいいのだろうか？　そうすることが、自分に対する務めなのだろうか？　答えははっきりとはわからなかった。だが、もしあるとすれば、ルークに対する務めとは何だろう？　彼は世知に長けた頭のいい人で、自らが下した決断も、それがもたらす結果も熟知している。ルークがタシアとの結婚を望むのは、それが二人のためになると考えているからだ。もし、彼にそこまで確信があるのなら、タシアのほうもある程度の確信を持ってもいいはずだ。

ルークは愛していると言ってくれた。そのことを考えると、圧倒される思いだった。なぜルークが愛してくれるのかがわからない。自分が彼に求めるものはあまりに多く、与えてあげられるものはあまりに少ないというのに。けれど、ルークといるときに自分が感じる喜びの一部でも、彼が感じてくれているのなら、きっとそれだけでじゅうぶんなのだろう。

タシアは両手を握り合わせ、きつく目をつぶって祈った。〝主よ、わたしはそこまで価値のある人間ではありません……望みを持つのが怖い……それでも、望んでしまうんです。ここにいたい、と〟

「ここにいたい」タシアは声に出して言い、それが自分の答えなのだとわかった。

ルークは仰向けになり、顔を横に向けて眠っていた。裸の肩がなでられる感触と、耳元で聞こえるささやき声に、深い眠りの底から引き戻される。

「起きて、ルーク」夢だと思い、うなりながら寝返りを打った。「一緒に来て」タシアは言い張り、ルークの体からシーツを引きはがした。

ルークはあくびをし、不満げにぶつぶつ言った。

「どこにだ？」

「外よ」

「何だか知らないが、中ではできないのか？」

タシアの短い笑い声が首をくすぐる。彼女はルークの体を起こそうと奮闘していた。

「わたしが考えていることをするには、服を着なきゃいけないの」

目覚めているというよりは眠っている状態に近いまま、ルークは最小限の服を身につけたが、足には何も履かなかった。シャツのボタンを留めてくれているタシアに、どういうことかと顔をしかめてみせる。彼女はこちらを見ようとしなかったが、熱心そうな雰囲気は伝わってきた。ルークの腕を取り、自分と一緒に家の外に出るようながす。タシアは絹のローブの長い裾を堂々と引きずりながら、ルークを連れて外に出た。涼しいそよ風に吹かれ、眠気がいくらか消えていく。

タシアはルークの手に自分の手をすべり込ませた。

「来て」全体重を前にかけ、ルークを引きずって歩く。

いったい何をするつもりかと問いたかったが、タシアがあまりに熱心に引っぱっていくので、黙ってついていった。池の外縁を回って、樹脂を含んだ針葉や葉っぱが降り積もった地面を横切り、森を目指す。

とがった小石を踏み、ルークは顔をしかめた。

「もうすぐ着くのか？」

「もうすぐよ」

周囲を木々に囲まれた場所まで行って、ようやくタシアは足を止めた。苔と松と土の甘い香りがあたりに漂う。頭上で絡み合う枝の隙間から星がまたたき、森の暗闇を貫いた。タシアが振り向いて腰に手を回してきたので、ルークは驚いた……いや、仰天した。彼女はルークにもたれかかり、そのままじっとしていた。

「タシア、いったい――」

「しーっ」タシアはルークの胸に唇を押しつけた。「聞いて」

二人とも黙り込んだ。ルークの耳に、徐々に周囲の音が聞こえてくる。ホーホーというふくろうの鳴き声。鳥たちのチュッチュッという声や、はばたく音。こおろぎの鳴き声。木の幹がたてるぱりぱり、みしみしという音。そして何よりも、木々の間を絶え間なく吹き抜けていく風の音だ。大枝が絡まった木々は、信徒が手をつないで厳かな賛美歌を歌っているかのようだ。森の音楽は空に舞い上がり、やはり永遠に続く別のリズムと混じり合った。

ルークはタシアに両腕を回し、髪にあごをのせた。胸の上で彼女がほほえむのを感じた瞬間、愛おしさが込み上げ、恍惚となる。タシアは軽く体を引こうとしたが、彼女をそばに感じたくて、ルークは抗った。

「渡したいものがあるの」タシアはそう言い、抜け出そうともがくので、ルークはようやく腕の力をゆるめた。ルークの手をつかもうとしているのを見て、彼女が手に何かを握っていることに気づく。

「はい」タシアはかすかに息を切らしていた。開いた手のひらの上で、金色の物体がまぶしく光っている。それはずっしりした男物の指輪で、表面には何やら文字が刻まれていた。

「父のものだったの。思い出のほかにはわたしが持っている形見はこれだけ」ルークが身動きできずにいると、タシアはそれをルークの小指にはめようとした。指輪はぴったりだった。「これでいいわ」彼女は満足げに言った。「父はいつも人差し指にはめていたんだけど、あなたほど大柄な人じゃなかったから」

ルークは手を裏返し、簡素だが異国情緒あふれるデザインに見入った。そして、上を向いたタシアの顔に目をやり、恐怖を押し殺して言った。

「これは、さよならという意味か？」しゃがれた声でたずねる。

「違うわ……」タシアの声はわずかに震えた。ムーンストーンのようにきらめく目で、ルークの強いまなざしを見つめ返す。「わたしはあなたのもの、という意味よ。わたしのすべてが……これから一生」

ルークは一瞬、凍りついた。次の瞬間、タシアに激しくキスを浴びせ、骨が折れるのではないかと思うくらい乱暴に体をつかんだ。だが、タシアは文句を言わず、これまで味わったことのない荒々しい喜びに、息ができなくなるまで笑い続けた。

「わたしの妻になってくれるのか」ルークはタシアから唇を離し、喜びをあらわにした声で言った。

「苦労するわよ」タシアは警告したが、その顔は笑っていた。「たぶん離婚したくなると思う」

「君はいつも最悪の事態を想定する」ルークは責めるように言い、タシアをきつく抱きしめた。

「だってロシア人だもの」片時もじっとしていられないかのように、タシアの手はせわしなくルークの背中を這い回った。

ルークは笑った。

「わたしにふさわしい相手というわけだな。このわたしよりも悲観的な女性がいたとはね」

「いいえ、あなたにはわたしなんかよりもっとふさわしい相手がいるわ……もっと、ずっと……」

ルークは荒々しくキスをし、タシアの口をふさいだ。

「そんなことは二度と言うな」ようやく唇が離れると、彼は言った。「そんな戯言を聞くには、わたしは君を愛しすぎている」

「わかりました」タシアはしおらしく言った。

「それでいい」ルークはタシアにもらった指輪をまじまじと見た。「何か文字が彫られているな。どういう意味だ？」

タシアは肩をすくめた。

「ああ、それはただ、父が好きだった言葉で――」

「教えてくれ」

タシアはためらってから言った。

「〝愛は金の器。たわみはしても、割れることはない〟」

ルークは動かなかった。やがて、タシアに再びキスをしたが、今回のキスは優しかった。「わたしたちは大丈夫だ。君とわたしは」ささやくように言う。「約束する」


二人はすぐさま元の世界に戻るのはやめ、あと一日一緒に過ごすことにした。猶予を与えられたことを、タシアはありがたいと思った。約束はしたものの、二人の間にはまだぎこちなさとも呼べるものが残っていたからだ。

言葉に気を遣うことなく、男性と話をするのは初めてだった。ルークはタシアの過去も、暗い秘密も知っている。彼がそれに意見することはなく、タシアが疑念や自責の念から解放されるよう気づかってくれた。タシアの体と思考を自分に明け渡すことを求め、自分も同じものを差し出した。それほど親密な関係性を受け入れるのは、タシアには難しいことだった。難しくはあったが、不快さはまったくない。午後の日射しが降り注ぐ中、ルークの腕に抱かれて目を覚ましたとき、タシアは眠気交じりにそう思った。目を開けると、ルークがこちらを見ているのがわかった。彼はいつから起きていて、夢の番人をしてくれていたのだろう？

「本当にこれがわたしとは思えない。ここであなたと一緒に寝ているなんて」タシアはもごもご言った。「夢を見ているの？　本当にわたしは我が家からこんなに遠くに来てしまったのかしら？」

「いや、夢じゃない。でも、君が今いるのは我が家だ」ルークはタシアのウエストまでシーツを引き下ろし、胸に手を這わせた。肌で温まった金の指輪が、ゆるやかな曲線の脇に軽く押しつけられる。

「キリルおじはあなたを認めてくれないわ。イギリス人が嫌いなの」

「キリルおじさんがわたしと結婚するわけじゃない。それに、わたしがどんなに君のことを大事にするつもりかを知れば、心から賛成してくれるよ」ルークが物憂げにタシアの胸のまわりをなぞると、真珠のように白い肌は薄いピンク色を帯びた。「宮殿のように立派な邸宅は持っていないけど、食料と寝床は確保する。それに、慎ましい環境に気づく暇もないくらい、君も忙しくなるだろう」

「サウスゲート館を慎ましいなんて言う人はいないわ」タシアは苦笑交じりに言った。「でも、あなたがいてくれるなら、こういう小さな家で暮らすのも幸せよ」

「ほかに欲しいものはないのか？」

「そうね……」タシアはまつげの下から、思わせぶりな視線を送った。「きれいなドレスが欲しいかも」そう認めると、ルークは笑った。

「欲しいものは何でも揃えるよ。ドレスがいっぱい詰まった部屋。国王の身代金になるほどの宝石」ルークはシーツをはぎ取り、タシアのほっそりした色白の足に目をやってうっとりとした。「オーストリッチ革の靴、絹のストッキング、ウエストに巻く真珠のベルト、手首から垂らす孔雀の羽根の扇」

「それだけ？」ルークが羅列するけばけばしい服飾品に、タシアは笑い声をあげた。

「髪に飾る白い蘭」しばらく考えたあと、ルークは言った。

「わたしを見世物にするつもりね」

「でも、わたしは今の君のほうが好きだな……一糸まとわぬ姿が」

「わたしも」タシアは転がるようにしてルークの上に乗り、その大胆さに二人とも驚いた。

「あなたは一緒に寝る相手としては最高よ」ルークの胸の上に両ひじをついて言う。一息ついてから、恥ずかしそうにつけ加えた。「こんなにいいものだとは思わなかったわ」

ルークの手がなめらかなヒップの曲線をなぞった。

「どんなものだと思ってたんだ？」面白がるような口調できく。

「女性よりも男性のほうがずっと気持ちがいいと思ってた。あんなふうに触られるなんて思ってもいなかったし……」ルークの胸に視線を落とし、顔をさっと赤らめる。「あんなにも……動くものだとは知らなかったわ」

「動く」ルークは落ち着いた声で繰り返した。「わたしが君の中に入っているときという意味か？」タシアが小さくうなずくと、ルークの胸に力が入り、笑いをこらえているのがわかった。「誰かに教えてもらわなかったのか？」

「そうね、わたしが婚約したあと、母が男と女が〝結合する〟ことは教えてくれたけど、そのあとどうなるかは……その、ああいうふうに動くこととか、あの……」

「絶頂とか？」タシアが恥ずかしさのあまり黙り込むと、ルークが重々しい声で助け船を出した。

タシアは真っ赤な顔でうなずいた。

「まあ、あまり動かずにやってみてもいいが」ルークは考え込むように言った。

「いやよ！」

ルークはタシアのあごを持ち上げ、目を見つめた。

「つまり、わたしたちがこれまでしてきた方法に満足しているということだな？」

「ええ、そうよ」タシアは赤い顔のまま真剣に言い、ルークは楽しげに笑った。

ルークはごろりと転がり、両ひじの間にタシアをはさんで体重をかけた。

「わたしもだ」唇をとらえ、じっくりとキスをする。「これまでの人生の中で最高だったよ」

タシアは鼓動が速まるのを感じながら、ルークの首に腕を巻きつけた。

「わたしはこれからも、ほかの誰ともベッドをともにしたいとは思わないわ」彼が顔を上げてから言い添える。「ミハイルと婚約していたときは、いつかこの人に触らせなきゃいけないんだってことで頭がいっぱいだったの」

ルークの表情が変わり、注意深く優しい顔になった。

「怖かったか？」

当時の苦悩を思い出しながら、タシアはルークを見上げた。

「恐ろしくて、しょっちゅう胃がきりきりしていたわ。普段のミハイルはほかの女性に対するのと同じで、わたしには興味がなさそうに見えた。でも、ときどき……あの奇妙な黄色い目でわたしを見つめて、わたしが答えられないような質問をしてくるの。君は温室育ちの花のようだ、世間のことも男のことも何も知らないって言っていたわ。わたしで実験するのは楽しそうだって。あの人が何を考えているのかはよくわかったから、ぞっとした」ルークの顔に怒りがよぎったのを見て、言葉を切る。「ミハイルのことは話さないほうがいい？」

「いや」ルークはタシアをなぐさめるように、不安げなしわが消えるまで眉間と額にキスをした。「たとえいやな記憶でも、君が経験してきたことは全部知りたい」

タシアはほっそりした手をルークの顔に当て、痩せた頬をなでた。

「あなたにはときどき驚かされるわ。こんなにも優しくて理解がある人なのに……でも、ナン・ピットフィールドに対する態度を思い出してしまうの」

「妊娠したハウスメイドか？」ルークは苦笑いを浮かべた。「知ってのとおり、わたしは自分の意見に凝り固まってしまうことがあるんだ。でも、君はためらわずそのことをわたしに伝えてくれる。たいていの人は、あんなふうにわたしに楯突きはしない。君が図書室に来てナンのことでわたしを叱りつけたときは、首を絞めてやりたかったよ」

彼の激昂ぶりを思い出し、タシアはほほえんだ。

「絞められると思ったわ」

ルークはタシアの手のひらに唇を押しつけた。

「でも、君が全力でわたしに挑んでくるさまを見て、君の心臓の鼓動を手のひらに感じると、君が欲しくてたまらなくなった」

「そうなの？」タシアは驚いて笑った。「全然知らなかった」

「その後、君が言っていたことについて考えてみた。認めるのはしゃくだが、君の言うとおりだと思った」唇が自嘲気味にゆがむ。「欠点が表に出ないようたえず気を配るのは難しい。ときどき誰かに、頑固な愚か者に成り下がっていると指摘してもらわなきゃいけないんだ」

「指摘ならわたしがするわ」タシアは協力を申し出た。

「よかった」ルークは体勢を変え、タシアをそばに引き寄せた。「これからも口論はするだろう。わたしは傲慢で頑固な態度をとり、君はそのことでわたしを叱りつける。盛大なけんかもするだろうな。でも、どんなときもわたしは君を愛している」

のどかな二人の生活はあっというまに終わりに近づき、サウスゲート館に戻らなければならない時がやってきた。

「あと一日こっちにいちゃだめ？」緑あふれる涼しい草地を散歩中、名残惜しげにタシアはたずねた。

ルークは首を横に振った。

「わたしもそうしたいよ。でも、家を空けすぎだ。やらなければならないことがある……結婚式の準備も含めてね。わたしとしては、すでに神に結婚を認めてもらったつもりでいる。でも、法律上も結婚を認めてもらいたいから」

タシアは顔をしかめた。

「わたしが結婚しても、家族はそのことを知らないのね。わたしが生きていることはもうわかっているけど、どこにいるかは見当もつかないはずよ。何とかして、わたしが安全に、幸せに暮らしていると伝えられないかしら」

「だめだ。それを知らせれば、ニコラス・アンゲロフスキーに見つかる危険が高まる」

「あなたの許可を求めようとしたわけじゃないわ」ルークの拒絶の言葉にむっとし、タシアは言った。「思ったことを何となく言っただけよ」

「じゃあ、その思いは捨てるんだな」ルークはぶっきらぼうに言った。「わたしはアンゲロフスキーが戸口に現れるのを待ちながら、一生を過ごすつもりはない。でも、何かいい方法を思いつくまでは、君は身元を隠したまま、家族にも連絡を取らずにいるんだ」

タシアはルークの手から自分の手を引き抜いた。

「使用人に対するような口の利き方はやめて。それとも、イギリスでは夫は妻にそんなふうに話をするの？」

「わたしはただ、君の身の安全を心配しているだけだ」ルークは一瞬で傲慢さを消し去り、穏やかな口調になって言った。子羊のように無邪気な顔をしている……が、タシアはだまされなかった。ルークも今は横暴な性質を隠そうとしているが、いったん結婚すれば、自分は馬と同じように法的に彼の所有物となる。ルークの扱いは一筋縄ではいかないだろう。だが、その挑戦は喜んで受けて立つつもりだ。

ルークとタシアはサウスゲート館に戻ると、まずはエマを捜し出し、自分たちが結婚することを告げようとした。ルークがタシアの腰に手を回し、並んで立っているのを見た瞬間、エマはすべてを悟ったようだった。

タシアも、エマが結婚の知らせを喜んでくれるだろうとは思っていた……いや、間違いなく大喜びするだろうとさえ思っていた。だが、実際のエマの熱狂ぶりは、タシアの想像をはるかに上回るものだった。エマは雄叫びをあげながら広いホールを走り回り、通りがかった人に誰かれ構わず抱きついた。サムソンもつられて喜びの発作に襲われ、野太い声で吠えながら、エマのあとを追ってぴょんぴょん跳ねた。

「やっぱり帰ってきてくれたのね」エマは叫び、床に押し倒さんばかりの勢いでタシアに飛びついた。「お父さまのプロポーズを受けてくれたんだわ！　昨日の朝に二人が出ていく前、お父さまはわたしのところに来て、本人にはまだ言ってないけど、ミス・ビリングズと結婚するつもりだって言ったのよ」

「そうなの？」薄い色の目の上に濃い色の眉を寄せ、タシアはいさめるようにルークを見た。

ルークはタシアの無言の非難には気づかないふりをし、サムソンをにらみつけることに集中した。犬は興奮して床を転げ回り、オービュッソン織りの絨毯に毛をまき散らしている。

「どうしてわたしが家を空けて戻ってくるたびに、この犬が家の中にいるんだ？」

「サムソンはただの犬じゃないわ。家族の一員よ」エマはかばうように言ったあと、喜び勇んでつけ加えた。「これでミス・ビリングズも家族の一員になったのね！　新しい家庭教師を探さなきゃだめ？　どんな人が来ても、ミス・ビリングズの半分も好きになれないと思うんだけど」

「いや、新しい人を探そう。ミス・ビリングズも、レディ・ストークハーストとしての仕事とお前の家庭教師を同時にこなすことはできないからね」ルークはタシアを、どのくらいの仕事量に耐えられるか測るように見た。「一週間でへとへとになって、倒れてしまうだろう」

その言葉に性的な含みはいっさいなかったのに、二晩ルークに愛されたことでどんなに疲れたかを思い出し、タシアは顔を赤らめた。その思いを見透かしたのか、ルークはにやりとした。

「ミス・ビリングズ、君はもうわたしの使用人じゃないから、ミセス・ナグズに客用の寝室のどれかに案内してもらうといい」

「前の部屋でまったく問題ないわ」タシアは小声で言った。

「将来のわたしの花嫁にはふさわしくない」

「でも、わたし――」

「エマ」ルークはタシアの言葉をさえぎった。「ミス・ビリングズに寝室を選んであげて、シーモアにその部屋に荷物を運ぶよう言いなさい。それからミセス・ナグズに、今夜はテーブルにあと一つ席を用意するようにと。これからはミス・ビリングズもわたしたちと一緒に食事をとるから」

「はい、お父さま！」エマはサムソンを従え、飛び跳ねながらその場をあとにした。

ルークと二人きりになると、タシアは顔をしかめてみせた。

「まさか、今夜もわたしのところに来るつもりじゃないでしょうね」鋭いささやき声でそう言ったが、ルークがまさにそのとおりのことを企んでいることはわかっていた。

ルークは青い目にいたずらな光を浮かべ、にっこりした。

「一人で寝るのは好きじゃないと言っただろう」

「そんなにもはしたない状態は聞いたことがないわ！」ルークが腰に手を回し、自分のほうに引き寄せたので、タシアは抵抗した。「ちょっと！　使用人に見られたら――」

「別々のベッドで眠ったとしても、みんなわたしたちは一緒にいるものと思うだろう。それなら楽しんだほうがいい。慎重にやれば、誰もわたしたちのことを悪くは思わないさ」

「わたしが思うわ」本気で腹が立ってきて、タシアは身をこわばらせた。「わ、わたしは、無垢なお嬢さまと同じ屋根の下にいる間は、あなたとこっそり交わったりしないわ！　自分はそんなことをしておいて、お嬢さまには道徳を説くなんて、偽善の極みだもの」

「〝馬はすでに外に出てしまった〟んだ。今さら馬屋のドアを閉めても遅い」

「でも、寝室のドアは閉めておくわ」タシアは断固として言った。「結婚するまでは」

タシアが考えを変えるつもりがないことがわかると、ルークの表情は石のようになった。二人は挑戦的ににらみ合った。突然ルークは向きを変え、シャツの下の広い背中をこわばらせて歩き去った。

「どこに行くつもり?」すべてを白紙に戻すつもりではないかと、どこか不安な気持ちでタシアはたずねた。

「結婚式の準備をするんだ」くぐもったうなり声が返ってきた。「大至急」

7

それから数日間、タシアはほとんどルークの姿を見かけなかった。起きている時間はほぼ領地内の礼拝堂で行われるこぢんまりした結婚式の準備に費やし、夜になってサウスゲート館に戻ってくると、タシアに状況を報告した。ルークはタシアに優しい顔を見せたかと思えば攻撃的になるため、彼の機嫌を把握するのは至難の業だった。時には、タシアを壊れやすい磁器であるかのように優しく抱きしめ、愛の言葉をささやくこともある。だが、手近な壁にタシアを押しつけ、陸に上がった水夫が最初に見つけた娼婦にするようなふるまいをすることもあった。

「今夜、君の部屋に行く」暗がりにタシアを引きずり込み、五分間キスを続けるというとりわけ熱っぽい時間を過ごしたあと、ルークは言った。

「ドアに鍵をかけるわ」

「鍵を壊す」ルークの膝はタシアの太ももの間に押し入り、スカートの層の間を探っていた。唇がしっかり重ねられ、舌が深く潜り込んでくると、タシアは高まる快感に彼の下で身悶えした。ルークの息が熱くほとばしり頬にかかる。「タシア」彼はうなるように言い、耳の下の感じやすいくぼみに唇をすべり込ませた。「君が欲しい。体がうずくくらい、君が欲しくてたまらない」タシアの手首をつかんで二人の体の間の下のほうに引っぱり込み、その手に硬いこわばりを握らせた。熱く高ぶったタシアは時が経つのも忘れ、立ったままキスを返し、手のひらの上で直接刻まれるみだらな鼓動を感じていた。

「もうやめないと」タシアはあえいだ。「こんなの良くないわ。ずるいわよ」

「今夜」ルークは言い張り、タシアのハイネックのドレスのボタンを乱暴に引っぱった。

タシアは体を引き離したが、足元がふらつき、膝から力が抜けていることに気づいた。

「寝室に来るのはだめ」断固として言う。「そんなことをしたら、絶対に許さないから」

ルークの欲求不満は癇癪として爆発した。

「くそっ、今寝ても、二日後に寝ても違いはないだろう！」

「二日後には結婚しているわ」

「前はいやがらずにベッドに入れてくれたじゃないか」

「あのときは状況が違ったもの。二度とあなたに会えないと思っていたからよ。この家の一員になることが決まった今、娼婦みたいにふるまって、使用人や娘さんに軽蔑されるわけにはいかないわ」タシアの声は静かながらきっぱりしていて、気が変わることは絶対にないと言っているようだった。

だが、ルークは挑戦するつもりだった。短い沈黙が流れる間に、怒りに任せた要求から巧妙な説得へと作戦を変える。

「タシア、ここにいる誰もが君を尊敬し、愛している。一番がわたしだ。わたしには君が必要なんだ。今すぐに君を抱きたくて仕方がない。わたしは君を幸せにしたい、君を喜ばせたいだけなんだ……」

タシアは近づいてくるルークを疑わしげな目で見ていた。突然ルークはタシアにつかみかかった。タシアは器用にそれをかわし、ルークの手の届かないところに飛びのいた。

「くそっ」ルークの罵声がホールに響く中、タシアは足早に歩き去った。

「ついてこないで」早口にタシアは言い、今夜はドアに鍵を掛けるだけでなく、ドアの前に椅子を置いておこうと心に誓った。

次の朝、朝食室にいるタシアのもとにルークがやってきた。タシアはアーチ形の窓の外に見える造園された景色から注意を戻し、ためらいがちに彼に笑いかけた。オーク材の円形テーブルについたまま、ルークが近づいてくるのを待つ。彼は食器の片づけをしていたメイドに、出ていくよう手振りで示した。

「おはよう」ルークは言い、上を向いたタシアの顔に目をやった。今朝の彼は情欲をきちんと抑え込み、厳しい表情を浮かべた冷静沈着な貴族に戻っていた。「座っていいか？」タシアに答える隙を与えず、椅子を引いて隣に座る。「あと数分でロンドンに発たなきゃいけないんだが、その前に君に質問したいことが二つある」

タシアはルークと同じ事務的な声で返した。

「ええ、何かしら」

「結婚式の証人をアッシュボーン夫妻に頼むという案には賛成してもらえるか?」

タシアはうなずいた。

「そうしてもらえるとわたしも嬉しいわ」

「よかった。もう一つきいておきたいのは……」ルークはためらい、タシアの膝に手を伸ばしてスカートのひだをもてあそんだ。熱のこもった青い目が、タシアの目をとらえる。

「何?」タシアはそっとうながした。

「結婚指輪のことなんだ。その……こういうのはどうかなと思って」そう言うと、ルークは手を開いた。

手のひらにのった重みのある金の指輪を見て、タシアは目をみはった。慎重に手を伸ばしてつまみ上げ、きらめく表面に彫られた薔薇の花と葉の模様を眺める。指輪にはルークの肌のぬくもりが残っていた。

「我が家に伝わる指輪だ」ルークは言った。「もう何代もはめた人はいない」タシアは細い指に指輪をはさんで回し、その金の輪を観察した。指先が薔薇の彫刻をなぞる。「イギリス人にとって、薔薇は秘密の象徴なんだ。昔は晩餐会の主人がテーブルの上に薔薇をつるしたら、その下で話されたことはいっさい口外してはならなかった」

突如タシアの目の前に、ベッドに入っている男女の姿が浮かび上がった。女性は長い指を伸ばし、その節をこの指輪が通っていく。男性は黒っぽい髪をし、あごひげを生やしていて……目は青色だった。その情景は一瞬で消えたが、タシアには愛し合うその二人の正体がわかった。皮肉と興味が混じり合った目でルークを見る。

「ご先祖のウィリアムが愛人にあげた指輪じゃない？」

ルークの口元の険しいラインがほほえみにやわらいだ。

「出会った瞬間から死ぬその日まで、ウィリアムは彼女を愛していたと言われている」愛情に満ちた視線がタシアの全身を這い回った。「もっとほかの高価な宝石がついたような指輪がよければ、それでも構わないよ。この指輪は時代遅れ――」

「ううん、これがいい」タシアは指輪を握った。「最高だわ」

「そう言ってくれるんじゃないかと思っていたよ」ルークは身を乗り出し、タシアの椅子の背に腕をかけた。二人の顔が近づく。「昨夜は悪かった。君がこんなにも近くにいるのにベッドに連れていけないというのは、つらいことなんだ」

タシアはまつげを伏せた。

「わたしにもつらいことよ」ぬくもりと愛情の波が押し寄せ、タシアはルークに顔を近づけて、誘うように唇を開いた。昨晩のけんかのあとは、ろくに眠ることができなかった。真っ暗な寝室に一人きりでいると、休むことを知らないルークのキスと、隣にいる彼の体温が恋しくて仕方がなかった。

ルークはにっこりし、タシアの唇が自分の唇に当たる直前に顔を引いた。

「だめだよ、いたずらっこさん。自分から始めておいて、最後までいかせてくれないなんて」ルークは立ち上がり、タシアの手から指輪を取り上げて、脅すように振りかざした。「でも、これを君の指にはめたあとは、いつでも好きなときに君をいただく……礼儀など知ったことか」

エマがタシアのために選んでくれたのは、サウスゲート館で最もしゃれた客用寝室だった。ベッドはそりのような形をしていて、桃色の絹のブロケードと太い金色の飾り房が垂れている。エマは厨房からくすねてきた焼き菓子の皿を手に、だらりと絨毯に座り、サムソンにやりながら自分も食べていた。サムソンはエマの隣に寝そべり、差し出された菓子をむさぼっては口をなめている。

タシアは裁縫道具のかごを持って椅子に座り、男物のシャツの破れたカフスをかがっていた。エマとサムソンの砂糖まみれの顔を見て、思わず噴き出す。

「この子に甘いものを食べさせすぎじゃない？」タシアはたずねた。「体に良くないわ……それを言うなら、あなたの体にも良くないけど」

「お腹がすいて仕方がないんだもの。背が伸びれば伸びるほど、中に詰めなきゃいけない量も増えるのよ」エマはひょろりとした足を交差してため息をついた。「このままいつまでも伸び続けるんだわ。わたしが結婚するっていう外国人が背の高い人だといいけど。つねに夫を見下ろさなきゃいけないなんて、考えただけでぞっとするもの」

「身長がどうあろうと、きっとあなたにぴったりの男性よ」タシアは言った。

エマは婦人雑誌のページをめくり、最新流行の秋物ドレスのデザインの説明を熟読した。「今年はブロンズが大流行するんですって」雑誌を持ち上げてタシアに見せる。「ミス・ビリングズ、こんな感じの散歩用ドレスを作るといいわ。裾が波形になっていて、手首にリボンがついているの。それに、揃いのブロンズ色のブーツを履いて！」

「ブロンズがわたしに似合う色だとは思えないわ」

「ううん、似合うわ」エマはまじめな顔で言った。「それに、今まで黒と灰色ばかり着ていたんだから、これからは何を着てもすてきに見えるわよ」

タシアは笑った。

「わたしはピンクが大好きなの」うっとりと言う。「ほとんど白に近い、薄いピンク。ピンクパールほど美しいものはないと思っているわ」

それを聞いたエマは、せわしなくページをめくり始めた。

「後ろのほうに何か……ちょうどそういう色のイブニングドレスが――」突然手を止め、目を丸くしてタシアを見る。

「どうしたの？」タシアはたずねた。

「ふと思ったんだけど……これからはあなたのことを何て呼べばいい？　もうミス・ビリングズじゃないものね。でも、わたしの母親っていう年齢でもないし、お母さまって呼ぶのは何か違う気が……別にいいのかしら？」

タシアは裁縫の手を止めた。エマが何を心配しているのかはよくわかった。

「いいえ」優しく言う。「たとえ天国にいらっしゃるとしても、あなたのお母さまは今までもこれからもメアリーよ。お父さまがお母さまをお忘れになることはないし、あなたも同じでしょう。わたしはお父さまの新しい妻になるけど、お母さまの代わりはできない。お母さまにはお母さまの、わたしにはわたしの位置があるの」

エマは安心したようにうなずいた。椅子のそばに来て、飛び出た膝小僧を立ててスカートをテント状にする。父親そっくりのきらめく青い目でタシアの目を見た。

「一人でいると、ときどきお母さまが雲の向こうからわたしをのぞいている気がするの。天国に行った人がわたしたちを見守っているっていう話、本当だと思う？」

「ええ、思うわ」タシアは言い、その質問に真剣に答えた。「もし天国が完全に心の平穏を得られる場所だというなら、きっとそうよ。ご自分の目であなたの元気な姿を見られないのだとしたら、お母さまはこの上なく不幸に違いないもの」

「あなたがお父さまとわたしと一緒にいることも知っているんでしょうね。お母さまは喜んでいると思うわ。もしかしたら、あなたがわたしたちを見つける手伝いをしてくれたのかも。これ以上、お父さまとわたしに寂しい思いをさせないために」タシアが顔をそむけたので、エマは言いよどんだ。「ミス・ビリングズ？　怒らせちゃった？」

タシアはためらいがちにほほえんでみせた。

「いいえ、涙が出てきたの」と言って、袖で顔を軽くたたく。エマの赤毛に顔を寄せ、てっぺんにキスをした。「エマ、あなたに言わなきゃいけないことがあるの。わたしの本当の名前はミス・ビリングズではないのよ」

　エマは考え込むようにタシアを見つめた。

「知ってる。タシアでしょう」

「どうして知ってるの？」タシアは驚いてたずねた。

「この前、夕食のあとお父さまがあなたをそう呼んでいるのが聞こえたの。わたしがちょうど食堂を出ようとしていたとき。でも、驚きはしなかった。前からあなたはただの家庭教師じゃないと思ってたもの。だから、本当のことを教えて……あなたは本当は何者なの？」

　タシアはもの悲しい笑みを浮かべ、エマの顔をのぞき込んだ。青い目が好奇心に輝いている。

「本名は、アナスタシア・カプテレワというの」事実を告げた。「ロシア生まれよ。厄介事に巻き込まれてしまって、故郷を離れてイギリスに来なければならなくなったの」

「何か悪いことをしたの？」エマは疑わしげにたずねた。

「わからない」タシアは穏やかな声で答えた。「おかしな話だと思うでしょうけど、わたしにはそのことに関する記憶がほとんどないの。詳しいことを説明するのはやめておくわね。ただ、これまで生きてきた中で最も恐ろしい時間を過ごしたとだけ……でも、お父さまはそのことは忘れて、未来にだけ目を向けるようにとおっしゃってくれたの」

　指の長いエマの手がタシアの手にそっと置かれた。

「あなたを助けるために、わたしにできることはある？」

「もう助けてくれているじゃない」タシアは手を裏返し、愛情を込めてエマの手を握った。「あなたとお父さまは、わたしを家族の一員として迎えてくれた。わたしにとってこれ以上の助けはないわ」

エマはタシアに向かってにっこり笑った。

「やっぱりあなたのことをどう呼べばいいのかわからないわ」

「〝ベルメール〟はどう？」タシアは提案した。「フランス語で継母っていう意味よ」

「〝ベル〟は美しいっていう意味もあるわよね？」エマは嬉しそうな顔でたずねた。「いいわね、それならぴったりよ」

「ちゃんとしたウェディングドレスを作る時間があればよかったのに」タシアのドレスの最後の仕上げをしながら、アリシアは嘆いた。「わたしのお下がりじゃなくて、自分用に作ったまっさらのドレスを着るのが本当でしょう」ドレスはアリシアの手持ちのアイボリーのサマードレスをリメイクしたのだが、さすがにタシアの体にぴったり合わせることはできなかった。「少なくとも、色は純白にするべきだったわ」

「この場合、白はちょっと違う気がする」タシアは言った。「赤いドレスのほうが合っているでしょうね。真っ赤なドレス」

「今のコメントは聞かなかったことにするわ」太く編んでうなじにぐるりと留めた髪に、アリシアは慌ただしく白い薔薇をつけた。「罪の意識があるなら捨てなさい。ルークのことだけ考えてぼうっとしていればいいの。ルークと五分以上二人きりでいたら、たいていの女性がぼうっとなるものよ。あの人には抗えない魅力がある……もちろん、チャールズと結婚した女には関係ない話だけど」顔を赤らめたタシアには気づかないふりをして、アリシアは続けた。「おかしな話だけど、初めて会ったとき、わたしはルークのことが全然好きになれなかったの」

「そうなの？」タシアは驚いて言った。

「チャールズのルークに対する心酔ぶりに、嫉妬していたんだと思うわ。仲間内では、誰もがルークの言った気の利いた文句をまねして、ルークの最新の武勇伝で持ちきりだった。何か行動を起こすときは、まずルークの意見をきくのよ。自分がどの娘を口説こうかということまで！　ルーク本人と顔を合わせることになったときも〝なんてわがままで自分勝手な若者なのかしら。みんな、こんな人のどこがいいの？〟としか思えなかったわ」

　タシアは笑った。

「何がきっかけで、考えが変わったの？」

「メアリーのいい夫であることを知ったからよ。最高の夫、と言ってもいいわ。メアリーの前では思いやりがあって、優しくて……男性はたいてい、周囲からひ弱な男だと思われるのがいやで、そういうふうにはふるまえないのに。それに、ほかの女性には目もくれなかった。どんなに向こうから誘いをかけられても。一見傲慢に見えても実は心根のしっかりした人だということがわかってきたの。そんなとき、事故が……」アリシアは心外だという顔で頭を振った。「メアリーを失い、一生治らない障害を負ってしまって……ひねくれて、自己憐憫に陥るのが当然という状況よ。ああ、事故のあと初めてルークを訪ねるとき、チャールズがどんなに怖じ気づいていたことか！　『ストークハーストは別人になっているだろう』ルークの病床を訪ねる直前にそう言ってたわ。『今のあいつに会うのは耐えられそうにない』って。でも、ルークは男気を失うどころか増していたの。チャールズに、自分を哀れんで時間を無駄にするつもりはないし、誰にも哀れんでほしくない、と言った。メアリーの思い出に敬意を払うためにも、エマには幸せな人生を送らせる。外面的な欠陥は関係ない、重要なのは人間の内面だけだと教えるつもりだ、と。チャールズは目に涙を浮かべて家に帰ってきて、ルーカス・ストークハーストほど尊敬できる人間には会ったことがない、と言ったの」

「どうしてわたしにそんな話をするの？」タシアはかすれた声でたずねた。

「あなたの決断に賛成だって伝えたいのかしらね。ルークとの結婚を悔やむことは決してないと思うわ」

　タシアはそわそわと鏡のほうを向き、髪の具合を確認した。自分の目に光る涙には気づかないふりをする。

「最近まで、わたしはアンゲロフスキー家のことと、自分がしたかもしれない恐ろしい行為のことしか考えられなかった。ストークハースト卿に対する自分の気持ちは今もわからない。まだ言葉にできないでいるの。でも、これまで誰に対しても抱いたことのない気持ちで、あの人のことを頼りにしているのは確かよ」

「それは幸先のいいスタートだと思うわ」アリシアは一歩下がり、タシアを眺めた。「すてき」感想を述べる。

タシアは後ろに手を伸ばし、髪に留められた花に触れた。

「いくつつけてくださったの？」

「四つよ」

「もう一つつけてもらってもいい？」

「これ以上はスペースがないと思うんだけど」

「じゃあ、一つを外してもらえるかしら。三つか五つがいいわ」

「でも、どうして？　ああ、そうね、どうして忘れていたのかしら？」ロシアの風習を思い出し、アリシアはにっこりした。「花は生者には奇数、死者には偶数だったわね」タシアが礼拝堂に持っていく大きな花束に目をやる。「ブーケの花の本数も数えてあげましょうか？」

タシアはほほえみ、大きな花束を持ち上げて考え込むように見つめた。

「その時間はないわ。正しい本数だということにしておきましょう」

「ああ、よかった」アリシアは本音をにじませた声音で言った。


厳粛な場であるにもかかわらず、サムソンが領地内の礼拝堂のドアの前で待たされているのを見たとき、タシアは笑いだしそうになった。革ひもは後方の信徒席の一つにくくりつけられ、結婚式をじゃまできないようになっている。サムソンは耳をぱたぱた、ひくひくと動かしながら、礼拝堂の前のこぢんまりとした集団を眺めていた。おごそかな雰囲気に影響されたのか、その態度にはいつになく威厳があり、時折エマに首輪のまわりにつけられた花輪を前脚でいじったり、鼻を鳴らしたりする以外はじっとしていた。

壁から聖人の彫像が超然とした顔でこちらを見下ろしている。礼拝堂は狭くてほのかにかび臭く、ろうそくの黄色い光がつるつるした石と濃い色の木材を温かく包んでいた。タシアはどこか上の空でルークの右隣に立ち、その右にエマが、ルークの左にアッシュボーン夫妻が立っていた。自分のものとは思えない声で、タシアは誓いの言葉を復唱した。

何とも簡素な、驚くほど家族的な結婚式で、サンクトペテルブルクで行われる予定だった二時間にわたる盛大な式とは大違いだった。もしミハイル・アンゲロフスキーと結婚していれば、一〇〇〇人はいる客の前で、正教会の主教が儀式を執り行っていただろう。タシアは白いブロケードと銀色の毛皮に全身を包まれ、ミハイルの金の王冠と揃いの銀の王冠をつけていたはずだ。祭壇の周囲に行列が作られ、アンゲロフスキー家はミハイルに、古代ロシアにおける夫の権威の象徴、銀の鞭を持たせただろう。タシアはひざまずき、ミハイルの結婚式用のローブの裾にキスをするという、究極の服従の動作をさせられるのだ。だが実際には血痕を残し、人を欺いて、そのすべてから逃げてきた。今は外国にいて、会ったばかりの人と結婚の誓いを交わしている。

ルークはタシアの手を固く握り、死が二人を分かつまで妻と添い遂げる旨を述べていた。彼の澄んだ青い目を見つめると、上の空の感覚は消えていった。ほかの人の名字を自分のものとし、指にその人の指輪がはめられるのを感じることで、過去と自分を結びつける最後の糸は断ち切られた。ルークが身をかがめて唇を重ねてくる直前、タシアは一瞬だけパニックに陥った。それは優しいキスではなく、短い、強いキスだった。〝君はわたしのものになった〟というのが、無言で発せられた彼のメッセージだった。〝今も、これからもずっと……わたしたちを分かつものは何もない〟と。


ストークハースト卿夫妻が戸口に現れると、使用人ホールは喜びの声に沸き立った。ルークは次の日使用人たちに休みを与え、夜を徹した祝宴のためにワインと料理をたっぷり用意していた。村からも人が来て、楽器を演奏し、宴に加わった。一同は新婚夫婦のまわりに押し寄せ、祝いの言葉をかけた。彼らの温かさにタシアは胸を打たれた。

「おめでとうございます、奥さま！」メイドたちは叫んだ。「奥さまも旦那さまも、お二人ともおめでとうございます！」

「こんなにきれいな花嫁さんは見たことがないわ」ミセス・プランケットは目に涙を浮かべ、感極まったように言った。

「サウスゲート館始まって以来の幸せな日よ」ミセス・ナグズは熱っぽく言った。

町長のミスター・オリー・シップトンが乾杯の音頭を取った。ぽっちゃりした顔を誇らしげに真っ赤にし、ワイングラスを高く掲げる。

「ストークハースト侯爵夫人に……奥さまの気高いお優しさがいつまでもお屋敷の彩りとな

りますように……サウスゲート館がお子さまでいっぱいになりますように」

ルークが笑い、赤面した花嫁に顔を寄せてキスをすると、一同はどっと沸いた。耳元でささやいた言葉は誰にも聞こえなかったが、タシアの頰はいちだんと赤くなった。

数分後、タシアはミセス・ナグズとアリシアのもとに残り、ルークはあたりを歩き回って、あちこちから心のこもった祝いの言葉を受けた。傍らを歩くチャールズは、この状況全体が自分のおかげだと言わんばかりに顔を輝かせている。

「やっぱり君は正しい行動をとってくれたね」チャールズは声を潜めて言い、ルークの手を握って勢いよく振った。「アリシアの言うような、さかりのついた愚か者なんかじゃないことはわかっていたよ。ことあるごとにわたしは君をかばってきたんだ。アリシアが君のことを、うぬぼれを食べて生きている好色なお節介野郎だって言ったときは、それは言いすぎだと意見した。横柄で冷酷だと言ったときは、それは事実に反していると言ってやったよ。思い上がった自分勝手な男だと暴言を吐き始めたときは――」

「ありがとう、チャールズ」ルークはそっけない口調でさえぎった。「こんなにも心強い味方がいたと知って嬉しいよ」

「まったく、幸せな一日だな、ストークハースト！」チャールズは叫び、陽気な集まりを手で示した。「わたしが君にタシアを紹介したとき、こんなことになるなんて誰が思った？エマがこんなにもタシアになついて、君が彼女を愛するようになるなんて。わたしは自分自身を祝福したい――」

「彼女を愛しているなんて君には一言も言っていないはずだが」ルークはいぶかしげにチャールズを見つめて言った。

「言われなくてもわかるよ。君の結婚観を考えれば、タシアを愛していない限りプロポーズなんてするはずがない。それに、君がこんなにも明るい顔をしているのは、イートン校時代以来だ」チャールズはワイングラスをのぞき込んで高笑いした。「でも、君が羨ましいなんてこれっぽっちも思わないね。これでタシアの存在がロンドン社交界に知られることになるわけだから。ほかの男から守るには相当苦労するぞ。若い色男にも手練れの女好きにも、同じくらい手を焼くんじゃないか？　タシアの謎めいた女らしさはイギリス女性にはほとんどないものだし、そのうえあの黒髪に白い肌――」

「わかっている」ルークは短く言い、不安げに顔をしかめた。チャールズの言うとおりだ。タシアの若さ、美貌、心そそる外国人らしい雰囲気は、多くの男の目に夢の女性のように映るはずだ。嫉妬という感情はルークにはなじみがなく、いやなものだった。つかのまメアリーとの生活が思い出され、それがいかに快適で、苦労のないものだったかに思い至る。メアリーに対しては苦悶も嫉妬も感じることはなく、ただつき合いの長い相手に対する心やすさだけがあった。

　チャールズは鋭い目でルークを見た。

「前とは全然違うよな？」言葉の重さを隠すときの常套手段として、わざと無頓着な言い方をする。「実を言うと、また一から結婚生活を始めるなんて、わたしには想像がつかないんだ。しかも、相手は若い。君がすでに経験してきたことを、タシアは何も知らない。失敗を重ねて教訓を得るには、これから何年もかかる……それでも、彼女の目を通して世界を見ていると、自分も初心に戻った気分になるだろうな。その点は羨ましいよ」追いつめられたようなルークの表情を見て、チャールズはにっこりした。「あれは何という言葉だったかな？〝青春は愛と薔薇を与えてくれるが、老いてもなお友人とワインは残る……〟」乾杯するようにグラスを掲げる。「ストークハースト、二度目の青春の味を楽しめばいい、というのがわたしからのアドバイスだ。そして、わたしにはワインを残してくれ」

ルークが寝室に入ったとき、室内の明かりは控えめに絞られていた。タシアが一人きりで、両手を腹の前で組んで待っている。レースに縁取られたリネンのねまきを着て、髪はくるくると巻きながら背中に落ちていた。その姿はとても美しく、若さにあふれ、汚れを知らなかった。指にはまった金の指輪を目にすると、それが示唆する事実に圧倒される思いがした。一人の女性にここまで強い気持ちを抱くのは不本意で、恐怖すら覚えるほどだったが、結局のところ、嬉しい気持ちが勝っていた。これほどの幸せを感じるのは初めてで、自分の無備さと慎ましさ、人間らしさに、奇妙な安堵を覚えていた。

「レディ・ストークハースト」ルークはささやき、ローブをまとった胸にタシアを抱き寄せた。「白を着た君は天使のようだ」

「アリシアにもらったの」タシアはねまきの袖に手を触れ、猫のような目でルークを見つめた。

「きれいだよ」ルークはささやいた。

タシアはわずかに顔をしかめた。

「ルーク、大事な話があるんだけど」

「何だ？」ルークはタシアの長い巻き毛をもてあそびながら、続きを待った。

タシアは懇願するように、片手をルークの胸にのせた。

「わたし、今夜はあなたと同じ寝室で眠るつもりよ。でも、ミセス・ナグズに、明日からは寝室を別にするようにと指示しておいたことは、あなたにも伝えておこうと思って」

ルークは感情を表に出さず、ただ黙ってぴくりと眉を上げた。これまで、寝室のあり方については一度も話し合ってこなかった。同じベッドで眠るのが当然だと思っていたのだ。

「君と別々に眠るために結婚したわけじゃない」ルークは返した。

「もちろん、その気があればいつでもわたしのベッドを訪ねてくれていいのよ」タシアは気恥ずかしそうに笑った。「わたしの両親はそういう習慣だったし、アッシュボーンご夫妻もそうしているわ。そのほうが品があるもの。アリシアも、イギリスではごく一般的な習慣だって」

ルークは黙ってタシアをじっと見た。確かに、結婚の手引きや婦人雑誌では、ベッドを別にすることを品格ある家庭のあり方だとしていることが多い。だが、問題は他人の習慣ではなく、自分の習慣だ。誰かが考えた品格ある結婚の概念を満足させるためだけに、一分でもタシアと離れて眠るなどありえない。

ルークはタシアの背中に回した腕に力を入れた。

「タシア、わたしは毎晩君が欲しい……それに、妻を〝訪ねる〟なんていう考え方は好きじゃない。二人ともこの部屋で眠るほうが効率がいいとは思わないか？」

「効率の問題じゃないわ」タシアは真剣に言った。「もし、わたしたちが寝室を一つしか使っていなかったら、毎晩同じベッドで寝ていることがまわりに知れてしまうわ」

「何だ、それ」ルークは愕然とした顔で言った。タシアを両腕で抱え上げ、高いベッドに運んでいき、広々としたアイボリーの絹地の上に落とす。

あてつけのようなルークの行動に、タシアは顔をしかめた。

「ちょっと、品格について説明しようとしたところなのに――」

「聞いてるよ」

だが、実際には聞いていなかった。タシアの体をなで回し、腰から胸をなぞり上げるうちに、彼女の説明は支離滅裂になってきた。胸のふくらみに顔を寄せ、ねまきの上からなめて、目の粗いレース越しに特定の箇所の味を探す。硬くなった乳首の一方を探り当てると、湿ったレースを舌で愛撫した。タシアはあえぎ、静かになった。

「続けてくれ」ルークはささやき、胸からねまきを引きはがした。むき出しの肌に熱い息をかける。「品格について教えてくれよ」

タシアはうめき声をもらしてルークに手を伸ばし、顔を自分のほうに引き寄せた。ルークはほほえんでベルベットのような胸の頂にキスをし、唇を開いて繊細な肌に軽く歯を立てた。自分たちには寝室もベッドも一つでいい理由を徹底的にタシアに教え込むと、寝室を別にするという提案はあとかたもなく消えていった。


タシアはルークと結婚したら平穏な日々が送れると思っていた。ここ一年は波乱続きで、今は静かな、秩序ある生活だけが望みだった。だが、じきにルークの思惑は別のところにあることがわかった。それはまず、エマを一人にしたくないという抗議には耳を貸さず、タシアをロンドンに連れていくところから始まった。

「両親がエマの面倒を見に来てくれるから」ルークはベッドに寝そべり、タシアが長い髪をとかすのを見ながら言った。「お互いに慣れるために、新婚夫婦はしばらく二人きりで過ごしたほうがいいというのは、エマもわかっている。それに、あの娘は母を困らせるのが何よりも好きなんだ」

「何か悪さをするわよ」タシアは警告するように言った。注意する人が使用人と年老いた祖父母しかいない状態で、エマが好き勝手に走り回るさまを思い浮かべて、顔をしかめる。

鏡に映ったタシアのつんとした顔を見て、ルークはにっこりした。

「わたしたちも悪さをしよう」

ロンドンのストークハースト邸は、テムズ川に面して立つイタリア風の邸宅で、タシアはその外観に魅了された。円塔が三本あり、屋根は円錐形だ。三面を絵のように美しい開廊《ロッジア》が囲んでいる。屋内噴水がいくつもあり、どれもアンティークのタイルか大理石の彫刻で装飾されていた。前の家主が水しぶきの音が好きで、屋敷中のホールから聞こえるようにしておきたかったのだという。

「人が住んでいるようには見えないわ」部屋から部屋へとそぞろ歩きながら、タシアは感想を述べた。屋敷自体はしゃれているが、装飾品など、個人の趣味が反映された品が見当たらない。「これではどんな人が住んでいるのかさっぱりわからないわね」

「前の屋敷が火事に遭ったあとに買ったんだ」ルークは言った。「それからしばらく、エマとわたしはここに住んでいた。人を雇って装飾をさせておけばよかったね」

「どうしてサウスゲート館に住まなかったの？」

ルークは肩をすくめた。

「思い出が多すぎて。夜に目が覚めると、つい……」

「メアリーが隣にいるんじゃないかと思ってしまう？」ルークの言葉がとぎれたので、タシアは静かにたずねた。

ルークは円形の大理石のホールの真ん中で足を止め、タシアの体を自分のほうに向けた。

「わたしがメアリーの話をするのはいやか？」

タシアは手を伸ばしてルークの額から髪を払い、細い指で濃い色の髪をすいた。繊細な唇のラインが動き、ほほえみの形を作る。

「そんなはずないでしょう。メアリーはあなたの過去の大事な一部よ。今、わたしが夜あなたの隣で眠っていることも、運が良かったと思うだけ」

　タシアを見つめるルークの目は暗く、底知れない青色をしていた。親指と人差し指がほっそりしたタシアのあごの先をつまみ、顔を上に向かせる。

「君を最高に幸せにするよ」ささやき声で言う。

「わたし、今も――」タシアは言いかけたが、ルークの指が唇の動きを制した。

「まだだ。まだとても足りない」


　最初の二週間、ルークはタシアにロンドンの街を案内し、かつてのローマ軍の占領地からメイフェア、ウェストミンスター、セント・ジェームズといった地区に連れていった。青々としたハイド・パークをサラブレッドで駆け、コヴェント・ガーデンを訪れる。ガラスの天蓋の下に続く市場を歩き、足を止めて『パンチ・アンド・ジュディー』の人形劇を見た。夫婦役の二体の人形が滑稽な調子で互いを殴り合うさまを見て、タシアはくすりと笑ったものの、周囲に群がる人々の大笑いにはついていけなかった。イギリス人のユーモア感覚は一風変わっていて、洗練された国民性とは不釣り合いの無意味な暴力に大喜びするのだ。人形劇に退屈したタシアはルークの腕を引っぱり、花や果物、おもちゃが並ぶ露店のほうに連れていった。

「ゴスチヌィ・ドヴォールみたい！」タシアは叫び、物問いたげなルークの視線に気づいて笑った。「サンクトペテルブルクにあるアーケード街よ。何でも売ってるの。ここはあそこによく似ているわ……ただ、イコンのお店がないけど」

イコンのない市場は訪れる価値がないとばかりに頭を振るタシアを見て、ルークは笑った。

「イコンは一つじゃ足りないのか？」

「ええ、いくらあっても困るものじゃないわ。お祈りにも使えるし、祝福と幸運をもたらしてくれる。ポケットに入れて持ち歩く人もいるのよ」タシアは軽く顔をしかめた。「あなたもイコンを持てばいいのに。一つ余分に幸運を手にしても害はないわ」

「それなら、わたしには君がいる」ルークはつぶやき、タシアの手を握った。

二人はリージェント・ストリートの店を何軒か回ったあと、ボンド・ストリートの仕立屋に入った。デザイナーのミスター・メイトランド・ホディングは、小柄でこぎれいなイギリス人男性だった。無駄のない彼のデザインを、タシアは気に入った。ひだ飾りやリボンがごてごてついたものより、簡素なもののほうが自分に似合うことはわかっている。タシアは浮き立つ気持ちを抑えられないまま、本と生地の見本がうずたかく積まれたテーブルのそばの金めっきの椅子に腰を下ろした。

「前はいつもフランス製のドレスを着ていたの」タシアは言った。何気なく口にしただけの言葉だったが、熱弁が返ってきた。

「フランスのファッションというのは」タシアに見せようとデザイン画の束を整理しながら、ミスター・ホディングは軽蔑した口調で言った。「丈を短く、デコルテを深くして、ひだ飾りを少々つけ、全体をけばけばしい赤紫色に染める……それだけで、何千ものイギリス人女性がため息をつき、パリのドレスを着たいと夢見るんです！　でも、レディ・ストークハースト、わたしどもがあつらえたドレスを着れば、真の優雅さを表現することができます。パリのファッションなどばかばかしくて、二度と着る気になれませんよ」タシアにほほえみかけ、何かを共謀するように声を落として言った。「ストークハースト卿の頭から代金のことなど吹き飛んでしまうくらい、美しくして差し上げます」

　タシアはベルベットの椅子に座っている夫に目をやった。二人の女性店員に世話を焼かれている。一人はお茶をお持ちしますと言い、もう一人は砂糖が一粒残らず溶けてしまうまで紅茶をかき混ぜていた。女性たちがまとわりつく様子が気に入らず、タシアが顔をしかめてみせると、ルークは仕方ないじゃないかというふうに肩をすくめた。

　端整な顔立ちに陰のある雰囲気のルークは女性に人気があり、タシアはそのことを気にせずにはいられなかった。アッシュボーン夫妻が開いた小規模な夜会では、女性客は年齢にかかわらず、ルークがそばに来るとざわめき、くすくす笑いながら、まばたきもせずに彼を見つめていた。最初のうちはタシアも面白がっていたが、やがてこんろの上の鍋のように、嫉妬心がぐらぐらと煮え立ち始めた。ルークが女性の興味に応えることはいっさいなかったが、そんなことは関係なかった。自分の夫のまわりに女たちが熱心に群がる光景は耐えがたく、今すぐ彼のもとに駆け寄り、女たちを一人残らず蹴散らしたくて仕方がなかった。

　アリシアがそばに来て、姉のようにタシアの肩を抱いてくれた。

「タシア、わたしのお客さまをナイフのようなまなざしで見ていないじゃない。あなたをここに招待したのは、お友達を作ってもらうためよ。そんな態度では誰も仲良くしてくれないわ」

「あの人たち、わたしからルークを取り上げたいんだわ」女たちの集団を見つめ、タシアはむっつりと言った。

「そうかもしれないわね。でも、あの人たちにはこれまでずっとチャンスがあったのに、ルークは誰一人として見向きもしなかった」アリシアはにっこりした。「ルークもあなたの反応に気づいていないわけじゃないのよ。あなたにわざと焼きもちを焼かせるくらいのこと、あの人ならやりかねないわ」

「焼きもち!」憤慨し、驚いて、タシアはアリシアの言葉を繰り返した。「わたしは別に――」だが、まさにそれこそが胸に巣くうこの熱くいらだった感覚の正体だと気づき、口をつぐんだ。ルークを自分のものだと思ったのはこのときが初めてだった。この夜のタシアはその後、独占欲丸出しでルークに寄り添い、こちらを見てくる女性たちに冷ややかに会釈を返した。

その出来事を思い出し、タシアはそろそろ新しいドレスを仕立てなければと思った。はっとするような美しいドレスを着て、ルークが自分から目をそらさないようにするのだ。ミスター・ホディングの腕に軽く手をかけ、デザイン画を見せてくる動きをさえぎる。

「どれもすごくすてき」タシアは言った。「本当に才能のあるデザイナーさんなのね」

メイトランド・ホディングは褒められた喜びに顔をピンクに染め、猫に似たタシアの目をうっとりと見つめた。

「レディ・ストークハースト、あなたの美貌に報いる仕事ができるのは、わたしにとっても光栄なことです」

「ミスター・ホディング、わたし、誰かのまねはしたくないんです。わたし独自のスタイルを作るお手伝いをしていただきたいの。今まで見せていただいたデザインよりも、もっとエキゾチックな感じがいいわ」

その提案にミスター・ホディングは張り切り、新しいスケッチブックを持ってくるよう店員に身振りで示した。二人は長い時間をかけ、数えきれないほど何度も紅茶をお代わりしながら、打ち合わせを進めた。上品な香りが漂う店内の雰囲気と、延々と続く生地やデザインに関する細かい話に、ルークはすぐにうんざりした。そこで、二人だけで話をしようと、タシアを脇に引っぱっていった。

「しばらく席を外してもいいか？」小声でたずねる。

「ええ、もちろん」タシアは答えた。「まだしばらく時間がかかりそうだから」

「怖くないか？」

身の安全を気づかってくれるルークに、タシアは胸を打たれた。ニコラスに見つかることの恐怖を、彼は理解していた。人目のあるところでタシアが一人きりにならないよう、気をつけてくれている。ロンドンの邸宅は柵と鍵で守られているし、使用人にも、門の前に見知らぬ人間が現れた場合の指示を徹底している。タシアが誰かの家を訪ねるときは、従僕が二人と武装した御者がついていくことになっていた。何よりも重要なのは、今もカレン・ビリングズとしての設定を貫いていることだ。エマとアッシュボーン夫妻以外の誰もがタシアのことを、ストークハースト卿に見初められた幸運な元家庭教師だと思っている。これだけ警戒していれば、ニコラス・アンゲロフスキーを怖れる理由がないことは頭ではわかる……それでも、心の奥にはつねにひそかな恐怖が潜んでいた。

タシアはほほえんでルークを見上げた。

「ここにいれば間違いなく安全よ。わたしのことは心配いらないから、行って」

ルークは身をかがめ、タシアの額にキスをした。

「すぐに戻る」

互いに満足のいく合意に達するころには、タシアもミスター・ホディングも、絹とベルベットとメリノとポプリンの山に半分埋もれていた。ミスター・ホディングは手を止め、タシアにあからさまな賞賛の目を向けた。

「レディ・ストークハースト、このデザインを身にまとえば、きっとロンドンじゅうの女性があなたのまねをしたくなるでしょうね」

タシアはほほえみ、ミスター・ホディングの手を借りて立ち上がった。きれいなドレスを着るのは本当に久しぶりのことだ。今着ている黒のドレスなどすぐに燃やしてしまいたい。

「ミスター・ホディング」タシアは質問した。「今日の午後にすぐ持ち帰れるような既製品のデイドレスは置いてらっしゃる？」

ミスター・ホディングは考え込むようにタシアを見つめた。

「シンプルなブラウスとスカートで、一式ご用意することはできると思いますが」

「それは助かるわ」タシアは言った。

店員の一人、ゲイビーという名の小柄な金髪女性がタシアを奥の部屋に案内した。部屋には凝った装飾の施された鏡がいくつも取りつけられ、タシアの姿をどこまでも連続して映し出した。タシアはゲイビーの手を借り、ワインレッドのスカートと、真っ白なレースが前に垂れたハイネックの白のブラウスに着替えた。ブラウスの上に着るアイボリーのジャケットも用意されていて、長い裾が細身のオーバースカートの役割を果たしている。タシアはうきうきと、ジャケットの袖まわりに施されたピンクの花と緑の葉の繊細な刺繡を指でなぞった。

「すてき」感嘆の声をあげる。「これも勘定につけてちょうだい」

ゲイビーはうっとりとタシアを見つめた。

「これが着られる体形の方はほとんどいらっしゃいません。お客さまくらい細い方でないとお似合いにならないんです。でも、スカートのウエストがゆるすぎますね。少々お待ちいただければ、針を持ってきてすぐにお直しいたします」ゲイビーはタシアを一人残して部屋を出ていき、ドアを閉めた。

タシアはスカートの衣ずれの音をたててくるりと回り、流れるようなワインレッドの生地をほれぼれと見つめた。四方を鏡に囲まれているので、どの角度からも自分の姿を見ることができる。その一揃いの服は品が良く、しゃれていて、ロシアで着ていた少女趣味のドレスよりずっと洗練されていた。ルークが見たら何と言うだろうと考え、その想像に嬉しくなって笑い声がもれる。部屋の真ん中で足を止めて、ブラウスのレースをふわりとふくらませ、アイボリーの絹のジャケットを女性らしい動作でなでつけた。

背後で影が動いた。ほほえみが消え、肌に寒気が走る。鏡に映る像がまた鏡に映り、ワインレッドとアイボリーが旗のように連なって、何十もの見開かれた目がタシアを見つめた。タシア自身の目だ。暗い影は鏡に映ったり消えたりしながら、近づいてくる。現実のはずはない……だが、急激に恐怖に襲われた。耳元で甲高い音が鳴っている。万華鏡の中に閉じ込められ、体は麻痺しながらも、肺は必死に空気を取り込もうとする……だが、満足に入ってこない……。

ひじに何かが触れた。体を回され、男のほうを向かされる。目の前でミハイル・アンゲロフスキーの死に顔がほほえみ、黄色い目がじっとタシアの目を見つめていた。喉から、そして唇から血をほとばしらせながら、名前を呼ぶ。〝タシア……〟

タシアは鋭い悲鳴をあげ、ミハイルの手の中でもがいた。傾いていく部屋のどこかに三人目の気配がある。三人は不気味な死の三角形を作り、赤と金色の部屋に囚われて、同じ場面を何度も繰り返す……。タシアは両手で顔を覆った。

「やめて」力ない声で言う。「あっちに行って、あっちに――」

「タシア、わたしを見るんだ」

聞こえたのは、夫の声だった。電流に触れたかのように、タシアの体がびくりと跳ねる。

震えながらルークを見上げた。耳鳴りが収まってくる。

ルークがそこにいて、タシアの体をつかんでいた。ブロンズ色に日焼けした顔は青ざめ、目は刺すような青色になっている。目をそらせばこの人は消えてしまい、ミハイルが戻ってくるのではないかという恐怖に、タシアはルークを見つめ続けた。気がおかしくなってきているようだ。夫を亡霊と間違えるなんて。そう思うと急におかしくなり、笑いが込み上げ、口から笑い声がもれた。ルークは一緒に笑ってはくれなかった。真剣な表情でこちらを見つめている。その様子から、タシアは自分がどれだけ不安定な状態にあるかを思い知った。何とか笑い声を止める。目から流れ落ちた涙を袖で拭った。

「ミハイルのことを思い出したの」かすれた声で言う。「あの場面がよみがえるのよ。全部見えてしまうの。あの人の喉にナイフが突き刺さっていて、ち、血が噴き出していて、どこにも行ってくれない。わたしの体をつかんで――」

ルークは静かに声をかけ、自分のほうに引き寄せようとしたが、タシアは抵抗した。

「あのとき、部屋にはあと一人、男がいたわ。もう一人、誰かがいたの。今の今まで忘れていたんだけど」

ルークはタシアをじっと見た。

「誰だ？　使用人か？　ミハイルの友達か？」

タシアは勢いよく首を横に振った。

「わからない。でも、その人はずっとそこにいたわ。かかわりがあるのは確か――」ドアが開いたので口をつぐんだ。

ゲイビーが困り顔で立っていた。

「お客さま？」タシアに問いかける。「悲鳴が聞こえたような気がしましたので」

「わたしが妻を脅かしてしまったんだ」ルークが言った。「しばらく二人きりにしてほしい」

「わかりました」ゲイビーは顔を赤らめ、もごもごと謝罪の言葉を口にしながらその場を去った。

ルークはタシアに視線を戻した。

「そのもう一人の男の外見は思い出せるか？」

「わ、わからないわ」タシアは唇を嚙み、何とか感情を抑えようとした。「その人のことは考えたくない――」

「年を取っていた？　若かった？　肌は浅黒かったか？　白かったか？　思い出してみるんだ」

タシアは目を閉じ、震える息を吸い込んで、ぼうっとした人影を頭の中ではっきりさせようとした。

「年は取っていて……背が高かったわ。それ以外はわからない」体の芯まで冷えきり、気分が悪かった。「もう無理」ささやき声で言う。

「わかった」ルークは広い胸にタシアを抱き寄せ、タシアの頭に自分の頭を寄せた。「怖がらなくていい」小さな声で言う。「真実を知ったからといって、困ることは何もない。それがどんな内容であろうと」

「もしわたしが罪を――」

「君が何をしていようとわたしは気にしない」

「でも、わたしは気にするわ」タシアの声はルークの上着に押しつぶされた。「そこから逃れることはできないの。自分を許せないでしょうね、もし――」

「しーっ」ルークは息ができなくなるくらい、強くタシアを抱きしめた。「その部屋でアンゲロフスキーと何があったとしても……いつかは君も隅々まで全部思い出せるだろうし、そのあと忘れることだってできる。そのときはわたしが力になるから」

「でも、ニコラスを止めることはできな――」

「ニコラスはわたしが何とかする。心配することは何もないよ」

それはできない、そんなことは不可能だと言おうとしたとき、タシアの唇はルークの唇に押しつぶされた。激しく深いキスで、彼は決然と押し入ってきた。タシアは抵抗しなかった。ルークの腕の中で体の力を抜き、彼の首に腕を回す。タシアの意志が伝わると、ルークの唇の動きは穏やかになり、キスはとびきり優しいものへと変わった。ルークが顔を上げるころには、タシアはほてり、高ぶっていた。耳の縁と、白いレースの襟から出た色白の首の曲線に、唇が這う。半開きになったタシアの目に、ワインレッドとアイボリーに包まれた自分が、黒っぽいルークに押しつけられている姿が映った。体がぴくりと引きつった。

「この部屋は出たほうがいいわ」震える声で言う。「鏡が……」

「鏡は嫌いか?」ルークはたずねた。

「こんなにもあるのはいやよ」

ルークは苦笑いを浮かべ、周囲を見回した。

「二〇人もの君を一度に見られるのはいいと思うけどね」タシアの顔に視線を戻し、そこに緊張の色を見て取ると、感情のうかがい知れない顔になって言った。「そろそろ家に帰ろう」

確かに、暗い部屋を見つけてベッドに潜り込みたい気分だった。頭まで上掛けを引き上げて、何も考えず、何も感じずにいたかった。だが、それをしてはいけない。罪悪感、恐怖、あるいは狂気……とにかく、気味の悪いミハイルの幻覚を呼び起こしてしまうものに、浸ってはいけないのだ。

「買い物を続けたいわ」タシアは言った。

「今日はもうじゅうぶん楽しんだと思うが」

「午後は〈ハロッズ〉に連れていってくれる約束よ」タシアは下唇を突き出し、軽いふくれっつらをしてみせた。ルークがこの表情に弱いことは知っている。思ったとおり、彼はうっとりして首を縦に振った。

「わかったよ」そう言って、タシアの頰にキスをする。「君が喜ぶことなら何でも」

タシアは元気を取り戻し、ブロンプトン・ロードにある有名デパート〈ハロッズ〉の豊富な商品を見に行った。タシアが足を止めて何かに見入るたびに、ルークは待機している店員を呼んでそれを包ませ、馬車に運ばせた。時計、盆、極楽鳥の羽根で飾られた小さな帽子、エマが好きそうな絵入りの糖菓の缶……。

またも気に入った品物を買うよう言われ、ついにタシアは断った。

「買いすぎよ」

ルークは面白そうに答えた。

「莫大な財産の相続人が、金を使うことにそんなに慎重だとは思わなかったよ」

「母の許しがなければ、何も買えなかったもの。それに、母は公道を歩くのが好きじゃなかった……足が痛くなると言って。商人や宝石商に屋敷まで商品を持ってこさせるの。だから、こんなふうに買い物をするのは初めてよ」

ルークは笑い、タシアの喉元のレースのフリルをもてあそんだ。近くにいた店員は咳払いをし、その親密な仕草からわざとらしく目をそらした。

「金は好きなだけ使ってくれ」ルークはささやいた。「愛人を一人囲うには、こんなものでは全然足りないんだから」

タシアは今の言葉が誰にも聞かれていないことを祈った。

「ちょっと」小声でとがめると、ルークはにやりと笑った。

「君にはわからないかもしれないけど、君がベッドにいてくれることに大きな価値があるんだ。その事実に大いにつけ込んでくれればいいんだよ」

タシアはこの不適切な会話を今すぐに終わらせたい衝動と、それを引き延ばしたい衝動の板ばさみになった。力強い腕が腰に回され、肌に息がかかる感触がたまらない。ルークのからかいにどう応えていいかわからず、ほほえむ彼の目をのぞき込んだ。

「どうしてわたしを愛人じゃなく、妻にしようと思ったの？」タシアはたずねた。

ルークのほほえみの質が変わり、声はごく静かになった。

「家に帰って、それを教えてもらいたいのか？」

まっすぐな視線に絡め取られ、タシアは声を出せずにいた。手が少しすべり、シャツの袖の下に巻かれた革に触れて初めて、自分が彼の腕をつかんでいることに気づいた。突然、ルークとベッドで過ごす時間のこと、肌を這い回る唇と、自分の体から彼がいとも簡単に引き出す快感のことしか考えられなくなった。

タシアの目から答えを読み取ったのか、ルークは数メートル離れたところをうろつく店員のほうを向いた。

「買い物はこれで終わりにするよ」愛想よく言う。「レディ・ストークハーストが少々お疲れのようでね」


「こんなふうに甘やかされるのは初めてよ」ある日の午後、高い壁に囲まれた邸宅の庭でくつろぎながら、タシアはルークに言った。「あなたに甘やかされるままになっているわたしがいけないのね」

本格的な夏の暑さが迫りつつあった。背の高い柘植と月桂樹の生け垣と、優雅に腕を広げたオークの木の陰になった場所で、二人は体を伸ばしていた。忍冬《すいかずら》ととげのない蔓薔薇が、あたりに芳香をまき散らしている。タシアは薔薇を一本もてあそび、花でルークのあごのラインをなぞった。

ルークはタシアの膝を枕にして寝転んでいた。ぼんやりと片膝を立て、ぶらぶらと揺する。

「甘やかしたところで、君に悪い影響は出ていないみたいだよ」タシアの顔を見上げ、手を伸ばしてつるりとした頬の曲線をなでる。「君はますますきれいになった」

タシアはほほえんで、彼の顔の上にかがみ込み、鼻をくっつけた。

「あなたのおかげよ」

「そうなのか?」ルークはタシアのうなじに手をすべり込ませ、自分のほうに引き寄せた。長く、じっくりキスを交わしたあと、タシアは答えた。

「ロシアには春の訪れを表す〝オッティペル〟という言葉があるの。目覚めを意味するときにも使われるわ。それが今のわたしの気持ち」

「そうか」ルークの目は興味深そうに輝いていた。「何に目覚めたのか教えてくれ」

「いやよ」ルークが欲望もあらわに愛撫を始めたので、タシアはきゃっと声をあげ、薔薇を取り落とした。

「目覚めた分野を正確に知りたい」ルークは言い張り、タシアを草の上に下ろして組み敷いた。誰かに見られたらどうするの、という笑い交じりの抗議の声を無視し、何気ない調子でタシアの体をなぞり下ろしていく。

ロンドンで三週間過ごす間に、ルークは一〇〇〇ものタシアの姿を脳裏に刻んできたが、この瞬間ほど心をつかまれたことはなかった。レスリングの試合のように、ルークを組み伏せようともがくタシア。儚くしとやかな以前の妻よりも、元気いっぱいに跳ね回る今の妻のほうが、ルークはずっと好きだった。その体から痩せ細った印象は消え、首も顔も手足も以前にはなかった丸みを帯びている。胸は今も小ぶりだが、柔らかく、ふっくらしてきていた。タシアはスカートを膝までたくし上げ、ルークの腰をまたいで、肩に手をついてバランスを取った。ルークの上で勝ち誇った顔をしている。ルークはわずかに肩を収縮させ、彼女の両手の下にある筋力を誇示して、自分はわざと負けてやったのだということを思い出させてやった。

「あなたにお願いがあるの」タシアは言った。

「何でも言ってくれ」

「断る前に、最後まで希望を言わせてくれると約束して。それから、頭を柔らかくして聞いてほしいの」

「だから言ってくれ」いらだったふりをして、うなるように言う。

タシアは深く息を吸い込んだ。

「母に手紙を書きたいの」単刀直入に言う。「わたしが安全に、幸せに暮らしていることを知らせたい。母だけじゃなく、わたしの心の平穏のためにも。母がわたしを心配しているのはわかっているもの。体にも良くないわ。わたしも毎日母のことを考えてしまう。今の境遇を匂わせるようなことはいっさい書かない。人名も地名も出さない。でも、手紙はどうしても書かなきゃいけないの。それがわたしにとってどんなに意味のあることか、あなたにもわかるはずよ」

ルークはしばらく黙っていた。

「わかるよ」平坦な口調で言う。

タシアの目は喜びに輝いた。

「じゃあ、手紙を書いてもいい？」

「だめだ」

ルークが理由を説明する前に、タシアはルークの体を振りほどき、暗く毅然とした目で彼を見た。

「あなたの許可を求めようとしたわけじゃないわ。ただ、礼儀正しくふるまおうとしただけよ。これはあなたが決めることじゃないもの。わたしの母のことだし、わたしの身の安全の問題なんだから」

「でも、君はわたしの妻だ」

「わたしはこれまで必要なリスクは負うようにしてきたわ。なのに、わたしがどうしてもしなきゃいけないことを、あなたは否定しようとするのね！」

「家族と連絡を取ることについては、前にも話をしたじゃないか。わたしが反対する理由はわかっているはずだ」

「母に誰にも口外しないように言えば大丈夫よ」

「本当に？」ルークは冷静にたずねた。「じゃあ、どうしてお母さんには、君の死を偽装したことを言わなかったんだ？　なぜキリルは、お母さんには秘密にしておこうと主張したんだ？」

タシアは黙り込み、ルークをにらみつけた。その点に関しては反論のしようがない。けれど、抑えつけていた自立心が火を噴いていた。自分があとにしてきた世界に、かすかにでもいいから結びつきを築く必要がある。ときどき、自分は存在していないのではないかと感じることがあった。過去の自分、人の記憶に存在する自分、これまで自分がしてきたこと、そのすべてから、今の自分が切り離されている気がするのだ。昔の自分が死んでしまったかのようだった。この困惑を、自分の中に幸福感と喪失感が共存するこの感覚を、本当の意味で理解してくれる人はいない。ルークは思いやり深い夫だが、強情だ。こうと決めたことは譲らない。

「わたしは好きなようにやるんだから、止めたって無駄よ」タシアは反抗的に言った。「一日じゅうわたしを見張っていない限り」

ルークの目が、警告するようにきらめいた。

「わたしは看守みたいなことはしない」静かな声で同意する。「専制君主としてふるまうつもりもない。わたしは君の夫だ。君を守る権利……と、義務がある」

感情を爆発させるのは卑怯だとわかっていながら、タシアはルークに楯突く自分を止めることができなかった。

「結婚を取り消すことだってできるのよ！」言った瞬間、手首を強くつかまれ、怒りにこわばった男らしい体に引き寄せられるのを感じた。

「君は神の前で、わたしの妻になると誓った」ルークは歯を食いしばるようにして言った。

「それは君にとって、どんな法律よりも意味のあることだ。君は神との契約を破れない。冷酷に人を殺すことができないのと同じようにね」

「本気でそう思うなら、あなたはわたしのことを何もわかっていないんだわ」目に炎を燃やし、タシアは言い返した。手首をぐいと引っ込め、強く引っぱると、やがてルークは手を離した。タシアはルークを庭に残し、安全な屋内に逃げ込んだ。

8

　夕食の席では一言も言葉を交わさなかった。イタリア産の黄色い大理石が敷きつめられ、繊細な彫刻が施されたヴェネチア製の家具が並び、神話に登場する人物などが描かれた一六世紀の天井画が見下ろす食堂で、ルークとタシアは二人きりで食事をした。料理はいつもどおりおいしかったが、タシアは一口飲み込むのもやっとだった。沈黙のせいで、神経が参っていた。

　いつもなら、一日で一番好きな時間のはずだった。ルークは自分が行ったことのある場所や会ったことのある人々の話をして、タシアを楽しませてくれる。タシアもロシアでの生活について話すよう、優しくうながしてくれた。さまざまな問題について勢いよく議論を交わすこともあれば、甘い雰囲気で意味のないおしゃべりを続けることもある。ある晩など、タシアは食事の間ほとんどルークの膝に座って彼の口に食べ物を入れながら、ロシア語で何というか一つ一つ教えていた。

「〝ヤブラカ〟」タシアは言い、果物を一切れ、慎重にルークの口元に運んだ。「これはりんごよ。〝グリブィ〟はきのこ。これは〝リーバ〟。魚よ」ルークの発音に笑い声をあげ、首を横に振る。「あなたたちイギリス人は〝R〟を喉の奥深くで発音しすぎるのよ。まるでうなってるみたい。歯にぶつけるように言って……リーバ」

「リーバ」ルークは素直に言い、タシアはまたも笑った。

「はい、ちょっとワインを飲めば舌がなめらかになるかも」タシアは白ワインのグラスをルークの口元に持っていった。「これは〝ベーラエ・ヴィノー〟。歯にぶつけるように言うの。ロシア語をうまく話すには、少し唾をとばさないと。それから、唇を丸くして……」言葉を発するルークの唇の形をタシアが指で整えているうちに、二人とも大笑いを始め、タシアは彼の膝の上から危うく落ちるところだった。

「〝キス〟のロシア語を教えてくれ」ルークは言い、タシアを胸に抱き寄せた。

「〝パツェルーイ〟」タシアは彼の首に腕を巻きつけ、唇を重ねた。

今もあのときのような気楽な夜が過ごせたらと思う。タシアが口論を吹っかけてから、何時間という時が経っていた。自分が悪かったことはわかっている。今となれば、なぜあんなにかっとなったのだろうとも思う。ごめんなさいという言葉が喉元まで出かかっていたが、プライドのせいで口にすることができなかった。その間に愛情深い夫は姿を消し、代わりによそよそしい他人が、会話がないことなど気にしない冷ややかな男性が座っていた。

時が経つにつれ、タシアはますますみじめな気持ちになった。不快感をやわらげようと、赤ワインを三杯飲む。最終的には席を立ち、一人よろよろと寝室に上がった。メイドに下がるよう言ったあと、服を脱いで床に山と積んだまま、裸でベッドに潜り込む。ワインのせいでふらふらしていた。眠りは深く、真夜中にマットレスの下のほうにルークの体重を感じたときも、身じろぎもしなかった。

悪夢が赤と黒の濃い霧となってタシアを襲った。タシアは教会で火のついたろうそくに囲まれ、香煙を鼻孔いっぱいに吸っている。息ができなかった。地面にうずくまり、喉元をつかんで、ずらりと並んだ金色のイコンを見上げる。お願い、お願いだから助けて……。慈悲深いイコンの顔はぼやけ、自分の体が持ち上げられて狭い箱に入れられるのがわかった。箱の側面をつかんで体を引き上げようとする。ニコラス・アンゲロフスキーの黄金色の顔が頭上にあった。表情のない、狼のような黄色い目がこちらを見つめ、歯がむき出しになって邪悪な笑みが浮かぶ。〝そこから出ることはできないよ〟ニコラスはせせら笑い、棺のふたをばたんと閉めた。ドンドンという音が響き、彼が棺に釘を打って、タシアを閉じ込めようとしているのがわかる。タシアは泣きながら手足をばたつかせ、必死の思いで悲鳴を絞り出した。

「ルーク！　ルーク――」

ルークはタシアを揺り起こし、もがく体の上に身をかがめた。

「ここにいるよ」彼にしがみつき、息をつまらせてあえぐタシアに、何度も声をかける。

「わたしはここにいるよ、タシア」

「助けて――」

「大丈夫。もう大丈夫だ」

悪夢はなかなか消えてくれなかった。タシアはぶるぶる震えながら、汗の噴き出た顔をルークの胸にうずめた。こんなにも自分を愚かで臆病だと感じたことはない。

「ニコラスに」何とか声を発する。「棺の中に閉じ込められたの。出られなかった」

ルークは体を起こし、広い胸にタシアを抱いて子供のように揺すった。暗闇のせいで彼の姿は見えなかったが、体に回された腕は硬く、低い声が耳元で聞こえた。

「ただの夢だよ」ささやき声が言う。「ニコラスは遠く離れているし、君はわたしの腕の中にいるから安全だ」

「そのうち見つかるわ。あっちに連れていかれてしまう」

ルークは引き続きタシアをゆっくり揺すり続けた。

「わたしのかわいいタシア」ささやくように言う。「君をわたしから引き離すことなんて誰にもできないんだよ」

タシアは涙をこらえようとした。

「今日のことは、ご、ごめんなさい。どうしてあんなことを言ったのか――」

「しーっ。もう終わったことだ」

突然タシアは泣き笑いを始めた。

「あんな悪夢をまた見たら、気がおかしくなってしまうわ。でも、どうしても見てしまうの。眠るのが怖い」

ルークはタシアを近くに引き寄せ、髪の上で愛情深く、意味を成さない言葉をささやき、タシアをなだめた。筋肉質の肩が、濡れた頬の下で張りつめている。タシアは震えながら息を吐き、彼の肌の匂いを吸い込んだ。脇腹に手が置かれ、親指が胸の外側の輪郭をなぞるのが感じられる。

「放さないで」タシアは哀願し、ルークのほうに体を、自分の全存在を向け、自分でも怖くなるくらい深い欲望をルークにぶつけた。

「絶対に」ルークはタシアにキスし、巧みに舌を潜り込ませてきた。同時に、柔らかな胸のふくらみに手を這わせる。考える言葉も時間も与えず、タシアを悪夢から引きずり出し、代わりに熱く燃えたぎる夢を見せた。指は胸の表面をすべり、乳首を軽く引っぱって、感じやすい肉がつんと立つまで愛撫した。絹のようにきめ細かい先端を口に含み、濡れた舌で突いて刺激を加える。流れるような快感が全身に押し寄せてきて、タシアは頭をのけぞらせ、欲望の癒しの体温に身を浸した。

ルークはタシアを仰向けにベッドに押し倒した。タシアは身を震わせながら従い、彼の手の感触を、自分を包むぬくもりを待った。だが、何も起こらない。タシアは目を開け、暗闇に目をこらしてルークの姿を捜した。

「お願い……」やみくもに手探りしたが、その手は虚空をつかむばかりだ。

腹に唇の感触があった。キスをし、なめながら、片側の腰骨から反対側へとゆっくり移動する。タシアは筋肉をこわばらせ、うめくようにルークの名前を呼んだ。タシアがせっぱつまっていることなど、彼はお構いなしだった。せがむ手を振り払い、美食家が異国のごちそうに舌鼓を打つように、タシアの体を味わっていく。胸に円を描き、じらすようにウエストに歯を立て、内ももにキスの雨を降らせた。かき立てられたタシアは恥じらいを捨て、みだらに身悶えして足を大きく開いた。ルークは低く笑い、柔らかな入り口に指をすべり込ませた。指が難なく入り込んできて、深くまさぐりながら心得たように優しく突き入れると、タシアはあえぎ声をあげた。

つるりとしたタシアのくぼみに、ルークの熱い息がかかった。彼は唇と鼻を繊細な毛にこすりつけ、舌を突き出して、かぐわしく柔らかな部分を深く探った。口と指を使って絶頂の瀬戸際まで追いつめ、タシアが上りつめようとしたその瞬間に体を引く。

タシアは甲高いあえぎ声をもらして体を浮かせ、自分の上に覆いかぶさって太ももの間に彼自身を据えたルークを必死に歓迎した。彼はなめらかに、力強く中に入ってきた。タシアは一瞬にして内側を痙攣させ、喜びの叫び声をあげた。ルークは一定のペースで動き、肌に汗を浮かべながら自制を保ち続けた。タシアは彼の首に腕を巻きつけ、濡れた深みに力強く押し入ってくるルークの感触だけに身を任せた。衝撃の波が再び押し寄せると、体は張りつめ、涙がちくちくと目を刺しながらこぼれ出た。

「愛してる」張りつめた彼の喉元で、すすり泣きながら言った。

ルークが腰の動きを強め、子宮を突くと、タシアは絶頂感に身を震わせた。彼女にきつく締めつけられ、ルークもこれ以上情熱を閉じ込めておけなくなった。タシアとともに、魂がよじれるほどのクライマックスを迎え、全神経が破壊される感覚にうめく。二人は固く抱き合ったまま息を荒らげ、どうしてもこの親密な空気を壊す気になれず、互いに絡みついていた。

「愛してる」話ができるまでに回復すると、タシアはもう一度言った。ルークの胸に顔をうずめる。「今までは口にするのが怖かったの」

　ルークはタシアの長い髪を優しく何度もなでた。

「どうして今は言えるんだ？」

「これ以上、自分の心の中にあるものを怖れながら生きることはできないと思ったの。それに、わたしたちの間に秘密があるのもいやだから」

　額にルークの唇が押し当てられ、彼がほほえんでいるのが感じられる。

「秘密はなしだ」ルークはささやいた。「嘘も、不安も……過去もなし」

「明日世界が終わるとしても、わたしたちには今夜のことがある」深い喜びに浮かされ、タシアは言った。「こんなにすごい思いができる人はほとんどいないわ。それだけでじゅうぶんなのかもしれない」

「一生一緒にいても足りないよ」

　ルークはタシアを強く抱き続けた。タシアの髪が暗い絹の川のように体の上にかかって、すべすべの手足が自分の手足と絡まり、温かな息が肩にかかる。彼女の中には、もろさと回復力が混じり合っている気がした。信仰心はさほどないルークだが、静かな祈りが全身に満ちてくる。〝ありがとうございます、神さま、この人をわたしのもとに導いてくださって……〟自分に何の功績があって彼女が人生にもたらされたのか、その問題については深く考えないことにした。疑問を投げかけることで、神意に逆らうつもりはない。


一カ月離れていた間に、エマはさらに背が伸びたように見えた。ロンドンの屋敷に到着したエマは赤い癖毛を振り乱し、大笑いしながらタシアに飛びついてきた。

「ベルメール！　あなたにもお父さまにも会えなくてとっても寂しかったわ！」

「わたしたちもよ」タシアは言い、エマを強く抱きしめた。「サムソンは元気？」

「あの子は田舎に置いてくるしかなかったの」エマは体を引き、顔をしかめた。「ひどく泣いていたわ。馬車のあとを追いかけようとしたから、使用人が二人がかりで押さえつけたの。ずっと遠吠えしていた。こんなふうに――」エマは悲しげな犬の鳴き声をまね、タシアを笑わせた。「でも、すぐに帰ってくるからって言っておいたわ」

「勉強ははかどってる？」

「ううん。おばあさまは全然勉強をさせてくれなくて、ときどき『あっちに行って難しい本を読んできなさい』って言うだけなの。おじいさまはお友達のところに遊びに行くか、人目につかないところでこっそりハウスメイドをつねるかで忙しいし」

「まあ、エマ」

タシアはほほえみを浮かべたまま、エマとともに玄関ホールの入り口に向かった。公爵夫人が足を止め、ルークと二人きりで話をしている。

キングストン公爵夫人は堂々とした女性で、背が高くほっそりしていて、きらめく銀髪と黒っぽい鷹のような目をしていた。パールグレーと深紫のドレスを身にまとい、〝植木鉢〟と呼ばれる山高の派手な麦わら帽子をかぶっている。斜めになったつばに二羽の鳥の剝製がとまっていた。

「あの鳥、おばあさまが自分で仕留めたのよ」エマは何食わぬ顔で言い、目を丸くしたタシアを見てにやりと笑った。

ルークは公爵夫人のそばに立ち、この一カ月間のエマのふるまいを詳しく説明する母親の声に熱心に耳を傾けていた。

「文化的なお屋敷にいるより、森で野生動物と一緒に暮らすほうが、エマの性分に合っていると思うわ」公爵夫人は言い放った。「幸い、わたしと一緒にいたおかげで少しは落ち着いたけど。わたしと過ごす時間はいつもこの娘のためになっているわ。あなたが前回会ったときよりも、ずいぶん成長したことがわかるはずよ」

「それはありがたい」ルークは言い、近づいてくる娘にウィンクしてみせた。「お父さまはどこです？」

公爵夫人は顔をしかめた。

「どこかで色恋沙汰にうつつを抜かしているわ。老猫がひな鳥を狩るみたいに、つまらない若い娘に手を出しているのよ。あの人がいなくてよかったわね。もしこっちに来ていたら、この屋敷じゅう、あなたの新妻を追いかけ回していたでしょうから」

ルークはにっこりし、母親のしわだらけの頬にキスをした。

「重たい椅子に何で縛りつけようとも、お父さまは抜け出してしまいますからね」

「もっと早くその方法を教えてくれればよかったのに」公爵夫人は辛辣な口調で返したが、その案は検討の価値ありと思ったようだった。如才なく近くに控えているタシアとエマのほうを向き、声量を上げて言う。「いったいどんな女性が息子を祭壇に連れていってくれたのか、確かめに来たのよ。今になってそんな人が現れるなんて思ってもいなかったから」

タシアが進み出て母親にあいさつする様子を、ルークは誇らしげに眺めた。

「お義母《かあ》さま」

静かな声で言い、深々とひざを曲げる。公爵夫人は驚きをあらわにした目でルークを見た。母がどんな女性を想像していたのかは知らないが、これほど礼儀作法の行き届いた若い女性だとは思っていなかったのだろう。

この日のタシアはいつにも増して美しかった。シニヨンに結った黒髪はダイヤモンドがちりばめられたヘアピンで留められ、青い薄織物のスカーフからきらめく白い喉元が透けている。ドレスはぴたりと体に張りつくデザインで、ほっそりしたウエストとヒップのラインがくっきり出ていた。後ろに寄せられたスカートは細かいプリーツでふくらみ、わずかに床を引きずっている。ヘアピン以外で身につけている宝石といえば、金の結婚指輪と、十字架のついた金のネックレスだけだ。

ルークは母親の目に映るタシアを想像した。この静かな落ち着きは、修道女でもない限りなかなか備わっているものではない。それでいて、目に浮かぶ厳粛な色はどこかほほえましく、夜の祈禱をしている子供を思わせる。堕落した夫の影響を受けながら、どうやってあの無垢な表情を保っているのかは謎だ。それでも、タシアが母の眼鏡にかなうことは確信できた。たとえ母が今も、タシアをただの家庭教師だと思っていても。

「ストークハースト家へようこそ」公爵夫人はタシアに言った。「変わった状況の下で我が家の一員になったことは認めざるをえませんけど」

「といいますと？」タシアは理解できないふりをしてたずねた。

公爵夫人はじれったそうに顔をしかめた。

「あなたの謎めいた風貌や息子との急な結婚の噂は、イギリスじゅうに知れわたっていますよ。急すぎて、わたしと公爵が式に呼ばれないくらいですもの」

ルークは慌てて口をはさんだ。

「結婚式はひっそりと挙げたかったものですから」

「そのようね」冷ややかな答えが返ってきた。

タシアはたじろいだ。両親を呼ぶかどうかについての話し合いはしたが、ルークは二人を呼べば式のじゃまをされ、無用の質問攻めに遭うだけだからと切り捨てて、会話をすぐに終わらせたのだ。タシアが身じろぎをしたせいで、長い鎖についた金の十字架が揺れ、公爵夫人の注意を引いた。

「変わったネックレスね」公爵夫人は言った。「見せていただける？」

タシアがうなずくと、節くれだった指が十字架をつまみ上げた。金線細工の十字架はキエフ大公国風のデザインで、細い金糸と細かい金の粒が何層にも重ねられ、独特の質感を生み出している。中央にはいくつもの血のように赤いルビーと、小粒の極上のダイヤモンドが一つはめ込まれていた。

「こんなに手の込んだ細工は見たことがないわ」ネックレスからそっと手を離し、公爵夫人は言った。

「祖母のものだったんです」タシアは答えた。「祖母は洗礼を受けてから亡くなるまで、首にはいつも十字架をつけていました。中でもこれがお気に入りで」突如訪れた衝動に従い、ネックレスを外した。血管の浮き出た公爵夫人の手のひらに十字架を押しつける。「これはお義母さまに差し上げます」

タシアの行動に、公爵夫人は驚きをあらわにした。

「お祖母さまの形見を取り上げるつもりはありませんよ」

「お願いです」タシアは真剣に言った。「お義母さまはわたしに、この世の何よりもすばらしい贈り物をしてくださいました……息子さんです。そのお返しとして、何か差し上げたいんです」

公爵夫人は両者の価値を比べるかのように、手のひらの金の十字架からルークへと視線を移した。

「いずれ、惜しい出費だったと思う時が来るかもしれませんよ」そっけない口調で言う。

「でも、贈り物はいただくわ。首にかけてちょうだい」タシアが鎖を留めると、公爵夫人の顔に笑みが浮かんだ。「息子の選択は正しかったようね。あなたを見ていると、わたしが新妻だったころを思い出すわ。あとでルークに、妻を大事にする、思いやりのある夫になれるようお説教しておくわね」

「ストークハースト卿にはとても良くしていただいています」タシアは力強く言い、茶化すような目でルークを見た。彼は母親の口から出てくる言葉に啞然としているようだった。タシアは笑いだしそうになるのをぐっとこらえた。「お義母さま、ラベンダーの間にご案内してもよろしいでしょうか？　勝手ながら、お義母さまのためにしつらえておきました」

「ええ、もちろん。わたしもあのスイートは気に入っているの。ラベンダーはわたしの肌の色によく合うし」

タシアと公爵夫人は腕を組んで歩き去り、エマとルークは驚きのあまり黙りこくって二人の後ろ姿を見つめた。最初に口を開いたのはエマだった。

「おばあさまに気に入られたみたいね。おばあさまは誰のことも気に入らないのに」

「そうだな」突然、ルークは笑いだした。「エマ、やっぱりタシアは魔女だったんだよ。でも、わたしがこう言ったことは本人には内緒にしておいてくれ」

それから数日間は楽しく過ぎていったが、ルークが家を空けている時間が長いのが、タシアには気がかりだった。彼は毎晩遅くに帰ってきて、服には煙草の煙がしみつき、息からはポートワインの匂いがした。そして、どうしても出なければならない仕事上の会合があったのだと言うのだ。

「そういう会合には男性しかいないの?」ベッドに腰を下ろしたルークがブーツを脱ぐのを手伝いながら、タシアは疑わしげにたずねた。

「腹が出て、黄色い歯をした、白髪のじいさんばかりだよ」

タシアはルークのシャツの襟をまじまじと見た。

「それはよかったわ。香水や口紅の痕がないかと、毎晩あなたの服を調べるのはいやだもの」

ほろ酔いのうえ、タシアと二人きりになれたことに浮かれて、ルークは彼女を自分の上にのせた。

「何でも好きに調べてくれ」誘うように言い、甘い香りのするタシアの髪に鼻と口をうずめる。「隠すものは何もない。ここを見てくれ、ほら……ここも……」ルークはごろりと転がり、くすくす笑う妻の上にみだらに這い上がった。

昼間は公爵夫人とエマと一緒に忙しく過ごすことが多かった。三人で屋敷の備品を買いに行ったり、知り合いの家を訪ねたりした。公爵夫人はタシアを親しい友人たちに紹介してくれ、完璧な作法を備えたタシアは社交界の古株たちにすっかり気に入られた。控えめで育ちのいい女性だと一同は感嘆の声をあげた。針と指ぬきの使い方も知らず、手袋もはめず膝を曲げる動作もしない、近ごろの浮ついた若い娘とは大違いだと。老婦人たちはタシアの礼儀作法を手放しで褒めちぎり、これならかつての洗練された社交界もいずれ戻ってくるだろうと太鼓判をおした。

午後、公爵夫人は自室で休息を取り、タシアはエマの勉強の監督をした。エマが戯曲を書き始めたのを知って、タシアは喜んだ。

「わたし、舞台女優になるの」エマは言った。「想像してみて、シアター・ロイヤルの舞台を踏むわたし……史上最高のマクベス夫人を演じてみせるわ！」エマは演劇の才能を披露するため、『マクベス』の夢遊病の場面を演じた。その熱演ぶりは、公爵夫人が思わず気つけ用の芳香塩に手を伸ばすほどだった。

レディ・ウォルフォードの娘の誕生日会の招待状を受け取ると、エマはこの世の終わりでも来ない限り、絶対に行かないと言い張った。

「その場で一番ののっぽになってしまうもの！　わたしより背の高い男の子もいない！　それに、髪の色のことで何か言ってくる子がいるから、わたしはその子の鼻を殴らなきゃいけなくなって、ひどい騒ぎになるわ。だから絶対に行かない」

父親のルークが話をしても、エマは断固として意志を曲げなかった。困惑したような、どこかいらだったような表情のルークに、タシアは話し合いの結果をたずねた。

「行きたくないと言っている」簡潔な答えが返ってきた。「無理やり連れていっても、みじめな思いをさせるだけだ」

タシアはため息をついた。

「ルーク、あなたは理解できていないと思う――」

「そうだな」ルークはむっつりと言った。「わたしもせいいっぱい努力はしたが、エマが七歳になったときからあの娘のことが理解できなくなった。君に任せるよ」

「ええ、わかったわ」苦笑いを抑えてタシアは言った。ルークは愛情深い父親だが、エマの問題が贈り物やキスで解決できないとわかると、どうしていいかわからなくなってしまうのだ。


タシアはエマの部屋に行き、閉ざされたドアをそっとノックした。返事がないので、ドアを開けて中をのぞき込む。エマは床に座り込んで人形のコレクションを整理していた。顔には反抗的な表情が浮かんでいる。

「パーティに行ってほしいって言いに来たんでしょう」エマは不満げに言った。

「そうよ」タシアはエマの隣でスカートをばさりと広げ、きらめく緑の泉の中に腰を下ろした。「同年代の女の子の友達を作る絶好のチャンスだもの」

「友達なんていらない。わたしにはあなたとお父さまと、サウスゲート館のみんなとサムソンが――」

「しかも、みんなあなたのことが大好き」タシアは言い、にっこりした。「でも、それだけじゃ足りないの。これは経験から言えることよ。わたしはあなたと同じくらい……それ以上に箱入り娘として育ってきたし、同じ年ごろの友達は一人もいなかった。あなたには、わたしのように寂しい思いはしてほしくないの」

エマは顔をしかめた。

「どういうふうに話をすればいいのかわからないわ」

「慣れれば平気よ」

「お父さまは、どうしてもわたしが行きたくないなら強くは言わないって」

「わたしは強く言うわ」タシアは静かに言った。エマの顔に驚きの色が浮かんだのを見て、返事をする隙を与えずに言う。「新しいドレスを作りましょう。ミスター・ホディングのお店にきれいな色の絹があったの。熟れた桃のような色。あなたの髪にぴったりだと思うわ」

エマは頭を振った。

「ベルメール、わたし――」

「とにかくやってみましょう」タシアは誘いかけた。「どうなるのが最悪だと思ってる?」

「わたしが悪夢のような時間を過ごすこと」

「あなたなら一晩くらい、悪夢のような時間を耐えきれると思うわ。それに……もしかしたら楽しめるかもしれないし」

エマは大げさに不満の声をあげ、人形の列を並べ替える作業に戻った。黙っているということはパーティに出る気になったのだろうと思い、タシアはにっこりした。

寝室のドアを閉めて外の世界を締め出すと、ルークはほっとため息をついた。今日も一日、銀行家と弁護士と実業家との会合に明け暮れていた。延々と続く交渉事に疲れといらだちを感じる。ルークは鉄道会社と醸造所に出資しているのに加え、いやいやながら保険会社の経営にもかかわっていた。

　金融の世界は好きになれなかった。何代にもわたって一族に受け継がれてきた地主貴族の役割のほうがずっといい。株や投資に興味はなかった。耕地や作物の世話、豊作に喜びを感じるのだ。けれど、今は農業収入だけでは生活が成り立たない。借地人のため、そして家族のために、ルークは都市部の土地や工場、鉄道会社の株に投資していた。そのおかげで地代を安く抑えることも、ストークハーストの土地改良のための収入を得ることもできている。

　昔ながらの紳士たちは、ルークが商売という卑しい手段で富を得ることを軽蔑していたが、当の本人たちの領地は衰退し、土地収入は落ち込み、借地人は破産していった。社会は急速に変化しており、資本家が台頭してくるにつれ、貴族らしい生き方は崩れつつあった。かつては想像を絶する富を誇っていた貴族が、周囲の変化に適応できず一文なしになった例はいくらでもある。自分が養っている人たちをそんな目に遭わせたくはなかった。領地を草ぼうぼうの荒れ地にしてはならない。娘に財産目当ての結婚をさせるわけにはいかないのだ。そんな事態に陥ることを考えれば、大嫌いな事業家になるくらいおやすいご用だった。

　喉元に白いレースのついた上品な白いねまきに身を包んだ妻を見て、ルークはほほえんだ。美しい髪ははらりと下ろされ、ランプの明かりにきらめいている。タシアはベッドの上で体を起こし、膝の上に本をのせていた。

「夕食に間に合わなかったのね」

その声はいつもと違い、どこか張りつめた調子があった。最近一緒にいられる時間が少ないことを怒っているのかもしれない。

「わたしも帰りたかったよ」ルークは答えた。「でも今夜は、小麦の価格と、株式仲買人の相対的な利点について皆で議論を戦わせるうちに、時間が過ぎてしまった」

「それで、どんな結論に達したの？」

「古い秩序は消えゆくのみだと。農業から利益を得るという概念はもちろんのこと」ルークは上着を脱ぎながら、考え込むように顔をしかめた。「父や祖父が送ってきたような暮らしは、この時代にはもう無理だ。あれほどの余暇はまず持てない。父は日々女を漁り、狩猟をし、射撃をして、たまに政治に首を突っ込むだけで生きてきた。わたしが商取引や経営にかかわるのは、一族の名誉を汚す行為だと考えている」

タシアはベッドから出てルークの着替えに手を貸した。話を続けるルークのシャツのボタンを外していく。

「でも、あなたは家族のためにやっているんでしょう？」シャツを大きく広げ、硬くなめらかな胸の表面にキスをした。

「ああ」ルークはにっこりし、タシアの髪に指を絡めて顔を上に向かせた。「でも、君と離れて過ごさなければならない一分一秒に腹が立つよ」

タシアはルークの引き締まった腰に手を回した。

「わたしもよ」

「それが不満なのか？」ルークはたずねた。「最近、わたしが外に出ていることが多いと？」

「不満なんてないわ。何もかもうまくいっているもの」

「嘘はなしだ」ルークが静かに指摘すると、タシアは顔を赤らめた。

「実は、気になっていることが……」ふさわしい言葉を探して、喉が動く。「遅れてるの」

顔を真っ赤にして言った。

ルークは困惑し、頭を振った。

「何が遅れてるんだ？」

「その……月のものよ」タシアは言いにくそうに口にした。「一週間前に来ているはずだったの。もともと……不規則なんだけど、でも……ここまで遅れたことはなくて。何でもないとは思うんだけど。まさか、その……その……」

「妊娠？」ルークはそっと言葉を補った。

「そう決めつけるのは早すぎるわ。何も変わった感じはしないし、もしそうなら、絶対に何か感じると思うもの」

ルークは黙り込んでタシアの髪をなで、耳の曲線を愛撫した。

「あなたは、いいの？」タシアは小さな声でたずねた。

ルークにじっと見つめられ、その青い目から放たれる熱にタシアはぼうっとなった。

「人生最大の喜びになるだろうな」タシアに顔を近づけ、額と額を合わせる。「何があろうと、二人で立ち向かうんだ。いいか？」

タシアはうなずいた。

「じゃあ、あなたも赤ちゃんが欲しいの？」

ルークは眉間にしわを寄せ、その問題について考え込んだ。

「そのことについては、あまり深く考えていなかった」素直に認める。「エマ以外に子供を授かるとは思っていなかったし。もう一人の子供……」ルークは言葉を切り、唇をゆがめて笑った。「わたしと君の血を半分ずつ受け継いだ……ああ、欲しいね。でも、子供を作るのは、君と二人きりでもっと長く過ごしてからにしたい。君自身がつい最近まで子供だったわけだし。君にはしばらく若さと気楽さを満喫してもらいたい……今まではできなかったことだから。君が経験してきた地獄の埋め合わせをしてあげたいんだ。君を幸せにしたいんだよ」

タシアはルークに身を寄せた。

「ベッドに連れていって」くぐもった声で言う。「そうすれば、わたしはすごく幸せになれるから」

ルークは驚いて眉を上げた。

「おっと、レディ・ストークハースト……君から誘ってくるなんて初めてのことだよ。すっかり面食らってしまった」

タシアはせかせかとルークのズボンの前を外しにかかった。

「面食らいすぎてなきゃいいんだけど」

ルークは笑った。

「一晩じゅう寝かさなくても文句は言わないでくれよ」

「まさか。夢にも思わないわ」近づいてくるルークの唇に向かって、タシアはささやいた。

「お父さまが煙草を吸わないのが残念でならないわ」ガラス張りの棚に並ぶ商品を見ながら、エマは言った。「こんなにきれいな煙草ケースは初めて見たのに」

「わたしはありがたいわ」タシアは言った。「煙草って不愉快なものだと昔から思ってるから」

〈ハロッズ〉での午後の買い物につき合ってくれているアリシアが、棚の前にやってきた。

「チャールズも煙草を吸う人でなければよかったのに。でも、確かにこのケースはすてき……」

その煙草ケースは彫り模様が入った銀製で、金がちりばめられ、トパーズがはめ込まれていた。三人で価値を測るように見つめていると、店員が飛んできた。熱心さのあまり、ろうで固めた口ひげの先が震えている。

「お客さま、手に取ってごらんになりますか?」店員は控えめにたずねた。

タシアは首を横に振った。

「夫の誕生日の贈り物を買いに来たのだけど……これにはしないわ」

「革ケース入りの金のひげ切りばさみと櫛などは、お喜びではないでしょうか?」

「ひげは剃る人なの」

「では、傘は？　象牙か銀の柄のものはいかがでしょう？」

タシアは頭を振った。

「実用的すぎるわ」

「イタリア製のハンカチの詰め合わせは？」

「無難すぎるわ」

「フランス製のコロンは？」

「匂いすぎるわ」エマが口をはさんだ。

狼狽した店員の表情を見て、タシアは笑った。

「もう少し店内を見てみるわ。そのうち何かいいものが見つかるでしょう」

「わかりました」店員はがっかりした様子で、別の客を探しに行った。

アリシアはビーズがちりばめられたハンドバッグや、刺繍入りの薄物のスカーフ、手袋の長方形の箱が並ぶ台に向かった。タシアは塗装が施された揺り木馬に惹かれ、反対方向に歩いていった。木馬は床に置かれ、そばには美しい模様が彫られた揺りかごが並んでいる。足でそっと木馬をつつき、ゆるやかに揺らす。軽くひそやかな笑みが口元に浮かんだ。日が経つごとに、タシアは妊娠を確信するようになっていた。自分たちの子供の容姿を想像してみる。背が高くて、黒髪で、目は青……。

「ベルメール？」タシアのあとをついてきたエマが、子供のおもちゃに目を留めた。「あなたがお父さまのベッドで寝るようになったということは、そのうち赤ちゃんもできるの？」

「いつかはね」タシアはエマの肩に軽く手を置いた。「弟か妹は欲しい？」

「欲しい」エマは即座に答えた。「弟だと嬉しいな。でも、わたしにも名前を考えさせてくれなきゃだめよ」

タシアはにっこりした。

「どんな名前がいいの？」

「特別な名前がいいわ。レオポルドとか、クイントンとか。どう？」

「まあ、かなり立派な名前ね」タシアは言い、小さなガラガラを手に取って振ってみた。

「ギデオンもいいかな……」陳列台のまわりを回りながら、エマは考え込むように言った。

「それか、モンゴメリー……いいわね、モンゴメリー・ストークハースト……」

エマが名前を考えている間に、タシアの顔から笑みが消えた。なじみのない寒気と吐き気が込み上げ、体を支えようと台に手をつく。わけがわからない。恐怖の味が口に広がっていく。何なの？　何が起こっているの……？

タシアはさっと顔を上げた。売り場の向こうに悪夢が、いまだつきまとう幻覚が見えた。ミハイル……いや、ミハイルではない。タシアが殺した男は青白い肌に黒っぽい髪をしていたが、この男は肌が黄褐色で日焼けしていて、凶悪そう……だが、目は同じだった。表情のない、狼のような黄色の目。何かに憑かれたように、タシアは店の入り口に立つ金色の人影を見つめた。端整な顔立ちに、死の天使のような無情さ。男は亡霊でも、夢でもなかった。

ニコラス・アンゲロフスキー公爵が自分をつかまえに来たのだ。

デパートの店内で、店員と大勢の女性たちの中に彼の姿を見るのは、何ともおかしな感じだった。暗い色の地味な服を着ているにもかかわらず、ニコラスの外国人らしい雰囲気は目立たないどころか逆に際立っていた。タシアがこれまでに出会った誰よりも、残酷な美しさを持つ人間だ。黄金色の肌に、金の筋が入った茶色い髪、彫刻のような顔、そして虎が魔法によって人間に変えられたのかと思うような体つきをしている。

タシアの震える手の中で、赤ん坊用のガラガラが音をたてた。フェルトが掛けられた台にそっとガラガラを戻す。ほほえむのはつらく、凍りついた頬を針で刺すような痛みがあったが、何とか笑顔を作った。

「エマ」優しく言う。「わたしの思い違いじゃなければ、あなたは新しい手袋を買うんだったわね」

「ええ、前のはサムソンに取られて、噛んでぼろぼろにされてしまったの。あの子、真っ白な手袋に目がないのよ」

「レディ・アッシュボーンに手伝ってもらって、新しい手袋を選んできたら？」

「そうする」

エマが行ってしまうと、タシアは再び顔を上げた。ニコラスの姿は消えていた。店内をすばやく見回す。ニコラスの気配はない。脈が気持ち悪いほどの速さで打ち始めた。早足で売り場の外縁を回る。食品売り場を突っ切った。ずらりと並んだ冷凍魚、吊された肉、山のような乾物、ピラミッド状に積まれた瓶、糖菓や外国の珍味が入った箱の列を通り過ぎる。人々は振り返ってこちらを見た。タシアは自分が息を荒らげ、泣き声のような音をたてていることに気づいた。口を固く閉じると、鼻孔が広がり、顔から血の気が引いた。

　エマはアリシアと一緒だから大丈夫、と自分に言い聞かせる。今やるべきなのは、ニコラスをまいて避難場所を探し、ルークに使いを送ること……。食品売り場を出ると、生地売り場を抜けて通用口に向かった。外に出てしまえば、街路の雑踏に紛れられる。捕食者の本能を備えたニコラスでも、あれほどの人でごった返す中から自分を探し出すことはできないだろう。

　タシアは店を出て、悪臭漂う夏のロンドンの空気の中にすべり込んだ。舗道に足を踏み出そうとしたとき、殴るような勢いで乱暴に胴に腕が回され、背骨が折れそうなくらい締めつけられた。同時に、手袋をはめた大きな手で顔の下半分が覆われた。二人の男は無言でてきぱきと、路地で待っていた馬車のもとにタシアを連れていった。そこにはニコラスが、満腹になった虎のように落ち着きはらって立っていた。彼はまだ若く、二五歳にもなっていないが、若さや優しさはとっくの昔に失せていた。あるいは、最初からそのような要素は持ち合わせていなかったのかもしれない。きらめく丸い目は感情がなく……生気もなかった。

「こんにちは《ズドラーストヴィチェ》、タシア」ニコラスは言った。「元気そうだな」タシアに手を伸ばし、まつげの下で震える涙の粒に触れ、貴重な霊薬か何かのように拭い取る。「もっと本格的に身を隠そうと思えば隠せたはずだ。農民の娘として田舎に潜んでいればいい。それなら、わたしも見つけ出すのに何年もかかったかもしれない。なのに、お前はロンドンじゅうの噂の的になる道を選んだ……金持ちの侯爵と結婚した謎の外国人家庭教師として。その話を少し聞いただけで、お前に違いないと思ったよ」絹に包まれたタシアの体に、軽蔑の視線を投げかける。「常識よりも贅沢趣味のほうが勝ったようだな」関節が白くなるくらい握りしめたタシアのこぶしを持ち上げ、指にはまった太い金の指輪を眺めた。「旦那はどんな男だ？　若い肉体に目がない金持ちのじいさんってところか。誰かがそいつに、お前がいかに危険なガキなのか教えてやらないとな」

ニコラスは二人のコサック（もとは騎馬遊牧民だったが、ロシア帝国の支配下に入り兵役を課されていた）に、タシアを馬車に押し込むように手振りで示したが、そのとき彼女の目に緊張の色が走ったことに気づいた。すばやく振り向き、ひゅっと音をたてて振りかざされた象牙の傘の柄をすんでのところでよける。頭を外れた柄は猛烈な勢いで肩に当たった。ニコラスは機敏に動いて間に合わせの武器を奪い取り、それを振り回していた痩せぎすの少女をつかまえた。少女の大きな口が開き、叫び声をあげようとする。

「声を出せば、今すぐこの女の首をへし折る」ニコラスは言った。

少女は口をつぐみ、燃えるような青い目でニコラスをにらみつけた。怒りと恐怖に顔を真っ赤にしている。ほてったピンクの顔と、稀少な赤琥珀のように鮮やかな赤毛の対比は、なかなかの見ものだった。

「危険なガキがもう一人現れたな」ニコラスは静かに笑いながら言い、ひょろ長い、胸の平らな体を自分のほうに引き寄せた。

　コサックの一人がロシア語でニコラスに話しかけた。

「公爵さま――」

「こっちはいい」ニコラスはそっけなく言い、同じ口調で返した。「女を連れて馬車に乗れ」

　ニコラスが押さえつけている少女がかすれた声で言った。

「この野郎、お継母《かあ》さまを放せ！」

「かわいい獣さん、それはできないんだよ。どこでそんな悪い言葉を覚えたんだい？」

　少女はニコラスから逃れようともがいた。

「あの人をどこへ連れていくつもり？」

「ロシアだよ。そこで自分が犯した罪の償いをさせるんだ」ニコラスはにやりとして少女を放し、よろよろと数歩後ずさりするさまを眺めた。「さようなら、お嬢ちゃん。そして、ありがとう……久しぶりに笑わせてもらったよ」

　少女はくるりと振り向き、デパートに向かってやみくもに駆け出した。ニコラスはその後ろ姿を見送ったあと、馬車に乗り込み、御者に出発の合図をした。


　チャールズ・アッシュボーンは図書室の長椅子に座り、その肩に妻が寄りかかって泣いていた。エマは革張りの椅子に腰を下ろし、胸の前で膝を抱えている。悲しみのあまり黙り込み、青白い顔をしていた。ルークは窓辺に立って川の風景を見つめていた。ヘノーザン・ブリトン鉄道会社〉の重役会の最中に、今すぐ自宅に戻るようにとの簡潔な手紙を渡され、馬を飛ばして屋敷に戻ってくると、アッシュボーン夫妻がエマに付き添っていた。エマはヒステリーを起こしかけていた。タシアの姿は見当たらなかった。

チャールズがうながすと、アリシアは自分が知っている限りの事情を説明した。

「しばらくタシアから離れて、絹のスカーフを見ていたの」声を詰まらせる。「気がついたら、タシアとエマの姿が見えなくなっていて。そのとき、エマが叫びながら走ってきたの。黄色い目をしたロシア人の男が、馬車でタシアを連れていったと……。あの人がどうやってタシアを見つけたのかはわからないけど、あとをつけていたんでしょうね……どうしましょう、もう二度とあの娘に会えないわ！」アリシアは泣き崩れ、チャールズは背中をさすってなだめようとした。

アリシアの泣き声が響く以外、あたりは静まり返っていた。ルークはアッシュボーン夫妻のほうを振り返った。ルークは全身を震わせていて、そこに漂う怒りとほのかな狂気に、いつ爆発するかと部屋じゅうの者が身をすくませていた。だが、ルークは真っ青な顔で押し黙ったままだった。無意識のうちに、銀の鉤手の不吉な曲線を指でなぞる。まるでそれをこれから凶器として使おうとしているかのように。

沈黙に耐えられなくなったチャールズが落ち着かない様子で口を開いた。

「ストークハースト、これからどうする？　政府筋を通せば何らかの交渉に持ち込めるかもしれない……とりあえず、サンクトペテルブルクには大使がいるし、使者を送って――」

「使者など必要ない」ルークは言い、開いたドアに向かって大股で歩いた。「ビドル！」その声は、雷鳴のように屋敷じゅうにとどろいた。

近侍はすぐさま姿を現した。

「はい、旦那さま」

「今日の午後、外務大臣との面会の約束を取りつけてくれ。緊急事態だと言うんだ」

「もし、断られたら――」

「どこへ行こうと見つけ出してやると言ってくれ。前もって約束したほうが身のためだと」

「ほかには何かございますか？」

「ああ。サンクトペテルブルク行きの船を二名で予約してくれ。もし二四時間以内に出発する便がなければ、一隻チャーターしろ」

「どなたが同行するのかおたずねしてもよろしいでしょうか？」

「お前だ」

「ですが、旦那さま」近侍は咳き込んだ。「それは無理――」

「行け。手配が全部終わったら、わたしの荷造りをしてくれ」

ビドルは声を殺してぶつぶつ言い、頭を激しく振りながらおとなしく出ていった。

顔に心配の色を浮かべ、チャールズが近づいてきた。

「わたしにできることは？」

「わたしがいない間、エマの面倒を見てくれ」

「わかった」

エマに目をやったルークは、泣き腫らした目を見て表情をやわらげた。部屋を横切り、隣に座って抱き寄せると、エマはまたもしゃくり上げ始めた。

「ああ、お父さま」みじめな声を出す。「どうすればいいかわからなかったの……何も考えず、ベルメールのあとをつけていたから。状況がわかったとき、走って助けを呼びに行けばよかったんだろうけど、何も考えられなくて――」

「いいんだよ」ルークはエマをぎゅっと抱きしめた。「お前が何をしようと、結果は同じだったはずだ。誰も悪くない、悪いのはわたしだ。お前のこともタシアのことも、もっとしっかり守ってやらなきゃいけなかったんだ」

「どうしてあの男はベルメールを連れていったの？　ベルメールは何者なの？　何か悪いことをしたの？　何が起こってるのかさっぱりわからない――」

「そうだな」ルークはささやいた。「タシアは何も悪いことはしていない。でも、ある男を殺したという濡れ衣を着せられていて、ロシアには彼女を罰したがっている人たちがいるんだ。お前が今日会った男は、そこにタシアを連れて帰ろうとしている」

「お父さまが家に連れ戻してくれるのよね？」

「ああ」ルークは言った。「エマ、それは絶対に大丈夫だから」その声は穏やかだったが、表情は冷たく険しかった。「ニコラス・アンゲロフスキー公爵はまだ、自分がしでかしたことの意味に気づいていない。誰もわたしのものを取り上げることはできないんだ」

〈東方の光〉号は小型の実用的な商船で、イギリスの小麦と高級磁器、織物が積み込まれていた。天候は穏やかだ。あらゆる条件から順調な航海が約束されており、目的地には一週間足らずで着けるだろう。船長として、ニコラスは大半の時間を甲板で過ごすことを好み、船員たちにも自分と同じ正確さで業務を遂行することを徹底させた。船を自分で指揮するという選択は、単なる金持ちの気まぐれではなかった。ニコラスは優れた航海技術に加え、容赦のなさと決断力という生来のリーダー気質も備えている。今回は北海を横断し、東に進んでバルト海に入り、ネヴァ川の河口から、川沿いに広がる荘厳な石造りの街サンクトペテルブルクに到達する、というおなじみの航路をとるつもりだった。

　海に出て一日目の終わり、ニコラスはタシアを監禁している船室に向かった。給仕係にも、たとえドアの向こうから呼ばれることがあっても、彼女と話をしてはならないと言ってある。

　狭いベッドに横たわっていたタシアは、ニコラスが船室に入ってくると、驚いて起き上がった。服はとらえられたときと同じで、琥珀色の絹に黒のベルベットのリボンで縁取りがされた揃いの上下を身につけている。ロンドンでニコラスに捕まって以来、言葉は一言も発せず、涙の一粒も流れてこなかった。最も怖れていた事態がついに現実となったせいで、ショック状態に陥っているのだろう。ぞっとするくらいあっけなく過去のつけが回ってきたという事実が、なかなかのみ込めないでいた。タシアは黙ったまま、注意深くニコラスを見つめ、彼がドアを閉める動きの一つ一つを見守った。

ニコラスは無表情だったが、唇の端だけが軽蔑するようにゆがんでいた。

「わたしに何をされるのだろうと思っているだろうな。答えはもうすぐわかる」

彼は軽い足取りで、壁際の真鍮が巻かれたトランクのもとに向かった。油を充分注された蝶番が音もなく外れ、ふたが上げられる。タシアは後ろに飛びのき、板張りの壁に背中を押しつけた。体がこわばり、わきの下の絹が汗で湿ってくる。ニコラスがトランクから服を引っぱり出すさまを、困惑のまなざしで見つめた。

彼は手に服をつかんだまま、タシアに近づいてきた。

「これに見覚えは？」

タシアは首を横に振った。ニコラスは服を広げ、高く掲げた。とたんに、タシアの喉から絞り出されたような悲鳴がもれた。壁にもたれたまま身をこわばらせ、ミハイルが死んだ晩に着ていた白いチュニックを見つめる。大貴族風の伝統的なロシアのデザインで、金の刺繍入りの高い襟に幅広の長袖がついたものだ。醜い茶色と黒のしみが前面に広がっている……ミハイルの血痕だ。

「この日のために取っておいたんだ」ニコラスは静かに言った。「弟が死んだ晩に何があったのか、正確に話してくれ……最後の言葉、弟の表情……何もかもだ。お前にはその義務がある」

「覚えてないの」ひび割れた声で、タシアは言った。

「では、もっとよく見てくれ。それで思い出せるかもしれない」

「ニコラス、お願い――」

「見るんだ」

血がこびりついた服を見つめると、胃の中身がせり上がってきた。吐き気をこらえようとするが、不気味な甘い鮮血の匂いが鼻孔によみがえり、まわりの空気は生暖かくなって悪臭を放ち……室内の物体が規則的にぐるぐると回り始めた。

「吐きそう」口いっぱいに酸味が広がり、タシアはくぐもった声で言った。「それをしまって……」

「ミハイルの身に何があったのか教えてくれ」

ニコラスがさらに服を近づけてきたので、乾いた茶色いしみが視界いっぱいに広がった。タシアはうめき、手で口を覆ってげえげえ言い始めた。突然、うつむいた顔の前にたらいが突き出され、タシアは勢いよく嘔吐した。目から涙がほとばしる。差し出されたリネンのタオルをひっつかみ、顔を拭った。

再び顔を上げると、ニコラスがそのチュニックを着ようとしているのがわかり、タシアは恐怖に後ずさりした。チュニックは肩にぴったり張りつき、前面に死の模様が広がった。ミハイルがチュニックを着ていたとき、それは真っ赤な滝のようで、喉にはナイフが刺さり、目は苦痛と恐怖に飛び出していた。よろよろと近づいてきて、こちらに手を伸ばし……。

「いやあああああ――」

タシアは叫び、近づいてくるニコラスに向かって、こわばった腕を振り回した。悪夢がよみがえる……来ないで来ないで来ないで……タシアの悲鳴が室内に響きわたった。頭の中いっぱいに強い光が広がり、弾けて、突如穏やかな暗闇が訪れる。恐ろしいほどの勢いで、記憶の波が押し寄せてきた。

「ミハイル――」

タシアはすすり泣き、底なしの暗い穴にゆっくりと落ちていった。そこには言葉も、景色も、音もなく、粉々になったタシアの魂のかけらだけが散らばっていた。

9

タシアが意識を取り戻したとき、ニコラスはベッドのそばで待っていた。汚れたチュニックはもう着ていない。冷ややかに落ち着き払った雰囲気とは裏腹に、何か強い感情、おそらく不安か怒りのために汗をかいている。黒いシャツが湿り、黄金色の肌に張りついていた。真実を知りたくてたまらないのだろうと思うと、不思議とニコラスが少し哀れに思えた。彼を突き動かしているのは、弟の死に対する悲しみなのか、ただ正義の鉄槌を下したいという欲望なのか？

タシアはぼんやりしたままニコラスを見つめ、乾いた唇をなめた。

「あの晩起こったことを話すわ」かすれた声で言う。「一つ残らず。でも、その前に水を飲ませて」

ニコラスはグラスに水を注ぎ、黙って差し出した。ベッドに腰かけてタシアが体を起こす様子を見ている。タシアはごくごくと水を飲んだ。

どこから始めていいのかわからない。記憶は濃密な、力強い波となって押し寄せ、あの晩自分が抱いた感情がすべてよみがえった。それでも、ようやく真実を悟り、それを誰かに話すことができるようになった今、タシアは安堵に包まれていた。

「わたし、ミハイルと結婚したくなかった」タシアは言った。「わたしが受けた印象と話に聞く限りでは、あの人は異常な、かわいそうな人で、子供が人形と遊ぶように人をもてあそぶ。嫌いというよりは、怖かったの。誰もがわたしたちの婚約を喜んで、これでミハイルもまともになるだろうって言ってたわ」苦々しげに笑う。「どういうわけか、あの人がわたしと一緒になることで女性を好きになると思い込んでいたのよ。浅はかな、愚かな人たち！わたしみたいに何も知らない小娘でも、男性を好む男性がわたしをベッドに入れるはずがないことくらいわかっていたわ。せいぜい、わたしを隠れ蓑に使うことで、妻のいるまともな男性というイメージがつく程度よ。最悪の場合、わたしは倒錯趣味のなぐさみものにされて、傷つけられ、堕落させられていたでしょうね。わたしをほかの男たちの手にゆだねて、人として許されないような異常な行為を――」

「そうとは言い切れないだろう」

「いいえ、言い切れるわ」タシアは穏やかに言った。「あなたもわかっているはずよ」ニコラスは何も答えず、タシアは水を飲み干してから話を続けた。「わたしは追いつめられたと感じたわ。わたしの母が結婚に乗り気なんだもの。おかしな話だけど、助けを求められる相手はミハイル本人だけだった。そのことについて、何日間か考えたわ。その結果、あの人に話をしても失うものは何もないとわかった。ミハイルにはどこか子供っぽいところがあって……ときどき、自分に注意を引きたがっている幼い少年のように見えた。気まぐれな行動をとることもある。もしかしたら、婚約を取り消すよう説得できるかもしれないと思ったの。ミハイルが一言発するだけで、わたしの運命は簡単に変えられる……そこである晩、二人きりで話をしてお願いをしようと、あの人のところに行ったの」

タシアは空のグラスを脇によけ、指を固くよじり合わせた。視線はベッドの端で長方形にたたまれた毛布に注がれている。毛布を見つめたまま、夢うつつの口調で話を続けた。

「屋敷はがらんとしていた。痩せこけた使用人が何人か、ミハイルの世話をするために控えているだけ。わたしはショールを目深にかぶって顔を隠した。玄関のドアは鍵がかかっていなかったわ。わたしはノックもせず、呼び鈴も鳴らさずに中に入った。屋敷の中を歩いていると、使用人が不思議そうにわたしを見たけど、誰も止めようとはしなかった。わたしは不安でたまらなかった。わけがわからなくなるくらいアヘンを吸っていませんように、と願ったのを覚えているわ。ミハイルはなかなか見つからなかった。階段を上って、部屋を一つ一つ見て回った。どの部屋も散らかっていた。煙と古くなったワインと腐った食べ物の臭いが漂っていたわ。床には物が散乱していた。大量の毛皮と絹の枕、食べかけの食事、奇妙な物体……たぶんあれはミハイルが……いいえ、何に使うものなのかはわからなかった。気にもならなかったし」

タシアの両手が開き、ひらひらと動いて、髪から何かを払うような仕草をした。

「屋敷の中はとても暖かかった。わたしはショールを取って……」手が喉に当てられ、どくどく脈打つ部分に押しつけられる。「一度か二度、ミハイルの名前を呼んだ……『ミハイル、どこにいるの？』……でも、答えは返ってこない。もしかすると、図書室でパイプを持って座っているのかもしれないと思った。そこで、ホールの奥まで歩いていったの。声が……二人の人間が大声で、激しく言い争う声が聞こえた。一人の男性は泣いていて……」

記憶の波に襲われ、タシアは自分がしゃべっているという感覚を失った。

〝ミーシャ、愛してる。あの女の一〇〇〇倍愛してる。あの女が相手じゃ、求めているものは得られない〟

〝嫉妬深い、しわだらけのおばかさん〟ミハイルは答えた。〝わたしが何を求めているか、君にわかるはずがないだろう〟

〝誰にも君を渡したくない。あんな甘ったれの女ならなおさらだ〟

ミハイルの声は柔らかく、からかい、なじるようだった。

〝彼女がわたしのベッドに横たわる姿を想像して苦しんでいるのか？　若くてぴちぴちした体が、無垢な乙女が堕落させられるのを待っている……〟

〝ミーシャ、こんなふうにわたしをいじめるのはやめてくれ！〟

〝君にはもう用はない。今すぐ消えて、二度と戻ってくるな。顔を見るだけでうんざりする。いや、気分が悪くなるくらいだ〟

〝いやだ、君はわたしの命、わたしのすべて――〟

〝そうやってめそめそして泣き言を言うところも、みじめったらしく愛の行為に持ち込もうとするところもいやなんだ。君を相手にするくらいなら、犬とやったほうがましだ。今すぐ出ていってくれ〟

もう一人の男性は苦悶にわめき、叫び、しゃくり上げた。驚いたような叫び声、取っ組み合い、荒々しい物音……。

「怖かったわ」落ち着いた声を出そうと努めながら、タシアは言った。唇に新たな涙の味が感じられ、ひび割れた表面にしみた。「でも、部屋に入らずにはいられなかった。何も考えられず、何が起こったのかさっぱりわからなかった。もう一人の男性は、ろう人形みたいにそこに立っていた。ミハイルはよろめきながら、その人から離れようとしていた。そのときわたしに気づいて、こっちに向かってきた。そこらじゅう血だらけで、ミハイルの喉にはナイフが刺さっていた。あの人はじっとこっちを見て、手を伸ばして……わたしに助けを求めているように見えたわ。わたしはその場に凍りついていた。どうしても足が動かなくて。そのとき、ミハイルがわたしにのしかかってきて……目の前が真っ暗になった。気がつくと、血でべたべたになったレターナイフが手に握られていた。あの男が、わたしがミハイルを殺したように見せかけたの。でも、わたしはやっていない」信じられないというふうに、涙交じりの笑い声をあげる。「何カ月もの間、わたしは人を殺したんだと思っていた。罪悪感に悶え苦しんで、どんなに祈っても、断食しても、懺悔しても、心の安らぎは得られなかった……でも、わたしはやっていなかったのよ」

「ミハイルを殺した男の名前は？」ニコラスは静かにたずねた。

「サムヴェル・イグナトイッチ、シュリコフスキー伯爵よ。間違いないわ。冬宮殿で一度会ったことがあるの」

ニコラスは何の反応も見せなかった。その場に立ったまま、いつもの不穏な目でタシアを見ている。やがて、ゆっくりと歩いていった。

彼がドアの前まで行ったとき、タシアは言った。

「信じてくれないの？」

「ああ」

タシアはしばらく考え込んだ。

「それでも構わないわ。わたしは真実を知ることができたんだから」

ニコラスは振り返り、軽蔑の笑みを浮かべた。

「シュリコフスキー伯爵は尊敬を集めている人物だし、愛妻家で、ツァーリの寵愛も受けている。長年ツァーリの腹心であり友で、最も信頼される相談役であり続けてきた。改革の強力な支持者でもあって、シュリコフスキーの口添えがなければ、九年前のロシア全土の農奴解放も実現しなかっただろう。そして何よりも、サンクトペテルブルクの県知事に任命されたばかりだ。弟の愛人であり殺人犯である男にシュリコフスキーを指名するとは、お前も面白いことを考えつくものだな。いっそツァーリと言えばよかったのに」

「真実は真実よ」タシアは簡潔に言った。

「真実にはいくつもの側面があることくらい、ロシア人なら誰でも知っている」ニコラスはせせら笑い、船室を出ていった。

ビドルが船を好むのは無理のないことに思えた。船上では何もかもがきれいに磨かれ、整頓され、固定されている。すべてをあるべき場所に収めようとするビドルの情熱は、船の上では実に適切、むしろ必要ですらあるのだと、ルークは苦笑交じりに思った。それ以外の場所では、迷惑以外の何物でもないというのに。ルークのほうは取り立てて海が好きというわけではなく、そのうえ今回の船旅はこれまで経験したことがないほどつらいものだった。

ルークは帆船の船室と甲板の間を行ったり来たりし、一方に足を止めたかと思うとすぐに歩きだした。くつろぐことも、座ることも、じっと立っていることもできない。いやいや食事をとり、必要に迫られたときだけ言葉を発した。落ち込んだかと思えば怒り狂い、ニコラス・アンゲロフスキーを見つけ出した暁にはどう料理してやろうかと考えることで気を紛らわせた。タシアの身を案じると恐ろしくてたまらず、自己嫌悪でどうにかなってしまいそうだった。彼女の力になってやれなかった。自分が守ってやらなければならなかったのに。自分の見通しが甘かったせいで、タシアはいとも簡単にさらわれてしまったのだ。

タシアを失う可能性については考えないようにしていたが、夜に見る夢だけはどうしようもなかった。メアリーが亡くなったあとは、日常生活に近いものを送ることができた。だが、今回は無理だ。タシアを失えば、永遠に立ち直れない。誰にも、自分の娘にさえ、愛情や優しさを示せなくなるだろう。

ある晩、ルークは何時間も船尾に立ち、船が通り道に残していく太い、泡立った航跡を見つめていた。夜は更け、空に星はない。淀んだ青灰色の薄闇に、さらに暗い色の筋状の雲が出ているだけだ。リズミカルな波の音が気を鎮めてくれる。タシアを腕に抱き、二人で森の音楽に耳を傾けた夜のことが思い出された。恋する者にしかわからない、ばかばかしくもすばらしい時間……。そのとき、ルークはタシアの存在をすぐそばに感じ、その感覚の強烈さに、振り向けばそこに彼女がいるような気さえした。タシアの父親のものだった金の指輪に視線を落とすと、彼女の声が耳に甘くよみがえってきた。

〝愛は金の器。たわみはしても、割れることはない〟

あのとき、ルークはこう返した。

〝わたしたちは大丈夫だ。君とわたしは〟

ルークはこぶしを握りしめた。

「君を迎えに行く」しゃがれた声は風と交じり合った。「タシア、今すぐ助けに行くよ」

10

ロシア、サンクトペテルブルク

舳先の両側から錨が下ろされ、船が埠頭に係留されるとすぐに、ルークとビドルは陸に上がった。サンクトペテルブルク海軍省と造船所の近くに市場がある。ルークは中央通りを目指し、そのあとを二人分の荷物を持ったビドルがついてきた。これまで行ったことのあるどんな場所よりも外国らしい光景の真ん中に、二人で足を踏み入れる。建物も壁もドアも鮮やかな色で塗装され、サーカスのような雰囲気が漂う一画だ。商人たちは赤や青の長いチュニックを着て、女性たちは花柄のスカーフを頭にかぶっている。誰もが歌を歌っているように見えた。露天商は節をつけて商品の説明をし、通行人は鼻歌や歌を歌いながら通りをうろついている。ルークは自分が浮いているような気がして落ち着かなかった。まるで、うっかりオペラの舞台に紛れ込んでしまったかのようだ。

そこらじゅうが魚臭い。海とネヴァ川に浮かぶ漁船から強烈な臭いが漂ってくるうえ、市場にはありとあらゆる海産物があふれていた。鮭、鱒、鰻、鱸《すずき》、溶けかけの氷が詰まった木枠に横たわる巨大な蝶鮫。半ダースも色の種類があるキャビアが大きな樽で売られている。小さな半透明の魚がシャベルですくわれ、客はそれを袋やバケツで持ち帰った。熱気のせいであたりは生臭さを増していて、プライドの高いイギリスの猫なら鼻であしらっているところだろう。

「スニェトクって魚だよ」一人の商人が説明し、いかにもいやそうな顔をしているルークににやりと笑ってみせた。

大都市というのはどこも多彩で混乱しているものだ。けれど、サンクトペテルブルクの多彩さと混乱の度合いは、ルークがこれまでに訪れたことのあるどの都市とも比べものにならなかった。人と動物と乗り物で通りは大混雑している。川や運河にはあらゆる種類の船がびっしり浮かんでいた。さまざまな宗派の教会が立ち並び、それぞれの鐘が騒々しい不協和音を奏でている。着いてから一〇分で、ルークはこの街を理解しようとすることをあきらめた。サンクトペテルブルクに関する新たな知識を得られるほど、ここに長く滞在するつもりもない。妻を連れ戻すことさえできれば、この先ロシアに目を向けることはないだろう。

だが、ビドルはそう簡単には引き下がらなかった。この街を攻略するという決意のもと、片方のわきの下に傘をしっかり抱え、反対側の手に『イギリス人旅行者のためのロシア案内』を持っている。二人は市場の中を歩き、あふれんばかりに異国の花が並ぶ露店の列を通り過ぎた。紅茶売りがぺちゃぺちゃしゃべりながら近づいてくる。腕に抱えた革のケースには、グラスと〝クワス〟という茶色い液体で満たされたピッチャー、分厚く切られたジンジャーケーキが入っていた。ルークがそっけなくうなずくと、ビドルはその飲み物を二杯とケーキを買った。クワスというのは、蜂蜜で味つけされたまろやかなライ麦のビールであることがわかった。変わった味だがまずくはないと思いながら、ルークはそれを飲み干した。

ロシア人の顔立ちも興味深かった。ほとんどが白人で、目が青く上品な顔つきをしているが、幅広の顔に美しい切れ長の目という、東洋寄りのエキゾチックな顔も見られた。タシアの容貌にはその両方が混じり合い、繊細な、極上の調和が生み出されている。タシアのことを思うと胸が締めつけられ、彼女が誘拐されて以来胸に巣くっている苦悶と怒りが込み上げてきた。

「旦那さま？」ルークの表情に不穏なものを感じたらしく、ビドルが不安げに問いかけた。

「お口に合いませんでしたか？」

「クルコフ館に行く」ルークはぼそりと言った。イギリス大使が滞在している屋敷だ。今、口にできる言葉はそれだけだった。

「すぐにご案内します」ビドルはすたすたと道路脇に歩いていき、傘を振り動かし始めた。「貸し馬車をつかまえます。この本によると、ええと、〝ドロシキ〟とか呼ばれるもので、御者が馬と話しているときはじゃまをしてはいけないとのことです。この国では、御者は馬と話をするそうで」

二人は屋根のない小型の馬車を呼び止め、イギリス大使館に向かうよう言った。ビドルの言ったとおり、御者はオシプという名の馬にひっきりなしに話しかけていた。通りではさまざまなからくり装置がせわしなく動いていたが、馬車もとてつもない速さで街を駆け抜けた。御者はしょっちゅう大声を出しては、通行人に自分たちの接近を知らせた。道路を横切る人を轢き殺しそうになったことも二度あった。ぼろぼろの荷馬車だろうと、上等な漆塗りの馬車だろうと、ロシア人は異様なほどの速度で飛ばすのだ。

サンクトペテルブルクは石と水と橋の街だ。この街のすべてが憎く思えるルークでさえ、その美しさは認めざるをえなかった。ビドルが『イギリス人旅行者のためのロシア案内』を読み上げるところによると、サンクトペテルブルクはわずか一世紀半前に、ピョートル大帝が西欧文化をロシアに持ち込むために建設したとのことだった。ピョートル大帝の試みは目をみはるほどの成功を収めていた。街の一部は、西欧そのものよりも西欧らしく見えた。御影石の堤防に沿って壮麗な邸宅がずらりと並ぶ光景には驚くばかりだ。至るところに石や青銅や鉄のライオン像があり、しかめっつらで橋や建物を守っていた。

イギリス大使、シドニー・ブラムウェル卿は、クルコフ館という立派な官邸に滞在していた。サンクトペテルブルクの目抜き通りであるネフスキー大通りに面した建物だ。破風と背の高い白い円柱を備えたその伝統的な建築物の前で、馬車は停まった。馬車を降りたルークは、かばんと御者への支払いはビドルに任せ、幅広の大理石の階段を大股で上った。真紅のチュニックと黒のロングブーツを身につけた大柄なコサックが二人、官邸のドアの前で見張りをしている。

「ブラムウェル卿にお会いしたい」ルークはぶっきらぼうに言った。

コサックは二人で話し合った。一人が怪しげな英語で答えた。

「可能ではない」威嚇するようにこちらをにらみつけている。

「なぜだ？」

「ブラムウェル卿、県知事のために宴会している。あとで来い。明日。いや、来週がいい」

ルークは慌てたようにビドルを振り返った。

「聞いたか？　我々は宴会に遅刻してしまったようだ――」そう言いながら前に向き直り、先ほどのコサックの腹にこぶしをめり込ませた。男は体を二つ折りにした。首の後ろを一発殴りつけると、男は階段の上にどさりと崩れ落ちた。もう一人が向かってきたが、ルークが左腕を振りかざすと、息をのんで凍りついた。鉤手の衝撃度をじゅうぶん意識しながら、ルークは脅すような笑みを浮かべた。「かかってこい」低い声で誘いかける。

コサックは鉤手を見つめたまま、すばやく首を横に振った。後ずさりして階段を下りていく。

「こんな旦那さまは見たことがありません」ビドルはつぶやき、心配そうにルークを見た。

「わたしが人を殴るところは前にも見ただろう」

「ええ、でも、以前はこれほど楽しんでいらっしゃるようには――」

「こんなのは序の口だ」ルークは言い、玄関のドアを押し開けた。

官邸内には蔦と木蓮と蘭があふれていた。延々と続くぴかぴかの木の床には対照色の模様がはめ込まれているため、ペルシャ絨毯が敷かれているように見える。仕着せを着た使用人が至るところに配置され、彫像のようにじっと立っていた。目を上げてルークの顔を見る者は一人もいない。

「ブラムウェル卿はどこだ？」ルークは一人の使用人にたずねた。答えが返ってこないので、いらだたしげに繰り返す。「ブラムウェル」

使用人はおどおどした様子で、きらびやかなホールの先を指さした。

「ブラムウェル」

「旦那さま」背後から心配そうなビドルの声が聞こえた。ビドルは騒動が大嫌いで、それが近づきつつあることを察しているのだ。「玄関ホールで荷物番をしていてもよろしいでしょうか？」

「ああ、そこにいてくれ」ルークは答え、ブラムウェルの宴会場を探しに向かった。

ビドルは明らかにほっとした顔になり、玄関ホールに引き返していった。

「ありがとうございます、旦那さま！」

ホールには、金と半貴石に覆われた円柱が並んでいた。フランス語――外交における公用語――の会話が飛び交っているのが、金のタイルと青い石のモザイクで飾られた両開きのドアから聞こえてくる。ツィターか何かの弦楽器が奏でる上品な音色が、背景音楽として流れている。宴会場に入ると、二〇〇人はいるであろう外国の高官たちが、青銅の長いテーブルに着いているのが見えた。

金の縁取りのついたベルベットの衣装を身にまとった使用人たちが、冷えたシャンパンを注ぐ手を止めた。テーブルには肉や脾臓料理、冷製サラダ、パイ、団子、サワークリーム、キャビアがところ狭しと置かれている。辛子と塩がのったほうろうの皿とともに、きのこやきゅうりの塩漬けが入った巨大な銀のボウルが等間隔に並んでいた。羽を派手な扇状に広げた孔雀のローストが、メイン料理として据えられている。

思いがけず飛び込んできたルークを見て、高名な招待客たちは静まり返った。音楽も止まった。

徽章から、デンマーク、ポーランド、オーストリア、フランス、ドイツ、スウェーデンの大使がいることがわかった。ルークはテーブルの上座にいる主賓にちらりと目をやった。県知事は痩せ型の白髪頭の男性で、貴族らしい骨格と、タタール人らしい黒っぽい切れ長の目をしている。胸には金の勲章と宝石のボタンがびっしりついていた。

県知事の右手にイギリス大使が座っているのを見て取り、ルークは一直線にそちらに歩いていった。

「ブラムウェル卿」全員の視線を浴びながら言う。

大使はでっぷり太った男で、まばらな眉の下に小さな目がついたピンク色の顔は、どこか豚に似ていた。

「いかにもブラムウェルだが」気取った口調で言う。「このような侵入行為は、許されることでは――」

「どうしてもお話ししたいことがあるのです」

見張りの兵士たちがルークをつかまえにやってきた。ルークはくるりと振り向き、威嚇するように正面から見据えた。

「大丈夫だ」ブラムウェル卿は落ち着き払って言い、ぽっちゃりした手を上げて兵士たちを追い払った。「ずいぶん苦労してわたしに会いに来てくれたようだからな。話を聞こう。礼儀はなっていないが、見たところ紳士のようだし」

ルークは自己紹介した。

「ストークハースト侯爵です」

ブラムウェルは考え込むようにルークを見た。

「ストークハースト……ストークハースト……思い違いでなければ、アナスタシア・イヴァノフナ・カプテレワの夫という、世にも不運な男だな」

テーブルにひそひそ話す声が広がった。

「はい、その男です」ルークはむっつりと言った。「妻の状況について、お話ししたいことがあって参りました。できれば二人きりで――」

「いやいや……その必要はない」ブラムウェルはルークに見下すような笑みを向けたあと、正気を逸した人間に理を説くのは難しくてね、とでも言わんばかりに客たちのほうを見た。

「ストークハースト卿、残念ながらわたしにできることは何もない。奥さんの絞首刑はすでに執行日が決まっていると聞いている」

政府が迅速に動くことは予想していたが、実際に〝奥さんの絞首刑〟という言葉を耳にすると、腹を蹴られたような気分になった。大使に飛びかかって喉を切り裂きたい衝動を何とか抑える。やっとのことで冷静な、落ち着いた口調を保った。

「妻のためにいくつか公的措置を取っていただきたいんです。あなたには、刑の執行を遅らせる力があるはずです」

「いや、ストークハースト卿、それは無理だ。まず、わたしは自分の名前と地位を危険にさらしてまで、人格に問題のありそうな女性の擁護をする気はない。それに、ロンドンにいる外務省の上司から指示を受けない限り、どんな措置も取ることはできない。だから、おとなしくこの場から出ていきなさい」ブラムウェルは気取った笑みを浮かべ、権力を振りかざすのが楽しくてたまらないというふうに、自分の皿に注意を戻した。

ルークはきれいに盛りつけられたその皿をそっと取り上げ、香りを楽しむように鼻を動かした。そして、床に投げ捨てた。高価なセーヴル焼の皿はこっぱみじんに砕け、貴重な磁器の破片と食べ物の塊がそこらじゅうに飛び散った。

部屋は静まり返った。誰も動かず、声を発しなかった。ルークは上着の内側に手を入れた。

「そうだ……思い出したぞ……ああ、そうだ。これがあった」薄い文書の束を、ブラムウェルの目の前のテーブルにたたきつける。その音に、何人かの客が跳び上がった。「ロンドンにいらっしゃる外務大臣からのお手紙です。この件に対してあなたがとるべき外交措置について、詳細な指示が記されています。あなたがロシアの外務省に、本件が醜悪な国際問題に発展する可能性を認識させられなければ……」ぎらりと光る曲がった鉤手が、ブラムウェルの肩にそっと置かれた。「……わたしは癇癪を起こしてしまうかもしれない」穏やかな口調で結ぶ。「それはお互いに避けたいはずだ」

ブラムウェルが同意見なのは明らかだった。

「君を助けるために全力を尽くすよ」慌てたように言う。

「よかった」ルークはにっこりした。「では、二人きりで話をしましょう」

「もちろんだ」ブラムウェルは席を立ち、苦心して穏和な主催者の表情を作った。「どうか、皆さま……わたしが席を外したあとも、このまま宴を続けてください」

シュリコフスキー知事は余裕たっぷりにうなずいた。不安げな大使と陰気な顔をした大柄なイギリス人が出ていくまで、室内はしんと静まり返っていた。二人が姿を消したとたん、一同はいっせいに騒ぎ始めた。


ルークはブラムウェルのあとについて、人目につかない狭い応接間に入った。ガラス張りのドアを閉める。

「ききたいことは山ほどあるだろうな」ブラムウェルは言い、嫌悪と恐怖の交じった目でルークを見た。

「とりあえず一つ。妻はいったいどこです？」

「わかってくれ。奥さんに対する世間の風当たりは冷たいし、あちこちから脅迫の声も聞こえているから、公営の監獄に入れておくのは非常に危険なんだ。もちろん、前回の脱獄の件もある――」

「妻はどこだ？」ルークはうなった。

「サンクトペテルブルクのとある高名な市民から、自宅に拘留してくれるというありがたい申し出があったんだ。必要な警備措置は国が用意した」

「〝高名な市民〟？」憤怒と不信感に駆られ、ルークはブラムウェルを見つめた。「アンゲロフスキーか」しゃがれた声で言う。こくこくとうなずくブラムウェルを見ると、もはや癇癪を抑えきれなくなった。「タシアをアンゲロフスキーの手に渡しただと？　次は何だ？　またありがたい申し出を受け入れて、やつに正式な刑の執行を任せ、自分たちの手間を省いてもらうのか？　ここは本当に文明化された国なのか？　まだ暗黒時代が続いているんじゃないのか？　くそっ、今すぐ誰かを殺してやりたい――」

「おい、お願いだから落ち着いてくれ！」ブラムウェルは叫び、後ずさりをした。「この件に関して、わたしには何の責任もないんだ！」

青い目に悪魔じみた色が浮かぶ。

「お前にできるせいいっぱいのこと……いや、それ以上のことをして、妻をこの最悪のごたごたから救い出してくれなければ、お前の骨をかかとで粉々にすりつぶしてやる」

「ス、ストークハースト卿、必ず――」ブラムウェルが言いかけたとき、ルークはすでに部屋を出ていくところだった。

足早に床を踏みしめながら歩いていると、ホールを抜けてくる二人の男にぶつかりそうになった。背の高い白髪のほうは、テーブルの上座に着いていた男だ。若い連れは側近らしく、汚れ一つない帝国軍の制服を着ている。

「シュリコフスキー知事」ブラムウェルが不安げに言う。「宴会にじゃまが入ったことで、気分を害されていなければよいのですが」

シュリコフスキーの切れ長の目がルークをとらえた。

「このイギリス人に用があってね」

ルークは黙っていたが、筋肉は挑むように張りつめていた。その様子から県知事が自分に会いに来たことはわかったが、いったいどういう了見だ？　険しくて暗い、小石のような目をしたその男に、ルークは本能的な嫌悪感を抱いた。

二人がにらみ合っていると、側近がしゃしゃり出てきた。

「何とおかしな話でしょう！　ミハイル・アンゲロフスキー公爵が殺害され、犯人の若い女は〝獄中死〟したものの、数カ月後にはぴんぴんしてロシアに送り返され、今度はイギリス人の夫が彼女を連れ戻しに来るとは」

「その望みをかなえるわけにはいかないよ」シュリコフスキーが細い声で言った言葉を、側近が通訳した。「――〝これは政府の見解として言うが、誰かがアンゲロフスキーの死の報いを受けなければならない。罪を償う必要がある〟」

「それを償うのは妻ではない」ルークは穏やかに返した。「少なくとも現世では」

次の一言が発せられる前に、ルークはその場を去り、動きの速い嵐のようにアンゲロフスキー館を目指した。

アンゲロフスキー館は、クルコフ館を上回る壮麗さだった。ドアは金で装飾され、窓には彫刻が施された銀の枠がはまっている。ゲインズボロやヴァン・ダイクといった画家の作品が、金や高価な宝石をあしらった額縁に入れられている。クリスタルとエナメルのシャンデリアは、きらめくフラワーアレンジメントが天井からぶら下がっているように見えた。屋敷内の豪華絢爛ぶりに、ルークは内心驚嘆していた。イギリス女王ですら、これほど華々しい環境には住んでいない。それに、これほどの警備体制も敷いていない。軍服姿の騎兵や、コサック、チェルケス人の警官が、玄関ホールに、大理石の階段に、ドアというドアの前に、とにかく至るところにいるのだ。

驚いたことに、アンゲロフスキー公爵に会いたいというルークの願いはただちに、無条件に聞き入れられた。玄関ホールで待つよう言われたビドルは小躍りし、ルークは煙草の煙が充満する地下の紳士室に通された。壁はアンティークの幅広の剣と、細身の長剣《レイピア》、鋭い曲線状の刃がついたスラヴ斧で埋め尽くされている。部屋の中央には回転台が置かれ、酒のデキャンタが並んでいた。室内では将校と貴族の一団がくつろいでいる。座っている者、立っている者、煙草を吸っている者、話をしている者。その全員が、新参者をじっと見た。

一人の男が集団から離れ、前に進み出た。ロシア語で何か言ったが、ルークが理解できないのを見て取ると、軽い訛りのある英語に切り替えた。

「何の用だ?」

アンゲロフスキーに違いない。彼はルークの想像よりも若く、まだ二〇代前半のようだった。はっとするような黄色がかった金色の目に、男らしい美をたたえた顔立ち。アリシア・アッシュボーンが言っていたとおりエキゾチックな、動物に似た雰囲気があった。こんなにも誰かを殺したいと思ったことはない。血への渇望に全身が震えるほどだったが、ルークはかろうじてそれを抑えた。

「妻に会わせてくれ」何とか声を発する。

アンゲロフスキーは一瞬驚いたようだった。ルークをまじまじと見る。

「ストークハーストか?　勝手に年寄りだと思い込んでいたよ」唇の端が高慢な笑いにゆがんだ。「ロシアにようこそ、ご親戚」

ルークは黙ったまま、あごが震えるくらい歯を食いしばった。

そのかすかな動きを、ニコラスは畏れか、あるいは恐怖と勘違いしたようだった。表情のないルークの顔に笑いかける。

「無駄足だったな。囚人に面会は許されていない。悪いことは言わない、自分の国に帰って新しい妻をめとるんだ」

次の瞬間、ニコラスはあっけにとられた。ルークが目にも留まらぬ速さで動いて、ニコラスを壁に押しつけ、狂暴な狼のように牙をむいたのだ。銀の鉤手のとがった先端がニコラスの胸に突き立てられ、皮膚にめり込んだ部分から血がぽつりと浮かぶ。

ルークはきしんだ声でささやくように言った。

「妻に会わせろ……さもないと、これでお前の心臓をえぐり出してやる」

ニコラスは一瞬ルークを見つめたあと、面白そうに、歯をむいて獰猛な笑い声をあげた。

「わたしの屋敷でわたしを脅迫するとは、たいした根性だな。そこらじゅう武器と兵士だらけなんだぞ！　わかった、タシアに会わせてやる。害にはならないだろう。お前が帰ったあとも、彼女はここにいるわけだし。だから、いいかげん……」シャツに広がる血のしみに視線を落とす。ルークは鉤手をニコラスの胸から離し、腕を下ろした。

ニコラスはリネンのナプキンを取り、胸の傷に当てた。ほほえんだまま一人の兵士に話しかける。

「モトカ・ユリエヴィッチ、わたしの新しい親戚を囚人のところに案内してくれ。この男にはあまり近づきすぎないようにな……嚙みつかれるぞ」

数人が感嘆したように笑い声をあげた。ロシア人は強い意志に裏づけされた暴力が大好きだ。それをイギリス人が持ち合わせていたことに、ユーモアの感覚をくすぐられたのだろう。

タシアに与えられたスイートは狭い控えの間と寝室から成っていて、どちらにも贅沢な内装が施されていた。今はレースのようなロシア製の木彫りの枠がついたソファにもたれている。面会は許されていなかったが、母のマリーから涙に濡れた愛情深い手紙が届いていた。また、ニコラスの許しを得て、カプテレフ館にあった古いドレスも送られてきている。今もその中にあった、広がったスカートにパフスリーブ、白いレースの縁取りという、少女っぽいデザインのすみれ色の絹のドレスを着ていた。フランスの小説の山をぼんやりとかき分けている。読書をするという試みは、今のところうまくいっていない。気がつくと同じページを何十回と読んでいるのだ。

鍵が回る音が聞こえた。ドアが開き、閉まる。午後の食事の盆を運んできた使用人だと思い、タシアは本から顔を上げなかった。

「窓辺のテーブルに置いておいて」ロシア語で言う。

答えは返ってこなかった。いぶかしむように、冷ややかに眉をひそめて視線を上げると……ほほえむ青い目とぶつかった。しゃがれた声で、夫は言った。

「君と別々に眠るつもりはないと言っただろう」

タシアは信じられないとばかりに叫び声をあげ、部屋を突っ切って、ルークに飛びついた。ルークは笑いながら、宙でタシアの体を受け止め、細い腰を片腕でしっかり支えた。タシアの足を床に着け、首と肩の間の曲線に顔をうずめる。

「ああ、会いたかった」彼はそうつぶやき、タシアは体をよじってすり寄ろうとした。

「ルーク、ルーク……ああ、来てくれたのね！　あなたがここにいるなんて、本当なの？　ううん、夢に違いないわ！」タシアはルークの後頭部に手をすべり込ませ、唇を引き寄せて、暴力的なまでの情熱を込めてキスをした。おなじみの匂いと味、硬く力強い体の感触に身を浸す。

ルークはやっとの思いで唇を引きはがした。

「話をしないと」低い声で言う。

「ええ……ええ……」タシアはルークの首に腕を巻きつけ、再びキスをした。深く、せっぱつまったように、夢中になってお互いに溺れる。ルークはタシアを壁に押しつけ、重ねた唇を動かした。舌が触れ合い、戯れ、熱く潜り込む。タシアの胸の上で手を広げ、柔らかなふくらみをもみしだいた。タシアはルークの首の横に鼻をすりつけ、ほのかに塩辛い肌に舌を這わせた。ルークはかすかにうなり、高ぶった体でタシアを壁に押しつけた。

「大丈夫なのか？」荒々しく激しいキスにタシアの息が止まりそうになったころ、ルークは何とか声を発した。

タシアはうなずき、不安げにほほえんだ。

「エマはどうしてる？　すごく心配――」

「できるだけ早く君に帰ってきてもらいたがっているよ」

「ああ、それができれば……」タシアは苦しげに、焦がれるような声を出したが、すぐに興奮して跳び上がり、ルークのシャツの襟を両手でつかんだ。「ルーク、わたし、船の上で全部思い出したの！　ミハイルに何があったのかわかったのよ！　わたしは何もしていなかった。最悪の瞬間に現場に居合わせて、真犯人を見たの。わたしがやったんじゃなかったのよ！」

ルークの目が険しくなった。

「誰がやったんだ？」

「シュリコフスキー伯爵よ。ミハイルと愛人関係にあったの」

「シュリコフスキー」ルークは驚愕し、おうむ返しに言った。「県知事の？　さっき会ったところだ！」

「どうして――」

「それはいい。とにかく全部話してくれ」

タシアは殺人の夜に自分が見聞きしたことを一から話し、ルークは熱心に耳を傾けた。壁とタシアの背骨の間に手をすべり込ませ、自分のほうに押しつけておく。

「でも、ニコラスは信じてくれないの」タシアは最後に言った。「あの人はわたしを有罪にしたがっているから、それに反する証拠には耳を貸そうとしない。シュリコフスキー伯爵はすごい大物よ……ツァーリのお気に入りなの。あの晩シュリコフスキーがミハイルの屋敷にいたことは、使用人たちも知っているはずだけど、何も言えないんだと思う。黙っているよう脅されたか、買収されたかしたんだわ」

ルークは黙って聞き、自分の考えは言わなかった。ルークが本当にサンクトペテルブルクにいることが、タシアにはまだ信じられない思いだった。彼が自分を追ってきてくれたと思うと、感情が込み上げ、胸が熱くなる。喜びの声をもらしてルークの胸に顔をすり寄せると、体に回された腕に力が入った。

「ちゃんと食べてるか？」ルークは言い、タシアのこめかみにキスをした。さらさらの髪が、ピンで留められた三つ編みからほつれている。

「ええ、大丈夫、もりもり食べているわ。好物ばかり出てくるの。キャベツのスープ、ブリヌイのキャビアのせ、最高においしいきのこのクリームがけ。それに、大きなボウルに入ったカーシャも」

「カーシャが何かはきかないでおくよ」ルークは皮肉交じりに言った。タシアの顔をまじまじと見て、目の下の隈を消し去るように優しく触る。「あまり休息がとれていないみたいだな」

タシアはうなずいた。

「ここから出してもらえる日は来ないもの」静かに言う。「ルーク、あなたにできることは何もないと思うわ」

「わたしにできることはいくらでもある」ルークはぶっきらぼうに訂正した。「しばらくここを離れるよ。わたしが戻ってくるまでの間に、睡眠をとるようにするんだ」

「いやよ」タシアは言い、ルークをつかんだ。「もう少しここにいて……でないと、あなたが来てくれたことが現実とは思えなくなりそうなの。抱いていて」

ルークはさらに強くタシアを抱きしめた。

「愛しのタシア」耳の下のくぼみに、彼の温かい吐息がかかる。「大好きな、大事な妻よ。知らないのか？　君のためなら、わたしは世界じゅうを敵に回してもいいと思っている」

タシアは震える声で笑った。

「確かに世界じゅうを敵に回すことになりそうよ」

「結婚式の日、これから君と過ごすことになる夜の数を計算した。少なくとも一万はあった。だが、すでに一週間分が奪われている。これ以上は、何があろうと離れるつもりはない」

「やめて……」タシアはルークの唇に指先を当てた。「運命に逆らうことになるわ」

「君の運命を教えてやるよ」ルークは体を引き、タシアの目をのぞき込んだ。「九九九三の夜を、わたしの腕の中で過ごすことだ。いいか、レディ・ストークハースト、わたしはどんな代償を払おうとも、その運命を守るつもりだ」


ニコラスは絨毯の敷かれた階段に片膝を立てて座り、近づいてくるルークを見ていた。

「これでタシアがまともな待遇を受けていることがわかっただろう。食べ物も、本も、家具も――」

「監禁されていることには変わりない」ルークは冷ややかに言った。

「サムヴェル・イグナトイッチの話は聞いたか?」ぽかんとしたルークの表情を見て、ニコラスは笑ってつけ加えた。「シュリコフスキー伯爵だ」

階段のてっぺんで足を止め、ルークはニコラスを見下ろした。

「お前はタシアを信じないと決めたらしいな」

「シュリコフスキーとミハイルには何の関係もなかった」

「シュリコフスキーに確かめたのか?」ルークはたずねた。

「そんなことをしても何の得にもならない。わたしの信用を落とすだけだ。わたしたちを煙に巻くために、タシアがやけくそで思いついた嘘だよ」

「では、どうしてこの話を裁判中に、法廷でしなかったんだ？　タシアは裁判で嘘はつかなかった。今も嘘はついていない。だが、お前は不快な真実に向き合うより、無実の女性を処刑することを選んだ」

「よくも〝真実〟などという言葉が使えるな？」ニコラスの声は急にかすれた。立ち上がり、ルークと正面から向き合う。身長はルークと同じくらいだが、体格はまったく違っていた。肩幅が広くて筋肉質なルークに対し、ニコラスは細くて猫のようにしなやかだ。「その言葉を撤回させてやるよ」ニコラスは言った。「シュリコフスキーを尋問しに行けばいい。自分の妻がしでかしたことに気づいたときのお前の顔が見ものだな」

ルークは向きを変え、その場を立ち去ろうとした。

「待て」ニコラスは言った。「今、会いに行くのはやめておけ。夜にしろ。日が暮れてからだ。ロシアでは、この種のことは人目につかないようにやるものなんだ。わかったか？」

「わかった。ロシア人は何でもこそこそやるのが好きなんだな」

「〝慎重に〟やる、と言ってくれ」ニコラスは穏やかな口調で言った。「どうやらお前は持ち合わせていない美徳のようだが。今夜、わたしも一緒に行く。シュリコフスキーは英語が話せない。通訳が必要になる」

ルークはざらついた声で笑った。

「よりによってお前を連れていくはずがないだろう」

「わたしが個人的な理由でタシアにつらく当たっていると思うなら、お前の目は節穴だ。もしわたしの言い分が間違っていることが証明されれば……タシアの告訴は不当だという証拠が出てくれれば、彼女のドレスの裾にキスをして許しを乞うよ。わたしの願いはただ一つ、弟を殺した犯人が罰せられることだ」

「お前はスケープゴートが欲しいだけだ」ルークは辛辣に言った。「それが誰であろうと構わない。ただ、ミハイルと引き換えに誰かの血が流れればそれでいいんだ」

ニコラスは肩をこわばらせたが、答えは返さなかった。

「ストークハースト、今夜はわたしも一緒に行く。タシアの嘘を暴き、彼女がミハイルを殺した事実を揺るぎないものにするためにね」


ルークは午後中ブラムウェル卿とその秘書をせっついて、とあるイギリス国民の妻に対する虐待と不当な監禁への抗議の一文を正式文書にしたためさせた。日が暮れると、アンゲロフスキー館に戻った。ニコラスはのんきにりんごをかじりながらルークを迎えた。果肉は真っ白で皮は光沢のある半透明という変わったりんごだ。ルークが興味を示していることに気づくと、ニコラスはにっこりした。

「〝ガラスのりんご〟と呼ばれるロシアのりんごだ」そう言って、ポケットから一つ取り出す。「わたしの大好物でね。一つどうだ？」

一日じゅう何も食べていなかったが、ルークは首を横に振った。

ニコラスは笑い声をあげた。

「イギリス人は本当にプライドが高いな」からかうように言う。「腹が減っても、わたしの施しは受けないというわけか。りんごくらいいいじゃないか、ご親戚」ニコラスはルークにりんごを放り投げた。

ルークは軽い動作でそれを受け取った。

「わたしはお前の親戚ではない」一口かじると、りんごはしゃりしゃりしていて、砂糖のように甘かった。

「でも、事実だ。タシアはわたしの父のいとこの孫なんだ。お前も今や姻戚関係にある。ロシア人はどんなに関係が遠くても、親族の絆に対する意識は強いんだ」

「意識は強くても、大事にはしないのか」ルークはせせら笑った。

「殺人は親族のつながりを台なしにするものだからな」

互いに嫌悪のまなざしを向けたあと、二人は外で待つつややかな黒い馬車のもとに行った。シュリコフスキーの自宅に向かう間、車内には耐えがたい雰囲気が流れていた。沈黙の奥底に暴力的な感情が渦巻いている。街路は静まり返っていた。通り過ぎる家や邸宅の窓には、温かな光が灯っている。

「今夜、シュリコフスキーはツァーリと一緒だろうな」ニコラスは言った。ルークが黙っていると、軽い口調で続けた。「二人はとても親しくて、まるで兄弟だよ。ツァーリが田舎の離宮、ツァールスコエ・セローに行くときはいつも、本人の希望でシュリコフスキーもお伴に加わる。強大な権力を持った、抜け目のない男だ」

「お前は尊敬しているのか?」

「いや、まったく。ツァーリを喜ばせるためなら、床にひざまずいて犬みたいに吠えることもいとわないやつだ」

「愛人関係については何か知っているか?」

「奥さん以外に女はいない。肉欲を活力にする男もいるが、シュリコフスキーはそういうタイプじゃない。あいつの欲求は政治権力に向けられている」

「まさか、それをうのみにしているんじゃないだろうな」ルークは言った。

「ロシアの宮中の人間関係はとても狭い。秘密を守るのは難しいよ。もし、シュリコフスキーに男色趣味があれば、誰もが知っているはずだ。だが、そんな話はまったく聞かない。噂すらない。それに、弟はいくら家族が止めても、自分がどんな男と寝たか自慢して回っていた。それでも、シュリコフスキーとは知り合いだとすら誰にも言っていないし、ほのめかしもしていない。あの二人は何の関係もなかったんだ」

「ミハイルは一家の面汚しだったわけだな」ルークは考え込むように言った。「アンゲロフスキー家はどのくらい本気でミハイルを黙らせたかったんだ?」

ニコラスの金色の目に、初めて感情らしきものが浮かんだ。

「やめろ」低い声で言う。「そんなことは二度と言うな。さもないと……」

「わたしを殺すか?」ルークは言い、黒い眉を上げた。「お前なら人殺しができそうだな……親族の絆などお構いなしに」

ニコラスは何も言わず、ルークをにらみつけた。空気中に憎悪が渦巻く。やがて二人はシュリコフスキーの自宅である、ネヴァ川沿いの二階建ての木造の屋敷に到着した。彫り模様の入った金めっきのドアの前に、見張りが二人立っている。

「屋敷番《ドヴォルニク》だ」馬車から飛び下りながら、ニコラスは言った。「無害な見張りだ。雷鳥のローストみたいに切り刻まなくても、わたしが話をつける」ニコラスに続いて、ルークも馬車を降りた。ニコラスは屋敷番と短く言葉を交わし、金を握らせた。たちまち屋敷番は慎重な面持ちで二人を通してくれた。

近づいてきた男性の使用人と話をしたあと、ニコラスはルークについてくるよう手招きし、金のブロケードのカーテンが掛かった廊下を歩きだした。

「家族は誰もいない。シュリコフスキー伯爵夫人は田舎に行っている。シュリコフスキーは今夜遅くに戻ってくる予定だ」

「その間どうする?」

「待たせてもらおう。酒でも飲んで。ストークハースト、お前はいける口か?」

「そうでもない」

「ロシアにはことわざがあってね。〝飲まないなら死んだも同然〟」

二人は図書室に入った。内装はヨーロッパ風で、背の高い本棚とマホガニーの家具、革張りの椅子が置かれている。使用人がグラスと、霜がつくほど冷やした酒瓶の盆を運んできた。

「ウォッカにいろいろな風味をつけたものだ」ニコラスは言い、一つのグラスに琥珀色の液体を注いだ。ずらりと並んだ瓶を指さす。「樺のつぼみ、木灰、胡椒、レモン――」

「樺をもらおう」ルークは言った。

ニコラスの注文で、使用人は次にサーディン、パン、バターとキャビアがのった盆を持って戻ってきた。ニコラスは片手にウォッカを、もう片方の手に黒キャビアを山盛りにした濃い色のパンを持ち、満足げに椅子にもたれた。あっというまにグラスを空け、パンを平らげて、グラスにお代わりを注いだ。黄色い目はじっとルークを見ている。突然、左腕の鉤手を手で示した。

「それはどうしたんだ?」二杯目のウォッカを、今度はゆっくり飲みながらたずねた。

「火事で負傷した」

「そうか」その声からは同情も驚きも感じられなかった。相変わらず、値踏みするようにルークを見ている。「なぜタシアと結婚した? 財産目当てか?」

「わたしには彼女の金は必要ない」ルークは冷たく言った。

「では、なぜ? 友人のアッシュボーン夫妻への義理か?」

「違う」ルークは頭をそらし、ウォッカの残りを飲み干した。最初は喉越しが良く、冷たかったその液体は、すぐに刺すような熱となり、鼻と喉を焼いた。

「では、愛のためか」ニコラスは言った。驚いたことに、その声に軽蔑の響きはなかった。

だろう？」

「無理もない。これまでアナスタシア・イヴァノフナのような女に会ったことがなかったん

「ああ」ルークはぶっきらぼうに認めた。

「それは、タシアが古いロシアの伝統にのっとって育てられたからだ。田舎に隔離され、父親と近い親戚以外の男から遠ざけられてきたんだ。金のかごに入れられた鳥のようにね。数世代前には一般的な教育法だったんだが、最近では珍しい。タシアが初めてバル・ブランに参加すると、サンクトペテルブルクじゅうの男が夢中になった。風変わりで物静かな、美しい娘。魔女だという噂も流れた。あの目を見ると、わたしまで信じそうになったくらいだ。男は皆タシアを恐れ、焦がれた。わたしは別だけどね」ニコラスは言葉を切り、ルークのグラスを満たした。「わたしは弟と一緒にさせたかった」

「なぜだ？」

「ミハイルには自分の世話をしてくれ、内なる悪魔を理解してくれる相手が必要だった。家柄が良く、勘が鋭く、頭が良くて、忍耐強く、何よりもミハイルに虐げられてもそばにいてくれる責任感の強い女性だ。タシアはそのすべての条件を備えていた」

ルークはニコラスをにらみつけた。

「ミハイルの力になるのと引き換えに、タシア自身がやつに破壊される可能性は考えたか？」

「もちろんだ。でも、そんなことはどうでもよかった。ミハイルが救われる可能性があるの

なら」

「ミハイルは自分の行いの報いを受けたわけだな」ルークは陰気な笑みを浮かべて言い、二杯目のウォッカをあおった。

「報いを受けるのはタシアも同じだ」

ルークは憎悪が胸に広がるのを感じながら、ニコラスを見つめた。タシアの身に何かあれば、この男に償いをさせてやる。二人は黙ったまま、ウォッカが感覚を麻痺させてくれるのに任せた。ルークがこのロシアの公爵につかみかかって喉をかき切らずにいられたのは、ウォッカのおかげにほかならなかった。

使用人が静かに図書室に入ってきて、声を潜めてニコラスに何か告げた。しばらく言葉を交わしたあと、ニコラスは手を振って使用人を下がらせた。顔をしかめ、ルークに向き直る。「シュリコフスキーは戻ってきたが、具合が悪いということだ」肩をすくめた。「飲みすぎたらしい。それでも今夜話したいか？」

ルークは立ち上がった。

「どこにいる？」

「寝室で休む準備をしている」決然としたルークの表情を見て、ニコラスはぐるりと目を動かした。「わかったよ、会いに行こう。運が良ければ、今夜の記憶をなくしてくれるほど酔っ払っているかもしれない。五分だけだ。いいか？　五分経ったら帰る」

二人は階段を上り、贅沢なスイートに入った。シュリコフスキーはベッドの端に座り、使用人が服を脱がせてくれるがままになっていた。昼間、自分の宴会で上座に座っていた、洗練と落ち着きを備えたあの男性とはまったくの別人に見えた。白髪はだらしなくはねている。鋭かった目はとろんとし、血走っていた。ボタンが外されたシャツの襟元から、しなびた胸の筋肉がのぞいている。ワインと煙草の強い悪臭が、たるんだ体から立ち上っていた。

「何でこんなはめに」ニコラスは鋭いささやき声で言いながら、部屋に入っていった。声量を上げて言う。「シュリコフスキー知事……伯爵さま……」言葉を切り、ぎょっとしている使用人に向かってぶっきらぼうに言った。「出ていけ」

それ以上せっつかなくても、使用人は部屋から飛び出していった。何も言わず、ルークの体をかすめていく。ルークはドアの暗がりに身を潜めた。これ以上進むべきではないと感じたのだ。今は自分の存在に気づかれないほうがいい。本能的に、目の前では奇妙な光景が繰り広げられ、ルークはそれを言語の壁を乗り越えて理解しようと努めた。

「伯爵さま、おじゃまして申し訳ございません」ニコラスはロシア語で言い、ベッドの端にだらしなく腰かける人影に近づいていった。「手短にすませますので、あとはゆっくりお眠りください。弟のミハイル・ドミトリーエヴィッチについて、おたずねしたいことがあるのです。お知り合いになった方すべてを覚えておいでかどうかわかりませんが――」

「ミーシャ」白髪頭の男はくぐもった声で言い、目の前にいる金色の目をした男を見上げた。奇跡的に、生気を取り戻したように見える。背筋が伸びた。すばらしい光景を見たかのように顔が輝く。黒っぽい目が涙で光った。「ああ、麗しの君、愛する青年よ、片時も君のことを忘れることはなかった！　戻ってきてくれたんだね、大好きなミーシャ」

　ニコラスは凍りつき、呆然とした表情になった。

「何だと？」ささやくように言う。

　シュリコフスキーの細い指がニコラスの上着の裾に触れ、せがむように引っぱった。ニコラスはゆっくりと無言の要求に従い、座っている男の前に膝をついた。黄色い目はシュリコフスキーの顔を見つめたままだ。震える手が金茶色の髪をなで始めても、ぴくりとも動かなかった。シュリコフスキーの痩せた顔が愛情と苦悶にゆがむ。

「麗しのミーシャ、君を傷つけるつもりはなかったんだ。君がわたしを捨てると言うから、かっとなってしまって。でも、優しい君は戻ってきてくれた。大事なのはそれだけだ」

　戸口に立っているルークにも、ニコラスの全身に震えが走るのがわかった。状況がつかめず、顔をしかめる。

「何をしたんだ？」シュリコフスキーの目を見つめたまま、ニコラスはたずねた。

　恍惚と狂気に、県知事はほほえんだ。

「愛しの君……わたしを捨てるなんて嘘だろう？　君の腕に抱かれていると、天国にいるのかと思うくらい幸せなんだ。君もわたしを必要としている……だから、君のサムヴェルのところに戻ってきたんだろう」張りつめたニコラスの頬の輪郭をそっとなぞる。「君がいなくなると思うと、打ちのめされた。誰にも理解してもらえない……わたしたちほど深く愛し合っている者はいないのに。君に残酷になじられ、我を忘れて、テーブルの上のレターナイフをつかんだとき……わたしはただ、君の言葉と、恐ろしい笑い声を止めることしか考えられなかった」優しく歌うような口調になって続ける。「意地悪な、かわいい人……すべては許された。また一つ、二人だけの秘密が増えたね……最愛の君……」真剣な面持ちで身を乗り出す。

シュリコフスキーに唇を重ねられる直前、ニコラスは体を引きはがした。立ち上がって全身をぶるぶる震わせながら歯を食いしばり、狼狽したどす黒い顔で頭を振る。突如、驚いた猫のような動きで、部屋を飛び出していった。シュリコフスキーはベッドに崩れ落ち、堰を切ったように泣きだした。

ルークはすぐさまニコラスを追いかけ、屋敷から走り出た。

「アンゲロフスキー」どなり声で言う。「いったい何なんだ……何があったか教えてくれ!」外の新鮮な空気に触れたとたん、ニコラスは足を止めた。よろよろと歩いて街路の脇に出て、顔をそむけたまま立ちつくす。何とか息を整えようとした。

「やつは何と言ったんだ?」ルークは問いただした。「お願いだ――」

「自白した」ニコラスは声を絞り出した。

「酔っ払った年寄りの戯言じゃないのか?」ルークはそう言いながらも、胸の高鳴りを抑えられなかった。

ニコラスは顔をそむけたまま、首を横に振った。

「いや。ミハイルを殺したのはあいつだ。間違いない」

ルークは安堵し目を閉じた。

「ああ、良かった」ささやき声で言う。

二人が出てきたことに気づいた御者が、アンゲロフスキー家の馬車を進めてきて停めた。

ニコラスはひたすら混乱していて、周囲のことは何も目に入らないようだった。

「信じられない。タシアが犯人だと考えるほうが簡単だった……ずっと簡単だったんだ」

「こうなったからには、警察に行かないと」ルークは言った。

ニコラスは苦々しげに笑った。

「お前はロシアのことを何もわかっていない！　イギリスは違うのかもしれないが、この国では政府の人間は何をしても罪にならない。ツァーリに近い人間ならなおさらだ。シュリコフスキーの影響力をあてにしているものが多すぎる……改革も、政治もだ。もしやつが失墜すれば、その支持者も全員道連れになるんだ。シュリコフスキーのことを少しでも騒ぎ立てたら、喉をかき切られてネヴァ川に浮かぶことになる。この国に正義はない。これは命を懸けても断言できるが、シュリコフスキーとミハイルの情事を知る人間はほかにもいる。内務大臣は間違いなく知っているだろう……他人の秘め事を利用してのし上がってきた男だからな。でも、捜査と裁判を誤った方向に誘導し、〝より大きな利益のために〟タシアを生贄にしたほうが、関係者の誰にとっても楽な方法だったんだ」

ルークはかっとなった。

「お前らの腐りきった政府の役人の機嫌をとるために、わたしが黙って妻を処刑させると思ったら大間違い——」

「今は何も考えられないんだ」ニコラスはみじめな目つきでルークを見た。顔には血の気が戻り、呼吸も整ってきたようだ。

「できるだけ早く、この腐りきった国からタシアを連れ出すつもりだ」

ニコラスはこくりとうなずいた。

「それには賛成だ」

ルークはニコラスに皮肉めいた笑みを向けた。

「申し訳ないが、この急展開になかなかついていけなくてね。数分前まで、お前は自分の手でタシアを処刑しそうな勢いだった」

「わたしはただ真実が知りたかっただけだ」

「もう少しきちんと調べることはできただろう」

「お前たちイギリス人は、後づけでものを言うのが得意だな」ニコラスは鼻であしらった。

「イギリス人はいつでも正しいことを、正しい方法でやっているんだな？　有無を言わさぬ規則と法律と文書を揃えて……。お前たちは自分が思い描くとおりになされた事柄以外は何も尊重しない。イギリス人だけが文明化されていて、それ以外は野蛮人だと思っている」

「もちろん、今回のことでその考えを改めることになるだろうけどね」ルークは皮肉を言った。

ニコラスはため息をつき、金色の筋が入った髪をかき乱した。

「この国でのタシアの人生は終わった。それを変えることはできない。でも、彼女を無事にイギリスに帰らせる手伝いはする。今タシアが危険にさらされているのは、わたしの責任だから」

「シュリコフスキーはどうする?」ルークはたずねた。

ニコラスは近くにいる御者を一瞥し、声を潜めて言った。

「やつの始末はわたしがつける。自分の正義を貫くよ」

復讐に燃える若者を見つめ、ルークは頭を振った。

「あっさり殺せばいいというものではないだろう」

「ほかに手の打ちようがない。それに、やるならわたしだ」

「シュリコフスキーは明らかに、罪悪感に押しつぶされてぼろぼろになってきている。そのうち自ら命を絶つだろう。時間が解決してくれるのを待ったらどうだ?」

「お前は弟を殺されても、何もせずじっとしていられるのか?」

「弟はいない」

「では、かわいい赤毛の娘はどうだ。娘を殺した犯人を罰する手段がほかになければ、復讐しようと思わないか?」

ルークは身をこわばらせ、黙り込んだ。

「たぶんお前は、ミハイルのように自堕落な寄生虫のために、ここまで手をかける必要はないと思っているんだろうな」ニコラスは静かに言った。「死んだところで、誰もさほど悲しまないと思っているんだ。確かにそうかもしれない。でも、わたしはミハイルが無邪気な子供だったころが忘れられないんだ。これだけはわかってほしい……ミハイルがああいうふうになったのは、本人の責任じゃない。わたしたちの母親は無知な農民の娘で、子供を産むしか能がなかった。父親は怪物だった。あいつは……」ニコラスはごくりと唾をのみ、淡々と続けた。「弟はときどき、暗がりやクローゼットで血を流しながら泣いていた。あいつが父のなぐさみものになっていることは、誰もが知っていた。なぜ父がわたしでなくミハイルを虐待相手に選んだのかはわからない。誰も父を止めようとしなかった。一度、父に抗議しようとしたら、気を失うまで殴られたよ。慈悲のかけらもない人間の意のままにされるのは実に不快なものだ。やがてわたしも成長し、ミハイルに近づかないよう父親を……説得できるようになった。でも、そのときにはもう手遅れだった。弟はすでに人格が破壊され、まともな暮らしは送れなくなっていた」ニコラスの唇がよじれ、薄く笑みが浮かぶ。「わたしも同じだ」

　ルークは壮大で陰鬱な街路と、なじみのない玉葱形の円蓋のシルエット、川沿いに力強く並ぶ建物を見下ろした。こんなにも落ち着かない、場違いな気分になったこと……こんなにも自分をイギリス人だと思ったことはなかった。この美しくも複雑な国は、傲慢な人間も謙虚な人間も、金持ちも貧乏人も関係なしに、容赦なく自らの意志に従わせるのだ。

「ミハイルの過去……と、彼の死は、わたしが心配することではない」ルークは淡々と言った。「お前がそれに対してどんな行動をとろうと、知ったことではない。わたしはただ、妻をイギリスに連れて帰りたいだけだ」

タシアは自分に与えられた部屋ですやすやと眠っていた。ルークに言われたとおり、彼が部屋を出るとすぐに横になって休んでいた。ここ何日かで初めて肩の力を抜くことができた。今、自分にできることは何もない。ルークが自分を見つけてくれ、今はこの街のどこかにいて、自分のためにできることをしてくれている。状況がどうあろうと、良心には一点のくもりもなかった。自己不信と罪悪感はすべて消えた。タシアは仰向けになり、枕に髪を広げて、静かな夢の中を漂っていた。

突如、眠りが中断された。大きな手が口をふさぎ、驚きの悲鳴を押し殺す。男の声が耳をくすぐった。

「まだやり残したことがあってね」

11

タシアはぱちりと目を開け、真上にある影の落ちた顔に向かってまばたきをした。それが夫であることに気づくと、彼の下で肩の力を抜いたが、心臓は早鐘を打っていた。ルークの手が上がる。

「ルーク——」

「しーっ……」ルークの唇が探るようにタシアの唇をふさいだ。

「どうやって入ってきたの？」タシアはあえぎ、唇を引きはがした。「ラドコフ大佐が、警備は強化されて、これ以上面会は受けつけないと——」

「ニコラスが命令を撤回したんだ。今夜はわたしも一緒にここに閉じ込められる」

「でも、どうしてニコラスが——」

「あとで話す。今は君を抱きたい」

ルークの重みに押しつぶされると、興奮の波がすべての疑問を洗い流していった。最後にルークと過ごしたのが何カ月も前のことのように感じられる。ベッドの上掛けの上から体重がかけられて体が固定され、熱く奪うように唇が重ねられる感覚が快かった。ルークはキスを続けた。唇をぴったり重ね、舌でなめ、なぶる。ルークの服とリネンのシーツ越しに、彼が激しく高ぶり、せっぱつまっているのがわかった。タシアも体を突き上げ、求めるようにうねらせて、奪ってほしいと懇願した。

ルークは体を起こし、ベッドの上掛けをはがして、薄いシュミーズをまとったタシアの華奢な上半身をあらわにした。唇を開いて素肌に這わせ、タシアが震える手で引き下ろしていくキャンブリック生地の端を追いかける。むき出しになった胸の上を頭が動き、柔らかな頂を探り当て、唇でそっと引っぱるように吸った。

二人はともにあがいて服を脱がせ、触り合い、肌を重ねようとした。ルークはシャツの前が開き、片足にズボンが引っかかった中途半端な状態で、タシアを力強く貫いた。タシアは痛みにあえいだが、体は容赦ない男の力の前に明け渡されていった。ルークはタシアの喉に、あごにキスしながら、タシアに受け入れられるのを待ったあと、さらに深く押し入り、タシアは喜びにうめいた。両手を彼の肩の裏側に回し、筋肉に覆われた表面をつかむ。

ルークはタシアの背中にしっかり手を当てたまま、ごろりと転がった。タシアはルークの腰にまたがり、長い体の上で自分の体を支えた。申し分のない角度を探し、二人がつながる官能の一点に全体重をかける。腰を持ち上げ、また落とすと、内側が熱くこすられる感覚に恍惚となった。ルークはタシアが作り出したリズムにおとなしく従い、暗闇で目をサファイヤのように輝かせ、タシアを見つめた。

タシアはルークの上で悶えながら、規則的な動きで腰を上下させた。彼の力をすべて自分の下にとらえて太ももの間にすばやく取り込むことに、強烈な喜びを感じる。ペースを落としてルークと自分を焦らしながらも、一突きごとに快感の極みに押し上げられていった。突然、それは甘美なる苦悶の炎となって押し寄せてきた。タシアは身をこわばらせて震え、必死に唇を噛んであえぎ声を抑えた。ルークはタシアのうなじをつかんで顔を引き寄せ、叫び声を自分の唇で封じ込めた。自分もタシアの口の中に満足の声をうずめ、最後のうねりに任せて突き上げる。力尽き、満ち足りると、ぐったりと手足を伸ばして、どさりと倒れ込んだタシアを胸に受け止めた。

しばらくして、タシアは夢心地でため息をつき、自分のシュミーズとルークの体に残っていた服を引きはがした。そばに横たわるルークは、お気に入りの妾の奉仕を待つ放縦な君主のように見えた。

「わたしがどんなにこのときを待ちわびていたか、あなたには想像できないくらいよ」タシアは言い、ルークのシャツを床に放り投げた。再び彼の胸に寄り添い、むき出しになった硬い体に胸の先を軽くすりつける。

ルークはにっこりして、タシアの長い髪をもてあそび始めた。

「いい考えがあるんだ」羽根のような毛先を自分の胸と首に引き寄せたあと、タシアの肩をくすぐる。「君はかなり上達してきている。だから、イギリスに連れて帰ったほうがいいと思うんだ。君ほどの才能を埋もれさせるわけにはいかないからね」

「いい考えね」タシアは焦がれるように言い、ルークの温かな肌に唇を押しつけた。「すぐに帰りましょう」

「明日の晩だ」真剣な口調になって、ルークは言った。タシアが答えを返す前に、これまでのいきさつと、アンゲロフスキー館に帰る道中にニコラスと立てた計画を説明する。

タシアは黙って耳を傾けながら、千々に乱れた感情を整理しようとした。イギリスでルークと始めた生活を続けられるかもしれないと思うと、希望と安堵に包まれた。だが何よりも、自分から奪われたものを理不尽に思う気持ちが大きかった。

「ロシアを離れられて嬉しいわ」タシアは苦々しげに言った。「最初のときは残念だったけど、今は違う。ここはわたしの国、わたしの故郷……だけど、わたしがこれまで見てきたのは、表面的な美しさだけだった。その下の何もかもが腐りつつあることを知らなかったの。〝より大きな利益〟のために、どれだけの人が犠牲になってきたの？　この国に未来はない。わたしたちはみんなツァーリの子供だとされている。ツァーリは〝バッシュカ〟、全ロシア人の父と呼ばれて、神のようにわたしたちを愛し、守ってくれる慈悲深い親だということになっているの。でも、全部嘘。欲深い一部の人が、大多数の人を利用しやすくするために作ったおとぎ話よ。ツァーリ、大臣、我が家やアンゲロフスキー家のような貴族……誰もロシアのことなんか考えていない。自分たちの快適な生活を脅かすものを寄せつけないようにしたいだけなの。もしここを出ることができれば、二度と戻ってこない。たとえいつか戻ってこられるようになったとしても」

その声に苦痛と怒りを感じ取り、ルークはタシアをなぐさめようとした。

「人生で最もつらいことの一つは」そっと言う。「幻想が奪い去られることだ。人が他人を利用して生きているのは、この国だけじゃない。至るところで起こっている現象だ。どんなに立派な人間も残酷なことをしたり、人を裏切ったりできる。それが人間の性《さが》だ……わたしたちは誰もが光と影の両方を抱えているんだ」

「わたしにはあなたがいるから大丈夫」タシアは疲れた声で言い、ルークの胸に頭をもたせかけた。「あなたは絶対にわたしを裏切らないもの」

「絶対に」ルークはうなずき、タシアの髪の毛を唇につけた。

「あなたほどすばらしい男性には会ったことがないわ」

「君は男の知り合いが少ないだけだ」褒められて照れたルークは、短く笑って言った。タシアの上に覆いかぶさり、顔の横に手を当てる。「でも、君を愛してる。自分の命よりも。タシア、それだけは信じてくれていい……どんなときも」

次の朝、ニコラスはスイートの鍵を開け、理由は言えないが、一分だけタシアと二人きりで話をさせてほしいと頼んできた。ルークは即座にはねつけ、妻に言いたいことならわたしの前でも言えるはずだと言い返した。口論になった二人の間にタシアが割って入った。ルークのもとに行き、爪先立って耳元で言う。

「お願い、ルーク、少しだけ二人にして」

ルークはニコラスをにらみつけながら、いかにもしぶしぶといった様子で部屋を出ていった。タシアはむっつりした夫に軽くほほえみかけてから、ニコラスのほうに向き直った。

「ニコラス、いったい何なの？」

しばらくの間、ニコラスは御影石の彫刻のような顔で、タシアを見つめて立ちつくしていた。何と冷たい美しさを持った人なのだろうとタシアは思った。突如ニコラスが前に踏み出し、しなやかな動きで自分の前にひざまずいたのを見て、息をのんだ。彼は頭を下げ、タシアのドレスの裾を唇に持っていった。相手に敬意を表する伝統的な動作だ。やがて裾を放し、立ち上がった。

「許してくれ」硬い口調で言う。「君にとんでもないことをしてしまった。この借りは孫の代までかかっても返させてもらう」

タシアは混乱した頭を整理しようと苦心した。ニコラスが自分の行動を謝罪するとは想像していなかったし、これほど徹底した形をとるとは夢にも思わなかった。

「あなたにお願いしたいのはただ、母を守ってほしいということだけよ」タシアは言った。「今夜、わたしの逃走を手助けしたことで罰せられるかもしれないから」

「マリーには何の手出しもさせない。わたしには警察はもちろん内務省にも友人がいる。当然、君が姿を消せば連中は腹を立てるだろうが、マリーには形式的な取り調べ以上のことはできないようにするよ。高位の役人を何人か買収して、拘束や尋問をしないよう指示を徹底させ、ずる賢い娘にだまされた頭の弱い女性だというふうに持っていかせる。必要な手はすべて打つ。その点は信じてくれ」

「ええ、信じるわ」

「よかった」ニコラスは部屋を出ていこうとした。

「ニッキ」タシアはそっと言った。ニコラスは足を止め、珍しく驚いた顔をしてこちらを見た。彼を愛称で呼ぶ人は誰もいないのだ。「知ってると思うけど、わたし……直感が働くことがあるの」

「ああ」ニコラスはかすかにほほえんだ。「君が魔法を使うことは有名だからな。わたしに対して何か〝直感〟することがあっても、教えてくれなくていいよ」

「あなたに大きな災難が迫っているわ」タシアは強い口調で続けた。「ロシアを離れて。今すぐには無理でも、できるだけ早く」

「自分の面倒は自分で見られる」

「ほかの国で新たな生活を始めないと、恐ろしいことが起こるわ。ニコラス、お願いだから信じて！」

「わたしが求めるものも、知っているものも、すべてここにある。わたしにとっては、ロシア以外に世界はない。ほかの国で一生を過ごすくらいなら、明日この国で死ぬことを選ぶよ」からかうような笑みが唇に浮かんだ。「イギリス人の夫と仲良くして、何十人も息子を産んでやれ。君の心配は、それが必要な人に向けてくれればいい。さようなら《ダスヴィダーニア》、タシア」

「さようなら、ニコラス」タシアは答え、不安と哀れみに引きつった顔で、ニコラスの後ろ姿を見送った。

マダム・マリー・ペトロフナ・カプテレワは、フードつきの緑のサテンのマントで頭の先から爪先まで覆い、アンゲロフスキー館に入った。玄関ホールにいる衛兵たちが、遠慮がちに好奇の視線を向ける。

政府が屋敷に配した警備計画の責任者であるラドコフ大佐が、マリーに近づいた。

「囚人は面会を許されていない」威嚇するような口調で言う。

マリーが口を開く前に、ニコラス・アンゲロフスキーがやってきて口をはさんだ。

「マダム・カプテレワには、わたしの権限で死刑囚の娘と一〇分の面会を許可する」

「それはわたしが受けた命令に反する――」

「もちろん、君が法務大臣に苦情を申し立てることを選んでも理解はするよ。わたしは寛大な男として知られているからね」言葉とは裏腹に冷ややかな威嚇の笑みを浮かべると、大佐は青ざめ、何やらぶつぶつ言いながら首を横に振った。ニコラス・アンゲロフスキーにまつわる噂は広く知れわたっているし、誰もが口を揃えてそれは事実だと言う。まともな人間であれば、自分からアンゲロフスキー公爵を敵に回そうとはしないのだ。

マリーは無言のまま、ニコラスが差し出した腕に宝石で飾られた白い手を置いた。二人は並んで階段を上った。

控えの間でルークが待っていると、ドアの鍵が外され、開いた。ニコラスはルークとすばやく視線を交わし、万事順調であることを確かめ合ったあと、小声で警告した。

「一〇分だ」そう言うと、ドアを閉め、外から再び鍵を掛けた。

ルークは目の前にいる女性を見つめ、妻とその母親の外見の印象が似ていることを見て取った。小柄な体格に漆黒の髪、磁器のような肌をしている。

「マダム・カプテレワ」ルークは言い、彼女の手を口元に持っていった。

マリー・カプテレワは四〇歳というよりは、三〇歳に近いように見えた。とびきりの美人で、娘より古典的な意味で整った目鼻立ちをしている。目は猫の目のようではなく、ぱっちりしていて、眉はそれほどはね上がってはおらず、蝶の触角のように繊細なラインを描いている。唇はぷっくりと見事な形に突き出し、情熱を感じさせる豊かなタシアの唇とは似ても似つかない。だが、マリーの美貌には、年とともに移ろいゆく雰囲気があった。光り輝くような型破りなタシアの美しさのほうが、ルークにはずっと好ましく、それは永遠に自分の心をつかんで放さないと思えた。

マリーは慣れた様子でルークを頭の先から爪先までざっと見て、色気を振りまくようにほほえんだ。

「ストークハースト卿」フランス語で言う。「何と嬉しい驚きでしょう。小柄で青白いイギリス人だとばかり思っていたのに、これほど大柄な、黒髪の美男子だったなんて。わたし、背の高い男性が大好きですの。守られている気がして安心しますわ」優雅にマントを外し、ルークに手渡す。黄色のドレスに包まれた見事な体があらわになった。ウエストにも、首にも、腕にも、耳にも、宝石が光っている。

「お母さま」近くでタシアの震える声がした。マリーは顔を輝かせて振り返り、両腕を広げて、駆け寄ってきた娘を受け止めた。二人は笑い声と涙交じりの嬌声をあげながら抱き合った。

「タシア、今まであなたに会わせてもらえなかったのよ」

「ええ、わかってる――」

「あなた、すごくきれいね！」

「お母さまもきれいよ、いつもどおり」

親子は隣の部屋に移動して二人きりになり、手を固く握り合ったままベッドに座った。

「話したいことがたくさんあるの」身を乗り出して母親を抱きしめたため、タシアの声はくぐもった。

感情をあらわにされ、戸惑ったマリーはタシアの背中を軽くたたいた。

「イギリスでの暮らしはどうなの？」ロシア語でたずねる。

タシアはぱっと顔を輝かせ、笑顔になった。

「天国よ」

マリーはルークが待つ隣の部屋を目で示した。

「旦那さんはいい人なの？」

「ええ。寛大で優しい人。あの人のこと、心から愛してるの」

「土地や財産は持っているの？」

「とても裕福な人よ」タシアは請け合った。

「使用人は何人いるの？」

「一〇〇人はいるわ。もうちょっと多いかも」

マリーは顔をしかめた。その人数は、ロシアの貴族の基準では少ないほうだった。カプテレフ家には一時期、約五〇〇〇人の使用人がいたこともある。ニコラス・アンゲロフスキーの下には一〇〇〇人単位の使用人がいて、二七カ所ある領地の維持に従事していた。

「ストークハーストという人は、領地はいくつ持っているの？」マリーは疑わしげにたずねた。

「三カ所よ」

「たった三カ所？」マリーはますます顔をしかめ、がっかりしたようにため息をついた。「でも、まあ……優しくしてくれるんだものね」陰気に聞こえないよう努めながら言う。「顔もいいし。それも一つの美点だと思うわ」

タシアは苦笑した。マリーの手を取り、愛情を込めて握る。

「お母さま、わたし、赤ちゃんが生まれるの」そう打ち明けた。「たぶん間違いないわ」

「本当に？」マリーの顔には、喜びと落胆が入り交じっていた。「でも、タシア……わたしはおばあちゃんになるにはまだ若すぎるわ！」

タシアは笑い、何を食べればいいか、出産後に体形を保つにはどうすればいいかというマリーの助言に、熱心に耳を傾けた。マリーは四世代にわたってカプテレフ家に伝わる白いレースの洗礼用ドレスを送ると約束した。約束の一〇分はあっというまに終わり、隣の部屋からドアをノックする音が聞こえた。タシアはその音にびくりとし、近づいてくるルークを目を丸くして見つめた。

「時間だ」ルークは静かに言った。

タシアは母親に向き直った。

「お母さま、ヴァルカの様子を聞いていなかったわ」

「元気にしてるわよ。今夜も連れてきたかったんだけど、ニコラスにだめと言われたの」

「ヴァルカによろしく伝えてくれる？　わたしは幸せにしてるからって」

「ええ、もちろんよ」マリーはせかせかとネックレスとブレスレットを外し始めた。「はい、これをつけて。あなたにもらってほしいの」

タシアは驚いて首を横に振った。

「だめよ、お母さまがどんなにご自分のアクセサリーを気に入ってるかは知って――」

「いいから」マリーは言い張った。「今夜は小さいのをつけてきたの。いいのよ、こんな安物には飽き飽きしてたところだから」

マリーが安物と呼んだものには、どれも高価な宝石がずらりとついていた。真珠とダイヤモンドの二連のネックレスに、大きな半球形のサファイヤが並ぶ金のブレスレット。サファイヤは磨かれてはいるもののカットはされておらず、きらめく青い卵が太い金の網でつなぎ合わされているかのようだ。マリーはタシアの抗議には耳を貸さず、ブレスレットをタシアの手首に留め、ずっしりした指輪を指にはめていった。血のように赤いルビーの塊がついたもの――「ルビーはいつも身につけるようにしなさい。血をきれいにしてくれるから」――が、に、一〇カラットの黄色いダイヤモンドがついたもの。エメラルドとサファイヤとルビーが、火の鳥の模様に形作られているものもあった。

「あなたが生まれたとき、お父さまがくれたのよ」マリーは最後に、宝石でできた花束をタシアのドレスの身頃に留めた。

「ありがとう、お母さま」タシアは立ち上がり、ルークに緑のマントを肩に掛けてもらった。あとはフードを頭にかぶれば、全身をすっぽり包むことができる。タシアは心配そうに顔をしかめ、マリーを見た。「ここにいるのがわたしじゃなくてお母さまだってことがばれたときは――」

「わたしは大丈夫よ」マリーは力強く言った。「ニコラスも約束してくれたし」

じれったそうに口を引き結び、ニコラスが寝室に入ってきた。

「女同士のおしゃべりはもういい。行くぞ、タシア」

ルークはタシアの肩をつかみ、そっとニコラスのほうに押し出した。

「わたしもあとで行く」

「何ですって?」タシアはすばやくルークを振り返った。頬から血の気が引いていく。「あなたも一緒に来てくれるんでしょう?」

ルークは首を横に振った。

「今、わたしが出ていくと怪しまれる。ラドコフとその部下たちには、わたしはここに残って君をなぐさめていると思わせたほうがいい。連中はわたしたち全員を念入りに見張っているからな。わたしもすぐに出て、ヴァシリエフスキー島で君とビドルと落ち合うつもりだ」

タシアはパニックに襲われた。ルークに手を伸ばし、引き締まったウエストにしがみつく。サンクトペテルブルクの北西部にあるその島には、フィンランド湾に出られる港があった。

「一緒に来てくれないなら行かないわ。今さら離れるなんてできないもの」

ルークは安心させるようにほほえんだ。マリーとニコラスが見ている前で、タシアの唇にキスをする。

「うまくいくから」小声で言った。「わたしもすぐに君のあとを追う。お願いだから文句を言わずに行ってくれ」

もう我慢できないとばかりに、ニコラスが割って入った。

「〝お願いだから文句を言わずに〟だと？」辛辣な口調で繰り返す。「イギリス男が女の尻に敷かれているという噂は本当だったんだな。革の鞭でしつけなければならないところを、指示に従うよう頼み込むとは。誇り高きロシア男が、反抗的な妻にそんな口を利いた日には――」彼は言葉を切り、ぞっとした目で責めるように二人を見た。

タシアはニコラスをにらみ返した。

「ああよかった、わたしが結婚したのが〝誇り高きロシア男〟じゃなくて。あなた方が求めているのは妻じゃなくて奴隷よ！　知性や気骨のあるこの国の女性、自分の意見を持った女性が不憫でならないわ」

ニコラスはタシアの頭越しにルークを見た。金色の目が突如面白がるようにきらめく。「タシアは君のせいで堕落してしまった」ニコラスは言った。「これならイギリスで暮らしたほうが幸せだな」

ルークにうながされて、タシアは彼から離れ、ニコラスのそばに行った。マントのフードを頭に引き上げようとする。とたんにその手が止まった。控えの間に人影が見え、カーペットを踏む鈍い足音が聞こえたのだ。

ほかの三人も同じ音を聞いた。ルークが最初に反応し、すばやく、足音をたてずに控えの間に入った。侵入者をつかまえ、手で口をふさぐ。立ち聞きしていたのは衛兵だった。衛兵は激しく抵抗し、二人は横向きに壁にぶつかった。ルークは猛然とその体勢を保ち、うなり声をもらしながら、侵入者を押さえ続けた。一声でも叫ばれれば、屋敷じゅうにいる見張りの注意を引き、タシアをロシアから連れ出すチャンスが奪われてしまう。

ルークはニコラスが近づいてくる気配をぼんやりと感じた。鋼鉄がきらりと光り、凄まじい暴力が静かに振るわれると、衛兵はルークの腕の中でもがくのをやめ、ぐったりと崩れ落ちた。ルークは酸素を求めてあえぎながらも、ニコラスが衛兵を刺したあと、胸の致命傷に布の塊――タオルか上着だろう――を押し当てて血が流れないようにしたのを見て取った。兵士はルークの腕の中で最後にびくりと体を震わせたあと、息絶えた。

「血が絨毯に飛び散らないようにしろ」ニコラスは小声で言い、弛緩した死体をルークから引き取った。

ルークは気分が悪くなった。女性たちの顔をちらりと見る。マリーの顔は引きつって青ざめ、タシアは呆然としていた。ルークは決然と吐き気を押し戻し、ニコラスが衛兵の死体を部屋から運び出すのを手伝った。廊下に並ぶドアをいくつか通り過ぎると、絵画や使われていない家具が詰め込まれた部屋があった。二人はすばやく動いて死体を隅に置き、デスクと額縁に入ったキャンバスの山で隠した。

「内輪の恥がまた一つ増えた」ニコラスは冗談めかした口調で言い、自分たちの仕事の出来映えを確認した。その顔は御影石のようで、黄色い目には不気味なほど表情がない。ルークはニコラスの冷淡さを軽蔑しかけたが、血に汚れた皮膚から指のつけねが白く突き出すほど、彼が固くこぶしを握りしめているのに気づいた。「死を目の当たりにしてわたしが動揺していると思ったら大間違いだ」ニコラスは言った。「以前はそうだったが、今は何の感情も湧いてこないことに困惑している」

ルークはニコラスに疑わしげな視線を向けた。

「君がそう言うのなら」

「行こう」ニコラスは言った。「これだけ取っ組み合って、家具を動かしたんだ……そのうち、この兵士の姿が見えないことにも気づかれて、大群が押し寄せてくる」

タシアはきわめて冷静に、ニコラスの腕を取って階段を下りた。悲しみに暮れる母親らしくうつむき、マントのフードが顔にかかるようにする。兵士の死にショックを受けたことで、意識は完全に澄みわたった。ニコラスの冷酷なまでの決意に力を得たのだ。自分は今、ミハイルが殺され、この奇妙な旅が始まった場所を離れようとしているが、前回と違ってルークがいるし、何としてでも戻りたい我が家がある。空いているほうの手をマントの中で動かし、まだ見ぬ赤ん坊が宿る腹に当てた。〝神よ、どうかわたしたちが戻れるチャンスをください。皆が無事にたどり着けますように……〟そう唇だけを動かし、兵士たちの視線を浴びながら、ニコラスとともにホールを抜けた。

誰かが前に出てきて、二人の行く手をさえぎった。タシアはニコラスの手首をぎゅっとつかんだ。皮膚に爪が食い込んでも、ニコラスは身じろぎもしなかった。

「ラドコフ大佐?」冷ややかに言う。「何か用か?」

「はい、公爵さま。マダム・カプテレワは絶世の美女との評判です。一目だけでもお顔を拝見したいと思いまして」

ニコラスは軽蔑もあらわに答えた。

「無知な農民でもあるまいし、何を願い出ているのだ。そんなふうに侮辱するとは、母親の悲しみに敬意も払えないのか?」

長く、挑むような沈黙が流れた。タシアの手の下でニコラスの前腕が張りつめる。

ようやくラドコフは引き下がった。

「お許しください、マダム・カプテレワ」もごもご言う。「侮辱するつもりはありませんでした」

タシアは緑のマントの下でうなずき、大佐が脇によけると、ニコラスと並んで歩き続けた。注意深く戸口をまたぎ、玄関の外に出る。顔にひんやりした夜気を感じた。舗道にきれいに埋め込まれた色つき煉瓦の模様を踏む。街灯の光の輪から外れた場所で待つ馬車のもとに向かった。

「急げ」ニコラスは言い、タシアに小さなステップを上らせて馬車に押し込んだ。

タシアは振り向き、ニコラスの硬い手首を握った。フードつきマントの陰から、彼を見つめる目が光る。悲運が、自分ではなくニコラスに迫りつつあるという予感は、突如として圧倒的なものになった。顔を血まみれにし、苦悶に叫ぶ彼の姿が目の前に浮かぶ。悲嘆に体が震えた。

「ニコラス」タシアはせっぱつまった口調で言った。「すぐにロシアを離れて。イギリスのわたしたちのところに来ることも考えてほしいの」

「命がかかっているとしてもごめんだね」ニコラスは言い、短く笑った。

「そうなのよ」タシアはささやき声で強く言った。「命がかかっているの」

タシアを見つめるニコラスの顔から笑みが消えた。何か重大な秘密を打ち明けるかのように、馬車に身を乗り出す。タシアはぴくりとも動かなかった。

「君やわたしのような人間はいつだって生き延びる」ニコラスは言った。「運命を自分の手で握り、自分の好きな形に変えられるんだ。腐った監獄の房から抜け出して、イギリスの貴族の妻になれる女がどれだけいる？　君は美貌と機転、自分が持てるすべてを使って、欲しいものを手に入れたんだ。わたしも自分のために同じことをする。わたしのことは心配しなくていい。君の幸せを願うよ」ニコラスの冷たく硬い唇が自分の唇に触れるのを感じ、タシアは死を味わったかのように体を震わせた。

馬車の扉が閉まると、タシアはクッションにもたれ、御者は馬を鞭打って発進させた。車内にもう一人いることに気づき、タシアは驚いて息をのんだ。

「まあ――」

「レディ・ストークハースト」ビドルの穏やかな声が聞こえた。「お元気そうで何よりです」

タシアは息を切らして笑った。

「ミスター・ビドル！　やっと家に帰れる実感が湧いてきたわ」

「はい、奥さま。造船所でストークハースト卿を拾ったらすぐに」

とたんにタシアは笑みを消し、心配そうに顔をこわばらせた。

「すぐに、と言っても、わたしには長い時間に感じられるでしょうね」

マリーは窓辺のルークのもとに行き、走り去る馬車を見守った。安堵のため息をつく。

「よかった、あの娘が無事で」ルークのほうを向き、腕に触れた。「アナスタシアを助けてくださってありがとう。あの娘にこれほど誠実な夫がいると思うとわたしも安心だわ。実を言うと、最初はあなたに財産がないことにがっかりしたけど、二人の間にはもっと大事なもの、信頼や献身があるとわかったの」

ルークは口をぱくぱくさせた。次期公爵であり、もともとある相当の額の土地収入に加えて商売でも一財産築き、七つの郡に領地と森林を持っていて、拡大を続ける鉄道会社の大株主である自分が、義母に〝財産がないこと〟を見逃してやろうと言われるとは思ってもいなかった。

「ありがとうございます」ルークはようやくそれだけ言った。

マリーは突然目に涙を浮かべた。

「あなたはいい人ね、わたしにはわかるわ。優しくて責任感がある。タシアの父親のイヴァンもそうだったの。あの人には娘が何よりの幸せだった。〝わたしの宝物、わたしの火の鳥〟いつもあの娘のことをそう呼んでいたわ。最後の言葉もタシアのことだったの。お願いだから、タシアを大事にしてくれる男と結婚させてやってくれと」洟をすすり始める。「わたし、タシアはアンゲロフスキー家に嫁げば幸せになれると思っていたのよ。何の不自由もしないだろうからって。それが最良の選択なんだと思い込んでいた。あの娘がミハイルとの結婚を無理強いしないでほしいと頼み込んできたときも、聞く耳を持たなかった。わたしには、愛だの夢だのという子供の戯言のように聞こえたから……」マリーはうつむき、ルークが差し出したハンカチで目を拭った。「タシアがあんなことになったのはわたしのせいよ」

「誰が悪いかなんて考えても仕方がありません」ルークはささやいた。「つらい思いをしてきたのは皆同じです。タシアはもう大丈夫ですから」

「そうね」マリーは背伸びして、西欧式にルークの左右の頰にキスした。「そろそろあの娘のところに行ってちょうだい」

「そのつもりです」ルークは言い、絹に包まれたマリーの背中をさすった。「マダム・カプテレファ、娘さんのことは心配いりません。わたしがイギリスでタシアを守ります……もちろん、彼女が夢にも思わなかったくらい幸せにしますから」

タシアとビドルは貨物を保管するのに使われている倉庫の片隅で、二人きりで待っていた。倉庫の外では人々が動き回っている。休暇で船を下りた船員、港湾労働者、損傷した貨物をめぐって言い争っている商人もいる。タシアは暗がりに身を潜め、夫の気配はないかと注意深くあたりを見ていた。

ビドルはタシアが不安を募らせていることに気づいた。

「レディ・ストークハースト、旦那さまはこんなに早く島には来られませんよ」

タシアは深く息を吸い込み、心を落ち着かせようとした。

「わたしがいなくなったことがばれていたら？　身柄を拘束されて、国家警察の尋問を受けるかもしれない……帝国政府に対する政治犯罪に問われて、それから……」

「そのうちいらっしゃいますよ」ビドルはタシアを励ますように言ったが、その声には不安の色がにじんだ。

背の高い男がこちらに向かっているのに気づき、タシアは身をこわばらせた。赤と黒と金色から成る制服は、皇帝官房の管轄下にある警察の特殊部署、憲兵団のものだ。憲兵が近づいてくるにつれ、頰ひげを生やした顔にいぶかしむような表情が浮かんでいるのがわかった。二人の身元とここにいる目的を確かめようとしているのだ。

「まずいわ」パニックに襲われ、タシアは小声で言った。光の速さで頭を回転させる。振り向いて、そばで唖然としているビドルに抱きついた。ぎょっとしたような声には構わず、ビドルの唇に自分の唇を押しつける。抱擁を続けるうちに、憲兵が近くにやってきた。

「何事だ?」憲兵は問いただした。「いったい何をしている?」

タシアは弾かれたようにビドルから離れ、狼狽したふりをしてあえいだ。

「どうしましょう」息を切らして言う。「お願いです、わたしたちがここにいたことは誰にも言わないでください! わたし、イギリス人の恋人に会いに来たんです……父に反対されていて……」

けげんそうだった憲兵の表情が、とがめるようなしかめっつらに変わった。

「娘が何をやっているか知れば、お父上は間違いなくお前を鞭打つだろうな」

タシアは憲兵に哀願するような目を向け、もっともらしく涙を浮かべた。

「今夜はわたしたちが一緒にいられる最後の晩なのです……」ビドルに身を寄せ、腕にしがみつく。

憲兵はビドルの細く小柄な体をうさんくさそうに眺め、この男のどこがそんなにいいのかと言わんばかりの顔をした。長く重苦しい時間が流れたあと、憲兵は折れた。

「さよならを言い終えたら、この男とは別れろ」ぶっきらぼうにタシアに言う。「お父上はお前の幸せを考えてくれている。子供は両親に従うのが一番の親孝行だ。お前みたいにきれいな娘なら……この痩せこけたちびのイギリス人よりもずっとお似合いの相手を、ご両親が見つけてくれるさ！」

タシアはおとなしくうなずいた。

「はい」

「お前たちのことは見なかったふりをして、造船所の周囲のパトロールを続ける」憲兵はタシアに向かって指を振った。「だが、わたしが戻ってくる前にここを離れたほうがいい」

「ありがとうございます」タシアは言い、宝石のついた指輪を一つ指から外して憲兵に渡した。これで憲兵は巡回の歩調をゆるめ、もうしばらく二人をここにいさせてくれるはずだ。

憲兵はそっけなくうなずいて指輪を受け取った。ビドルをじろりと見てから歩きだす。

タシアは安堵のため息をついた。ビドルのほうを向き、申し訳なさそうにほほえむ。

「あなたはわたしの恋人だと言っておいたわ。それ以外に方法が思いつかなくて」

ビドルは言葉が出てこないのか、ぼうっとタシアを見つめた。

「大丈夫？」黙っているビドルに困惑し、タシアはたずねた。「ああ、ミスター・ビドル……そんなにあなたを驚かせてしまったかしら？」

ビドルはうなずき、ごくりと唾をのんでシャツの襟をゆるめた。

「わたし……旦那さまに合わせる顔がありません」

「あの人ならわかってくれる――」タシアは後ろめたそうに言いかけたが、また別の男がこちらに向かってくるのに気づいてはっとした。

ビドルは凍りつき、また何かされるかもしれないと身構えたが、タシアは小さく叫んで見知らぬその男に駆け寄った。

「キリルおじさま！」

あごひげを生やした顔に笑みを浮かべ、キリルはたくましい腕でタシアを受け止めた。

「かわいい姪っ子さん」ささやくように言い、タシアをきつく抱きしめる。「せっかくロシアからこっそり連れ出してやったのに、戻ってきちゃだめじゃないか。今度はずっとあっちで暮らすんだろうな？」

タシアはキリルにほほえみ返した。

「はい、おじさま」

「ニコラスから事情を知らせる手紙を受け取った。イギリスで結婚したそうじゃないか」キリルは腕を伸ばしてタシアの体を遠ざけ、まじまじと見た。「咲き誇る薔薇のようだ」感嘆したように言い、タシアの頭越しにビドルに目をやった。「この小柄なイギリス男は、きっといい旦那なんだろうな」

「あら、違うわ」タシアは慌てて言った。「この人は夫の近侍よ、キリルおじさま。夫はもうすぐここに来ることになっているの……全部うまくいけばの話だけど」ルークが危険にさらされているのではないかと思うと、額にしわが寄って情けない顔になった。

「そうか」キリルは思いやりを込めてうなずいた。「旦那はわたしが探しに行ってくる。でも、まずはお前を船に――」

「いやよ、あの人と一緒じゃなきゃどこにも行かない」

キリルは反論するそぶりを見せたが、すぐに考え込むようにうなずいた。

「旦那は背が高いか？」

「ええ」

「髪は黒っぽい？」

「ええ……」

「片手は鉤手か？」

タシアは仰天しておじを見つめた。次の瞬間、すばやく振り向くと、ルークがこちらに向かってくるのが見えた。彼の姿を見たとたん、圧倒的な安堵が押し寄せてきた。ルークに駆け寄り、腰に手を回す。

「ルーク」感謝の思いに目を閉じ、ささやくように言った。「大丈夫？」

ルークは顔を近づけ、タシアの唇にキスをした。

「いや。君をここから連れ出して、無事にイギリスに帰るまでは大丈夫ではない」

「そのとおりね」タシアはルークを引っぱっていき、おじに紹介する。キリルは片言の英語であいさつし、一同はほほえみを交わしたあと、待っていた船に予定どおり乗り込むことを決めた。

ルークは突如近侍の存在を思い出し、近くでもみ手をしているビドルに目をやった。「ビドル、なぜ顔が紫色なんだ？　今にも卒中を起こしそうじゃないか」顔をしかめてまじまじ見ると、ビドルはわけのわからないことをつぶやき、船に向かって走りだした。「いったいどうしたんだ？」

タシアは軽く肩をすくめた。

「今夜の疲れがどっと出たんじゃないかしら」

ルークは疑わしそうに、とぼけたタシアの顔を見つめた。

「まあいい。あとで教えてくれ。今はここから逃げ出すことが先決だ」

「そうね」タシアは落ち着いた声できっぱり言った。「家に帰りましょう」

12

イギリス、ロンドン

イギリスに帰ってから三カ月、タシアは幸せいっぱいの生活を送っていた。ルークが事業に取り組みやすいよう、引き続きロンドンの屋敷に住んでいる。タシアにとっては生まれて初めて味わう幸福だったが、それはこれまでにも味わったことのある一瞬の鮮やかな感情のきらめきではなく、もっと強く、持続性のある安定した炎が全身をしっかり暖めている感覚だった。毎朝ルークの隣で目覚め、この人は自分のものだと思えるなど奇跡のようだ。

ルークはタシアにあらゆる顔を見せてくれた。父親のようなときもあれば、悪魔じみているときもあり、初恋をしている少年のようにいたいけなときもある。彼はタシアを焦らし、からかい、情熱的に口説いた。月日が経つにつれ、タシアの変わっていく体形に夢中になった。時には体を見るためだけに、タシアの笑い声も困惑交じりの抗議の声も無視して、服を脱がせることもあった。そして、偉大な芸術作品でも扱うように、むき出しになった腹の曲線をそっとなぞるのだ。

「こんなに美しいものは見たことがない」ある日の午後、タシアの丸みを帯びた腹をうっとり眺めながら、ルークはささやいた。

「きっと男の子ね」タシアは言った。

「どっちでもいいよ」ルークは答え、繊細な腹の皮膚にキスの雨を降らせた。「男の子でも女の子でも……君の一部であることに変わりはない」

「二人の、よ」タシアはほほえんで言い、ルークの黒髪をぼんやりともてあそんだ。

腹のふくらみはウエスト位置の高いドレスを着れば隠せるため、パーティや観劇などの社交の場にも顔を出すことができた。しかし、これからゆったりしたドレスや絹のショールでも隠せないくらい腹が大きくなると、礼儀上、家に閉じこもっていなければならなくなる。

「今これだけ小さいのだから、当分目立たないと思いますよ」ミセス・ナグズは予測した。タシアもそう願った。今まで外界から遮断され、閉じ込められて生きてきたため、これからは自由を謳歌するつもりだった。

ほかにも、若い夫人たちとの交流や、さまざまな慈善事業への参加、ルークの妻としての務めなど、やることはいくらでもあった。また、エマを同年代の女の子と仲良くさせる取り組みも成果を上げつつあった。エマは内気な性格を克服し始めたようで、子供同士のパーティにも喜んで行くようになった。心配していた初潮が訪れた日には、恥じらいと誇らしさの交じった様子で報告してきた。

「もうお人形遊びをしてはいけないということ？」エマはたずねたが、そんなことないわ、という力強いタシアの返事に胸をなで下ろした。

すがすがしくひんやりした空気が流れ、木々が色づいて、イギリスが秋一色になると、ロシアから木箱とトランクがいくつも届いた。その荷ほどきを手伝いに、アリシア・アッシュボーンが来てくれた。

「〝また、母からの贈り物です〟」タシアは声に出して読んだ。タシアがソファに座って母親からの手紙に目を通している間、アリシアとエマが緩衝材の詰まった木箱から高価な装飾品を出していった。母親が変わらず元気にしていること、今も何のとがめも受けずにいることを知ってタシアは喜んだ。ニコラスの巧みな買収により、タシアがアンゲロフスキー館から逃亡したあと、マリーは当局から短い取り調べを受けただけで解放されていた。それ以来、手紙と家宝の数々をロンドンの屋敷に送ってきている。今のところ、磁器とクリスタル、山のようなイコン、レースの洗礼用ドレス、宝石がちりばめられた銀の紅茶グラスホルダーが一ケース送られてきていた。

包み紙の中から大きな銀の湯沸かし器《サモワール》が現れると、歓喜の声があがった。

「トゥーラのものだと思うわ」凝った彫り模様をまじまじと見て、アリシアが言った。「最高級品といえばトゥーラ製だもの」

「あとは、これでいれるまともな紅茶があればいいのに」タシアは嘆いた。

エマは驚いた顔でタシアを見た。

「ベルメール、イギリスの紅茶が最高級じゃないの？」

「いいえ、違うの。ロシア人が飲むのは、キャラバンティーという最高級の中国産の紅茶なのよ」タシアは懐かしそうにため息をついた。「あれが何よりも香りが良くておいしいの。角砂糖を口にくわえて紅茶をすする人が多いわ」

「変なの！」エマは叫び、サモワールを興味深く観察した。

アリシアはきらめく金色のロシア製のレースを引っぱり出し、光にかざした。

「タシア、マリーの手紙にはほかに何と書かれていたの？」

タシアは手紙をめくって読み続けた。「まあ」小さく言い、指をわずかに震わせる。

その声に妙な響きを感じ取り、アリシアとエマはタシアを見上げた。

「どうしたの？」アリシアがたずねた。

タシアは手元の薄い紙を見つめ、ゆっくり答えた。

「シュリコフスキー知事が最近、自宅で亡くなっているのが発見されたそうよ。〝毒を飲んでいました〟と母は書いているわ……。〝自殺を図ったと世間には思われています〟ですって」その声はとぎれ、タシアとアリシアは険しい視線を交わした。見かけはどうであれ、ニコラスがついに復讐を果たしたことは間違いなかった。タシアは手紙に注意を戻した。「〝ツァーリは動揺されています。お気に入りの側近を失ったことで、精神的にも肉体的にも深刻な影響を受けています。一線から退いてしまわれたため、大臣や高官たちが権力争いを繰り広げています〟」

「ニコラスはどうなったの？」アリシアがうながした。

タシアはうなずき、眉をひそめた。

「〝ニコラスは反逆罪に問われました〟」手紙を読み上げる。「〝逮捕されて、もう何週間も拘束され、尋問されています。噂では、いずれ執行猶予になり、国外追放になるだろうとのことです。もし、まだ生きていればの話ですが〟」

室内に重苦しい沈黙が流れた。

「尋問ではすんでいないでしょうね」アリシアは静かに言った。「かわいそうなニコラス。どれほど憎らしい相手でも、そこまでの目に遭ってほしいとは思わないわ」

「どういうこと？　ニコラスは何をされたの？」エマが不思議そうにたずねた。

タシアは何も言わず、サンクトペテルブルクで時折噂になる、懲罰、あるいは帝国政府に楯突く者をあぶり出すのに用いられる恐ろしい拷問のことを考えた。拷問に最もよく使われるのが鞭で、そこに熱した火かき棒など残酷な手段を組み合わせ、正気を奪うほどの痛みを与えるのだ。ニコラスはいったい何をされ、どのくらい痛めつけられているのだろう？

母親からの贈り物で浮き立っていた気持ちはとたんに沈み、同情の念でいっぱいになった。

「ニコラスのために何かできることはないかしら」

「どうしてニコラスを助けたいと思うの？」エマはたずねた。「あの人は悪い人よ。自業自得だわ」

「〝人を裁くな。そうすれば、あなたがたも裁かれることがない〟」タシアは聖書を引用した。

「〝赦しなさい。そうすれば、あなたがたも赦される〟」

エマは顔をしかめ、目の前のお宝の箱に注意を戻した。

「でも、やっぱり悪い人だわ」ぶつぶつ言う。

ニコラスの苦境に対するルークの反応がエマと変わらなかったことに、タシアはうろたえた。その晩、母親からの手紙を見せたとき、ルークはタシアが失望するくらい非同情的だった。

「アンゲロフスキーは自分が危ない橋を渡っていることは知っていた」淡々とした口調で言う。「自分の命と引き換えにしても、シュリコフスキーを殺すと決めたんだ。あの男には危険な賭けを好むところがある。政治上の敵に弱みを握られたのだとしても、それは本人も想定していたことだ。まわりが見える男だからな」

「それでも、かわいそうだと思わずにいられないの」タシアは言った。「ひどく痛めつけられているのは間違いないもの」

ルークは肩をすくめた。

「わたしたちにできることは何もない」

「誰かにひそかに調べさせることはできない？　イギリスの外務省の知り合いに頼むとか」

ルークの青い目が鋭くタシアをとらえた。

「どうしてニコラス・アンゲロフスキーの身の上を案じるんだ？　あいつは君のことも誰のことも、まったく気にかけていなかったというのに」

「一つは、親戚だから――」

「遠い親戚だ」

「もう一つは、わたしと同じく、堕落した政府の役人たちの犠牲者だから」

「ニコラスの場合は相応の理由がある」ルークは皮肉めかして言った。「君がシュリコフスキーの死は自殺だと思っているなら別だが」

ばかにしたようなその口調に、タシアはむっとした。

「ニコラスを裁いたり、断罪したりするつもりなら、あなたもツァーリや腐った大臣たちと変わらないわ！」

二人はにらみ合った。ルークの喉元が怒りに赤く染まり、首を上っていく。

「今度はあいつをかばうんだな」

「当然でしょう。そこらじゅう敵だらけで、非難と軽蔑をぶつけられて、頼る人も――」

「次は、わたしの家にかくまってくれと言い出すのか？」

「あなたの家？　ここはわたしたちの家だと思っていたわ！　いいえ、そんなことは考えていなかった……でも、わたしの親族をかくまってほしいというのは、そんなに大それたお願いかしら？」

「ああ、それがニコラス・アンゲロフスキーのような人間であればね。いいかげんにしろ、タシア、君は誰よりもあいつの本性を知っているじゃないか。こんな話をする価値もない人間だ。わたしたちがあいつにされた仕打ちを考えてみろ」

「そのことならもう許したわ。あなたも、理解はできないとしても、せめて理解しようとす

「あいつがわたしたちの生活のじゃまをしたことを許すくらいなら、死んだほうがましな努力を──」

「──」

「あの人にプライドを傷つけられたからでしょう」タシアは言い返した。「だから、あなたはニコラスの名前を聞いただけでそんなに怒るんだわ」

図星だったようだ。とたんにルークの眉間にはしわが寄り、蔑みの言葉を抑えようと歯を食いしばったせいであごがぶるぶる震えた。彼は何とか自制心を働かせて口を開いたが、その声は明らかにうわずっていた。

「わたしが君の安全よりもプライドを重視していると言いたいのか?」

タシアは頑として答えなかったが、怒りと罪悪感に押しつぶされそうになっていた。

「この口論の目的は何だ?」氷のように冷たい目をして、ルークは問いただした。「君はわたしにどうしてほしいんだ?」

「ニコラスの生死を確認してほしいと頼んでいるだけよ」

「それからどうする?」

「それは……」タシアはルークから目をそらし、ごまかすように肩をすくめた。「わからないわ」

ルークは嘲笑するように唇をゆがめた。

「タシア、君は嘘が下手だな」

タシアの要求に応じることなく、ルークは出ていった。この問題を蒸し返すのが無謀であることは、タシアにもわかっていた。それから数日間、二人は普段どおりの生活を続けたが、会話には緊張感が漂い、沈黙には答えの出ていない疑問が渦巻いていた。ニコラスの苦境がなぜこんなにも気になるのか、タシアは自分でもわからなかったが、彼の身に起きたことが知りたいという思いは日に日に強くなった。

ある晩、エマが寝室に上がったあと、ルークは洋梨形のグラスでブランデーを飲みながら、考え込むようにタシアを見つめた。タシアはそわそわと身をよじったが、彼が何か大事なことを言おうとしているのがわかり、その目を見つめ返した。

「ニコラスはロシアから追放された」ルークはそっけなく言った。「外務大臣の話によると、ロンドンに家を借りたそうだ」

タシアは興奮気味に質問をぶつけた。

「ロンドン？　今こっちにいるの？　どうしてイギリスに来たの？　元気なの？　今はどんな状態――」

「わたしが聞いているのはそれだけだ。だが、やつのために何かすることは禁じる」

「禁じる？」

ルークはブランデーグラスをもてあそび、手の中でゆっくり回した。

「君があいつにしてやれることは何もない。必要なものはすべて揃っている。財産の一〇分の一はそのまま持ってくることを許されたようだから、生活するにはじゅうぶんすぎるほどだ」

「わたしもそう思いたいけど」アンゲロフスキー家の財産の一〇分の一なら、少なくとも三〇〇〇万ポンドはあると思いながら、タシアは言った。「でも、家も財産も失って……」

「そんなものがなくてもあいつはやっていける」

ルークの冷淡さにタシアは驚いた。

「反逆罪の容疑者に、政府がどんな尋問をするか知っているの？　一番よく使われるのは、これでもかというくらい背中を鞭打ったあと、豚の丸焼きみたいに火であぶるという方法よ！　ニコラスがどんな目に遭ったのかはわからないけど、お金があったところでどうにかなるものじゃないのは確かだわ。イギリスにはわたしとアリシアしか親戚は――」

「チャールズも、アリシアがニコラスを訪ねるのを許すはずがない」

「ああ、そう。つまり、あなたもチャールズも妻を完全に支配下に置くつもりなのね？」座って冷静に話をすることに耐えられなくなり、タシアは勢いよく立ち上がった。はらわたが煮えくり返っている。「あなたと結婚したときわたしは、妻に敬意を払い、自分の意見を言わせてくれ、自分で決断を下す自由を与えてくれるイギリス人の夫を得たつもりだったわ。あなたの話では、最初の奥さまに対してはそうしていたようだったもの。ニコラスが危害を加えてくるはずはないし、あの人に会ったところで誰が迷惑するわけでもないでしょう！　理由も説明せずに、何かをわたしに禁じることはできないわ」

ルークの顔は憤怒のあまりどす黒くなった。

「この件に関してはわたしに従ってもらう」しゃがれた声で言う。「説明などするつもりはない。わたしの決定が絶対という事柄もあるんだ」

「あなたがわたしの夫だからという理由だけで？」

「そうだ。メアリーはわかってくれた。君にもわかってもらう」

「わたしはいやよ！」タシアは眉間に深くしわを寄せ、身を震わせた。両手でこぶしを作る。「子供じゃないんだから、あなたの指図は受けない！　わたしはあなたの持ち物じゃないし、首輪と引きひもをつけて好きなところに連れていける動物でもなければ、あなたの命令に従う奴隷でもない。この心も体もわたしのもの……ニコラスに会ってはいけないという決定を覆すまで、わたしには指一本触れさせないわ！」

タシアが反応する暇もないほどすばやく、ルークは動いた。一瞬にしてタシアは彼に抱きすくめられ、手に髪を絡められて、押しつぶさんばかりの勢いで唇を重ねられた。ルークのキスは激しく、タシアの唇は歯に当たって切れ、血の味がした。タシアは哀れっぽい声をあげてルークを押しのけ、彼が体を離したときには息を切らしていた。震える指をゆっくり上げ、傷ついた唇に当てる。

「わたしは好きなときに、好きなだけ君に触る」ルークはざらついた声で言った。「タシア、無茶はよせ……後悔することになるぞ」

アリシア・アッシュボーンはニコラスに会う気はなかったが、彼の近況には興味津々だった。

「波止場からニコラスが借りた家まで、荷馬車を二〇台も使って貴重品を運んだそうよ」二人でお茶を飲んでいるとき、アリシアはタシアに言った。「すでにいろんな人が訪ねてきたけど、誰とも会おうとしないの。みんな噂してるわ……謎の流刑人、ニコラス・アンゲロフスキー公爵って」

「ニコラスに会いに行く気はある？」タシアは静かにたずねた。

「あら、ニコラスとは子供のとき以来会っていないし、今あの人に会いに行きたいとも、行かなければばとも思わないわ。それに、ニコラスの敷地に一歩でも足を踏み入れれば、チャールズが激怒するでしょうし」

「チャールズが怒るところなんて想像がつかないわ」タシアは言った。「あんなに穏やかな人、ほかに見たことがないもの」

「でも、怒るときは怒るのよ」アリシアは請け合った。「二年に一度くらい。あのひとが爆発したときは近寄らないほうがいいわ」

タシアはかすかに笑い、深いため息をついた。

「ルークはわたしに腹を立てているの」正直に言う。「すごく腹を立ててる。たぶん、怒って当然なんだと思う。どうしてニコラスに会いに行きたいのか、自分でも説明ができないものの……ただ、あの人は今一人きりで苦しんでいて、何かわたしにできることがあるはずだと思うだけ」

「ニコラスにはさんざん迷惑をかけられたのに、どうして助けたいと思うの？」

「わたしがロシアから逃げるときは助けてくれたわ」タシアは指摘した。「あの人の家がどこにあるのか知ってる？　教えて、アリシア」

「旦那さんに逆らう行動はとらないと言える？」

タシアは眉間にしわを寄せた。この数カ月で自分は変わった。以前なら、このような質問はされるまでもなかった。夫の言葉は法と見なし、夫には無条件に従うよう育てられてきたのだ。ロシアの作家、カロリーナ・パヴロワの辛辣な皮肉が思い出される。〝学べ、妻として、妻の苦しみを……自分の夢や欲望をかなえる道を求めてはいけない……魂はすべて夫の手の中に……思考にさえ枷がついている〟

だが、もはやそれはタシアの運命ではない。誰かに魂を握られるには、あまりに遠くに来てしまった。あまりに大きく変わってしまった。そのことをルークだけでなく、自分にも証明することが重要だった。行動を決めるのは自分自身の良心であり、夫は主人として崇めるのではなく、伴侶として愛するべき存在なのだと。

「ニコラスが住んでいる場所を教えて」タシアは頑として言った。

「アッパー・ブルック・ストリート四三番地」気おされたように、アリシアは小声で言った。「大きな白い大理石の屋敷よ。わたしが教えたことは誰にも言わないで……疑われても、一生認めるつもりはないから」

次の日の午後、タシアはルークが出かけ、エマがフランス哲学に没頭するまで待った。馬車を用意させ、アッシュボーン家を訪ねるという名目で家を出る。アッパー・ブルック・ストリートは、ストークハースト邸からそう遠くない。ニコラスはなぜそこに家を借りたのだろう？　ロシアから誰か連れてきているのだろうか？　タシアが緊張し、焦りを募らせる中、馬車は巨大な白い大理石の邸宅の前で停まった。従僕が先に立って正面階段を上り、ドアをノックする。出てきたのは家政婦だった。黒い服を着て、灰色のスカーフを頭に巻いた年配のロシア人女性だ。ニコラスは執事を雇う必要性を感じていないということだろう。家政婦は片言の英語を口にしたあと、帰ってほしいという身振りをした。

タシアはきはき言った。

「わたしはレディ・アナスタシア・イヴァノフナ・ストークハーストといいます。親戚に会いに来たの」

家政婦はタシアの流暢なロシア語に驚いた。信頼できる同郷の女性が現れたことに安堵したらしく、同じくロシア語で言った。

「公爵さまはとてもお加減が悪くていらっしゃいます」

「どんな状態なの？」

「危ない状態です。とてもゆっくりと死に向かわれています」家政婦は十字を切った。「アンゲロフスキー家は呪われているに違いありません。サンクトペテルブルクで特別委員会の取り調べを受けて以来、ずっとこの状態です」

「〝特別委員会の取り調べ〟」タシアはそっと繰り返した。それが実情とかけ離れた耳当たりの良い表現にすぎないことはわかっている。「熱があるの？　傷から感染症は？」

「今は大丈夫です。外傷はほとんど治りました。今、病まれているのは精神です。弱りきっていらして、ベッドから出ることもできません。部屋は真っ暗にしておくようにとのご指示です。食べ物も飲み物も喉を通らず、ときどきウォッカを飲まれる程度で。動かされることも、体を拭かれることもお嫌いになります。誰かが体に触れようものなら、熱い石炭に焼かれたかのように震え、叫び声をあげられます」

その短い説明を聞く間、タシアは表情こそ変えなかったが、気の毒で胸がつぶれそうだった。

「誰かそばについているの？」

「ご本人がお許しにならないのです」

「部屋に案内して」

薄暗い屋敷の中を家政婦と歩きながら、サンクトペテルブルクのアンゲロフスキー館にあった貴重品の多くが部屋にあふれているのを見て、タシアは驚いた。壮大なイコンの壁までもが運び込まれ、寸分の狂いもなく組み直されている。ニコラスの寝室に近づくにつれ、強烈な香の匂いが漂い始めた。死の訪れを遅らせるために使われる東洋の香りが、あたり一面に立ちこめている。父の死の床にも同じ匂いがしみついていたことが思い出された。タシアは部屋に入り、二人きりにしてもらえるよう家政婦に頼んだ。

室内は暗く、何も見えなかった。タシアは分厚いカーテンのところまで行き、数センチ開けて、薄暗い部屋に午後の日射しを入れた。窓を開ける。さわやかな秋のそよ風がもやもやした香の煙をさらっていった。ニコラス・アンゲロフスキーが眠っているベッドに、タシアはゆっくり近づいた。

ニコラスの姿を見てショックを受けた。胸は上掛けに覆われているが、長く細い腕が片方出ている。意識が夢とうつつを行き来するたび、指がぴくりと動いた。生々しい傷が、手首のまわりとひじの内側に蛇のように絡みついている。それを見たとたん、タシアは胃がひっくり返るように感じた。慌てて顔に視線を向け、以前は輝かんばかりに美しかった顔立ちが損なわれているのを痛ましげに見つめる。顔にも首にも、深いくぼみがいくつもできていた。健康的なブロンズ色だった肌は、死人のような灰色がかった黄色になっている。明るい金の筋が入っていた髪はつやを失い、鈍い色になっていた。

手つかずのハーブスープが、ベッド脇のテーブルの上で冷えている。魔よけの動物の彫像と、火のついた香の壺も置かれていた。タシアは小さな火を消して壺の口を手でふさぎ、垂直に立ち上る香煙を止めた。その動きと新鮮な空気にニコラスが気づいた。はっとしたように目を開ける。

「誰だ？」震える声で言った。「窓を閉めろ。風が……光が……」

「これでは元気になるつもりがないように見えるわ」タシアは静かに言い、ベッドの横に近づいた。ニコラスはまばたきし、あの風変わりな狼の目でタシアを見上げた。信じがたいことに、その目は記憶の中にある彼よりもさらに生気を失っていた。自分が生きているのか死んでいるのかもわかっていない、傷ついてぐったりした動物のようだ。

「アナスタシア」ニコラスはささやくように言った。

「そうよ、ニコラス」タシアは慎重にベッドの端に腰かけ、彼を見下ろした。

タシアが触れようとしたわけでもないのに、ニコラスはタシアを避けるように身を縮めた。

「放っておいてくれ」しゃがれた声で言う。「君を……ほかのどんな人間も、見ているのが耐えられないんだ」

「どうしてロンドンに来たの?」タシアは優しくたずねた。「親戚ならほかの国にたくさんいるじゃない。フランス、フィンランド、中国にも……でも、ここには誰もいない。わたしだけよ。ニコラス、あなたはわたしに来てほしかったんじゃないかしら」

「来てほしいときは招待状を送る。今は……帰ってくれ」

タシアが答えようとしたとき、戸口に人の気配を感じた。肩越しに振り返る。エマが立っているのを見てぎょっとした。細い体は戸口の暗がりに隠れてほとんど見えないが、赤毛がシナモン色の明かりを受けて輝いている。

タシアは怒りに顔をしかめ、エマのもとに駆け寄った。

「エマ・ストークハースト、ここで何をしているの?」鋭いささやき声でたずねる。

「馬に乗ってあなたのあとをつけてきたの」エマは答えた。「お父さまとニコラス・アンゲロフスキー公爵の話をしているのを聞いて、あなたが会いに行こうとしているのがわかったから」

「これは個人的な問題で、あなたが首を突っ込むことじゃないわ！　盗み聞きも自分に関係のないことを詮索するのもやめなさいって、いつも言っているでしょう」

エマはしおらしい表情を作ろうとした。

「またあなたがあの人に痛い目に遭わされるんじゃないかと思って、一人で来ずにはいられなかったの」

「紳士の病室は若い女の子が来るようなところじゃないわ。エマ、今すぐ帰りなさい。馬車で帰って、あとでわたしを迎えに来るよう言っておいて」

「いいじゃないか」ベッドから低い声が聞こえた。

タシアとエマはニコラスを振り返った。エマの青い目が好奇心に丸くなる。

「わたしが前に会ったのと同じ人？」声を殺してたずねる。「まったくの別人に見えるわ」

「こっちに来い」ニコラスは横柄な口調で言い、痩せた手で手招きした。それだけで消耗したらしく、手はどさりとベッドに落ちた。鮮やかな巻き毛に縁取られたそばかすだらけの顔に、視線が釘づけになっている。「また会ったな」まばたきもせずにエマを見ながら、ニコラスは言った。

「ここはくさいわ」エマは感想を述べ、ぺたんこの胸の前で腕組みをした。タシアの抗議を無視し、ベッド脇に行って軽蔑したように頭を振る。「空き瓶だらけじゃない。あなた、へべれけになってるのね」

ニコラスの乾いた唇に、笑みのようなものが浮かんだ。

「〝へべれけ〟とはどういう意味だ?」

「べろべろに酔っ払ってるってことよ」エマはつんとして言った。

驚くほどすばやい動きで、ニコラスは手を伸ばし、細い指でエマの鮮やかな髪を一筋つかんだ。

「これだ」穏やかな声で言う。「ロシアの民話に、死にかけた王子を救う少女の話があるんだ……少女が魔法の羽根を持ってくる……火の鳥のしっぽの羽根だ。火の鳥の羽根は赤と金の中間の色……君の髪のような。炎の花束だ」

エマは体を引いてニコラスの弱々しい手から逃れ、むっとしたように彼を見下ろした。「人参の束って言ったほうがいいわよ」タシアをちらりと見る。「ベルメール、わたし、家に帰る。痛い目になんて遭わされるはずがないわ、こんな人に」最後の一言を嫌味たっぷりに言い、部屋を出ていった。

ニコラスは何とか枕の上で顔を横に向け、エマの後ろ姿を見送った。

彼に訪れた変化に、タシアは驚いた。目に生気が戻り、顔にほのかに赤みが差している。

「小悪魔め」ニコラスは言った。「名前は何というんだ?」

タシアは質問を無視し、腕まくりを始めた。

「使用人に温かいスープを持ってこさせるわ。飲んでちょうだい」

「飲めば帰ると約束するか?」

「まさか。体を拭いて、軟膏を塗らないと。あちこち床ずれしているに違いないもの」

「使用人を呼んで君をつまみ出してもらう」

「自分でつまみ出せるくらい元気になってからにして」タシアは言った。

あざのできたまぶたが半分閉じた。会話をしたことで疲れたのだろう。

「これ以上元気になれる自信がない。自分が生きたいのかどうかもまだわからないんだ」

「あなたやわたしのような人間はいつだって生き延びる」タシアは以前ニコラスに言われた言葉を返した。「ニッキ、あなたに選択肢はないと思うわ」

「君は夫の言いつけを破ってここに来たんだろう」それは質問ではなく、断定だった。「あいつが君をわたしのもとに来させるはずがない」

「あなたはルークのことを何も知らないわ」タシアは穏やかに言った。

「殴られるぞ」ニコラスの声には暗い満足感がにじんでいた。「いくらイギリス男でもこれは我慢できないはずだ」

「あの人はわたしを殴ったりしない」タシアは言ったが、心の中ではそうとも言いきれないと思っていた。

「君がここに来たのはわたしのためか、それとも夫に反抗するためか?」

タシアはすぐには返事ができなかった。

「両方よ」しばらくして、そう答えた。ルークにどこまでも信頼してもらいたかった。自分が最善だと思う行動をとる自由が欲しかった。ロシアの社会では、貴族の女性はつねに夫に従うものとされている。イギリスでは、夫の奴隷ではなく伴侶になれるチャンスがある。自分がどちらの役割を求めているかを、ルークにはっきり知らしめたかった……その結果、何が起ころうとも。

タシアがストークハースト邸に戻ったのは、夜遅くなってからだった。控えめに言っても、ニコラスは扱いにくい患者だった。タシアと家政婦がベッドの上で体を拭いている間は、口汚く罵るか、みじめな顔でじっと黙り込むかのどちらかで、新たな拷問を受けているかのようだった。食事を与えるのもまたひと苦労だったが、二人はニコラスをなだめすかし、スープをスプーン数杯と、パンを一、二切れ口に入れることに成功した。最終的に、ニコラスはタシアが来たときよりもずっと清潔で快適な状態になったが、今度はウォッカを取り上げられたことに怒り狂っていた。

タシアは明日も、その後も毎日、ニコラスの快復が確信できるまで彼のもとに行くつもりだった。ニコラスの傷ついた体を見て、人間がお互いにどれほど残酷な仕打ちができるかを目の当たりにしたことで、疲れ、打ちのめされていた。ルークの腕の中に潜り込んで、なぐさめてもらいたかった。だが、待ち受けているのは戦いなのだ。タシアが今まで何をしていたのか、なぜこんなにも帰宅が遅れたのか、ルークにはわかっている。それを男の威厳を軽視したふるまいだと受け取るだろう。すでに、反抗的なタシアの行動に対する罰を決めているかもしれない。それどころか、冷ややかに軽蔑する態度をとり、タシアのことを無視する可能性もある。

ストークハースト邸はほとんど真っ暗だった。使用人は自室に下がっていて、屋敷には誰もいないかのようだ。タシアはルークと一緒に使っている上階のスイートに行き、名前を呼んだ。返事はない。寝室のランプを灯し、服を脱ぎ始めた。シュミーズ姿になって鏡台の前に座り、長い髪にブラシをかける。

誰かが部屋に入ってくる音が聞こえたので、手をぴたりと止め、ブラシを握りしめた。

「ルーク？」おずおずと言い、顔を上げる。濃い色のローブをまとったルークが立っていた。顔は険しい。目に浮かんだ表情を見て、タシアはブラシを取り落とし、鏡台から飛びのいた。本能はルークから逃げろと訴えかけてくるが、足は鉛のように重い。よろよろと数歩、後ずさりすることしかできなかった。

ルークは近づいてきて、タシアを壁に押しつけ、あごに手をかけた。あたりは静まり返り、二人の呼吸音だけが響いている。ルークの息づかいは深くて重々しく、タシアは息を切らしていた。ルークには獣じみた力があり、その気になればタシアの骨など卵の殻のようにつぶされてしまう。

「わたしを罰するつもり？」タシアは声を震わせて言った。

ルークはタシアの太ももを膝で割り、壁と自分の高ぶった体の間にタシアを閉じ込めた。燃えるような目でタシアを見つめる。

「罰せられるようなことをしたのか？」

　タシアはかすかに身を震わせた。

「行かずにはいられなかったの」ささやき声で言う。「ルーク……あなたに逆らうつもりはなかったのよ。ごめんなさい……」

「君は本気で謝っていない。謝る必要もない」

　タシアは何と言っていいかわからなかった。こんなルークを見たのは初めてだった。

「ルーク」小さな声で言う。「お願い——」

　ルークは攻撃的にキスをし、タシアの言葉を押しつぶした。手が喉を這い下り、シュミーズの細い肩ひもを探り当て、荒々しく引きちぎる。熱い手のひらで胸を包んでもみしだき、先端が繊細なつぼみになるまで円を描いた。最初、タシアは狼狽のあまり反応できなかったが、彼の口に、手に、体に駆り立てられ、突如興奮の波が押し寄せてきた。耳の中で脈が轟音をたて、それ以外の音はかき消された。自分があえぐように降伏の言葉を口にしているのが、ぼんやりと聞こえる……が、ルークは聞いていなかった。痛いほど強くタシアを抱きしめ、喉に歯を立て、舌を這わせた。タシアは頭をのけぞらせて身を差し出し、野蛮な情欲の嵐にすべてをゆだねた。

　シュミーズがウエストまで引き上げられ、太ももの間にルークの手が入り込んでくる。最も触ってほしい部分に手のひらのつけねが当てられ、優しくすりつけられた。ふわふわした縮れ毛が、彼の手の下で押しつぶされる。再び唇が重ねられ、喉に向かって舌が差し入れられた。タシアは顔を汗で濡らし、息を激しく乱しながら、ルークに体を押しつけた。これ以上立っていられなくなると、ルークはタシアをベッドに引っぱっていき、マットレスに横たえた。

タシアは何も言えず、何も考えられず、おとなしく横向きに寝そべり、目を閉じて期待に震えながら待った。硬く長い体が近づいてきて、胸が背中に押しつけられる。ルークはタシアの上側の足を高く上げ、自分の好きに体勢を整えて、温かな体に入り込んで巧みに突いた。手はタシアの上半身を軽くもてあそび、熟れた、柔らかな曲線を片方ずつなぞる。タシアはこの甘美なる責め苦以外のことは何も考えられず、ルークの体の前で身悶えした。

「お願い」うめくように言う。

「まだだ」ルークはタシアのうなじに向かって言い、繊細で柔らかな肌に噛みついた。

ルークを包み込んだ部分がぴくりと震え、解放に向けた最初の痙攣が始まった。

「あ――」

「待て」ルークはそうささやいてペースを落とし、タシアは不満の叫び声をあげた。崖っぷちに追いつめられた状態のまま、苦悶の時間が続く。タシアを知り尽くしたルークは、衝動の高まりを制御することで、ついにタシアの体も心も支配し……そのとき初めて、中心に向かって深く突き立てた。快感が大洪水となってあふれ出し、性と衝撃と愛が混じり合って、恍惚となるほどの喜びを生み出した。

それが終わると、タシアは向きを変え、熱い顔をルークの胸にうずめた。こんなにも彼を近くに感じたことはなかった。目もくらむようないくつかの瞬間、二人は時間を超えた場所を、完璧な理解と幸福を分かち合える状態を見出した。その痕跡は今も残っていて、ルークが口を開く前に、タシアには彼が何を伝えようとしているのかがわかった。

「タシア、君は意志の強い女性だ……今日、それこそがわたしが求めていたものだったと気づいたんだ。君がわたしを恐れずにいてくれて嬉しい。君は自分の意見を曲げない人で、そこを変えてもらいたくはない。君がアンゲロフスキーのもとを訪ねることを、わたしが禁じる理由はなかった。実を言うと、わたしは嫉妬していたんだ」ルークはタシアの髪をなでた。「ときどき、君を世間から隠して、独り占めしたいと思うことがある。君の関心も、時間も、愛も――」

「それなら、今もあなたのものよ」タシアはそっと言った。「わたしが自分の意志で、全部差し出しているわ。あなたがわたしを所有しているからじゃなく、わたしが自分で選んでそうしているの」

「わかってる」ルークは深いため息をついた。「わたしは理不尽で、自分勝手で、そういうところは自分でもどうかと――」

「それはこれから直してくれればいいじゃない」タシアはうながした。

「努力するよ」ルークは苦笑して言った。

タシアは笑い、ルークの首に腕を巻きつけた。

「わたしたちの結婚生活は決して楽なものではなさそうね？」

「そのようだな」ルークは丸みを帯びたタシアの腹に手のひらを這わせた。「でも、その一分一秒を楽しむつもりだ」

「わたしもよ」タシアは言った。「こんなに幸せになれるなんて、夢にも思っていなかったわ」

「これからもっと幸せになれる」ルークはタシアの唇にささやいた。「楽しみだな」

エピローグ

刺すような一一月の風に、ルークは体の芯まで凍えながら、鉄道会社の事務所からテムズ川沿いの自宅までの短い距離を馬で走っていた。今さらながら馬車に乗ってくればよかったと思うが、こんなに寒くなるとは予想していなかったのだ。馬から下りると、待っていた従僕に手綱を渡し、正面階段を駆け上がった。執事がドアを開け、上着と帽子を受け取る。

屋内の心地よい暖かさに、ルークはぶるっと体を震わせた。

「レディ・ストークハーストはどこにいる？」

「レディ・ストークハーストとエマお嬢さまは、アンゲロフスキー公爵と客間にいらっしゃいます」

ルークは驚いて目をしばたたいた。ニコラスがこの家に来たことはこれまでに一度もなかった。流刑になった親戚の病室をタシアが見舞うのは我慢できても、客として自宅に迎えるとなると話は別だ。ルークはあごをこわばらせ、客間に向かった。

近くまで行くと、足音に気づいたらしく、はちきれんばかりに興奮したエマが飛び出してきた。

「お父さま、すごいことが起こったのよ！　ニコラスがここに来て、わたしに贈り物をくれたの」

「どんな贈り物だ？」

ルークはむっつりとたずね、エマに続いて客間に入った。

「病気の子猫よ。かわいそうに、小さな前脚が感染症になっているの。元の飼い主が鉤爪を引っぱり出したせいで、熱を出してすごく弱っていて、命が助かるかどうかもわからなくて。今、何とかミルクを飲ませようと頑張っているところ。お父さま、もし元気になったら飼ってもいい？　お願いよ」

「子猫一匹くらい、どうということは――」ルークは唐突に足を止め、目の前の光景に目をみはった。

床にしゃがみ込むタシアのそばに、オレンジと黒と白の縞模様の塊が見えた。小型犬くらいの大きさだ。疑わしげなルークの視線の先で、〝子猫〟は包帯を巻かれた前脚でよろよろ歩き、皿に入ったミルクをおそるおそるなめ始めた。ハウスメイドが二人、部屋の反対側で身を寄せ合い、不安げにその動物を見ている。

「人間を食べるんじゃないの？」一人のメイドが心配そうにきいた。

虎の子供だ、とルークは気づいた。おそらくシベリア種で、成長すれば馬ほどの大きさになる。ルークはぼんやりと、期待に満ちたエマの顔からすまなそうなタシアの顔に……そして、長椅子に座っているニコラス・アンゲロフスキーへと視線を移した。

ニコラスに会うのは、ロシアで別れて以来だった。彼は以前とあまり変わらないように見えたが、痩せていて、頬と鼻がナイフの刃のように鋭く飛び出していた。黄金色だった肌は、青白く不健康な色になっている。刺すような黄色の目の強烈な印象は変わらず、あざけるように唇をゆがめる笑顔もそのままだった。

「こんにちは《ズドラーストヴィチエ》」

ニコラスは穏やかに言った。

ルークはいやそうに顔をしかめずにはいられなかった。

「アンゲロフスキー」不満げに言う。「わたしの家族にこれ以上〝贈り物〟をしないでくれるとありがたい。君はストークハースト家にはもうじゅうぶんなことをしてくれたんだから」

ニコラスは笑みを崩さなかった。

「この子を連れていく先は、エマのところしか考えられなかった。傷ついた動物の救世主だからね」

ルークは娘に目をやった。エマは子を思う母親のような顔で、よろめく縞模様の塊の上に身を乗り出している。ニコラスの贈り物の選択は正しかった。ほかにどんなことをしようと、これほど見事にエマを懐柔することはできなかっただろう。

「お父さま、この子を見て」エマは言った。子虎は満足げに喉を鳴らし、ぷっと音をたてながらミルクをなめている。「すごく小さいでしょう……場所も全然取らないわ！」

「いずれ大きくなる」ルークは凄みのある声で言った。「最終的には二五〇キロ以上になるんだ」

「本当に？」エマは疑わしげに子虎を見た。「そんなにも？」

「どう考えても、うちで虎が飼えるはずがないだろう！」ルークはニコラスとタシアを代わる代わるにらみつけた。「誰かこいつの身の振り方を考えてくれ。さもないと、わたしが始末するぞ」

タシアがとりなすように割って入り、絹のスカートの衣ずれの音をさせてルークのもとに駆け寄って、腕にそっと手をかけた。

「ルーク」小声で言う。「二人で話がしたいの」ニコラスのほうを見て言い添えた。「ニコラス、あなたは休んだほうがいいわ。せっかく快復してきたのに、無理したら台なしよ」

「そろそろ帰らせてもらおうかな」

ニコラスは同意し、長椅子から立ち上がった。

「送っていくわ」

エマが言い、子虎を肩に抱えた。虎は気持ちよさそうにもたれかかった。

二人が部屋を出ていくと、タシアは爪先立ってルークの耳元でささやいた。

「お願い……飼わせてやればエマはすごく喜ぶわ」

「いいかげんにしろ、あれは虎だぞ」ルークは顔を引き、タシアにしかめっつらをした。

「午後家に帰ってきて、アンゲロフスキーのようなやつが客間に座っているのも気に入らない」

「いきなり訪ねてきたのよ」タシアはすまなそうに言った。「玄関で追い返すわけにもいかないでしょう」

「あいつがわたしたちの生活に入り込んでくることは許さない」

「わかってるわ」タシアは言い、ルークをうながして廊下に出た。「今日は、ニコラスなりに和解がしたくて来たのよ。誰かに迷惑をかけるつもりはなかったと思うわ」

「わたしは君ほど心が広くないからな」ルークはぶつくさ言った。「少なくともわたしは、あいつをこの家に迎え入れるつもりはない」

　タシアが言い返そうとしたとき、玄関ホールに目が留まった。エマがニコラスのそばに立ち、肩に虎を抱えて彼を見上げている。ニコラスは手を伸ばし、虎の丸い頭をなでた。そのとき、指がエマの輝く赤毛をそっとなぞった。その仕草はつかのまで、ほとんど目に見えないくらいだったが、タシアの背筋に冷たいものが駆け抜けた。突如、ニコラスが大人になったエマといる場面が目の前に浮かんだ。彼が誘惑の笑みを浮かべてエマを見つめ、彼女を連れて一歩ずつ、底知れぬ闇の中に入り込んでいく……やがて、二人は光が当たる場所から姿を消した。

　これは、エマがいずれニコラスに危険な目に遭わされるという意味だろうか？　タシアは眉間にしわを寄せ、このお告げをルークに伝えるべきか迷った。いや、不必要に彼を心配させることはない。二人一緒ならエマに注意を払い、彼女を守ることができる。自分たちは家族なのだから、恐れるものは何もないのだ。

「あなたの言うとおりかもしれないわね」タシアはルークに言い、彼の腕を握った。「何とかして、ニコラスにここにはあまり来ないでほしいということをわかってもらうわ」

「よかった」ルークは満足げに言った。「それで、あの虎のことだが――」

「こっちに来て」

タシアは甘えるように言い、大階段の下の薄暗い空間にルークを連れていった。人目につかない暗がりに二人で入る。

ルークは再び口を開いた。

「虎のこと――」

「もっと近くに来て」

タシアはルークのひんやりした手を取って、ベルベットに覆われた胸のふくらみに当てた。反射的にその手は豊かなふくらみをなぞり、谷間の心地よいぬくもりにたどり着いた。タシアは喜びのため息をもらした。妊娠でふくよかになった体を、ルークの体にぴったり押しつける。

「今朝はわたしが起きる前に出ていったでしょう」ささやくように言う。「寂しかったわ」

「タシア――」

タシアはルークの頭を引き寄せ、首筋に歯を立てた。ルークはやみくもに首を回し、タシアの唇を探り当てた。キスは深まり、ルークはその熱が全身に広がるのを感じた。いつもどおり、タシアがそばにいるだけで高ぶり、彼女の感触と味に血流がほとばしる。タシアの小さな手がルークの手を包んで、ベルベットの身頃の中に導き、手のひらにつんと立った乳首が当たるまで引き入れた。ルークが再びキスをすると、タシアはうっとりと熱心に応え、体を押しつけてきた。

「あなた、冬の匂いがする」ささやくように言う。

唇が首の脇をかすめ、ルークは体を震わせた。

「外は寒い」

「上に連れていってくれたら、わたしが温めてあげる」

「でも、虎――」

「あとでね」ルークのクラヴァットをゆるめながら、タシアは言った。「今はわたしをベッドに連れていって」

ルークは顔を上げ、タシアに皮肉のこもった視線を向けた。

「ごまかされていることはわかっているんだよ」

「ごまかしてはいないわ」タシアは断言した。クラヴァットをほどき、床に落とす。「誘惑しているのよ。抵抗はやめなさい」

タシアとベッドに入り、彼女の体を抱くことを考えると、ルークは我慢できなくなった。今後の人生において、これほど強い誘惑を、喜びを、情熱を、タシア以外に感じることはないだろう。ルークは慎重にタシアを腕に抱きかかえた。

「誰が抵抗している？」

そうつぶやき、彼女をベッドに運んでいった。

訳者あとがき

本書『眠り姫の気高き瞳に（原題 *Midnight Angel*）』は、ヒストリカル・ロマンスの名手、リサ・クレイパスが一九九五年に発表した作品で、クレイパス作品としては比較的初期のものになります。舞台は一八七〇年、ヴィクトリア朝のイギリスですが、物語はロシア帝国の首都サンクトペテルブルクから幕を開けます。

ヒロインのアナスタシア・イヴァノフナ・カプテレワ、通称タシアはロシア貴族の娘ですが、婚約者でもあった親戚のミハイル・アンゲロフスキー公爵を殺した罪で、絞首刑に処せられることが決まっています。ミハイルの遺体のそばで、手にナイフを握って血まみれで立っているところを発見されたためですが、タシア本人に殺人の記憶はありません。自分が犯したとされる罪を受け入れられないタシアは、親しい人々の助けを借りて脱獄し、イギリスに逃れます。そこで、本書のヒーローであるイギリス貴族、ルーク・ストークハースト侯爵の娘の家庭教師を務めることになるのです。

ルークは過去の事故で妻と左手を失い、心に深い傷を負った男性です。傲慢さと皮肉で武装し、難なく日常生活を送っているように見えますが、心の奥底には誰とも分かち合えない部分を持っています。一方、暗い秘密を抱え、自分自身すら信じられないまま母国を捨てたタシアもまた、他人に心を開くことができずにいます。イギリスとロシアという文化も価値観も違う国で生まれ育ち、雇い主と使用人という立場で出会った二人ですが、お互いの心の闇に通じ合うものを感じ取り、次第に惹かれ合うようになります。ところが、イギリスに逃げたタシアのもとにも、追っ手は迫りつつあったのです……。

『眠り姫の気高き瞳に』は、イギリス人のヒーローとロシア人のヒロインが困難な状況を乗り越えて愛を育むさまが、殺人事件の謎解きとともに、壮大なスケールで描かれた作品となっています。

本書では、物語の主な舞台となるイギリスとともに、タシアの母国であるロシアでの場面も登場します。一八七〇年当時、ロシアはロシア帝国、もしくは帝政ロシアと呼ばれる時代にありました。ロシアはもともとモスクワが首都でしたが、物語中にも説明があるとおり、一八世紀初頭にピョートル大帝が西欧化を目指し、新首都としてサンクトペテルブルクを建設しました。ロシア帝国では、ロシアの地に根づいた古都モスクワと、西欧的な人工都市サンクトペテルブルクという対照的な二つの都市が、両首都とされていたのです。タシアが住んでいたのはサンクトペテルブルクのほうで、物語中では色彩豊かで活気ある壮麗な街並みが描写されています。

ほかにも、タシアが故郷の料理を懐かしがる場面など、ロシア文化の描写は随所に出てきます。ほとんど荷物も持たずイギリスに渡ってきたタシアが、心のよりどころとしているのが、イコンと呼ばれる聖像です。イコンは平板にキリストや聖母マリア、聖者の像を描いた絵で、ロシア正教で信仰の対象とされるものです。カトリック教会のキリストの十字架像などとは違い、ロシア正教のイコンは立像ではなく平面像でなければなりません。信仰心の厚いロシア人は、イコンを地上と天国の間の窓と見なしていました。部屋の一角に〝美しい隅〟と呼ばれる祈禱用の場所を設け、そこにイコンを飾って熱心に祈ったのです。

物語中、ルークとタシアのロマンスに彩りを添えるのが、ルークの娘、エマ・ストークハーストです。一二歳のエマは思春期真っ只中で、男手一つで育ててくれた父親のルークを愛しながらも、自分でも説明のつかない感情をもてあまし、父親にも反抗的な態度をとることがしばしばです。そんなエマの家庭教師として雇われたタシアは、同じような経験をしてきた女性として共感と理解を示し、エマとの間に姉妹のような、親子のような絆を築いていきます。容姿にコンプレックスを持つおてんば娘エマと、若いながら不思議な落ち着きを備えたタシアの交流はほほえましく、この物語の一つの見どころと言えるでしょう。

本編を読まれた方はすでにお気づきかもしれませんが、この作品の続編となる〝*Prince of Dreams*〟では、大人になったエマのロマンスが描かれます。物語はやはりイギリスとロシアにまたがって繰り広げられるのですが、今回とは少し趣の異なった部分がありますそちらも刊行される予定ですので、どうぞお楽しみに。

二〇一一年九月

ライムブックス

眠《ねむ》り姫《ひめ》の気高《けだか》き瞳《ひとみ》に

著　者　リサ・クレイパス
訳　者　琴葉《ことは》かいら

2011年10月20日　初版第一刷発行

発行人　成瀬雅人
発行所　株式会社原書房
〒160-0022東京都新宿区新宿1-25-13
電話・代表03-3354-0685　http://www.harashobo.co.jp
振替・00150-6-151594
ブックデザイン　川島進（スタジオ・ギブ）
印刷所　中央精版印刷株式会社

落丁・乱丁本はお取り替えいたします。
定価は、カバーに表示してあります。
 ISBN978-4-562-04418-4　Printed in Japan